Johann Joachim Eschenaburg

Beispielsammlung zur Theorie und Literatur der schönen Wissenschaften

Johann Joachim Eschenaburg

Beispielsammlung zur Theorie und Literatur der schönen Wissenschaften

ISBN/EAN: 9783741137105

Manufactured in Europe, USA, Canada, Australia, Japa

Cover: Foto ©Andreas Hilbeck / pixelio.de

Manufactured and distributed by brebook publishing software
(www.brebook.com)

Johann Joachim Eschenaburg

Beispielsammlung zur Theorie und Literatur der schönen

Wissenschaften

Beispielsammlung

zur

Theorie und Literatur

der

schönen Wissenschaften

von

Johann Joachim Eschenburg

Herzogl. Braunschw. Lüneb. Hofrath, und Professor der Philosophie und
schönen Literatur am Collegio Carolino in Braunschweig.

Fünfter Band.

Mit Königl. Preußischer allergnädigster Freiheit.

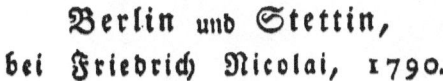

Berlin und Stettin,
bei Friedrich Nicolai, 1790.

Vorbericht.

Schon in der Vorrede zum ersten Bande der
gegenwärtigen Sammlung äußerte ich die Be-
sorgniß, daß dieselbe größer und bänderreicher
werden würde, als ich anfänglich dachte und
wünschte. Jetzt habe ich Ursache zu fürchten,
daß diese Besorgniß meinen Lesern leicht noch
abschreckender, als mir selbst, werden könne,
seitdem der Verfasser einer mir sonst sehr schmei-
chelhaften Beurtheilung dieser Beispielsamm-
lung, im ersten Stücke des zweiten Bandes der
zu Leipzig herauskommenden Kritischen
Uebersicht der schönen Wissenschaften,
jener Furcht noch mehr Bestimmtheit, und eben
dadurch noch mehr Abschreckendes gegeben hat.

* 2   Er

Er glaubt nämlich, daß diese Sammlung we-
nigstens auf sechszehn Bände werde anwach-
sen müssen.

Uebertrieben finde ich freilich an sich selbst
diesen Anschlag nicht, da ich mich bisher über
die Anzahl und Einrichtung der noch rückständi-
gen Bände nicht erklärt habe, und man leicht
aus der Beschaffenheit der bisherigen auf eine
noch größere Anzahl jener schließen konnte.
Denn freilich, wenn ich z. B. nur von jedem
Schauspieldichter ein ganzes Schauspiel, von
jedem trefflichen dogmatischen Schriftsteller eine
ganze Abhandlung, von jedem musterhaften
Redner eine ganze Rede oder Predigt liefern
wollte; so würde sich das alles noch nicht ein-
mal in eine Folge von sechszehn Bänden brin-
gen lassen, sondern vielleicht noch einmal so viel
betragen.

Man wird mir aber leicht zutrauen, daß
diese ganze Unternehmung keine literarische Fi-
nanzoperation gewesen, und daß es mir dabei
mehr um den Nutzen und die Zufriedenheit mei-
ner Leser, als um meinen eignen Vortheil, zu
thun sey. Auch wäre es meinerseits eine sehr
vermessene, und wohl gewiß fehlschlagende Er-
wartung, wenn ich hoffen wollte, die Käufer
dieses Werks durch solch eine ungebührliche An-
häu-

häufung der Bände weder abzuschrecken, noch zu ermüden.

Es ist jedoch nicht bloß diese Rücksicht; es ist Bedürfniß und Natur des ganzen Unternehmens, die mich nöthigt, demselben gewisse Schranken zu setzen und bei denen Gattungen der Poesie und Prose, deren Beispiele von zu großer Ausdehnung sind, anders, als bei den bisherigen, zu verfahren. Und nun halte ich es für meine Pflicht, von dem Plane, den ich bei der Fortsetzung dieser Sammlung zu befolgen Willens bin, vorläufige Rechenschaft zu geben.

Man hat nur noch drei, und überhaupt also acht Bände dieser Beispielsammlung zu erwarten, ohne daß ich dabei eine beständige und fortgesetzte Rücksicht auf meinen Entwurf der schönen Literatur aus den Augen verlieren werde. In dem sechsten Bande nämlich werde ich noch die vorzüglichsten Muster des romantischen Heldengedichts, des poetischen Gesprächs, der Heroide und der Kantate mittheilen; dann aber noch in diesem und dem folgenden siebenten Bande die vornehmsten, im Lehrbuche angeführten, dramatischen Dichter des Lustspiels, Trauerspiels und Singspiels, bloß literarisch und kritisch durchgehen. Von ihnen werden umständlichere Notizen, als

* 3 die

die den bisherigen Beispielen vorangesetzten sind,
ertheilt werden, welche ihre Lebensumstände,
ihren dichtrischen Charakter, ihre Werke, und
deren Werth, betreffen werden. Hier werde
ich dann bei den schönsten und berühmtesten
Schauspielen etwas länger verweilen, vielleicht
auch hie und da eine einzelne schöne Scene oder
Tirade, aber doch nur sparsam, ausheben. Denn
was hülfe es, diese überall aus dem Zusammen-
hange zu reissen, da doch an die Mittheilung
des Ganzen nicht zu denken ist. Auf ähnliche
Art werde ich dann auch im achten Bande mit
den prosaischen Schriftstellern jeder Gattung
verfahren, und nur von kürzern Aufsätzen, et-
wa von Briefen, Gesprächen und Charakteren,
einige Proben geben.

Nimmt man diese Sammlung für das,
was sie, auch ausser der Beziehung auf mein
Lehrbuch, meiner schon ehedem gethanen Er-
klärung nach, seyn soll, für eine Handbib-
liothek der schönen Literatur; so wird
man, hoff' ich, diese Anzahl der Bände nicht
übertrieben, und immer noch sehr klein gegen
die Menge derer Bücher finden, die sie freilich
keinesweges ersetzt, aber doch vor der Hand we-
nigstens entbehrlicher machen kann.

Ueber

Ueber die Erinnerungen, welche man mir in der oben gedachten Beurtheilung wegen der Aufnahme so vieler ausländischen Stücke, in Sprachen, die wenige Studierende vielleicht verstehen, gemacht hat, will ich mich hier nicht umständlich rechtfertigen. Meine Rezensenten wird es freilich noch mehr befremden, in diesem fünften Bande sogar einige spanische und portugiesische Stücke anzutreffen. Wer zweifelt aber, daß vielfaches Sprachstudium jedem, der in die schöne Literatur nur etwas tief eindringen will, durchaus unentbehrlich ist? und wer sieht nicht bald, daß eine meiner Absichten bei dieser Sammlung auf Erweckung, Unterhaltung und Beförderung dieses Studiums gerichtet war?

Den ersten Abschnitt des gegenwärtigen Bandes hatte ich schon vor einem Jahre zum Druck aus den Händen gegeben, wie man vielleicht hie und da in der Auswahl sowohl, als vornehmlich in den literarischen Notizen bemerken wird. Daher kommt es auch, daß Herrn Matthissons vortreffliches Lied, Elysium, noch nach dem ersten Abdrucke im Vossischen Musenalmanache vorigen Jahrs kopirt ist, und daß ich die verbessernde Umänderung noch nicht benutzen konnte, die der Dichter Hr. Hofrath Wieland seitdem mitgetheilt hat, und die

* 4

man

Vorbericht.

man im ersten dießjährigen Stücke des Neuen
Teutschen Merkurs, S. 100 ff. antrifft.
Sie verdient auch hier einen Platz, weil ihre
Vergleichung mit den ehemaligen Lesearten,
und mit der Wielandischen Kritik meinen jun-
gen Lesern lehrreich werden kann:

Elysium.

Hain! der von der Götter Frieden,
    Wie vom Thau die Rose, träuft,
Wo die Frucht der Hesperiden
    Zwischen Silberblüthen reift:
Den ein rosenfarbner Aether
    Ewig unbewölkt umfleußt,
Der den Klageton verschmähter
    Zärtlichkeit verstummen heißt!

Freudig schaudernd in der Fülle
    Hoher Götterseligkeit,
Grüßt, entflohn der Erdenhülle,
    Psyche deine Dunkelheit;
Wonne! wo kein Nebelschleier
    Ihres Urstoffs Reine trübt,
Wo sie geistiger und freier
    Den entbundnen Fittig übt!

Ha! schon eilt, auf Rosenwegen,
    In verklärter Lichtgestalt,
Sie dem Schattenthal entgegen,
    Wo die heil'ge Lethe wallt;

Vorbericht.

Fühlt sich magisch hingezogen,
    Wie von leiser Geisterhand;
Schaut entzückt die Silberwogen
    Und des Ufers Blumenrand;

Kniet voll süßer Ahndung nieder,
    Schöpfet; und ihr zitternd Bild
Leuchtet aus dem Strome wieder,
    Der der Menschheit Jammer stillt;
Wie auf sanfter Meeresfläche
    Die entwölkte Luna schwimmt,
Oder im Krystall der Bäche
    Hespers goldne Fackel glimmt.

Psyche trinkt, und nicht vergebens,
    Plötzlich in der Fluthen Grab
Sinkt das Nachtstück ihres Lebens
    Wie ein Traumgesicht hinab!
Glänzender, auf kühnern Flügeln,
    Schwebt sie aus des Thales Nacht
Zu den goldbeblümten Hügeln,
    Wo ein ew'ger Frühling lacht.

Welch ein feierliches Schweigen!
    Leise nur, wie Zephyrs Hauch,
Säuselts in den Lorbeerzweigen,
    Bebts im Amaranthenstrauch!
So in heil'ger Stille ruhten
    Luft und Wogen, also schwieg
Die Natur, als aus den Fluthen
    Anadyomene stieg.

Welch ein ungewohnter Schimmer!
    Erde! dieses Zauberlicht

Flammte

Vorbericht.

Flammte selbst im Lenze nimmer
    Von Aurorens Angesicht.
Sieh, des glatten Epheu's Ranken
    Tauchen sich in Purpurglanz!
Blumen, die den Quell umwanken,
    Funkeln, wie ein Sternenkranz!

So beganns im Hain zu tagen,
    Als die keusche Cynthia
Hoch vom stolzen Drachenwagen
    Den geliebten Schäfer sah;
Als die Fluren sich verschönten,
    Und mit holdem Zauberton
Göttermelodien tönten:
    Seliger Endymion!

_____

Inhalt

Inhalt

des fünften Bandes.

Lyrische Gedichte.

5. Lieder.

Inhalt des fünften Bandes.

Franzosen.

Engländer.

Deutsche

Inhalt des fünften Bandes.

Deutsche.

---

6. Romanzen und Balladen.

Franzosen.

Le

Inhalt des fünften Bandes.

I. Heldengedichte,

ernsthafter Gattung.

Griechen.

Römer.

Inhalt des fünften Bandes.

Römer.

Italiäner.

Portugiese.

Spanier.

Franzosen.

Engländer.

Deutsche.

2. Hel-

2. Heldengedichte,

komischer Gattung.

5. Lie-

Lieder.

Lieder.

Anakreon.

Er war aus Teos in Jonien gebürtig, und lebte in der zweiten Hälfte des 35sten Jahrhunderts. Die leichten anmuthvollen Lieder, voll heiterer, lachender Bilder und frohen Lebensgenusses, sind wohl schwerlich alle von ihm, sondern mehr eine Blumenlese in seiner Manier gesungener Lieder, von mehrern Verfassern. Ich weiß sie nicht kürzer und treffender zu charakterisiren, als mit den Worten eines unsrer feinsten und geschmackvollsten Kunstrichter: „Anakreon's Bilderchen nähern sich meistens einem kleinen Ideal von Schönheit und Liebe; und wenn sie dies nicht erreichen wollen, so sieht man ein feines Porträt, nach dem schönen Eigensinn eines Vorfalles oder Gegenstandes gebildet; ein allerliebstes griechisches Liedchen, das die Gelegenheit charakterisirt, die es gebar. Die erste Gattung schwingt sich auf zur feinen Idee der Wollust überhaupt; die zweite, die in die Umstände eines Individualfalls gräbt, nähert sich der ersten, und, wo sie ihr nachbleibt, giebt sie sich eine Art von Bestimmtheit, Spuren der Menschlichkeit, die, wie ein Grübchen im Kinn, der Eindruck des Fingers der Liebe, wie das Lispeln des Alcibiades, selbst mit zur Schönheit wird." S. Herder's Fragmente, II. 34x.

I.

ΕΙΣ ΕΡΩΤΑ.

Μεσονυκτίοις ποθ' ὥραις
Στρέφεται ὅτ' Ἄρκτος ἤδη
Κατὰ χεῖρα τὴν Βοώτου·

Μεσό-

Anakreon. Μερόπων δὲ φῦλα πάντα
Κέαται, κόπῳ δαμέντα·
Τότ' Ἔρως ἐπισταθείς μευ
Θυρέων ἔκοπτ' ὀχῆας·
Τίς, ἔφην, θύρας ἀράσσει;
Κατά μεῦ χίσεις ὀνείρους;
Ὁ δ' Ἔρως, ἄνοιγε, φησί.
Βρέφος εἰμὶ, μὴ φόβησαι·
Βρέχομαι δὲ, κἀσέληνον
Κατὰ νύκτα πεπλάνημαι.
Ἐλέησα ταῦτ' ἀκούσας,
Ἀνὰ δ' εὐθὺ λύχνον ἄψας
Ἀνέῳξα, καὶ βρέφος μὲν

Ueberſetzung.

1 *).

    Nachts, als ſchon der Bär am Himmel
An Bootens Hand ſich drehte,
Und, entlaſtet von der Arbeit,
Alle Welt des Schlafes pflegte,
Kam und pochte neulich Amor
An die Thüre meines Hauſes.
Wer lärmt an der Thüre, rief ich,
Und verjagt mir meine Träume?
„Thu mir auf!“ war Amors Antwort:
„Fürchte nichts! ich bin ein Knabe,
„Welcher ganz von Regen trieſet,
„Und im Finſtern irre gehet.“
Dies bewegte mich zum Mitleid.
Schnell ergriff ich meine Lampe,
That ihm auf, fand einen Knaben

                                Ἐσορῶ,

    *) Von Götz.   S. Rammler's Lyriſche Blumenleſe,
    Buch V, S. 433.

Ἔσορῶ, φέροντα τόξοι
Πτέρυγάς τε καὶ Φαρέτρην.
Παρὰ δ' ἱςίην καθίξας
Παλάμαισι χέιρας αὐτοῦ
Ἄνθαλπον, ἐκ δὲ χαίτης
Ἀπέθλιβον ὑγρὸν ὕδωρ·
Ὀ δ' ἐπεὶ κρύος μεθῆκε·
Φέρε, φησὶ, πειράσωμεν
Τόδε τόξον, ἐι τί μοι νῦν
Βλάβεται βραχῦσα νευρή.
Τανύει δὲ καί με τύπτει
Μέσον ἧπαρ, ὥσπερ οἴςρος·
Ἀνὰ δ' ἅλλεται καχάζων·
Ξεῖνε, δ' ἶπε, συγχάρηθι·
Κέρας ἄβλαβὲς μὲν ἐςι·
Σὺ δὲ καρδίην πονήσεις.

Welcher Pfeil und Bogen führte,
Und am Rücken Taubenflügel.
Hurtig setz' ich ihn zum Feuer,
Wärme seine kalten Finger
Zwischen meinen beiden Händen,
Und aus seinen gelben Locken
Drück' ich ihm das Regenwasser.
Als ihn nun der Frost verlassen,
Spricht er: „Laß uns doch versuchen,
„Ob die Sehne meines Bogens
„Nicht vom Regen schadhaft worden.“
Schon war sie gespannt, die Sehne,
Und, gleich einem Wespenstachel,
Saß der Pfeil mir in dem Herzen.
Hüpfend rief er aus, und lachte:
„Lieber Wirth, sey mit mir fröhlich!
„Sieh, mein Bogen ist nicht schadhaft;
„Aber du wirst Herzweh fühlen.“

2.

2.

ΕΙΣ ΧΕΛΙΔΟΝΑ.

Σὺ μὲν, φίλη χελιδὼν,
᾽Ετησίη μελῦσα,
Θέρει πλέκεις καλίην,
Χειμῶνι δ᾽ εἰς ἄφαντος,
Ἢ Νᾶλον ἢ πὶ Μέμφιν.
᾽Ἔρως δ᾽ ἀεὶ πλέκει μευ
᾽Εν καρδίη καλίην.
Πόθος δ᾽ ὁ μὲν πτερῦται,
῾Ο δ᾽ ᾠὸν ἐςιν ἀκμήν,
῾Ο δ᾽ ἡμίλεπτος ἤδη.
Βοὴ δὲ γίνετ᾽ ἀεὶ
Κεχηνότων νεοττῶν.

2 *).

Du liebe kleine Schwalbe!
Du kehrst jährlich wieder,
Und baust dein Nest im Sommer;
Und wenn der Winter nahet,
So suchst du warme Länder,
Doch Eros **) bauet immer
Sein Nest in meinem Herzen.
Ein Vögelchen ist flükke,
Das Ei verschließt noch dieses,
Und jenem birst die Schale:
Ohn' Ende schallt die Stimme
Der Pipenden im Neste;

Ἔρωτι-

*) S. Chr. Graf zu Stolberg's Gedichte a. d. Griech.
    S. 278.
**) Amor.

Ἐρωτιδῶν δὲ μικροὺς
Οἱ μείζονες τρέφουσι.
Οἱ δὲ τραφέντες εὐθὺς
Πάλιν κύουσιν ἄλλους.
Τὶ μῆχος ἂν γένηται;
Οὐ γὰρ ϑένω τοσούτους
Ἔρωτας ἐκβοῆσαι.

3.

ΕΙΣ ΤΑ ΤΟΥ ΕΡΩΤΟΣ ΒΕΛΗ.

───────

Ὁ ἀνὴρ ὁ τῆς Κυθήρης
Παρὰ Λημνίαις καμίνοις,
Τὰ βέλη τὰ τῶν Ἐρώτων
Ἐποίει λαβὼν σίδηρον·
Ἀκίδας δ' ἔβαπτε Κύπρις,

Die größern Brüder ätzen
Die winzigen Geschwister,
Und die Geätzten hecken
Schnell junge Brut von neuem.
Was soll ich thun? ich Armer!
Der Liebesgötter Menge,
Wie soll ich sie verjagen?

3 *).

Der Gatte Cythereens
Nahm Stahl in Lemnos Esse,
Und schmiedet' Amors Pfeile.
Die Spitzen tauchte Cypris
In Honigseim; doch Amor

A 4   Μέλι

───────

*) Von Ebendemselben. S. die Gedichte der Brüder
Gr. zu Stolberg, S. 159.

Μέλι τὸ γλυκὺ λαβῦσα.

Ὁ δ᾽ Ἔρως χολὴν ἔμισγεν.

Ὁ δ᾽ Ἄρης ποτ᾽ ἐξ αὐτῆς

Στιβαρὸν δόρυ κραδαίνων,

Βέλος ἠυτέλιζ᾽ Ἔρωτος.

Ὁ δ᾽ Ἔρως, τό δ᾽ ἔστιν, εἶπε,

Βαρύ, πειράσας νοήσεις.

Ἔλαβεν βέλεμνον Ἄρης·

Ὑπεμειδίασε Κύπρις.

Ὁ δ᾽ Ἄρης ἀνατενάξας,

Βαρύ, φησίν· ἆρον αὐτό.

Ὁ δ᾽ Ἔρως, ἔχ᾽ αὐτο, φησί.

That in den Honig Galle.
Jüngst kehrte Mars vom Treffen,
Schwang seine hohe Lanze,
Und spottet' Amors Pfeile.
Sieh, der ist schwer! sprach Amor;
Du kannst ihn selbst versuchen!
Mars nimmt das kleine Pfeilchen,
Und lose lächelt Cypris;
Doch keuchend rief der Kriegsgott:
Schwer ist er! Nimm ihn wieder!
Doch Amor sprach: Behalt ihn!

Sap.

Sappho.

Schade, daß wir von dieser berühmten, aus Mity-
lene auf Lesbos gebürtigen, Dichterin, und von ihren
neun Büchern lyrischer Gesänge, nur so gar wenig übrig
haben. Aber auch in diesen wenigen Zeilen.

— — — spirat adhuc amor
Vivuntque commissi calores
Aeoliae fidibus puellae.

Nach den zwei übrigen Fragmenten ließe sich, mit Her-
der'n, ihr Charakter ungefähr so bestimmen: „eine Sängerin,
die in der Anordnung ihrer Gesänge, ihrer Bilder und
Worte, in der zarten Glut, die alles fortschmilzt, und in
einer feinen Wahl der wohlklingendsten Ausdrücke, eine
zehnte Muse geworden." — Selbst das folgende treffliche
Lied ist nur Bruchstück; Longin hat es aufbehalten, und
von der zunächst folgenden Strophe ist noch die Anfangs-
zeile da:

Ἀλλὰ πᾶν τολματὸν, ἐπεὶ πένητα —

Es ist unzählich oft übersetzt, aber nie ganz erreicht worden;
selbst in Katull's bekannter Nachbildung nicht.

———————

Φάινεταί μοι κῆνος ἴσος θεοῖσιν
Ἔμμεν ὤνηρ, ὅςις ἐναντίος τοι
Ἰζάνι, καὶ πλατίον ἁδὺ φωνά-
ναι σ' ὑπακόυει,

Uebersetzung *).

Gleich den Göttern scheint mir der Mann beglücket,
Der dein schönes Aug' in der Näh' erblicket,
Süß dich lächeln sieht, sanft zu dir gekehret,
Reden dich höret,

A 5
Kai

*) Von Hrn. Weiße; in s. Kl. lyr. Gedichten, B. II.
S. 255.

Sappho.   Καὶ γελᾶις ἱμερόεν· τό μοι· μὰν
          Καρδίαν ἐν ςήθεσιν ἐπτόασεν.
          Ὡς γὰρ ἔιδω σε, βροχέως με φωνᾶς
                    οὐδὲν ἔτ' ἴκει.

          Ἀλλὰ καμμὲν γλῶσσα ἔαγε, λεπτὸν δ'
          Αὐτίκα χρῶ πῦρ ὑποδεδρόμακει,
          Ὀππάτεσσιν δ' οὐδὲν ὄρημ', ἐπιβομ-
                    βεῦσι δ' ἀκουάι·

          Καδδ' ἱδρὼ ψυχρὸς χέεται, τρόμος δὲ
          Πᾶσαι ἀγρεῖ, χλωροτέρα δὲ ποίας
          Ἐμμι, τεθνάκην δ' ὀλίγω 'πιδεύης,
                    Φαίνομαι ἄπνους.

Wie geschieht mir dann! — Unaufhörlich schläget
Ungestüm in mir dieß mein Herz, beweget;
Und blick ich dich an, so fühl' ich zu sprechen
          Kraft mir gebrechen.

Meine Zunge starrt; meine Haut durchfließet
Ein behendes Feu'r; das Gesicht umschließet
Dichte Finsterniß; jeden Laut verloren
          Tönen die Ohren.

Und ein kalter Schweiß tröpfelt von mir nieder;
Und ein Schauer bebt mir durch alle Glieder;
Und indem ich mich bleich, wie Gras, entfärbe,
          Scheint es, ich sterbe.

————————

Skolien.

Bei den Griechen war der lyrische Gesang von mancherlei Inhalt, Form und Bestimmung, sehr gangbar und herrschend. Eben deswegen aber, weil er so populär, weil er mehr lebendiger Gesang als todter Buchstabe war, und folglich mehr durch mündliche, als durch schriftliche Mittheilung fortgepflanzt wurde, sind uns nach Verhältniß ihrer Menge nur sehr wenige griechische Volkslieder aufbehalten worden. Das meiste, was uns noch davon übrig ist, findet sich beim Athenäus, besonders im funfzehnten Buche. Ausführlichern Unterricht hierüber giebt de la Nauze in den beiden Abhandlungen, *sur les Chansons de l' ancienne Grece*, die im dreizehnten Bande der Amsterdammer Ausgabe der *Memoires de l' Academie des Inscriptions et Belles Lettres*, S. 496, und S. 537 ff. stehen, und, schon vorlängst, als Anhang zu v. Hagedorn's Oden und Liedern, von Hrn. Hofr. Ebert übersetzt sind. — Unter diesen griechischen Liedern sind besonders die sogenannten Skolien, oder Tischlieder, merkwürdig, die, nach geendigtem Mahle, nach verrichteter Libation, und abgesungenem Päan, beim Genuß des Weins, zum Spiel der Leier und der Flöte, angestimmt wurden. Ueber sie und ihre Einrichtung sehe man den Aufsatz des Hrn. Superintend. Cludius, in dem ersten Stücke der Göttingischen Bibliothek der alten Litteratur und Kunst, S. 54 ff. Der Ursprung ihrer Benennung war schon bei den Alten streitig; Herr Cludius glaubt, diese Lieder wären ihrer unbestimmten Versart wegen σκολια genannt, und den ὀρθοις, oder denen von bestimmter Versart entgegengesetzt worden. Ihr Inhalt war meistens moralisch, oft auch historisch, und Erinnerung an ihre Götter und Heroen, oft auch bloße Aufmunterung zum Lebensgenuß.

Die erste der hier mitgetheilten sechs Skolien ist eine der berühmtesten, und besingt den tapfern Muth und Freiheitssinn der beiden Athenienser, Harmodius und Aristogiton, die sich mit mehrern wider die Pisistratiden, den Hippias und Hipparch, verschworen, und den letztern tödteten. Nach Hesych's Angabe war Kallistratus der Verfasser

Skolien.

Verfaſſer dieſer Skolie, der ich die Ueberſetzung des Hrn. Cludius beifüge. Zwei andere findet man in Hrn. Ebert's Ueberſ. der Abh. des de la Nauze, und in Herrn Herder's Volksliedern, Th. I. S. 266. — Die zweite iſt an die Göttin der Geſundheit gerichtet, und ihr Verfaſſer war Ariphron von Sicyon. Die Ueberſetzung iſt aus Herder's zerſtreuten Blättern, Samml. II. S. 200. — Die dritte iſt nicht bloß ihrer Schönheit, ſondern auch ihres Urhebers, des Ariſtoteles, wegen merkwürdig, der ſie auf den Tod des atarniſchen Fürſten Hermias verfertigte. Sie iſt uns vom Diogenes Laertius, in dem Leben jenes berühmten Weiſen, und vom Athenäus, aufbehalten worden, und von Hrn. Herder in den Volksliedern, Th. I. S. 269, auch von Hrn. Ebert, am angef. O. obgleich mehr umſchreibend, überſetzt. — Der Verfaſſer der vierten wird vom Athenäus, der ſie aufbehielt, nicht genannt; ihre glückliche Wendung iſt in mehrern neuern Liedern nachgeahmt worden; und die hier beigefügte Ueberſetzung ſteht in den Herderiſchen Volksliedern, Th. I. S. 263; — ſo, wie die von der fünften, gleichfalls von einem ungenannten Dichter, und die der ſechſten vom Timokreon, aus der Ebertiſchen Ueberſetzung der de la Nauziſchen Abhandlung genommen iſt. In dieſer, und in den Brunkiſchen Analekten, findet man mehrere dieſer Art. S. auch eine ſehr gute Auswahl in der mit vielem Geſchmack geſammelten Griechiſchen Blumenleſe des Hrn. Direktors Köppen, Th. II. S. 92. ff. wo auch, ſo wie Th. III. S. 158 ff. mehrere griechiſche Lieder und Fragmente, mit ſchätzbaren Erläuterungen, vorkommen.

I.

I.

'Εν μύρτου κλαδὶ τὸ ξίφος φορήσω,
Ὥσπερ 'Αρμόδιος κ' 'Αριστογείτων,
Ὅτε τὸν τύραννον κτανέτην,
Ἰσονόμους τ' 'Αθήνας ἐποιησάτην.

Φίλταθ' 'Αρμόδι', οὔτιπου τέθνηκας·
Νήσοις δ' ἐν μακάρων σε φασὶν εἶναι
Ἵνα περ ποδώκης 'Αχιλεὺς
Τυδείδην τε φασὶ Διομήδεα.

'Εν μύρτου κλαδὶ τὸ ξίφος φορήσω,
Ὥσπερ 'Αρμόδιος κ' 'Αριστογείτων,
Ὅτ' 'Αθηναίης ἐν θυσίαις
'Άνδρα τύραννον Ἵππαρχον ἐκαινέτην.

Uebersetzung.

Im Myrtenzweige will das Schwert ich tragen,
Wie es Harmodius trug, und Aristogiton,
Als den Tyrannen sie erschlugen, und den Bürgern
Athens verschafften gleiche Rechte.

Noch lebt dein Ruhm, noch bist du nicht gestorben,
Liebster Harmodius, bist in der Seligen Inseln,
Wo der schnellfüßige Achill, und Diomedes
Noch wandelt, Tydeus tapfrer Sprößling.

Im Myrtenzweige will das Schwert ich tragen,
Wie es Harmodius trug, und Aristogiton,
Als bei den Opfern der Athene sie erschlugen
Den Mann Hipparch, Athens Tyrannen.

'Αλ

Skolien.

Ἀεὶ σφῶν κλέος ἔσσεται κατ' αἶαν,
Φίλταθ' Ἁρμόδιε κ' Ἀριςογείτων,
Ὅτι τὸν τύραννον κτάνετον
Ἰσονόμους τ' Ἀθήνας ἐποιήσατον.

2.

Ὑγίεια, πρέσβιςα μακάρων,
Μετὰ σῶ ναίοιμι
Τὸ λειπόμενον βιοτᾶς.
Σὺ δ' ἐμοὶ πρόφρων σύνοικος εἴης.
Εἰ γάρ τις ἢ πλούτου χάρις, ἢ τεκέων,
Τᾶς ἰσοδαίμονός τ' ἀνδράποις
Βασιλήίδος ἀρχᾶς, ἢ πόθων,
Οὓς κρυφίοις Ἀφροδίτης ἄρκυσι θηρεύομεν,

Ha! ewig soll eu'r Ruhm auf Erden weben,
Liebster Harmodius, dein, und Aristogitons,
Weil den Tyrannen ihr erschluget, und den Bürgern
  Athens verschafftet gleiche Rechte.

2.

Gesundheit, Aelteste der Seligen,
Möcht' ich wohnen mit dir mein übriges Leben hindurch,
Und möchtest du auch huldreich mit mir wohnen!
Denn wenn der Reichthum Grazie hat,
Wenn Kinder erfreuen, wenn der glücklichen Herr-
    schaft Glanz,
Wenn Lieb' ergötzet, die wir mit der Cypris heimli-
    chem Netz

H

'Η εἴ τις ἄλλα θεόθεν ἀνθρώποισι τέρψις,

"Η πόνων ἀμπνοὰ πέφανται,

Μετά σεῦο, μάκαιρ' Ὑγίεια,

Τέθηλε πάντα, καὶ λάμπει Χαρίτων ἔαρ'

Σέθεν δὲ χωρὶς ὄυ τις ἐυδαίμων.

3.

'Αρετὰ πολύμοχθε

Γένει βροτείῳ,

Θήραμα κάλλιστον βίῳ

Σᾶς περὶ, παρθενε, μορφᾶς

Καὶ θανεῖν ζηλωτὸς Ἑλλάδι πότμος,

Καὶ πόνους τλῆναι μαλερους

'Ακάμαντας' τοῖον

'Επὶ φρένα βάλλεις

Καρπόν τ' ἀθάνατον

Erjagen, und wenn noch andre Freuden mehr
Von Gott uns blühn, nach Mühe
Der erquickenden Ruhe Genuß;
O selige Göttin!
Gesundheit, so entsprosseten sie mit Dir;
Denn mit dir blüht der Grazien Lenz,
Und ohne dich giebts keinen Glücklichen je!

3.

O Tugend, schwer zu erringen
Dem sterblichen Geschlecht,
Des Lebens schönste Belohnung,
Jungfrau du!

Um deine Schöne giengen
Die Griechen freudig in den Tod,
Bestanden harte Gefahren
Mit eisernem Muth!

Du giebst dem Herzen
Unsterbliche Frucht,

Χρυσοῦ

Skolien.

Χρυσοῦ τε κρίσσω και γονέων,

Μαλακῦγε τοιοθ᾽ ὑπνου·

Σεῦ δ᾽ ἔνεκει ὁ δῖος Ἡρακλῆς

Λήδας το Κῦροι πολλ᾽ ἀνέτλασαι

Ἔργοις σὰι ἀγρέυοντες δύναμιν·

Σοῦ δε πόθοις Ἀχιλλεὺς

Αἴας τ᾽ Αἴδαο δόμας ἦλθον,

Σᾶς δ᾽ ἔνεκε φιλίου μορφᾶς

Καὶ Ἀταρνέας ἔντροφος

Ἡελίου χήρωσει ἀυγάς.

Τοίγαρ ἀείδιμον ἔργοις

Ἀθάνατόν τε μιν ἀυξήσουσι Μοῦσαι

Μνημοσύνης θυγατέρες,

Διὸς ξενίς σέβας ἀυξουσαι

Φιλίας τε γέρας βεβαίας.

Die süßer als Gold und Eltern ist,
Und als der zarte Schlaf.

Um deinetwillen hat Herkules
Und Leda's Söhne so viel ertragen,
Zeigten in Thaten
Deine Macht.

Aus Lieb' um dich gieng Held Achill
Und Aias ins Todtenreich,
Um deine süße Gestalt hat sich Atarne's Gastfreund
Den Glanz der Sonne geraubet.

Unsterblich singet ihn, ihn den Thatenreichen,
O Musen, Töchter des Ruhms!
So oft ihr preiset den Gott verbündeter Treu
Und fester Freundschaft Lohn!

                                        Εθ.

4.

Εἴθε λύρα καλὴ γενοίμην ἐλεφαντίνη
Καί με καλοὶ παῖδες φέροιεν
Διονύσιον ἐς χορόν.
Εἴθ᾽ ἄπυρον καλὸν γενοίμην μέγα χρυσίον,
Καί με καλὴ γυνὴ φορείη
Καθαρὸν θεμένη νόον.

5.

Σὺν μοὶ πῖνε, συνήβα, συνέρα, συνστεφανηφόρει,
Σὺν μοὶ μαινομένῳ μαίνεο, συνσωφρονήσω σώφρονι.

6.

Ἔγχει κἀνθάπ, διάκνε μηδ᾽ ἐπιλήθυ,
Εἰ δὲ χρὴ τοῖς ἀγαθοῖς ἀνδράσιν οἰνοχοῖν.

4.

O wär' ich eine schöne Lei'r
    Von weissem Elfenbein,
Und trügen schöne Knaben mich
    Zum Tanz in Liber's Reihn!
Ob'r wär' ich schönes großes Gold,
    Noch nicht im Feu'r geglüht,
Und trüge mich ein schönes Weib
    Von züchtigem Gemüth!

5.

Lebe, liebe, trinke, lärme,
    Kränze dich mit mir!
Schwärme mit mir, wenn ich schwärme;
    Ich bin wieder klug mit dir.

6.

    Auf! o Freund, und schenk mir ein,
Schenk mir reichlich ein, und höre,
Laß dir diese Lehre
Heut von mir gesaget seyn:
Man muß das Getränk der Reben
Jedem braven Manne geben.

Beisp. Samml. 5. B.   B   Ωφε-

7.

'Ωφελὲς γ', ὦ τυφλὲ Πλῦτε,
Μήτε γῆ, μήτ' ἐν θαλάττῃ.
Μήτ' ἐν ἠπείρῳ φανῆναι,
'Αλλὰ Τάρταρόν τε ναίειν
Κ' 'Αχέροντα· διά σε γὰρ
Πάντ' ἐν ἀνθρώποις κάκ' ἐςί.

7.

Plutus, du bringst alles Weh;
Nicht die Erde, nicht die See
Trage deine Kronen!
Geh zum finstern Höllenfluß,
Geh zum schwarzen Tartarus;
Da nur mußt du wohnen.

Horaz.

Horaz.

Nicht minder, als der Schwung der höhern Ode, glückte diesem Dichter der leichte, muntre, gefällige Ton des Liedes. Liebe, Freundschaft, gesellige Freude und Lebensgenuß machen den Inhalt aus; und feines Gefühl, Reichthum an Bildern, glückliche Wendung und geschmackvolle Eleganz des Ausdrucks sind der durchgängige Charakter der Horazischen Lieder. In dem ersten, das ich hier zur Probe gebe, besingt er einen, nicht weit von seiner Villa, vermuthlich im sabinischen Haine, fließenden Bach, und gelobt ihm, oder vielmehr der Nymphe dieses Bachs ein Opfer; und in dem zweiten fordert er seinen Freund Virgil zum Mitgenuß des wiedergekehrten, und von ihm so reizend geschilderten Frühlings auf.

L. III. OD. XIII.
AD FONTEM BLANDUSIUM.

O fons Blandufiae, fplendidior vitro,
Dulci digne mero non fine floribus:
   Cras donaberis haedo,
    Cui frons turgida cornibus
Primis, et Venerem et proelia deftinat:
Fruftra: nam gelidos inficiet tibi
   Rubro fanguine rivos
    Lafcivi fuboles gregis.
Te flagrantis atrox hora Caniculae
Nefcit tangere: tu frigus amabile
   Feffis vomere tauris
    Praebes, et pecori vago.
Fies nobilium tu quoque fontium,
Me dicente cauis impofitam ilicem
   Saxis, unde loquaces
    Lymphae defiliunt tuae.

Horaz.

L. IV. OD. XII.
AD VIRGILIUM.

Iam veris comites, quae mare temperant,
Inpellunt animae lintea Thraciae:
Iam nec prata rigent, nec fluuii ftrepunt,
    Hiberna nive turgidi.

Nidum ponit, Ityn flebiliter gemens,
Infelix avis, et Cecropiae domus
Aeternum opprobrium, quod male barbaras
    Regum eft vlta libidines.

Dicunt in tenero gramine pinguium
Cuftodes ovium carmina fiftula,
Delectantque Deum, cui pecus et nigri
    Colles Arcadiae placent.

Adduxere fitim tempora, Virgili:
Sed preffum Calibus ducere Liberum
Si geftis, iuvenum nobilium cliens,
    Nardo vina merebere.

Nardi parvus onyx eliciet cadum,
Qui nunc Sulpiciis adcubat horreis,
Spes donare nouas largus, amaraque
    Curarum eluere efficax.

Ad quae fi properas gaudia, cum tua
Velox merce veni; non ego te meis
Immunem meditor tingere poculis,
    Plena dives vt in domo.

Verum pone moras et ftudium lucri:
Nigrorumque memor, dum licet, ignium,
Mifce ftultitiam confiliis breuem:
    Dulce eft defipere in loco.

———————

Ca»

Catull.

S. B. II. S. 14. — „Unter seinen Gedichten giebt es
nur wenige, eigentlich lyrische Stücke; aber diese haben
so viel Anmuth, Feinheit und Sprachschönheit, daß sie
als Meisterstücke ihrer Art anzusehen sind. Die letzten beiden
unter den Sinngedichten gegebenen Proben dieses Dichters las-
sen sich gleichfalls hieher rechnen. Eins seiner schönsten Lieder
ist folgender Hochzeitsgesang, von dem man in Herder's
Volksliedern, B. II. S. 248, eine schöne Uebersetzung fin-
det. — Uebrigens erinnere ich hier noch an sein *Pervigi-
lium Veneris*, und dessen treffliche Verdeutschung von Bür-
ger, ob man gleich vermuthet, daß sie einen spätern Dich-
ter eben des Namens zum Verfasser habe.

CARMEN NUPTIALE.

IUVENES.

Vesper adest, juvenes; consurgite! Vesper
Olympo
Expectata diu vix tandem lumina tollit.
Surgere jam tempus, jam pingues linquere mensas.
Iam veniet virgo, jam dicetur Hymenaeus.
Hymen o Hymenaee, Hymen ades o Hymenaee!

PUELLAE.

Cernitis, innuptae, juvenes? consurgite contra!
Nimirum Oetaeos ostendit Noctifer ignes.
Sic certe; viden' vt perniciter exsiluere?
Non temere exsiluere; canent quod vincere par est.
Hymen o Hymenaee, Hymen ades o Hymenaee!

IUVENES.

Non facilis nobis, aequales, palma parata est.
Aspicite, innuptae secum vt meditata requirant.
Non frustra meditantur: habent memorabile quod
sit.

Catull.   Nec mirum: tota penitus quae mente laborent.
Nos alio mentes, alio divifimus aures:
Iure igitur vincemur; amat victoria curam.
Quare nunc animos faltem committite veftros:
Dicere jam incipent; jam refpondere decebit.
Hymen o Hymenaee, Hymen ades o Hymenaee!

PUELLAE.

Hefpere, qui coelo fertur crudelior ignis?
Qui gnatam poffis complexu avellere matris,
Complexu matris retinentem avellere gnatam,
Et juveni ardenti caftam donare puellam.
Quid faciant hoftes capta crudelius vibe?
Hymen o Hymenaee, Hymen ades o Hymenaee!

IUVENES.

Hefpere, qui coelo lucet jucundior ignis?
Qui defponfa tua firmes connubia flamma,
Quae pepigere viri, pepigerunt ante parentes,
Nec junxere prius, quam fe tuus extulit ardor.
Quid datur a Divis felici optatius hora?
Hymen o Hymenaee, Hymen ades o Hymenaee!

PUELLAE.

Hefperus e nobis, aequales, abftulit unam.
Namque tuo adventu vigilat cuftodia; femper
Nocte latent fures, quos idem faepe revertens,
Hefpere, mutato comprendis nomine eosdem.

IUVENES.

At lubet innuptis ficto te carpere queftu.
Quid tum fi carpunt, tacita quem mente requirunt?
Hymen o Hymenaee, Hymen ades o Hymenaee!

PUELLAE.

Vt flos in feptis fecretus nafcitur hortis,
Ignotus pecori, nullo convulfus aratro,
Quem mulcent aurae, firmat fol, educat imber;
Multi illum pueri, multae optavere puellae;
Idem cum tenui carptus defloruit vngui,
Nulli illum pueri, nullae optavere puellae;

Sic

Sic virgo dum intacta manet, dum cara suis est; Catull.
Cum castum amisit polluto corpore florem,
Nec pueris jucunda manet, nec cara puellis.
Hymen o Hymenaee, Hymen ades o Hymenaee!

IUVENES.

Vt vidua in nudo vitis quae nascitur arvo,
Nunquam se extollit, nunquam mitem educat uvam;
Sed tenerum prono deflectens pondere corpus,
Iam jam contingit summum radice flagellum,
Hanc nulli agricolae, nulli accoluere juvenci;
At si forte eadem est vlmo conjuncta marito,
Multi illam agricolae, multi accoluere juvenci:
Sic virgo, dum intacta manet, dum inculta senescit.
Cum par connubium maturo tempore adepta est,
Cara virgo magis, et minus est invisa parenti.

At tu ne pugna cum tali conjuge, virgo!
Non aequum est pugnare, pater cui tradidit ipse,
Ipse pater cum matre, quibus parere necesse est.
Virginitas non tota tua est; ex parte parentum est:
Tertia pars patri data, pars data tertia matri,
Tertia sola tua est: noli pugnare duobus,
Qui genero sua jura simul cum dote dederunt.
Hymen o Hymenaee, Hymen ades o Hymenaee!

Chia-

Chiabrera.

Eine fo biegfame, wohlflingende Sprache, wie die italiänifche, die fchon ungefungen faft lauter Mufik, und eine fo gefangliebende Nation, find natürlicherweife vorzüglich liederreich. Ich könnte mehrere fchöne Proben älterer und neuerer Canzonetten geben, von denen man verfchiedene Sammlungen hat; aber ich fchränke mich hier, wie in diefer ganzen Abtheilung, eben wegen der Menge und Gangbarkeit folcher Sammlungen, nur auf einige der vorzüglichften Dichter und einige wenige Beifpiele aus ihnen, ein. — Der verliebten und moralifchen Lieder des Chiabrera find über hundert; fie ftehen im zweiten Bande feiner Werke.

I.

LONTANANZA.

Deh perchè a me non torna?
Chi il tiene? ed ove ftà?
Quel vifo, che s' adorna
Del fior d' ogni beltà?

Iti fon forte al vento
I pregi di fua fe?
E l' altrui giuramento
Non ha fermezza in fe!

Occhi miei, dove omai,
Dove vi volgero?
Lunge da quei bei rai
Ah, che mirar fi può?

Laffa, che oltra il coftume
Fammifi notte il dì,
Si fpenfe ogni mio lume
Il fol che a me fparì.

Unico

Unico mio conforto,
   Ove foggiorni tu?
   Scampo del mio cor morto,
   Non ti vedrò mai più?

Sì con note amorofe
   Ninfa gentil cantò;
   Poi le guance di rofe
   Di bel pianto rigò.

———

2.

La Violetta
   Che in full' erbetta
   Apre al mattin novella,
   Di, non è cofa
   Tutta odorofa,
   Tutta leggiadra e bella?

Sì certamente,
   Che dolcemente
   Ella ne fpira odori;
   E n' empie il petto
   Di bel diletto
   Col bel de' fuoi colori.

Vaga roffeggia
   Vaga biancheggia
   Tra l' aure mattutine;
   Pregio d' Aprile
   Via più gentile;
   Ma che diviene al fine?

Ahi, che in brev' ora,
   Come l' Aurora
   Lunge da noi fen vola,
   Ecco languire,
   Ecco perire
   La mifera Viola.

Chiabrera.
Lemene.

Tu, cui bellezza
    E giovinezza
    Oggi fan sì superba,
    Soave pena,
    Dolce catena
    Di mia prigione acerba!

Deh con quel fiore
    Consiglia il core
    Sulla sua fresca etade,
    Che tanto dura
    L' alta ventura
    Di questa tua beltade.

Lemene.

S. B. II. S. 64 — So wenig neu der Hauptgedanke und das in folgendem Liede ausgeführte Bild ist; so viel Reiz hat es doch durch die Ausführung gewonnen.

LA ROSA.

Deh mirate, o Verginelle,
    Come pura ne innamora
    Fresca Rosa in su l' Aurora,
    E imparate ad esser belle.

Vuol di spine esser armata
    La Beltà, ch' è don del Cielo;
    E modesta sul suo stelo
    Men veduta è più pregiata,

Di qual gioja empie le spiagge
    Del giardin tutte fiorite!
    Par che parli: or voi l' udite,
    E imparate ad esser sagge,

Quanta

Quanto godo (ella ragiona)
     Nel veder, ch' ognun m' inchina,
     E per farmi lor Regina
     Tutti i fior mi fan corona!

A me cede i primi onori,
     Dolcemente pallidetta
     Benchè fia la Violetta
     Primogenita de' Fiori.

Gelfomin, Ligustro e Giglio
     Gareggiar con me non vuole,
     Più dell bianco il mio vermiglio.

Al vermiglio mio fembiante,
     Che'l credea del fole un raggio
     Un mattin del primo Maggio.
     Volfe Clizia il guardo amante,

Tutti i Fior del regno mio
     Offervar l' amante Fiore,
     E fcoprendo il vago errore
     Rifer tutti, e risi anch' io,

Allor fu, che fatta altera
     S' adornò del nostro rifo,
     E mostrò più lieto il vifo
     La ridente Primavera.

Sul mattin dolce cantando
     Mi falutan gli Augeletti;
     E fi fenton Rufcelletti,
     Che mi lodan murmurando.

Venticelli innamorati
     De' lor fiati fan fofpiri:
     Io co i grati miei refpiri
     Fo poi dolci i lor fiati.

Ma che parlo ahi folle, ahi laffa,
     D'un gioir ch' è fi fugace?
     Il mio bel, che tanto piace
     E' balen, che fplende e paffa.

Lemene.

Tramon.

Clemene. Tramontar col sole il miro,
　　Se col sol nascendo ci sorge;
　　E sparire il Ciel Io scorge
　　Del grand' occhio ad un sol giro.

So ben' io, quanto sia frale
　　La bellezza, onde mi fregio;
　　Ma god' io d'un più bel pregio
　　Glorioso ed immortale. -

Qual gioir più grande, o come
　　Spererò sorte più rara?
　　A Maria son tanto cara,
　　Che Maria prende il mio nome.

E se 'l Mondo, allor che brama
　　Da Maria pietosa aita,
　　Con più nomi à se l' invita,
　　Col mio nome ancor la chiama.

Ella poi, che così degna
　　Umil regna in tanta gloria,
　　D' esser Rosa in Ciel si gloria,
　　E il mio nome non isdegna.

Or morir se in terra io scerno
　　Tosto il fral delle mie foglie
　　Per Maria, che in se lo toglie
　　E' il mio nome in cielo eterno.

Verginelle, al vostro orecchio
　　Bei pensieri il fior consiglia,
　　Or' à voi, se à voi somiglia
　　Sia la Rosa immago, e specchio.

E tu Vergine pietosa,
　　A' Mortali il guardo piega;
　　E consola chi di prega
　　Col bel nome della Rosa.

———————

Zappi.

Zappi.

S. B. II. S. 23. — Die zu Venedig, 1757, in zwei Duodezbänden, gedruckte Ausgabe seiner *Rime* enthält, außer denen von seiner Gattin, Faustina Maratti, noch viele, zum Theil schöne, kleine Gedichte andrer berühmter Mitglieder der arkadischen Gesellschaft.

I.

CANZONETTA.

Ninfa cortese
  Col gentil dardo
  D'un dolce sguardo questo sen ferì;
  E poi distese
  Verso la piaga
  Sua mano vaga, ed il mio cor rapì.

Core infelice,
  Povero core,
  Con che dolore il suo Signor lasciò!
  Or che mi dice,
  Or chi m' addita
  Dov'ella è gita, e dove lui portò?

Già ch' ei sen gio
  Fuor del mio seno
  Sapessi almeno ora dov' è, che fà!
  Ne chiedo al rio,
  Ne chiedo al fonte,
  Al piano, al monte, e nulla parte il fà.

Ninfe e Pastori,
  Che qui sedete,
  Voi lo sapete, lo mio cor com' è;
  Cinto d' ardori,
  Pieno di fede,
  Deh chi lo vede, lo riporti a me!

Me

Zappi. Ma, oh Dei, che afcolto!
   Odo una voce
   Dirmi: feroce, in van lo cerchi tu!
   Clori l' ha tolto,
   E amor fel tiene,
   Sei fuor di fpene di vederlo più.

2.

SCHERZO IMPROVISO.

Gelfomini, onor di Flora,
  Io vi veggio affai faftofi,
  Tutti lieti, e baldanzofi,
  Sol perchè di voi s'infiora,
  E di voi s' imperla il feno
  Amarilli, onor del Reno.

Gelfomini orgogliofetti,
  Pur è forza, ch' io ve 'l dica:
  V' era meglio in piaggia aprica
  Star tra l' erbe, e trai fioretti:
  Che tra l' altre erbette belle
  Ben fembrate tante ftelle.

Ma in venir fotto a quel volto,
  E pofando in sì bel petto,
  Dove Amor per fuo diletto
  Ogni bello ha infieme accolto,
  Voi perdefte il voftr' onore
  Nella gara del candore.

V'era meglio il fare adorno
  In full' ara un Idol muto:
  Voi avrefte almen viffuto
  Più d'un alba, e più d'un giorno:
  Or venifte a lei d' avante
  Per disfarvi in un iftante.

         Già

Già vi fcorgo a poco a poco
 Farvi languidi, e men belli,
 Suenturati, mefchinelli!
 Troppo ardore, e troppo foco
 Verfa giù dalle pupille
 La belliffima Amarille.

Chiefto avefte a me configlio,
 Non andate, v'avrei detto,
 Tra le nevi di quel petto,
 Sotto i lampi di quel ciglio;
 Non è fen da lufingarfi,
 Non fon occhi da fidarfi.

Non è fen da lufingarfi,
 V' avrei detto, perderete,
 V' avrei detto, languirete,
 Non fon occhi da fidarfi,
 Troppo prefto, o femplicetti,
 Languirete al fuol negletti.

Or vi veggio, e ogn' un vi vede,
 Qual cadere a lei ful grembo,
 Qual ful manto, e qual ful lembo,
 Tutti alfin caderle al piede;
 Perchè il piè vi fani, e tocchi
 Si mal conci da begl' occhi.

Gelfomini orgogliofetti,
 Quel ch' avvien, ch' io di voi canti,
 Pur lo dico a i cuori amanti;
 Cuori amanti femplicetti,
 Non è fen da lufingarfi,
 Non fon occhi da fidarfi.

————————

3.

Dolce udir full' erba affifo,
 Paftorello e Paftorella,
 Dice Clori al fuo Dalifo,

Zappi.
Maffei.

Son pur bei del prato i fiori.
E Daliso dice a Clori:
Son più bei quei del tuo viso,
Clori bella.

Amor con me, con noi
Partire i pregi suoi
Si prese giuoco.
A voi diè lo splendor,
A me tutto l' ardor
Del suo bel foco.

Maffei.

Der Marchese Scipioni Maffei, aus Verona gebür-
tig, ist als einer der gründlichsten und geschmackvollsten
Gelehrten Italiens bekannt, und als Dichter hat ihn sein
Trauerspiel, Merope, am meisten berühmt gemacht. Unter
seinen *Rime e Prose*, Ven. 1719. 4. stehen S. 106 — 108.
drei *Canzonette a Tavola*, dergleichen die Italiäner viele
haben, die sie auch oft, wie die ausgebrachten Gesundhei-
ten, bei denen sie gesungen werden, *Brindisi* nennen. Eine
Nachahmung des folgenden, an heitern, jovialischem Muthe
reichen, Trinkliedes findet man, mit beigedrucktem Origi-
nale, unter Schiebeler's Gedichten, S. 155.

CANZONE.

Amici, amici, è in tavola:
Lasciate tante chiacchere!
Tutti i pensier sen vadano,
Sen vadan via di quà:
Che'l cielo sia sereno
Che sia di nubi pieno,
Buon tempo qui farà.

Quand'

Maffei.

Quand' io mi trovo a tavola
    Non cedo al rè del Meſſico,
    Ne mai penſier di debiti
    Allor mi viene in cor:
    Seggiamo allegramente,
    Godiam tranquillamente,
    Ci penſi il creditor.

Che arrabbin queſti economi
    C' han ſempre il viſo torbido:
    Per gli anni c' hanno a naſcere
    Teſoro io non farò:
    Ch' io ſerbi per dimani?
    Follia! che ſan gl' inſani
    Diman ſe vi ſarò?

Ma ſe a noi fan rimprovero
    Che ſiamo a mangiar dediti,
    Non mangiam ſenza bevere,
    Che non è ſanità:
    Qua coppe qua bicchieri,
    Vin bianchi vini neri,
    Queſt' è felicità.

Un tempo era il mio genio
    Languir per un bel ciglio:
    Error degli anni teneri
    Pazzia di gioventù!
    Quant' è miglior diletto
    Verſar dentro il ſuo petto
    Due fiaſchi, e forſe più.

L' amore ci ſa piangere,
    E'l vino ci ſa ridere:
    Cui pace amor lo ſeguiti,
    Che 'l vino io ſeguirò.
    La dama, con ſua pace
    Allora ſol mi piace
    Che brindiſi le fo.

    Paolo.

Paolo Rolli.

Ein geborner Römer, der die meiste Zeit seines Lebens in London zubrachte, und im J. 1762 starb. Seine Ueber= setzung Milton's ist bekannt. Außer seiner kleinern poe= tischen Sammlung, die schon im J. 1761. herauskam, wurde eine stärkere in drei Bänden zu Venedig 1761 gedruckt. Am meisten glückte ihm die leichte anakreontische Manier; auch hat man einige reizende Sonnette von ihm, worun= ter das auf einen schönen Mund vorzüglich berühmt, und von unserm Gleim meisterhaft nachgeahmt ist.

CANZONETTE.

I.

Dorilla e che farà
Di questa tua beltà
Che tanti alletta?
    Senza pentirsi un dì,
No, non si può così
Restar soletta.

    I tempo giovanil
D'una Beltà gentil
Somiglia un Fiore:
    Campestr'e vil farà,
Se no 'l coltiverà
La man d' Amore.

    Talun' à nel pensier,
Fuggendo dal piacer,
Fugir l' affanno:
    Se poi stagion passò,
Conosce ma non può
    Lasciar l' inganno.

L'

Rolli.

L' Amante ſuol talor
Seguir qual cacciator
La preda viva;
    E in tanti affanni ſuoi
Nè pur la guarda poi
Quando l' arriva.

    Gli è vero; ma pur v'à
Chi preſa l' amerà
Com' un teſoro;
    Faralle vezzi ognor,
Terralla con onor
In gabbia d' oro.

    No Bella non voler
Combatter co' penſier
Sol per tuo danno:
    I giorni del gioir
Per mai più non venir
Fuggendo vanno.

    Coteſta libertà
D'un cor che amor non à,
Ogg' io pur ſento:
    Un' Ozio vil ſi fa
Che ſe Martir non dà,
Non dà Contento.

    Brama di Gemm' e d' Or,
Deſio di van' Onor
Non t' incateni:
    Mancando, fan penar,
Ne te ne puoi ſaziar
Quando gli ottieni.

    Un generoſo Ardor
D' amore per amor
Eſca è dell' Alma:
    Che gli altri ſcorge andar
In procelloſo Mar
Quand' ella è in calma.

2.

Sì beviam, vezzosa Dori,
Il buon vino amar ben fa.
Fredd' è Amore quand' un poco
Del suo foco
Bacco e Cerer' non gli da.

Due ridenti labbra care
Dolci son, son belle ognor;
Mà bagnate da buon vino,
An divino
Il color' ed il sapor.

Foll' è pur chi amar ben crede
Con tutt' altro abbandonar.
Quando gode ber bottiglia
Vaga Figlia,
Si può bever' ed amar.

Meta-

Metastasio.

S. B. I. S. 251. — Sein großes, seltnes lyrisches Talent, gleich fähig zum Edeln und Erhabenen, wie zum Zärtlichen, Rührenden und Leichten ist in allen seinen größern und kleinern dramatischen Arbeiten sichtbar. Aeußerst vollendet, und allgemein bekannt sind auch die fünf Canzonetten, am Schluß des sechsten Bandes der Turiner Ausgabe seiner Werke: *La Primavera*; *L' Estate*; *La Libertà*; *Palinodia* und *La Partenza*. Die vierte ist Widerruf der dritten, die ich hier mittheile, wovon man eine französische Nachahmung von J. J. Rousseau, und eine noch schönere deutsche von Hrn. Gotter hat. (S. des letztern Gedichte, B. I. S. 205.)

LA LIBERTA.

Grazie agl' inganni tuoi,
  Al fin respiro, o Nice,
  Al fin d' un infelice
  Ebber gli Dei pietà.
    Sento da' lacci suoi,
  Sento che l' alma è sciolta;
  Non sogno questa volta,
  Non sogno libertà.

Mancò l' antico ardore,
  E son tranquilla a segno,
  Che in me non trova sdegno
  Per mascherarsi amor.
    Non cangio più colore,
  Quando il tuo nome ascolto;
  Quando ti miro in volto,
  Più non mi batte il cor.

Sogno, ma te non miro
  Sempre ne' sogni miei;

Metastasio.

Mi desto, e tu non sei
Il primo mio pensier.
   Lungi da te m'aggiro,
Senza bramarti mai;
Son teco e non mi fai
Nè pena, nè piacer.

Di tua beltà ragiono,
  Nè intenerir mi sento;
I torti miei rammento,
E non mi so sdegnar.
   Confuso più non sono,
Quando mi vieni appresso;
Col mio rivale istesso
Posso di te parlar.

Volgimi il guardo altero,
Parlami in volto umano;
Il tuo disprezzo è vano,
'E vano il tuo favor.
   Che più l' usato impero
Quei labbri in me non hanno
Quegli occhi più non sanno
La via di questo cor.

Quel, che or m' alletta, o spiace,
Se lieto, o mesto or sono,
Già non è più tuo dono,
Già colpa tua non è.
   Che senza te mi piace,
La selva, il colle, il prato;
Ogni soggiorno ingrato
M' annoia ancor con te.

Odi, s' io son sincero;
Ancor mi sembri bella,
Ma non mi sembri quella,
Che paragon non ha.
   E (non t' offenda il vero)
Nel tuo leggiadro aspetto
Or vedo alcun difetto;
Che mi parea beltà.

Quando

Quando lo stral spezzai,
  Confesso il mio rossore,
  Spezzar m' intesi il core,
  Mi parve di morir.
    Ma per uscir di guai,
  Per non vedersi oppresso,
  Per racquistar se stesso,
  Tutto si può soffrir.

Nel visco, in cui s'avvenne
  Quell' augellin talora
  Lascia le penne ancora,
  Ma torna in libertà.
    Poi le perdute penne
  In pochi dì rinnova,
  Cauto divien per prova,
  Nè più tradir si fa.

So, che non credi estinto
  In me l' incendio antico,
  Perchè si spesso il dico,
  Perchè tacer non so.
    Quel naturale istinto,
  Nice, a parlar mi sprona,
  Per cui ciascun ragiona
  De' rischi, che passò.

Dopo il crudel cimento
  Narra i passati sdegni
  Di sue ferite i segni
  Mostra il guerrier così.
    Mostra così contento
  Schiavo, che uscì di pena,
  La barbara catena,
  Che strascinava un dì.

Parlo, ma sol parlando
  Me sodisfar proccuro;
  Parlo, ma nulla io curo
  Che tu mi presti fè.
    Parlo, ma non dimando,
  Se approvi i detti miei,

Nè

Metastasio.　Nè se tranquilla sei
Nel ragionar di me.

Io lascio un' incostante;
Tu perdi un cor sincero;
Non so di noi primiero,
Chi s' abbia a consolar.
　　So, che un sì fido amante
Non troverà più Nice,
Che un altra ingannatrice
'E facile a trovar.

Clement Marot.

E. B. II. S. 24. — Auch in seinen Liedern ist sehr viel Natur und Naivetät, ob ihnen gleich der leichte musikalische Gang fehlt, dessen die spätern Lieberdichter der Franzosen so sehr Meister wurden.

Puisque de vous je n' ai autre visage,
Je m' en vais rendre Hermite en un desert,
Pour prier Dieu, si un autre vous sert,
Qu' autant que moi en votre honneur soit sage,
Je m' en vais rendre Hermite en un desert.

Adieu Amour, adieu gentil corsage,
Adieu ce rire, adieu ces si beaux yeux,
Dont un regard sembloit m' ouvrir les cieux:
Je n' ai pas eu de vous grand avantage;
Un moins aimant aura peut - être mieux.

Melin de Saint Gelais.

E. B. II. S. 25. — Die meisten Lieder von ihm sind vielmehr Madrigale, und es fehlt ihnen nicht an Feinheit der Empfindung und anmuthiger Treuherzigkeit des Ausdrucks. Folgendes verdient, der artigen Wendung wegen, hier eine Stelle:

Soupirs ardens, parcelles de mon ame,
Qui de mon deuil seuls la cause entendez,
Si vous voyez ma fin plaire à ma Dame,
Volez au ciel, et là haut m' attendez:
Mais si son oeil, comme vous pretendez,
De quelque espoir nous daigne secourir,
Tournez à moi et l' ésprit me rendez;
Je n' aurai plus volonté de mourir.

Lai-

Lainez.

Lainez.

S. B. II. S. 66. — Er gehört unter die angenehmsten französischen Dichter in der leichten, gesellschaftlichen Gattung. Man hat nur wenige, aber größtentheils schätzbare, kleine Stücke von ihm, die er selbst nie aufschrieb, sondern blos aus dem Gedächtniß hersagte. Eben so wenig achtete er auf die Früchte seiner weitläuftigen und mannichfaltigen Gelehrsamkeit.

PRINTEMS.

Que tout refleurisse
Dans ce beau séjour,
Jonquille et Narcisse,
Que tout rajeunisse
Aux yeux de l' Amour!
Que la Faveur repose
Dans les bras du Loisir;
Que FLORE, sur la rose,
Pour elle seul éclose,
Vienne avec le Plaisir,
Couronner le ZEPHYR!

LES PRESSOIRS DE CHAMPAGNE.

La Fable, entre mille plaisirs,
Et mille flots badins conduits par des Zéphyrs,
Fit naître une Vénus de l' écume de l' Onde;
Que la Grèce murmure, ou que la Fable gronde,
  La Champagne, le verre en main,
A l' aspect des pressoirs que sa liqueur inonde,
La fait naître aujourd' hui de la mousse du Vin.

Chau-

Chaulieu.

S. von ihm B. III. unter den Verfassern poetischer
Briefe. Mehr, als seine Oden, glückte ihm die leichtere
Gattung der Madrigale und Chansons.

STANCES.

Que de chagrins, de tourmens et d' alarmes,
Ingrate Iris, tes rigueurs m' ont couté!
Faut-il encor que je verse des larmes,
Pour déplorer ton infidelité?

Tu me jurois une amour éternelle,
Et cependant tu me manques de foi;
Crois-tu trouver un Amant plus fidele?
Il n' en est point qui t'aime autant que moi.

Ce beau Berger, à qui tu veux tant plaire,
Sent pour Philis et pour toi même ardeur;
Quand tu m' aimois, la Reine de Cythere
N'eut pas trouvé de place dans mon coeur.

Tes faux sermens, ni tes trompeuses larmes
N'ont pû ternir l' éclat de ta beauté;
Reviens, Iris, en faveur de tes charmes
Je ferai grace à ta legéreté.

CHANSON.

Vous êtes fille de l' Amour,
Cruelle Jalousie!
Mais, hélas! vos soupçons font languir nuit et
                                                        jour,
Sitôt que l' ame en est saisie.

                                        Sans

Chaulieu,
La Fare.

Sans vos foins ennuyeux
L' Amour feroit tranquille;
Votre pere eft fans yeux,
Et vous en avez mille,

A U T R E.

———

Mon Iris m'eft toujours fidéle,
Nous fommes l' un et l' autre également contens;
Je n'ai lieu de me plaindre d' elle,
Que de l' aimer depuis dix ans.
Cependant cela feul fait toutes nos querelles;
Hélas! faut · il donc voir ainfi
S'échaper malgré nous nos ardeurs mutuelles?
N' étoit · ce point affez que le tems eût des ailes?
Pourquoi, volage amour, en avez · vous auffi?

———

La Fare.

Gewöhnlich find die leichten und angenehmen Verſe
des Marquis Charles Auguſte de la Fare, der in franz
zöſiſchen Kriegsdienſten war, und im J. 1712 ſtarb, ein
Anhang der Gedichte des Abts Chaulieu, deſſen vertrauter
Freund er war. Erſt in feinem ſechszigſten Lebensjahre ſoll
ſich feine, noch ſehr jugendliche, poetiſche Aber geöffnet
haben.

C H A N S O N.

———

En vain je bois pour calmer mes allarmes,
Et pour chaffer l' amour qui m'a furpris;
Ce font des armes
Pour mon Iris;
Le Vin me fait oublier fes mépris,
Et m' entretient feulement de fes charmes,

Mon.

Moncrif.

S. B. II. S. 65. — In der *Anthologie Françoife* fteht bei folgendem Liebe von ihm die Anmerkung, daß es voller Moral fey, weil der Unmuth verfchmähter Liebhaber, ihre von Rachfucht erzeugte Unbefonnenheit, und das bösartige Vergnügen, welches fie daran finden, den Gegenftand ihrer noch nicht völlig erlofchenen Liebe zu beleidigen, ungemein glücklich darin gefchildert, und als unnüß dargeftellt find.

LA FANTAISIE.

Elle m' aima, cette belle Afpafie,
Et bien en moi trouva tendre retour.
Elle m' aima, ce fut fa fantaifie,
Mais celle-là ne lui dura qu' un jour.

Le jour d' après cette belle Afpafie
Entend Myrtil chanter l' Hymne d' Amour;
Elle l' aima, ce fut fa fantaifie,
Et celle-là ne lui dura qu'un jour.

Toujours aimant, cette belle Afpafie
A pris, quitté nos Bergers tour à tour.
Ils font fachés; moi je la remercie,
Las! elle fait paffer un fi beau jour!

Pour ramener une belle Afpafie,
C'eft grand abus de montrer du courroux;
Si reclamez fa douce fantaifie,
Elle dira: Que ne l' infpirez-vous?

J'ai vû depuis cette belle Afpafie,
La couronnant de rofes, je lui dis:
Quand reviendra la douce fantaifie?
Car ce jour-là c'eft le feul où je vis.

Lort

Moncrif.   Lors j' apperçus cette belle Aspasie,
Panard.   Qu'un doux souris coloroit ses attraits!
            Elle repris sa douce fantaisie,
            Et me donna même le jour d' après.

            Amans, quittés d' une belle Aspasie,
            Ayez près d'elle un modeste maintien;
            Ne prétendez gêner sa fantaisie:
            Qui plaît est Roi, qui ne plaît plus n'est rien.

Panard.

G. B. II. S. 32. — Er ift einer der beften und belieb-
teften neuern franzöfifchen Lieberdichter, und in Vaude-
villen vorzüglich glücklich.   Kürze, epigrammatifcher
Witz, naife Wendung, und fehr leichte Verfifikation
geben feinen fleinern Gedichten, deren er die Menge ver-
fertigt hat, einen ausgezeichneten Werth.

CHANSON.

            Dans ma jeunesse
           La vérité régnoit,
           La vertu dominoit,
           La constance brilloit,
           La bonne foi regloit
           L' Amant et la Maitresse.
Aujourd' hui ce n'est plus cela:
           Ce n'est qu' injustice,
           Trahison, malice,
           Changemens, caprice,
           Détours, artifice,
             Et l' Amour va
             Cahin, caha.

                                        Dans

Dans ma jeuneſſe,
Les Veuves, les Mineurs
Avoient des défenſeurs,
Avocats, Procureurs,
Juges et Rapporteurs,
Soutenoient leur foibleſſe.
Aujourdhui ce n'eſt plus cela:
L.'on gruge, l'on pille
La Veuve, la Fille,
Mineur et pupille;
Sur tout on grapille,
  Et Thémis va
  Cahin, caha.

Panard.

Dans ma jeuneſſe
Quand deux coeurs amoureux
S'uniſſoient tous les deux,
Ils ſentoient mêmes feux;
De l'Hymen les doux nœuds
Augmentoient leur tendreſſe.
Aujourd'hui ce n'eſt plus cela.
Quand l'Hymen s'en mêle,
L'ardeur la plus belle
N'eſt qu'une étincelle,
L'amour bat de l'aîle,
  Et l'Epoux va
  Cahin, caha.

Dans ma jeuneſſe
On voyoit des Auteurs,
Fertiles producteurs,
Enchanter les lecteurs,
Charmer les ſpectateurs
Par leur délicateſſe.
Aujourd'hui ce n'eſt plus cela:
Les vers aſſoupiſſent
Les ſcenes languiſſent,
Les Muſes gémiſſent,
Succombent, périſſent,
  Pégaſe va
  Cahin, caha.

Dans

Danard.

Dans ma jeuneſſe
Les Papas, les Mamans,
Sévéres, vigilans ,
En dépit des Amans,
De leur tendrons charmans
Conſervoient la ſageſſe.
Aujourd'hui ce n'eſt plus cela:
L' Amant eſt habile,
La Fille docile,
La Mere facile ,
Le Pere imbécile,
Et l' honneur va
Cahin, caha.

CHANSON A BOIRE.

———

De quel bruit effrayant retentiſſent les airs!
Les vents, échappés de leurs fers,
Se font une terrible guerre!
Quels ſifflemens! quelles fureurs!
La grêle, les éclairs , les éclats du Tonnerre,
Vout détruire en ce jour tout l'eſpoir des Buveurs.
O Jupiter, calmez votre colere!
Bacchus, pour vous fléchir ſe joint à nos accens,
Souvenez-vous, grand Dieu, que vous êtes ſon pere,
Et que nous ſommes ſes enfans!

——— ———

De

De Lattaignant.

Der Abt Gabriel Charles de Lattaignant, Kanoni-
kus zu Rheims, ist gleichfalls einer der glücklichsten und
fruchtbarsten Liederdichter der Franzosen. Unter der Menge
seiner leichten, theils tändelnden, theils leidenschaftlichen,
Stücke giebt es freilich einige, deren Inhalt und Aus-
druck ziemlich frostig sind; in den meisten aber herrscht doch
viel Natur und glückliche Leichtigkeit; und nicht leicht ver-
letzt er den Wohlstand.

CHANSON.

Lisette est faite pour Colin,
  Et Colin pour Lisette.
Il est volage, il est badin,
  Elle est vive et coquette.
Colin tolere ses rivaux,
  Lisette ses rivales;
Il prime parmi ses égaux,
  Elle, entre ses égales.

Lisette amuse mille Amans,
  Colin, toutes les Belles;
Tous deux en Amour sont constans,
  Et tous deux infideles.
Il est le plus beau du Hameau,
  Elle en est la plus belle;
Colin ressemble au franc-Moineau,
  Lisette à l'Hirondelle.

Sans soupirer et sans languir,
  Ils amusent l'absence
Par les plaisirs du souvenir,
  Et ceux de l'espérance;
Ou, s'ils dissipent leur chagrin
  Par quelqu'autre amourette,
Lisette revient à Colin,
  Et Colin à Lisette.

De Lattaig-
nant.
Bernard.

S'il naît quelque dispute éntre eux,
   C'est un leger orage,
Qui, bien loin de briser leurs noeuds,
   Les serre davantage:
Quel tort pourroient · ils se donner,
   Egalement coupables?
Ah! pour ne pas se pardonner,
   Tous deux sont trop aimables.

Les soupçons jaloux, les soupirs
   Ne troublent point leurs chaînes;
D'amour ils goutent les plaisirs,
   Sans en sentir les peines.
Amans, qui voulez vivre heureux,
   Prenez · les pour modele;
Et n' imitez plus dans vos feux
   La triste Tourterelle.

Bernard.

Von diesem sehr gefälligen Dichter ist schon im dritten
Bande das schöne elegische Lied: *Tendre fruit des pleurs de
l' Aurore*, mitgetheilt worden. Hier ist noch eins von ihm,
gleichfalls in der zärtlichen Gattung:

Sur une écorce légère,
Amans, tracez vos ardeurs;
Le beau nom de ma bergère
N'est gravé que dans mon coeur.
Je n'ose occuper ma Lyre
A chanter un nom si doux;
Echo pourroit le rédire,
Et j'aurois trop de jaloux.

Corinne à feindre m'engage,
Pour mieux tromper les témoins!

Ce-

Ce que lui plaît davantage,
Semble me plaire le moins:
L' herbe où fon troupeau va paître,
Voit le mien s'en écarter,
Et je femble méconnoître
Son Chien qui veut me flatter

Vous qu'un fol amour infpire,
Connoiffez mieux le plaifir,
Vous n'aimez que pour le dire,
Nous n'aimons que pour jouir:
Corinne, que ce myftère
Dure autant que nos amours.
L'Amant content doit fe taire,
Fais moi taire pour toujours.

L'Amant frivole et volage
Chante partout fes plaifirs;
Le Berger difcret et fage
Cache jusqu' à fes defirs.
Telle eft mon ardeur extrême:
Mon coeur foumis à ta loi
Te dit fans ceffe qu'il aime,
Pour ne le dire qu' à toi.

Bernard.
Riboutte'.

Riboutte'.

Folgendes fehr beliebte, und mehrmals in Mufik ge-
fetzte naife Lied von Herrn Riboutte', Kontrolleur der
königlichen Einkünfte in Paris, gehört zu den beften feiner
Art.

Que ne fuis · je la fougère,
Où fur le foir d'un beau jour
Se repofe ma Bergère
Sous la garde de l' Amour!

D 2   Que

Riboutte. Que ne suis-je le Zéphire
Qui rafraîchit ses appas,
L'air que sa bouche respire,
La fleur qui naît sous ses pas!

Que ne suis-je l'onde pure
Qui la reçoit dans son sein!
Que ne suis-je la parure
Qu' elle met sortant du bain!
Que ne suis-je cette glace,
Où son minois répeté
Offre à nos yeux une Grace
Qui sourit à la Beauté!

Que ne suis-je l'oiseau tendre
Dont le ramage est si doux,
Qui lui-même vient l'entendre,
Et mourir à ses genoux!
Que ne suis-je le caprice
Qui caresse son désir,
Et lui porte en sacrifice
L'attrait d' un nouveau plaisir!

Que ne puis-je par un songe
Tenir son coeur enchanté!
Que ne puis-je du mensonge
Passer à la vérité!
Les Dieux, qui m'ont donné l', être,
M' ont fait trop ambitieux,
Car enfin je voudrois être
Tout ce qui plaît à ses yeux.

Dorat.

Dorat.

S. B. I. S. 26. — Hier find nur zwei von den vielen, unter feinen Gedichten befindlichen, leichten und angenehmen Liedern:

Tes yeux promettent le bonheur,
Confirme leur langage.
Va, le plaifir vaut bien l' honneur
D'être fiere et fauvage:
Quand l' Amant n'eft point trompeur,
Son triomphe eft un hommage.

Sous l' aîle du tendre Zéphir
Vois cette rofe éclore;
Vois fon incarnat s' embellir
Des baifers de l' Aurore.
Jeune Eglé, c'eft le plaifir
Qui l' anime et la colore.

Combien de fois ai - je chanté
L' objet de mes allarmes!
Mais célébre - t - on la beauté,
En répandant des larmes?
Ce n'eft que la volupté
Qui pourroit peindre tes charmes.

Amour, prends foin de mon deftin,
Rends Eglé moins cruelle;
Laiffe - moi mourir fur fon fein,
Et renaître pour elle:
C'eft là que je veux enfin
M' écrier, Dieux! qu'elle eft belle!

POR-

PORTRAIT D' UNE
MAITRESSE.

———

Amour, commence le tableau:
Qu'il fera beau, s'il eft fidelle!
Voilà les couleurs, le pinceau.
Deffine, Amour, fois mon Apelle.

L' ouvrage eft digne de ta main;
Il s'agit du portrait d' Ifmène.
Sur l' albâtre d' un front ferein
Trace deux jolis arcs d' ébène.

Peins fous leur voûte un oeil charmant;
Cet oeil trop rigoureux peut-être,
Qui, tour-à-tour fier et touchant,
Défend le defir qu'il fait naître.

Peins fur fes lèvres de corail
Les fleurs nouvellement éclofes;
De fes dents pour rendre l' émail,
Peins des perles parmi les rofes.

Avec art fufpens fes cheveux,
Et treffe-les en diadême . . . .
Laiffe-les flotter, fi tu veux;
Ce défordre lui fied de même.

Pour m' offrir les brillans contours
De fa taille fouple et legere,
Peins la plus agile Bergere
Qui cherche ou qui fuit les amours.

De fon doux et tendre fourire
Exprime le charme fecret :

Peins ce qu'il dit, ce qu'il promet;
Moi, je peindrai ce qu'il inspire,

Dorat.

  Acheve, arrondis ce beau sein,
Qui fixeroit l'amour volage ....
Le pinceau tombe de ta main ....
Arrête, et baise ton ouvrage.

Ben

Ben Jonson.

Ungern versage ich meinen Lesern und mir das Vergnügen, hier eine Reihe alter englischer und schottischer Lieder herzusetzen; aber die Kürze nöthigt mich, sie auf Ramsay's, Percy's und andre, im Lehrbuche angeführte, Sammlungen zu verweisen. Nur ein paar zur Probe; und unter diesen verdient folgendes treffliche, so ganz anakreontische Lied des bekannten dramatischen Dichters Ben Jonson (geb. 1574, gest. 1637;) die erste Stelle.

SONG.

Drink to me only with thine eyes,
  And I will pledge with mine;
Or leave a kiss but in the cup,
  And I'll not look for wine:
The thirst that from the soul does rise,
  Does ask a drink divine;
But might I of Jove's nectar sup,
  I would not change for thine,

I sent thee late a rosy wreath,
  Not so much honouring thee,
As giving it a chance that there
  It could not withered be.
But thou thereon didst only breathe,
  And sent'st it back to me;
Since when it grows and smells, I swear,
  Not of itself, but thee.

Suckling.

Sir John Suckling, geb. 1613, geſt. 1641, ein zu
ſeiner Zeit ſehr beliebter Poet, hat vornehmlich in ſeinen
kleinern Liedern und Sonnetten viel Anmuth und natur-
liche Leichtigkeit. Am meiſten zeichnet ſich ſeine Ballade,
Upon a Wedding (Poems; Lond. 1646. 8. p. 37.) aus; nur
kann ich ſie ihrer Länge und einiger zu niedrigen Ausdrücke
wegen nicht wohl mittheilen. Von nachſtehendem Liede
findet man eine Nachahmung in Schiebeler's Gedichten,
S. 152.

SONG.

Why ſo pale and wan, fond lover,
   Prithee, why ſo pale?
Will, when looking well can't move her,
   Looking ill prevail?
   Prithee, why ſo pale?

Why ſo dull and mute, young ſinner,
   Prithee, why ſo mute?
Will, when ſpeaking well can't win her,
   Saying nothing do't?
   Prithee, why ſo mute?

Quit, quit for ſhame; this will not move,
   This cannot take her.
If of herſelf ſhe will not love,
   Nothing can make her;
   The Devil take her!

Cowley.

Cowley.

Statt einiger Proben seiner anakreontischen Lieder, die sehr viele Schönheiten, und nichts von dem ihm sonst eignen Hange zu schwülstiger Verzierung haben, gebe ich hier lieber seine sogenannte Ballade, *The Chronicle*, die Dr. Johnson a composition unrivalled and alone nennt. „So viel Heiterkeit der Phantasie, setzt er hinzu, so viel Leichtigkeit des Ausdrucks, so mannichfaltige Aehnlichkeit, solch eine Reihe von Bildern, und solch einen Tanz der Wörter, darf man bei keinem andern Dichter zu finden hoffen, als bei Cowley."

THE CHRONICLE.

Margarita first possess'd,
If I remember well, my breast,
  Margarita first of all;
But when a while the wanton maid
With my restless heart had play'd,
  Martha took the flying ball.

Martha soon did it resign
To the beauteous *Catherine.*
  Beauteous Catherine gave place
(Though loath and angry she to part
With the possession of my heart.)
  To *Elisa's* conquering face.

Elisa till this hour might reign
Had she not evil counsels ta'en;
  Fundamental laws she broke,
And still new favourites she chose,
Till up in arms my passions rose,
  And cast away her yoke.

Mary then and gentle *Ann*
Both to reign at once began,
  Alternately they sway'd;

And

And sometimes Mary was the fair,
And sometimes Ann the crown did wear,
  And sometimes Both I obey'd.   **Cowley.**

Another *Mary* then arose,
And did rigorous laws impose,
  A mighty Tyrant she!
Long, alas! should I have been
Under that iron-scepter'd queen,
  Had not *Rebecca* set me free.

When fair Rebecca set me free,
'Twas then a golden time with me;
  But soon those pleasures fled;
For the gracious Princess died
In her Youth and Beauties pride,
  And *Iudith* reigned in her stead.

One month, three days, and half an hour
Iudith held the souv'reign power;
  Wond'rous beautiful her face,
But so weak and small her wit,
That she to govern was unfit,
  And so *Susanna* took her place,

But when *Isabella* came,
Arm'd with a resistless flame,
  And th' artillery of her eye,
Whilst she proudly march'd about,
Greater conquests to find out,
  She beat out Susan by the bye.

But in her place I then obey'd
Black-ey'd *Bess*, her Viceroy-Maid,
  To whom ensu'd a Vacancy.
Thousand worse passions then possess'd
The Interregnum of my breast;
  Bless me for such an Anarchy!

Gentle *Henriette* than
And a new *Mary* next began
  Then *Ione*, and *Iane*, and *Andria*,

                              And

Cowley. And then a pretty *Thomasine*,
And then an other Catherine,
And then a long *Et caetera.*

But should I now to you relate
The strength and riches of their state,
The powder, patches, and the pins,
The ribbands, jewels, and the rings,
The lace, the paint, and warlike things,
That make up all their magazines;

If I should tell the politick arts,
To take and keep men's hearts,
The letters, embassies and spies,
The frowns, and smiles, and flatteries,
The quarrels, tears and perjuries,
Numberless, nameless mysteries!

And all the little lime-twigs laid
By Machavil the waiting-maid;
I more voluminous should grow
(Chiefly if I like them should tell
All change of weathers that befel)
Than *Holingshead* or *Stow* *).

But I will briefer with them be,
Since few of them were long with me.
An higher and a nobler strain
My present Emperess does claim,
Helconora, first o' th' name;
Whom God grant long to reign!

*) Two English Chronicle-Writers.

Dryden.

Pope sagte mit Recht, daß sich aus Dryden's Werken bessere Beispiele jeder Dichtungsart, als aus irgend einem andern englischen Dichter, sammeln ließen. Man kennt seine Stärke in der höhern Ode aus dem Alexandersfeste, und dem schönen Gedichte auf den Tod der Mrs. Killegrew; ihm glückte aber auch der leichtere lyrische Gesang, wie schon folgende kleine Probe beweist.

SONG.

On a bank, beside a willow,
Heaven her covering, earth her pillow,
    Sad AMINTA sight alone;
From the cheerless dawn of morning
Till the dews of night returning,
    Singing, thus she made her moan:
        Hope is banish'd,
        Joys are vanish'd,
    Damon, my belov'd is gone!

Time, I dare thee to discover
Such a youth, and such a lover,
    Oh! so true, so kind was he!
Damon was the pride of nature,
Charming in his every feature,
    Damon liv'd alone for me.
        Melting kisses,
        Murmuring blisses,
    Who so liv'd and lov'd as we?

Never shall we curse the morning,
Never bless the night returning,
    Sweet embraces to restore;
Never shall we both lie dying,
Nature failing, love supplying

All the joys he drain'd before:
    Death, come, end me
      To befriend me!
Love and Damon are no more!

Waller.

In der didaktischen Poesie, und überall in größern Arbeiten, war er nicht so glücklich, als in der leichtern, tändelnden Gattung; und hier hat er, wie Dr. Johnson bemerkt, unter mehrern Verdiensten auch das, minder hyperbolisch zu seyn, als die meisten Sänger der Liebe. „Waller, sagt er, liegt nicht immer in letzten Zügen; er stirbt nicht an einem zürnenden Blick; er lebt nicht von einem Lächeln.“

TO AMORET.

Amoret, the milky way,
    Fram'd of many namelefs stars,
The smooth stream, where none can say,
    He this drop to that prefers!

Amoret, my lovely foe!
    Tell me where thy strength does lie?
Where the pow'r that charms us so?
    In thy soul, or in thy eye?

By that snowy neck alone,
    Or thy grace in motion seen,
No such wonders could be done;
    Yet thy waist is straight and clean,
As Cupid's shaft, or Hermes' rod,
And pow'rful too, as either God.

SONG.

SONG.

Waller.

Go, lovely rofe!
Tell her that waftes her time, and me,
   That now fhe knows,
When I refemble her to thee,
How fweet and fair fhe feems to be.

Tell her that 's young,
And fhuns to have her graces fpy'd,
   That, hadft thou fprung
In deferts, where no men abide,
Thou muft have uncommended died,

Small is the worth
Of beauty from the light retir'd:
   Bid her come forth,
Suffer her felf to be defir'd,
And not blufh fo to be admir'd.

Then die! that fhe
The common fate of all things rare
   May read in thee:
How fmall a part of time they fhare,
That are fo wond'rous fweet and fair.

Lord

Lord Lands-
down.

Lord Landsdown.

George Granville, nachmals Lord Landsdown, geb.
ums J. 1667, gest. 1735, ein Freund und Nachahmer
Waller's, von dem er, nach meinem Gefühl, doch nicht,
wie Dr. Johnson behauptet, nur die Fehler, sondern
auch manche unverkennbare Schönheiten kopirte, den er in
seinen Liedern nicht selten an Eleganz und Leichtigkeit noch
übertraf. Der Leser entscheide, ob es gerecht sey, wenn
jener Kunstrichter besonders seine Verse an Mira meistens
schwach und ohne Gefühl, oder gezwungen und übertrieben
findet.

TO MIRA.

Prepar'd to rail, resolv'd to part,
　When I approach the perjur'd maid
What is it awes my timorous heart?
Why is my tongue afraid?

With the least glance a little kind
　Such wond'rous power have Mira's charms,
She calms my doubts, enslaves my mind,
And all my rage disarms.

Forgetful of her broken vows
　When gazing on that form divine,
Her injur'd vassal trembling bows,
　Nor dares her slave repine.

TO MIRA.

Thoughtful nights and restless waking,
　Oh the pains that we endure!
Broken faith, unkind forsaking,
　Ever doubting, never sure.

Hopes

Hopes deceiving, vain endeavours,
   What a race has Love to run!
False protesting, fleeting favours,
   Ev'ry, ev'ry way undone.

Still complaining and defending
   Both to love, yet not agree,
Fears tormenting, passion rending,
   Oh the pangs of jealousy!

From such painful ways of living,
   Ah! how sweet! could love be free;
Still presenting, still receiving,
   Fierce, immortal ecstasy.

Lord Lansdown.

SONG.

  The happiest Mortals once were we,
I lov'd Mira, Mira me;
Each desirous of the blessing,
Nothing wanting, but possessing.
I lov'd Mira, Mira me;
The happiest Mortals once were we.

  But since cruel Fates dissever,
Torn from love, and torn for ever,
Tortures end me,
Death befriend me:
Of all pains the greatest pain
Is to love, and love in vain.

Prior.

Prior.

So berühmt er als Liederdichter ist, so scheint er mir doch von andern ältern und spätern seiner Nation, nicht sowohl an Eleganz, als an Wärme der Empfindung und Natur der Sprache, übertroffen zu seyn. Bey dem allen urtheilt doch Dr. Johnson, in dieser Gattung vielleicht gerade der ungültigste Richter, viel zu hart; denn ihm sind Prior's verliebte Gedichte: the dull exercises of a skilful versifyer, resolved at all adventures to write something about Chloe, and trying to be amorous by dint of study.

TO CHLOE JEALOUS.

Yes, fairest proof of beauty's power,
  Dear idol of my panting heart,
Nature points this my fatal hour;
  And I have liv'd; and we must part.

While now I take my last adieu,
  Heave thou no sigh, nor shed a tear,
Lest yet my half-clos'd eye may view
  On earth an object worth its care.

From jealousy's tormenting strife
  For ever be thy bosom freed;
That nothing may disturb thy life,
  Content I hasten to the dead.

Yet when some better fated youth
  Shall with his amorous parly move thee,
Reflect one moment on his truth,
  Who dying thus persists to love thee.

SONG.

SONG.

If wine and mufic have the pow'r
  To eafe the ficknefs of the foul,
Let Phoebus ev'ry ftring explore,
  And Bacchus fill the fprightly bowl!
Let them their friendly aid employ
  To make my Chloe's abfence light,
And feek for pleafure, to deftroy
  The forrows of this live-long night!

But fhe to morrow will return;
  Venus, be thou to morrow great,
Thy myrtles ftrew, thy odours burn,
  And meet thy fav'rite nymph in ftate.
Kind goddefs, to no other pow'rs
  Let us to morrow's bleffings own;
The darling loves fhall guide the hours,
  And all the day be thine alone!

Shenstone.

Die Anzahl der Lieder von ihm ift nicht geringe; und
es giebt nur wenige darunter, die nicht wenigftens ftellen-
weife die feine Empfindung und die glückliche, lebenvolle
Sprache der drei folgenden hätten.

THE LANDSCAPE.

How pleas'd within my native bow'rs
Erewhile I pafs'd the day!
Was ever fcene fo deck'd with flow'rs?
Were ever flow'rs fo gay?

C 2   How

Shenstone.

How sweetly smil'd the hill, the vale,
And all the Landscape round!
The river gliding down the dale,
The hill with beeches crown'd!

But now, when urg'd by tender woes,
I speed to meet my dear,
That hill and stream my zeal oppose,
And check my fond career.

No more, since Daphne was my theme,
Their wonted charms I see;
That verdant hill and silver stream
Divide my love and me.

S O N G.

For a shape, and a bloom, and an air, and a
mien,
Myrtilla was brightest of all the gay green,
But artfully wild and affectedly coy,
Those her beauties invited her pride would destroy.

By the flocks as she stray'd with the nymphs of
the vale,
Not a shepherd but woo'd her to hear his soft tale;
Tho' fatal the passion she laugh'd at the swain,
And return'd with neglect what she heard with
disdain.

But beauty has wings and to hastily flies,
And love unrewarded soon sickens and dies;
The nymph cur'd by time of her folly and pride,
Now sighs in her turn for the bliss she deny'd.

No longer she frolicks it wide o'er the plain,
To kill with her coyness the languishing swain;
So humbled her pride is, so soften'd her mind,
That tho' courted by none she to all would be kind.

SONG.

SONG.

When Damon languish'd at my feet,
And I believ'd him true,
The moments of delight how sweet!
But ah! how swift they flew!
The sunny hill, the flow'ry vale,
The garden and the grove,
Have echo'd to his ardent tale,
And vows of endless love.

The conquest gain'd, he left the prize,
He left her to complain,
To talk of joy with weeping eyes,
And measure time by pain.
But Heav'n will take the mourner's part
In pity to despair,
And the last sigh that rends the heart
Shall waft the spirit there.

Dr. Percy.

Dr. Thomas Percy, jetzt Bischof zu Dromore in Irland, Herausgeber der mit so vielem Geschmack gesammelten und kommentirten *Reliques of anc. Engl. Poetry*, ist Verfasser folgendes angenehmen, naiven Liedes, worin einige der schönsten Züge aus Priors *Henry and Emma* benutzt sind.

O Nancy, wilt thou go with me,
  Nor sigh to leave the flaunting town?
Can silent glens have charms for thee,
  The lowly cot and russet gown?
No longer drest in silken sheen,
  No longer deck'd with jewels rare,

Say

Dr. Percy.

Say can'ſt thou quit each courtly ſcene,
　Where thou wert faireſt of the fair?

O NANCY! when thou'rt far away,
　Wilt thou not caſt a wiſh behind?
Say can'ſt thou face the parching ray,
　Nor ſhrink before the wintry wind?
O! can that ſoft and gentle mien
　Extremes of hardſhip learn to bear,
Nor ſad regret each courtly ſcene,
　Where thou wert faireſt of the fair?

O NANCY! canſt thou love ſo true,
　Thro' perils keen with me to go,
Or when thy ſwain miſhap ſhall rue,
　To ſhare with him the pang of woe?
Say, ſhould diſeaſe or pain befal,
　Wilt thou aſſume the nurſe's care,
Nor wiſtful thoſe gay ſcenes recal
　Where thou wert faireſt of the fair?

And when at laſt thy love ſhall die,
　Wilt thou receive his parting breath?
Wilt thou repreſs each ſtruggling ſigh,
　And cheer with ſmiles the bed of death?
And wilt thou o'er his breathleſs clay
　Strew flowers and drop the tender tear;
Nor then regret thoſe ſcenes ſo gay,
　Where thou wert faireſt of the fair?

Mrs.

Mrs. Barbauld.

Anna Lätitia Barbauld, Schwester des Dr. Aikin, die noch zu Hampstead, nahe bei London, lebt, wo ihr Mann eine Erziehungsanstalt hat, für die sie einige artige kleine Bücher schrieb. Sie ist Verfasserin einiger schönen Gedichte (Poems, by Miss *Aikin*; Lond. 1773. 4.) unter denen einige treffliche Lieder sind. Mehrere stehen noch in den nachher mit ihrem Bruder herausgegebenen Miscellaneous Pieces, und in der zweiten Ausgabe von des letztern schönen *Essay on Song - Writing*.

S O N G.

Come here, fond youth, whoe'er thou be
That boasts to love as well as me,
And if thy breast have felt so wide a wound,
Come hither and thy flame approve;
I'll teach thee what it is to love,
And by what marks true passion may be found.

It is to be all bath'd in tears,
To live upon a smile for years,
To lie whole ages at a beauty's feet;
To kneel, to languish and implore,
And still, tho' she disdain, adore;
It is to do all this and think thy sufferings sweet.

It is to gaze upon her eyes
With eager joy and fond surprize,
Yet temper'd with such chaste and awful fear,
As wretches feel who wait their doom!
Nor must one ruder thought presume,
Tho' but in whispers breath'd, to meet her ear.

It is to hope, tho' hope were lost;
Tho' heav'n and earth thy passion crost;
Tho' she were bright as sainted queens above,

E 4   And

Mrs. Bar-
bauld.

And thou the least and meanest swain,
  That folds his flock upon the plain,
Yet if thou dar'st not hope, thou dost not love.

It is to quench thy joy in tears,
  To nurse strange doubts and groundless fears,
If pangs of jealousy thou hast not prov'd,
  Tho' she were fonder and more true
  Than any nymph, old poets drew,
Oh! never dream again that thou hast lov'd.

If when the darling maid is gone,
  Thou dost not seek to be alone,
Wrapt in a pleasing trance of tender woe;
  And muse, and fold thy languid arms,
  Feeding thy fancy on her charms,
Thou dost not love; for love is nourish'd so.

If any hopes thy bosom share
  But those which love has planted there,
Or any cares but his thy breast enthrall,
  Thou never yet his power hast known;
  Love sits on a despotic throne,
And reigns a tyrant, if he reigns at all.

Now if thou art so lost a thing,
  Here all thy tender sorrows bring,
And prove whose patience longest can endure;
  We'll strife whose fancy shall be lost
  In dreams of fondest passion most,
For if thou thus hast lov'd, oh! never hope a cure.

Soame

Soame Jenyns.

Von diesem, eben so sehr durch Witz, Scharf-
sinn und schöne Schreibart, als durch theologische und me-
taphysische Paradoxie merkwürdigen Schriftsteller giebt es
einige glückliche poetische Arbeiten, wovon die meisten schon
im J. 1762 unter dem Titel, *Miscellanies*, in zwei Bänden
herauskamen. Hier ist eins seiner meisterhaftesten Lieder,
voll wahrer, inniger Natursprache in der dabey vorausge-
setzten Situation, und mit so viel Delikatesse behandelt.

CHLOE TO STREPHON.

Too plain, dear youth, these tell-tale eyes
  My heart your own declare;
But for heav'ns sake, let it suffice,
  You reign triumphant there.

Forbear your utmost power to try,
  Nor farther urge your sway;
Press not for what I must deny,
  For fear I should obey.

Could all your arts successful prove,
  Would you a maid undo,
Whose greatest failing is her love,
  And that her love for you?

Say, would you use that very pow'r
  You from her fondness claim,
To ruin, in one fatal hour,
  A life of spotless fame?

Ah! cease, my dear, to do an ill,
  Because perhaps you may;
But rather try your utmost skill,
  To save me, than betray.

E 5   Be

Soame
Jenyns.
Hayley.

Be you yourself my virtue's guard,
    Defend, and not pursue,
Since 'tis a task for me too hard,
    To strive with love and you.

Hayley.

G. B. II. S. 332. — Auf die Schönheiten dieses
Wiegenliedes einer unglücklichen, von ihrem Liebhaber hin-
tergangenen Mutter darf ich Leser von Gefühl nicht erst
aufmerksam machen. Unter den französischen Romanzen
werde ich ein ähnliches Stück von Berquin mittheilen.
Dieß Englische hat Hr. K. W. K. Schmidt im Vossischen
Almanach v. J. 1787, S. 16, in gleiche Versart übersetzt.

S O N G.

Enjoy, my child, the balmy sleep,
    Which o'er thy form new beauties throws,
And long thy tranquil spirit keep
    A stranger to thy mother's woes!
      Tho' in distress,
      I feel it less,
While gazing on thy sweet repose.

Condemn'd to pangs like inward fire,
    That thro' my injur'd bosom roll,
How would my heart in death desire
    Relief from fortune's hard controul,
      Did not thy arms
      And infant charms
To earth enchain my anxious soul!

Flow fast, my tears! — by you reliev'd
    I vent my anguish thus unknown;
But cease, e're ye can be perceiv'd
    By this dear child to pity prone,

           Whose

Whofe tender heart
  Would feize a part
In grief, that fhould be all my own.

Hayley.

Our cup of woe, which angels fill,
  Perchance it is my lot to drain;
While that of joy, unmix'd with ill,
  May thus, my child, for thee remain;
     'If thou art free
      (So Heaven decree!)
I blefs my doom of double pain,

———————

v. Hage.

p. Hagedorn

v. Hagedorn.

Ihm gebührt das Verdienst des gereinigten Geschmacks
in der deutschen Liederpoesie vorzüglich; und schon in dieser
Rückſicht ſind ſeine leichtern lyriſchen Arbeiten ſehr ſchätz-
bar. Denn wir haben freilich einige unverwerfliche ältere
Volkslieder, deren einige Ramler und Herder in ihre
Sammlungen aufgenommen haben, und von denen ich ſelbſt
ehedem im Deutſchen Muſeum und im britten Bande der
Chreſtomathie des ſel. Zachariä einige Proben lieferte.
Sie ſind aber großentheils mehr für die Geſchichte unſerer
Litteratur, als unſers Geſchmacks denkwürdig. v. Hage-
dorn bildete ſich auch in dieſer Gattung nach den beſten
Muſtern der Ausländer, und bewies durch ſein eignes mu-
ſterhaftes Beiſpiel, daß auch die deutſche Sprache der man-
nichfaltigen Schönheiten des Liedes fähig ſey, die in der
Folge durch mehrere glückliche Dichter noch ſehr veredelt
und bereichert wurden.

I.

Der Mai.

————

Der Nachtigall reizende Lieder
Ertönen und locken ſchon wieder
Die fröhlichſten Stunden ins Jahr.
Nun ſinget die ſteigende Lerche,
Nun klappern die reiſenden Störche,
Nun ſchwatzet der gaukelnde Staar.

Wie munter ſind Schäfer und Heerde!
Wie lieblich beblümt ſich die Erde!
Wie lebhaft iſt jetzo die Welt!
Die Tauben verdoppeln die Küſſe,
Der Entrich beſuchet die Flüſſe,
Der luſtige Sperling ſein Feld.

v. Hagedorn.

Wie gleichet doch Zephyr der Floren!
Sie haben sich weislich erkohren,
Sie wählen den Wechsel zur Pflicht.
Er flattert um Sprossen und Garben;
Sie liebet unzählige Farben
Und Eifersucht trennet sie nicht.

Nun heben sich Binsen und Keime,
Nun kleiden die Blätter die Bäume,
Nun schwindet des Winters Gestalt;
Nun rauschen lebendige Quellen,
Und tränken mit spielenden Wellen
Die Triften, den Anger, den Wald.

Wie buhlerisch, wie so gelinde,
Erwärmen die westlichen Winde
Das Ufer, den Hügel, die Gruft!
Die jugendlich scherzende Liebe
Empfindet die Reizung der Triebe,
Empfindet die schmeichelnde Luft.

Nun stellt sich die Dorfschaft in Reihen,
Nun rufen euch eure Schalmeyen,
Ihr stampfenden Tänzer! hervor.
Ihr springet auf grünender Wiese,
Der Bauerknecht hebet die Liese,
In hurtiger Wendung, empor.

Nicht fröhlicher, weidlicher, kühner,
Schwang vormals der braune Sabiner
Mit männlicher Freiheit den Hut.
O reizet die Städte zum Neide,
Ihr Dörfer voll hüpfender Freude!
Was gleichet dem Landvolk an Muth?

2.

2.

An die Freude.

Freude, Göttin edler Herzen,
    Höre mich!
Laß die Lieder, die hier schallen,
Dich vergrößern, dir gefallen;
Was hier tönet, tönt durch dich.

Muntre Schwester süßer Liebe,
    Himmelskind!
Kraft der Seelen! halbes Leben!
Ach! was kann das Glück uns geben,
Wenn man dich nicht auch gewinnt?

Stumme Hüter todter Schätze
    Sind nur reich.
Dem, der keinen Schatz bewachet,
Sinnreich scherzt und singt und lachet,
Ist kein karger König gleich.

Gieb den Kennern, die dich ehren,
    Neuen Muth!
Neuen Scherz den regen Zungen,
Neue Fertigkeit den Jungen,
Und den Alten neues Blut!

Du erheiterst, holde Freude,
    Die Vernunft!
Flieh auf ewig die Gesichter
Aller finstern Splitterrichter,
Und die ganze Heuchlerzunft!

v. Hagedorn

3.

Der Morgen.

Uns lockt die Morgenröthe
　　In Busch und Wald.
Wo schon der Hirten Flöte
　　Ins Land erschallt.
Die Lerche steigt und schwirret
　　Von Lust erregt;
Die Taube lacht und girret;
　　Die Wachtel schlägt.

Die Hügel und die Weide
　　Stehn aufgehellt,
Und Fruchtbarkeit und Freude
　　Geblümt das Feld.
Der Schmelz der grünen Flächen
　　Glänzt voller Pracht;
Und von den klaren Bächen
　　Entweicht die Nacht.

Der Hügel weiße Bürde,
　　Der Schaafe Zucht,
Drängt sich aus Stall und Hürde
　　Mit froher Flucht.
Seht, wie der Mann der Heerde
　　Den Morgen fühlt,
Und auf der frischen Erde
　　Den Buhler spielt.

Der Jäger macht schon rege
　　Und hetzt das Reh
Durch blutbetriefte Wege,
　　Durch Busch und Klee:
Sein Hüfthorn giebt das Zeichen;
　　Man eilt herbei:
Gleich schallt aus allen Sträuchen
　　Das Jagdgeschrei.

v. Hagedorn. Doch Phyllis Herz erbebet
   Bei dieser Lust,
  Nur Zärtlichkeit belebet
   Die sanfte Brust.
  Laß uns die Thäler suchen
   Geliebtes Kind!
  Wo wir von Berg und Buchen
   Umschlossen sind.

  Erkenne dich im Bilde
   Von jener Flur;
  Sei stets wie dies Gefilde,
   Schön durch Natur:
  Erwünschter als der Morgen,
   Hold wie sein Strahl;
  So frei von Stolz und Sorgen
   Wie dieses Thal.

U z.

  Durch ihn erhielt unsre lyrische Sprache auch in dieser Gattung noch mehr Ausbildung, Reichthum und Feinheit; sie ist in seinen Liedern überaus leicht, wohlklingend und korrekt. Die erste Sammlung derselben erschien schon im J. 1749.

An Chloen.

  O Chloe, höre du
Der neuen Laute zu,
Die jüngst, bei stiller Nacht,
Mir Cyprivor gebracht,
Nimm diese, war sein Wort,
Statt jener stolzen dort!

        Die

Die buhlt so lange schon
Um Pindar's hohen Ton;
Doch, da sie Siegern fröhnt,
Wird sie und du verhöhnt.

Thu wie der Tejer Greis,
Der keines Helden Preis
In seine Leier sang,
Die nur von Liebe klang.
Er sang voll Weins und Lust,
Und an der Mädchen Brust;
Da sann er auf ein Lied,
Das noch die Herzen zieht,
Das machten ihm alsdenn
Ich und die Grazien.

Verfolge seine Spur;
Er folgte der Natur.
Du sollst bei Lieb' und Wein,
Wie er, mein Dichter seyn.
Lyden kennst du schon;
Doch nicht Cytherens Sohn.
Dir mache, wer ich bin,
Die schöne Nachbarin,
Und meine schnelle Hand
Durch diesen Pfeil bekannt!

Kaum sprach der Bube so,
So schoß er, und entfloh;
So fühlte schon mein Herz
Noch ungefühlten Schmerz;
So sah ich voll Begier,
O Chloe, nur nach dir.
Nun siege wer da will!
Mein neues Saitenspiel
Soll nur dem frohen Wein
Und Chloen heilig seyn.

2.

Die Geliebte.

Nach dem Marot *).

———

Die ich mir zum Mädchen wähle,
Soll von aufgeweckter Seele,
Soll von schlanker Länge seyn.
Sanfte Güte, Witz im Scherze
Rührt mein Herze,
Nicht ein glatt Gesicht allein.

Allzujung taugt nur zum Spielen;
Fleischig sey sie anzufühlen,
Und gewölbt die weisse Brust.
Die Brünette soll vor allen
Mir gefallen;
Sie ist feuriger zur Lust.

Setzt

———

*) Hier ist das, freilich noch naifere, aber auch minder
feine, Original: (S. Oeuv. de *Clement Marot*, T. II.
p. 346.

   Quand vous voudrez faire une amie,
  Prenez-la de belle grandeur;
  En son esprit non endormie,
  En son tetin bonne rondeur:
    Douceur
    En coeur,
    Langage
    Bien sage,
  Dansant, chantant par bons accords,
  Et ferme de coeur et de corps.

  Si vous la prenez trop jeunette,
  Vous en aurez peu d' entrétien:
  Pour durer, prenez la brunette,
  En bon point d' assûré maintien.
    Tel bien
    Vaut bien
    Qu'on fasse
    La chasse
  Du plaisant gibier amoureux:
  Qui prend telle proye, est heureux.

Setzt noch unter diese Dinge,
Daß sie artig tanz' und singe;
Welches Mädchen ist ihr gleich?
Sagt, ihr Mädchenkenner, saget,
Wer's erjaget,
Hat der nicht ein Königreich?

Uz.

3.

Die Nacht.

Du verstörst uns nicht, o Nacht,
Sieh! wir trinken im Gebüsche;
Und ein kühler Wind erwacht,
Daß er unsern Wein erfrische.

Mutter holder Dunkelheit,
Nacht! Vertraute süßer Sorgen,
Die betrogner Wachsamkeit
Viele Küsse schon verborgen.

Dir allein sey mitbewußt,
Welch Vergnügen mich berausche,
Wenn ich an geliebter Brust
Unter Thau und Blumen lausche.

Murmelt ihr, wenn alles ruht,
Murmelt, sanftbewegte Bäume,
Bei dem Sprudeln heischrer Fluth,
Mich in wollustvolle Träume!

F 2   Gleim.

Gleim.

Auch er war einer der ersten, der die deutsche Leier zu den heitern, anmuthvollen Tönen Anakreon's und der Grazien stimmte; denn, noch früher, als Uz, schon im Jahr 1744, gab er seine ersten Versuche in scherzhaften Liedern heraus; und man weiß, wie fruchtbar, wie mannichfaltig und beifallswürdig seitdem seine glückliche Muse war, und noch ist. Eben so schätzbar, als seine Originallieder, sind die, welche er dem Horaz, dem Anakreon und den Minnesingern nachahmte. Des großen Verdienstes seiner Kriegslieder ist schon oben gedacht. Folgende drei Proben sind für diese Beispielsammlung von dem Dichter selbst gewählt worden.

I.

Liebes Hüttchen, das bewohnet
Mein geliebter Vater hat,
Welchen nun der Vater lohnet
In der großen Gottes=Stadt.

Endlich doch seh ich dich wieder!
Und, nicht mehr am Wanderstab,
Sing' ich Dank und Freudenlieder,
Dem, der dich mir wiedergab.

Saßest hier auf diesem Brettchen!
Guter Vater! hier sitz' ich!
Schliefest hier in diesem Bettchen,
Guter Vater hier schlaf ich!

Hier gedruckt, von manchem Leide,
Konntest du so leicht dich freun!
Dieser Baum war deine Freude,
Soll auch meine Freude seyn.

Unter

Unter ihm sah ich dich weinen,
Unter ihm sprach ich mit Gott!
Fromm zu seyn, und nicht zu scheinen,
War sein ernstlichstes Gebot!

Hier hast du, wie ein Prophete
Deines Gottes mich gelehrt!
Hier hat deiner süßen Flöte
Meine Mutter zugehört!

Hier will ich, auf Dornenspitzen
Deinen Weg der Tugend gehn!
Und in diesem Schatten sitzen,
Und in deinen Himmel sehn.

2.

Ich hab' ein kleines Hüttchen nur,
Es steht auf einer Wiesenflur
An einem Bach; der Bach ist klein!
Könnt aber wohl nicht heller seyn!

Am kleinen Hüttchen steht ein Baum,
Man sieht vor ihm das Hüttchen kaum,
Und gegen Sonne, Kält' und Wind
Beschützt er, die darinnen sind!

Und eine gute Nachtigall
Singt auf dem Baum so süßen Schall,
Daß jeder, der vorüber geht,
Ihr zuzuhören stille steht!

Du Kleine, mit dem blonden Haar,
Die längst schon meine Freude war,
Ich gehe, rauhe Winde wehn,
Willst du mit mir ins Hüttchen gehn?

Gleim.

3.

An Jakobi.

Unter Scherz und Lachen wollen wir
Unsre Tage leben!
Und, nicht einer quälenden Begier
Unser Herz ergeben!
Tausend Tonnen Goldes aufgethürmt
Können Fürsten machen,
Aber einem Geist, in dem es stürmt,
Keinen Scherz und Lachen!

Scherz und Lachen und Zufriedenheit
Fliehn die feigen Seelen,
Die um jede kleine Zeitlichkeit
Sich zu Tode quälen!
Ehrenstellen, Ordensbänder, Geld,
Schätzen Thoren theuer!
Nicht für alle Doppien der Welt,
Gäb' ich meine Leier!

Mäcenaten hat sie nie gekrönt
Munterkeit und Freude
Hat sie stets in meine Brust getönt,
Tödtlich allem Leide.
Zu den Göttern hat mit ihr mein Geist
Sich empor geschwungen,
Keinen Cäsar, aber einen Kleist
Hat sie mir ersungen!

Allen deinen Musen, Grácia!
Hat sie nachgelallet,
Weil noch leider in Teutonia
Rauher Ton erschallet!
Harmonien, feinen Ohren süß,
Sollten immer tönen,
Allen, welchen sie sich hören ließ,
Königen. und Schönen!

Königen und Schönen tönte sie,
Aber ihren Ohren
Gieng die feinste Silberharmonie
Allemal verloren!
Darum trotzig, wollte sie nicht mehr
Königen, und Schönen,
Sondern nur empfänglichem Gehör
Ihrer Freunde tönen!

Ihrem jüngsten Freunde töne dann!
Töne, Leier! töne!
Der zufriedne, gute, brave Mann
Liebt, wie du, das Schöne!
Liebt ein Blümchen meiner Wiesenflur,
Ist von edlem Herzen —
Ist ein Sokrates, ein Epikur,
Liebt, wie du zu scherzen!

Liebt zu singen, wie Anakreon
Oder Plato singet!
Kann sich freuen, wenn ein Meisterton,
Leier! dir gelinget!
Allen seinen Mädchen ungetreu
Meister seiner Triebe,
Liebt er Wahrheit mehr als Schmeichelei,
Freundschaft mehr, als Liebe.

———————

Ebert.

Ebert.

Schon die glücklichen Uebersetzungen griechischer Sko-
lien in der oben angeführten Uebersetzung der Abhandlung des
de la Nauze würden ihm auf eine vorzügliche Stelle unter
unsern ersten und besten Liederdichtern gerechten Anspruch
geben; er ist aber auch Verfasser verschiedener schöner Ori-
ginale, die meistens der geselligen Fröhlichkeit gewidmet
sind, deren Genuß ihr gefühlvoller Verfasser so lebhaft zu
empfinden, und seinen Freunden durch Weisheit, Heiter-
keit und reges Mitgefühl noch immer so schön zu würzen
weiß. Folgendes Lied ist schon im J. 1747. verfertigt, und
zuerst in dem funfzigsten Stücke des Jünglings erschienen,
welches nebst dem fünf und zwanzigsten von der gesellschaft-
lichen Fröhlichkeit handelt, und Hrn. Ebert zum Verfas-
ser hat. Ich lasse es hier so abdrucken, wie es in der jetzt
unter der Presse befindlichen Sammlung seiner Episteln und
vermischten Gedichte S. 286. steht.

Der gute Brauch.

Ich höre gern beim Weine singen,
Zumal, wenn man vom Weine singt.
Er macht, daß alle Stimmen klingen,
Daß selbst des Dichters Lied gelingt.
Ihr werdet ihn doch nicht vertreiben;
Mich dünkt, es ist ein guter Brauch.
    Chor. Das meinen wir auch;
Er ist vortrefflich; er soll bleiben.

Nach meinem wenigen Bedünken
Muß wohl der Trieb, uns zu erfreun,
Die Lust und das Talent zu trinken,
Dem Menschen angeboren seyn.
Der Trieb ist uns als Grundtrieb eigen,
Und nicht etwan ein bloßer Brauch.
    Chor. Das meinen wir auch;
Das wollen wir noch heute zeigen.

Von

Von guten Bräuchen alter Zeiten
Pflegt man doch nicht leicht abzugehn.
Und wer wird hier nicht ohne Streiten
Dem Wein den Vorrang zugestehn?
Wir liessen's also doch beim Alten,
Wär' auch das Trinken nur ein Brauch.
Chor. Das meinen wir auch;
Wir wollen's immer beibehalten.

Wenn's auch noch nicht erfunden wäre,
O! wir erfünden's noch der Welt.
Wir pflanzten Wein, bei meiner Ehre!
Und gäben ihr ihn ohne Geld.
Wie würden wir sie uns verbinden!
Wir würden ewig, wie der Brauch.
Chor. Das meinen wir auch;
Wir würden's ganz gewiß erfinden.

Ihr wißt, wie Scherz und Spott gefallen;
Es fehlt uns nicht an Stoff und Muth.
Zum Stof sind nun gewiß vor allen
Die Myriaden Narren gut.
Wie nützt man nicht durch scharfes Spotten!
Und selbst der Wein erhält den Brauch.
Chor. Das meinen wir auch;
Wir denken sie noch auszurotten.

Fang' ich erst an, ein Glas zu leeren,
So schenk' ich gleich auch wieder ein.
Man pflegt so bald nicht aufzuhören,
Und dazu fehlt's hier nicht an Wein.
Das wird wohl euer Lob erlangen.
Man sagt, das sei ein alter Brauch.
Chor. Das meinen wir auch;
Allein man pflegt auch anzufangen.

Les-

Lessing.

Die meisten Lieder von ihm sind Nachahmungen älterer und neuerer Dichter, die aber unter seiner Hand Originale wurden. Auch in sie mußte er den Witz, den Sprachreichthum, und alle die treffende Feinheit der Gedanken und Wendungen zu legen, die seinen kleinsten Arbeiten eben so sehr, als seinen größern, eigen ist.

Der Tod.

Gestern — Brüder, könnt ihrs glauben? —
Gestern, bei dem Saft der Trauben —
Stellt euch mein Entsetzen für! —
Gestern kam der Tod zu mir.

Drohend schwung er seine Hippe;
Drohend sprach das Furchtgerippe:
„Fort, du theurer Bacchusknecht!
„Fort, du hast genug gezecht!"

„Lieber Tod!" (sprach ich mit Thränen),
„Solltest du nach mir dich sehnen? —
„Sieh, da stehet Wein für dich!
„Lieber Tod, verschone mich!

Lächelnd griff er nach dem Glase;
Lächelnd macht er's auf der Baase,
Auf der Pest Gesundheit leer:
Lächelnd stellt er's wieder her.

Fröhlich glaubt ich mich befreiet,
Als er schnell sein Drohn erneuet:
„Narre, für dein Gläschen Wein,
„Denkst du," (sprach er) „los zu seyn?"

„Tod!" (bat ich) „Ich möcht auf Erden
„Gern ein Mediziner werden:

„Laß

„Laß mich! Ich verſpreche dir
„Meine Kranken halb dafür!".

„Gut! Wenn das iſt, magſt du leben;
(Sprach er); „nur ſei mir ergeben:
„Lebe bis du ſatt geküſſt,
„Und des Trinkens müde biſt!"

O wie ſchön klingt das den Ohren!
Tod! du haſt mich neu geboren:
Dieſes Glas voll Rebenſaft
Tod, auf gute Brüderſchaft!

Ewig muß ich alſo leben —
Ewig! — Denn, beim Gott der Reben! —
Ewig ſoll mich Lieb' und Wein,
Ewig Wein und Lieb erfreun.

Der alte und der junge Wein.

Ihr Alten trinkt, euch jung und froh zu trinken;
Drum mag der junge Wein
Für euch, ihr Alten, ſeyn.

Der Jüngling trinkt, ſich alt und klug zu trinken,
Drum muß der alte Wein
Für mich, den Jüngling, ſeyn.

Zacha-

Zachariä.

Sowohl seine vier Vorgänger, als die größere Menge
unsrer neuern Liedersänger übertraf ihn allerdings an den
meisten Erfordernissen dieser Dichtungsart; aber die Popu-
larität, welche mehrere Stücke von ihm durch glückliche
Kompositionen, vornehmlich durch die von Fleischer, erhielten,
behauptet für sie noch immer eine Stelle in den besten lyri-
schen Blumenlesen.

I.

An die Liebe.

Liebe, du Göttin zärtlicher Schmerzen
In unsern jungen fühlenden Herzen,
Laß mir, holde Liebe,
Meine Traurigkeit!
Wenn ich mich betrübe,
Ehret dich mein Leid.

Einsame Thränen liebender Jugend
Sind oft ein Zeichen höherer Tugend,
Als des Weisen Lehren,
Der in Wüsten flieht,
Und das Schwert vor Heeren,
Das zum Siege zieht.

Liebe, du bildest Herzen von neuen;
Zärtliche Töne will ich dir weihen;
Daß mein Herz empfunden,
Das verdank' ich dir;
Und auch trübe Stunden,
Liebe, sende mir!

2.

Zachariä.

2.

Das Klavier.

———

Du Echo meiner Klagen,
Mein treues Saitenspiel!
Nun kommt, nach trüben Tagen
Die Nacht, der Sorgen Ziel.
Gehorcht mir, sanfte Saiten,
Und helft mein Leid bestreiten! — —
Doch nein, laßt mir mein Leid,
Und meine Zärtlichkeit!

Wenn ich untröstbar scheine,
Lieb' ich doch meinen Schmerz;
Und wenn ich einsam weine,
Weint doch ein liebend Herz.
Die Zeit nur ist verloren,
Die ich mit goldnen Thoren,
Bei Spiel und Wein und Pracht
So fühllos durchgelacht.

Ihr holden Saiten, klinget
In sanfter Harmonie!
Flieht, was die Oper singet,
Und folgt der Phantasie!
Seid sanft, wie meine Liebe,
Besinget ihre Triebe,
Und zeigt durch eure Macht,
Daß sie euch singend macht!

———

v. Cro=

v. Cronegk.

Bei der Würdigung seiner Lieder, wie seiner meisten
Gedichte, muß man auf sein Alter, und den damaligen
Standpunkt der deutschen poetischen Litteratur Rücksicht
nehmen, um sie mit zu den bessern Produkten dieser Art
zu zählen.

Der Morgen.

Komm, heiter wie der Morgen,
Der auf den Hügeln lacht!
Der Liebe süße Sorgen
Verlängerten die Nacht.
Komm, Doris, sieh von fernen
Die Morgenröthe glühn,
Sieh mit den blassen Sternen
Nacht, Gram und Kummer fliehn.

Vom stillen Thau gekühlet,
Erwartet uns das Thal;
Was lebt, wird reg', und fühlet
Der Liebe süße Qual.
Laß uns der Stadt entfliehen,
Die Freude winkt uns zu;
Hier siehst du Rosen blühen,
Unschuldig schön, wie du.

Die Stunden sind verloren,
Die wir der Lust nicht weihn;
Du seist zum Glück geboren,
Sagt dir der ganze Hain.
Mein Lied und unsre Triebe
Singt Echo leise nach;
Von Liebe, nur von Liebe
Schwatzt murmelnd jener Bach.

v. Cronegk.

Bedaurſt du nicht die Nelken,
Die dort dein Aug' erblickt?
Sie ſinken, ſie verwelken
Betrübt und ungepflückt.
Was nützt das Glück des Lebens,
Wenn man es nicht genieſſet?
Die Jugend blüht vergebens,
Betrübt und ungeküſſt!

O Doris, laß die Thoren
Uns ſchelten, ſauer ſehn!
Weil ſie dies Glück verloren,
Lehrt ſie die Rachſucht ſchmähn.
Du kannſt hier Täubchen ſehen;
Sie ſchnäbeln ſich im Hain:
Du hörſt von fern die Krähen
Mit heiſrer Stimme ſchrein.

Ihr Schmähn, ihr Prophezeien
Stört nicht der Täubchen Ruh;
Sie laſſen zanken, ſchreien,
Und küſſen immerzu.
Umwölkt von Finſterniſſen,
Hat nie der Thor geſchmeckt,
Was in unſchuld'gen Küſſen
Für eine Wolluſt ſteckt.

Laß ſtolze Fürſten ſtreiten,
Und prächtig elend ſeyn!
Zu wahren Zärtlichkeiten
Bleibt ſtets ihr Herz zu klein.
Dem ſchönſten aller Triebe
Will ich die Jugend weihn;
Ich küſſe, was ich liebe:
Die ganze Welt iſt mein.

———————————

Weiße.

Weiße.

Seltne Leichtigkeit, Unbefangenheit und Natur giebt den meisten seiner zahlreichen kleinen lyrischen Gedichte einen längst entschiedenen Werth, von denen manche, auch aus seinen komischen Operetten, die beliebtesten Volkslieder geworden sind.

I.

Die Verschweigung.

So bald Damötas Chloen sieht,
So sucht er mit beredten Blicken
Ihr seine Klagen auszudrücken,
Und ihre Wange glüht.
Sie scheinet seine stillen Klagen
Mehr als zur Hälfte zu verstehn;
Und er ist jung, und sie ist schön —
Ich will nichts weiter sagen.

Vermißt er Chloen auf der Flur,
Betrübt wird er von dannen scheiden;
Dann aber hüpft er voller Freuden,
Entdeckt er Chloen nur.
Er küßt ihr unter tausend Fragen
Die Hand, und Chloe läßt's geschehn;
Und er ist jung, und sie ist schön —
Ich will nichts weiter sagen.

Sie hat an Blumen ihre Lust;
Er stillet täglich ihr Verlangen;
Sie klopft ihm freundlich auf die Wangen,
Und steckt sie an die Brust.
Der Busen bläht sich, sie zu tragen;
Er triumphirt, sie hier zu sehn;
Und er ist jung, und sie ist schön —
Ich will nichts weiter sagen.

Wenn

Wenn sie ein kühler heitrer Bach,
Beschützt von Büschen, eingeladen,
In seinen Wellen sich zu baden,
So schleicht er listig nach.
In diesen schwülen Sommertagen
Hat er ihr oftmals zugesehn;
Und er ist jung, und sie ist schön —
Ich will nichts weiter sagen.

_____

2.

An den Amor.

_____

Lieber Amor, leihe mir
Einen doch von deinen Pfeilen!
Ich schwör' auch den Raub mit dir,
Chloens Herz, mit dir zu theilen.

Falscher! du verweigerst sie?
Wart'! ich will's der Mutter klagen!
Chloens Augen leihst du sie,
Und mir willst du sie versagen?

_____

Götz.

Von ihm ist nicht nur die beste deutsche Uebersetzung Anakreon's, sondern auch eine sehr beträchtliche Menge kleiner lyrischen Gedichte, die großentheils die schönsten Blumen der Ramlerischen Sammlung ausmachen, und bei dieser Gelegenheit noch mehr Ausfeilung und Vollendung erhalten haben. Was den meisten an Neuheit und Originalität der Erfindung abgeht, wird durch die Feinheit und selbst durch die Eigenthümlichkeit der Einkleidung reichlich ersetzt.

Amire.

Hier, wo linde Weste fächeln,
Kam sie auf den Wiesenplan,
Wie die Unschuld angethan,
Mit dem Munde mir zu lächeln,
Der nur göttlich lächeln kann.

Freundlich pries sie meine Laute,
Die doch schwache Töne gab;
Ließ sich dann noch mehr herab,
Und umwand mit wilder Raute
Zierlich meinen Hirtenstab.

Siehst du dort in jener Linde
Eingeschnitzt ein brennend Herz?
Meinen Namen unterwärts?
Dieses schnitt sie in die Rinde
Im verwichnen Monat März.

Gestern, als mit schlaffem Zaume
Phöbus zu den Nymphen fuhr, *)
Kam sie wieder auf die Flur,

Thut

*) Oder, als die Sonne sich ins Meer senkte.

That bei jenem Weidenbaume,
Mein zu seyn, den ersten Schwur.

Turteltauben in der Weide,
Ein verliebtes treues Paar,
Das bereits entschlafen war,
Aufgeweckt von diesem Eide,
Girrte laut, und küsste gar.

Uns entrollte manche Zähre,
Gleich des Thaues Tropfen rein;
Jedes sprach von seiner Pein,
Und verlangete die Ehre,
Das Verliebteste zu seyn.

Einen Apfel zu gewinnen,
Ida, stritten dort auf dir,
Gleich erhitzt von Ruhmbegier,
Drei olympische Göttinnen,
Doch so lebhaft nicht, als wir.

Ich gewann.   Voll heisser Liebe
Hieß sie mich ihr andres Ich,
Zog ins Gras mich neben sich.
War es viel für ihre Liebe,
Wars zu wenig doch für mich.

Lob des Burgunderweins.

Der war gewiß ein frommer Mann,
Den Jupiter so lieb gewann,
Daß er ihm diesen Weinstock schenkte,
Ihn selbst in seinen Garten senkte,
Und voller Purpurtrauben henkte! —

Eh Peleus in der ersten Nacht
Der Braut den Gürtel los gemacht,

G 2   Da

Götz. Da fehlte bei dem hohen Feste,
Zu der Bewirthung seiner Gäste,
Der süße Nektartrank, das Beste.

Alsbald sprach Zevs zur Götterschaar:
Wir trinken Nektar Jahr für Jahr,
Seitdem wir im Olympus leben:
Jetzt sollen einmal ird'sche Reben
Unsterblichen ein Labsal geben.

Er schüttelt sein allmächtig Haupt;
Gleich steigt der edle Stock belaubt
Mit schlanken Armen in die Lüfte,
Voll goldner Früchte, Nektardüfte,
Daß er den Ruhm des Meisters stifte.

Cythere streckt die Finger aus,
Und klaubt ein Rebenkind heraus,
Und ritzt den schönen Arm im Klauben: —
O Wunder! plötzlich sind die Trauben
Gepurpurt, wie der Hals der Tauben.

Der Vergnügsame.

Seit mich die Huld des Geschickes
Mit weiser Einfalt versehn,
Ließ ich die Kugel des Glückes,
So, wie sie rollete, gehn.

Bei kleiner Güter Genusse
Verschmäht' ich, was mir gebrach,
Und sah dem eilenden Flusse
Der Jugendtage nicht nach.

Frei von verzehrendem Neide,
Von Unvergnügsamkeit frei,
Wußt' ich, daß heutige Freude
Ein Quell der morgenden sei.

Ja.

Jacobi.

Alle die fröhliche, scherzhafte Laune, die heitre Weisheit der Grazien und des Lebens, und die leichte, gefällige Tändelei, welche die besten Liederdichter Frankreichs so beliebt macht, hat dieser Dichter dem Ausdrucke seiner Lieder mitzutheilen, und ihrer Sprache dadurch eine Biegsamkeit und einen Wohlklang zu geben gewußt, dessen man sie ehedem kaum fähig glaubte.

I.

Mein Mädchen.

Wenn im leichten Hirtenkleide
Mein geliebtes Mädchen geht;
Wenn um sie die junge Freude
Sich im süßen Taumel dreht;
Unter Rosen, zwischen Reben,
In dem Hain und an dem Bach,
Folgt ihr dann, mit stillem Beben,
Meine ganze Seele nach.

Wär' ich auf der Frühlingsaue
Nur das Lüftchen, das sie fühlt;
Nur ein Tropfen von dem Thaue,
Der um sie die Blumen kühlt;
Nur das Bäumchen an der Quelle,
Das sie schützet und ergötzt,
Und die kleine Silberquelle,
Die den schönsten Fuß benetzt!

Wären meine Klagetöne
Der Gesang der Nachtigall!
Hörte mich die sanfte Schöne
Zärtlich in dem Wiederhall!
Lispelt' ich an Rosenwänden
Als ein Abendwind herab,

G 3

Oder

Jacobi. Oder wär in ihren Händen
Der beblümte Hirtenstab!

Könnt' ich ihr als Veilchen dienen,
Wenn sie neue Kränze flicht;
Könnt' ich in der Laube grünen,
Wo mit ihr ein Engel spricht!
Wär ich in vertrauten Schatten
Ihrem Schlummer sanftes Moos,
Oder wo sich Täubchen gatten,
Meinen blumenreichen Schoos!

Mach, o Liebe, dort im Stillen,
Unter jenem Myrtenbaum,
Wo sie ruht, um ihretwillen
Mich zum leichten Morgentraum!
Mit verschämtem holdem Lachen
Sehe sie mein Schattenbild;
Und, o Liebe, beim Erwachen
Werd' ihr Morgentraum erfüllt!

* * *

Die Rose.

Rose komm! Der Frühling schwindet;
Veilchen haben dich verkündet,
Maienblumen starben hin.
Oeffne dich beim Lustgetöne
Dieser Fluren! Komm, o schöne,
Holde Blumenköniginn.

Als du kamst im ersten Lenze,
Hiengen tausendfache Kränze
Schon um Anger, Berg und Thal;
Ufer lockten, Wälder blühten,
Pommeranzenhaine glühten
Weit umher im Sonnenstral.

Libanons umwölkte Gipfel
Hoben ihre Cedernwipfel
Duftend in den Morgenschein:
Doch auf demuthsvollem Throne
Solltest du der Schöpfung Krone
Der Geschaffnen Wonne seyn.

Und du giengst mit leisem Beben
Aus der zarten Knosp' ins Leben;
Erd und Himmel neigten sich;
Und es huldigten die Wiesen,
Nachtigallenchöre priesen,
Alle Nymphen liebten dich.

Goldne Schmetterlinge schlugen
Froh die Flügel; Winde trugen,
Wo die Luft in Jubel war,
Deinen Balsam; Herzen pochten
Dir entgegen; Mädchen flochten
Unter Perlen dich ins Haar.

Die von Weiberanmuth sangen,
Malten sie mit Rosenwangen;
Jede Seele gut und mild,
Arglos, unschuldvoll, bescheiden,
War in ihren höchsten Freuden
Dein getreues Ebenbild.

Und der Schönheit und der Jugend
Wächterinnen, Schaam und Tugend,
Zu den Knospen hingebückt,
Hüllten unter deinem Namen
Ihr Geheimniß: Bräute kamen
Nicht umsonst mit dir geschmückt.

Da begann der rohe Zecher
Den von dir umblümten Becher
Keuschen Grazien zu weihn.
Allen Helden, allen Göttern
Gieng das Volk, mit deinen Blättern
Weg und Tempel zu bestreun.

G 4   Mit

Jacobi.

Mit verjüngtem Herzen schlichen
Greise zu den Wohlgerüchen
Deines vollen Reichs herbei;
Lehrten segnend ihre Söhne:
Daß hienieden alles Schöne,
Selbst die Rose sterblich sei.

An des Freundes heil'gem Grabe
Wurdest du zur letzten Gabe
Seinem Schatten dargebracht;
Solltest ihm den Pfad umschlingen,
Thränen ihm und Küsse bringen
In die leere Todesnacht.

Fromme fiengen an zu loben;
Sahn gen Himmel, liessen droben,
Zwischen Palmen ewig grün,
In des Paradieses Hallen,
Wo die reinen Geister wallen,
Dich zum Siegeskranze blühn.

Rose, komm! In stiller Feier,
Unter jungfräulichem Schleier,
Warten Lilien auf dich;
Und, für deine Schönheit offen,
Steht mein Herz in süßem Hoffen;
Liebeshauch umsäuselt mich.

O wie friedlich, o wie lauter
Diese Liebe! Wirst mich, Trauter
Als der Morgensterne Pracht,
Von der Weisheit unterrichten,
Die so stolz der Berge Fichten,
Dich so klein und schön gemacht:

Daß in deinem holden Wesen
Wir der Seelen Unschuld lesen,
Uns die Brust von Ahndung schlägt;
Daß der Geist der niedern Blume
Unsern Geist zum Heiligthume
Schöner Gottesengel trägt.

Hölty.

Hölty.

Hier nur Eins aus mehrern trefflichen Stücken von ihm, die sich durch inniges, sanftes Gefühl, und einnehmenden Vortrag empfehlen.

Lebenspflichten.

Rosen auf den Weg gestreut,
Und des Harms vergessen!
Eine kurze Spanne Zeit
Ward uns zugemessen.
Heute hüpft im Frühlingstanz
Noch der frohe Knabe;
Morgen weht der Todtenkranz
Schon auf seinem Grabe.

Wonne führt die junge Braut
Heute zum Altare;
Eh die Abendwolke thaut,
Ruht sie auf der Bahre.
Gebt den Harm und Grillenfang,
Gebet ihn den Winden;
Ruht bei hellem Becherklang
Unter grünen Linden.

Lasset keine Nachtigall
Unbehorcht verstummen,
Keine Bien' im Frühlingsthal
Unbelauscht entsummen.
Schmeckt, so lang es Gott erlaubt,
Kuß und süße Trauben;
Bis der Tod, der alles raubt,
Kommt, sie auch zu rauben.

Unserm schlummernden Gebein,
Von dem Tod umdüstert,

G 5

Duftet

Duftet nicht der Rosenhain,
Der am Grabe flüstert;
Tönet nicht der Wonneklang
Angestoßner Becher,
Noch der frohe Rundgesang
Weinbelaubter Zecher.

Gotter.

Auch hier soll folgende kleine Probe nur auf mehrere
von gleicher Schönheit im ersten Bande seiner Gedichte
aufmerksam machen. Man findet außerdem noch verschieb-
ne leichte und gefällige Lieder in seinen Singspielen.

Lied.

Unser süßester Beruf
Ist das Glück der Liebe;
Alles, was der Schöpfer schuf,
Fühlet ihre Triebe.
Wenn umher der Käfer irrt,
Suchet er sein Weibchen,
Wenn ein Tauber einsam girrt,
Klagt er um sein Täubchen.

Blumen öffnen ihre Brust
Sanften Abendwinden;
Epheu schlinget sich mit Lust
Um bemooste Rinden.
Liebe murmelnd eilt der Bach
Unter den Gebüschen
Einem andern Bache nach,
Sich mit ihm zu mischen.

Liebe

Liebe tönt der Sänger Heer
Von den Zweigen nieder;
Um sie flattern Weibchen her,
Sträuben das Gefieder;
Locken, schmachten, und entfliehn
Schamhaft zu Gesträuchen,
Wo durch zärtliches Bemühn
Männchen sie erreichen.

Seelen, die der Schöpfer schuf,
Fähig edler Triebe,
Folgt dem süßesten Beruf,
Schmeckt das Glück der Liebe:
Sie nur kann euch freudenreich
Diese Wallfahrt machen;
Sie nur führet lächelnd euch
Zu dem schwarzen Nachen.

Gotter.

Göckingk.

Göckingk.

Die von ihm herausgegebenen — und gesungenen —
Lieder zweier Liebenden (Leipz. 1777. 8.) wären ein
herrlicher Gewinn für den Vorrath unsrer lyrischen Poesie.
Sie sind die feurigsten, und zugleich die sanftesten Ergies-
sungen inniger Zärtlichkeit, und die Wahrheit ihrer Anlässe
und ihrer Entstehung ist unverkennbar.

Amarant an Nantchen;

nach dem ersten nächtlichen Besuche.

———

Bin ich nüchtern? bin ich trunken?
Wach' ich, oder träum' ich nur?
Bin ich aus der Welt gesunken?
Bin ich anderer Natur?
Fühlt' ein Mädchen schon so was?
Wie begreif ich alles das?

Weiß ich, daß die Rosen blühen?
Hör' ich jene Raben schrein?
Fühl' ich, wie die Wangen glühen?
Schmeck ich einen Tropfen Wein?
Seh' ich dieses Morgenroth?
Todt sind alle Sinne, todt!

Alle seyd ihr denn gestillet?
Alle? Habet alle Dank!
Könnt' ich, so in mich gehüllet,
Ohne Speis' und ohne Trank
Nur so sitzen Tag für Tag,
Bis zum letzten Herzenschlag.

In die Nacht der Freude fliehet
Meine Seele wieder hin,
Hört und schmeckt, und fühlt und siehet
Mit dem feinen innern Sinn!

O Ge

O Gedächtniß! schon in dir
Liegt ein ganzer Himmel mir!

Worte, wie sie abgerissen
Kaum ein Seufzer von ihm ließ,
Hör' ich wieder, fühl' ihn küssen:
Welche Sprache sagt, wie süß?
Seh' ein Thränchen — Komm herab!
Meine Lippe küsst dich ab.

Wie ich noch so vor ihm stehe,
Immer spreche: Gute Nacht!
Bald ihn stockend wieder flehe:
Bleibe, bis der Hahn erwacht!
Wie mein Fuß bei jedem Schritt
Wanket, und mein Liebster mit!

Wie ich nun, an seine Seite
Festgeklammert, küssend ihn
Durch den Garten hin begleite!
Bald uns halten, bald uns ziehn!
Wie da Mond und Sterne stehn,
Unserm Abschied zuzusehn!

Ach! da sind wir an der Thüre!
Bebend hält er in der Hand
Schon den Schlüssel. — Wart', ich spüre
Jemand gehen, Amarant!
Warte nur das Bißchen doch!
Einen Kuß zum Abschied noch!

Ich verliere, ich verliere
Mich in diesem Labyrinth!
Träumt' ich je, daß ich erführe,
Was für Freuden, Freuden sind?
Wenn die Freude tödten kann,
Triffst du nie mich wieder an!

An den Mond.

Lieber Mond! verstecke dich,
Wenn mein Liebster zu mir fliegt,
Daß die Neugier müde sich
Auf dem platten Bauche liegt!

Lieber Mond! verstecke dich,
Wenn zu viel mein Auge sagt;
Denn wer ist so schwach, wie ich?
Lieber keinen Streit gewagt!

Lieber Mond! verstecke dich,
Wenn er meine Lippen küßt;
Denn ich Arme schäme mich,
Ob er gleich ein Engel ist.

Lieber Mond! verstecke dich,
Wenn die Abschiedsstunde schlägt,
Daß bei meinem Kummer sich
Nicht das Herz in ihm bewegt.

Lieber Mond! verstecke dich,
Wenn zurück mein Liebster kehrt,
Bis du — was klingt süßer? sprich! —
Seiner Flöte Ton gehört.

Mil.

Miller.

Nicht alle Lieder von Hrn. Johann Martin Miller, Prediger zu Ulm, geb. das. 1750, haben den elegischen, schwermüthigen Ton, wie folgendes, das ich für sein schönstes halte; und überall scheint ihm dieser Ton besser zu glücken, als der frohere, geselligere Gesang, in dem er sich gleichfalls versucht hat. Seine Gedichte sind zu Ulm, 1783. 8. herausgekommen.

Klagelied eines Bauern.

Das ganze Dorf versammelt sich
Zum Kirmestanz, im Reihen;
Es freut sich alles; aber mich
Kann fürder nichts erfreuen.

Für mich ist Spiel und Tanz vorbei,
Das Lachen ist vorüber;
Ich hasse Lieder und Schalmei,
Und Klagen sind mir lieber.

Denn ach! mein Hannchen fehlet mir!
Nie kann ich sie vergessen;
Ich weiß zu gut, was ich in ihr
Für einen Schatz besessen.

Unschuldig war sie wie ein Lamm,
That Niemand was zu Leide,
Und lebte fromm und tugendsam
Zu aller Menschen Freude.

Sie hatte Wangen, voll und rund,
Und sanfter noch als Pfirschen,
Ein blaues Aug', und einen Mund,
Der röther war, als Kirschen.

Man

Man konnte, sah sie einen an,
Die Blicke nicht ertragen,
Und wenn sie lachte, mußte man
Die Augen niederschlagen.

Wie bin ich neulich noch mit ihr
Am Maientag gesprungen,
Bis an den Abend tanzten wir,
Und schäkerten, und sungen.

Da nahm sie meinen Hut, und wand,
Geschwinder als ichs dachte,
Um ihn ein pappelgrünes Band,
Und sah sich um, und lachte.

O Gott! wer hätte das gedacht,
Als ich sie dankbar küßte,
Daß sich so bald die grüne Tracht
In schwarze wandeln müßte?

Nun darfst du, liebes Band, um mich
Nicht mehr im Winde rauschen;
Herunter nehmen muß ich dich,
Und gegen Flor vertauschen!

Den Gottesacker will ich mir
Zum liebsten Ort erwählen,
Und manchen Abend mich von hier
Zu Hannchens Grabe stehlen.

Da will ich es mit Majoran
Und Maaßlieb übersäen;
Ein schwarzes Kreuz, mit Versen dran,
Soll in der Mitte stehen.

Ein Myrthenkranz soll an der Wand
Von unsrer Kirche prangen,
Und, neben ihm, das grüne Band
Zum Angedenken hangen.

In jeder Predigt sitz' ich dann
Dem Kranze gegenüber,

Seh ihn mit naffen Augen an,
Und härme mich darüber.

Bis endlich, wenn es Gott gefällt,
Es meinem Wunsch gelinget,
Und er mich auch aus diefer Welt
Zu meinem Hannchen bringet.

Voß.

Die beiden kleinen Proben feiner äußerst glücklichen
Liederpoefie, auf die ich mich hier einfchränken muß, cha-
rakterifiren diefelbe freilich noch nicht ganz; denn eben fo
fehr, als die Sprache zärtlichen Gefühls, gelingt ihm der
muncerfte Ausdruck jovialifcher Laune und lachenden
Scherzes, wie z. B. in feinen fchönen Rundgefängen.

I.
Selma.

Sie liebt, mich liebt die Auserwählte!
Ein Engel kam von ihr
Im Abendlifpel, und erzählte
Die leifen Seufzer mir.
Für mich, o Selma, bebt im Stillen
Dein Herz voll füßer Qual;
Und fchöne Sehnfuchtsthränen hüllen
Der blauen Augen Strahl.

Leih mir, o Blitz, die Flammenflügel!
Leih, Sturm, die Schwingen mir!
Hin über Strom und Thal und Hügel
Flieg' ich entzückt zu ihr!
Und heulte Tod aus taufend Flüffen,
Von taufend Felfen Tod;
Ich will, ich will die Thränen küffen,
Und fliege durch den Tod!

2.

Frühlingsliebe.

Die Lerche sang, die Sonne schien,
Es färbte sich die Wiese grün,
Und brauugeschwollne Keime
Verschönten Büsch' und Bäume:
Da pflückt' ich am bedornten See
Zum Strauß ihr, unterm späten Schnee,
Blau, roth und weissen Güldenklee.
  Das Mägdlein nahm des Busens Zier,
Und nickte freundlich Dank dafür.

   Nur einzeln grünten noch im Hain
Die Buchen und die jungen Main;
Und Kresse wankt' in hellen
Umblümten Wiesenquellen:
Auf kühlem Moose, weich und prall,
Am Buchbaum, horchten wir dem Schall
Des Quelles und der Nachtigall.
  Sie pflückte Moos, wo wir geruht,
Und kränzte sich den Schäferhut.

   Wir giengen athmend, Arm in Arm,
Am Frühlingsabend, still und warm,
Im Schatten grüner Schlehen,
Uns Veilchen zu erspähen.
Roth schien der Himmel und das Meer;
Mit einmal strahlte groß und hehr,
Der liebe volle Mond daher.
  Das Mädchen stand, und gieng, und stand,
Und drückte sprachlos mir die Hand.

   Rothwangig, leicht gekleidet, saß
Sie neben mir auf Klee und Gras,
Wo ringsum helle Blüthen
Der Apfelbäume glühten;

Ich

Ich schwieg; das Zittern meiner Hand,
Und mein bethränter Blick gestand
Dem Mägdlein, was mein Herz empfand.
Sie schwieg; und aller Wonn' Erguß
Durchströmt' uns beid' im ersten Kuß.

Bürger.

Giebt es irgend eine Dichtart, die noch jetzt ähnliche Wirkungen auf das Gefühl und die Gesinnungen der Menschen hervorbringen kann, wie sie die ursprüngliche Poesie, als sie noch keine Schriftstellerei, sondern lauter lebendiger Vortrag war, so mächtig und sichtbar hervorbrachte; so ist es die populäre Liedergattung. Und besitzt irgend einer von unsern Dichtern das Talent, so zu wirken, in seinem ganzen Umfange, so ist es dieser *). Eins seiner Meisterstücke ist folgendes Lied; und gar sehr würde es zur Verbreitung und Belebung des Pflichtgefühls beitragen, wenn dieß Mittel zu dessen Erweckung öfter und mit ähnlicher Kraft benutzt würde.

Männerkeuschheit.

Wer nie in schnöder Wollust Schooß
Die Fülle der Gesundheit goß.
Den ziemt's, daß er sich brüsten kann;
Ihm ziemt das Wort: Ich bin ein Mann!

Denn er gedeiht und sprosst empor
Wie auf der Wies' ein schlankes Rohr;
Und lebt und webt der Gottheit voll,
An Kraft und Schönheit ein Apoll.

H 2 Die

*) Gottfried August Bürger, Lehrer auf der Universität Göttingen, geb. zu Aschersleben, 1748.

Bürger.

Die Götterkraft, die ihn durchfleußt,
Beflügelt seinen Feuergeist,
Und treibt aus kalter Dämmerung
Gen Himmel seinen Adlerschwung.

Er badet sich im Sonnenmeer,
Und Klarheit strömet um ihn her.
Dann wandelt sein verklärter Sinn
Durch alle Schöpfung Gottes hin.

Und er durchspäht und wägt und mißt,
Was in der Schöpfung herrlich ist,
Und stellt es dar in Red' und Sang,
Voll Harmonie, wie Himmelsklang.

O schaut, wie er voll Majestät,
Ein Gott, daher auf Erden geht!
Er geht und steht in Herrlichkeit,
Und fleht um nichts; denn er gebeut.

Sein Auge funkelt dunkelhell,
Wie ein kristallner Schattenquell;
Sein Antlitz strahlt wie Morgenroth;
Auf Nas' und Stirn herrscht Machtgebot.

Das Machtgebot, das drauf regiert,
Wird Hui! durch seinen Arm vollführt;
Denn der schnellt aus wie Federstahl;
Ein Schwerdthieb ist ein Wetterstrahl.

Das Roß fühlt seines Schenkels Macht,
Der nimmer wanket, nimmer kracht.
Er zwängt das Roß, von Zwang entwöhnt;
Er zwängt das Roß, und, horch! es stöhnt.

Er geht und steht in Herrlichkeit,
Und fleht um nichts, denn er gebeut;
Und dennoch, schaut! wo er sich zeigt,
O schaut wie ihm sich alles neigt!

Die edelsten der Jungfraun blühn,
Sie blühn und duften nur für ihn.
O Glückliche, die er erkiesst!
O Selige, die sein geniesst!

Die

Die Fülle seines Lebens glänzt,
Wie Wein, von Rosen rund umkränzt.
Sein glücklich Weib, an seiner Brust,
Berauscht sich draus zu Lieb und Lust.

Frohlockend blickt sie rund umher:
„Wo sind der Männer mehr wie Er?
Fleuch, Zärtling, fleuch! Sie spottet dein.
Nur er nimmt Bett' und Busen ein.

Sie späht und fodert auf umher:
„Wo ist, wo ist ein Mann wie Er?"
Sie, ihm allein getreu und hold,
Erkauft kein Fürst mit Ehr' und Gold.

Wie, wenn der Lenz die Erd umsäht,
Drob sie mit Blumen schwanger geht:
So segnet Gott durch ihn sein Weib,
Und Blumen trägt ihr edler Leib,

Die alle blühn, wie sie und er;
Sie blühn und duften um ihn her;
Und wachsen auf, ein Zedernwald,
Voll Vaterkraft und Wohlgestalt. —

So glänzt der Lohn, den er genießt!
So das Geschlecht, das dem entsprießt,
Der nie in schnöder Wollust Schooß
Die Fülle der Gesundheit goß.

R 3   Clau-

Claudius.

Matthias Claudius, geb. zu Rheinfeld im Holsteinischen, 1743, einer unsrer besten und beliebtesten Volksdichter, dessen prosaische und poetische Werke ein sehr originales Gepräge ächter Laune, unbefangener Naivetät und offner Herzlichkeit haben. Der Beifall, mit dem sie überall aufgenommen wurden, und die vornehmlich seinen Liedern zu Theil gewordne allgemeine Verbreitung, beweisen die Wahrheit aufs neue, daß ächte Ergießungen des Herzens ihres Ziels nie verfehlen. Je wahrer, kunstloser und eigenthümlicher aber das Genie und die Laune dieses Schriftstellers sind, desto mehr blieben sie aller absichtvollen Anstrengung seiner witzelnden Nachahmer unerreichbar.

***

Ich danke Gott und freue mich,
   Wie's Kind zur Weihnachtsgabe,
Daß ich bin, bin! und daß ich dich,
   Schön menschlich Antlitz, habe:

Daß ich die Sonne, Berg und Meer,
   Und Laub und Gras kann sehen,
Und Abends unterm Sternenheer
   Und lieben Monde gehen;

Und daß mir dann zu Muthe ist,
   Als wenn wir Kinder kamen,
Und sahen, was der heil'ge Christ
   Bescheert, und wir dann nahmen.

Ich danke Gott mit Saitenspiel,
   Daß ich kein König worden!
Ich wär geschmeichelt worden viel,
   Und wär vielleicht verdorben.

Auch bet' ich ihn von Herzen an,
   Daß ich auf dieser Erde
Nicht bin ein grosser reicher Mann,
   Und auch wohl keiner werde.

Claudius.

Denn Ehr und Reichthum treibt und bläht,
   Hat mancherlei Gefahren;
Und vielen hats das Herz verdreht,
   Die weiland wacker waren.

Und all das Geld und all das Gut
   Gewährt zwar viele Sachen;
Gesundheit, Schlaf und guten Muth
   Kann's aber doch nicht machen.

Und sie sind doch bei Ja! und Nein!
   Ein rechter Lohn und Segen!
Drum will ich mich nicht groß kastey'n,
   Des vielen Geldes wegen.

Gott gebe mir nur jeden Tag
   So viel ich darf zum Leben.
Er giebt's dem Sperling auf dem Dach, —
   Wie sollt' er's mir nicht geben?

Rheinweinlied.

Bekränzt mit Laub den lieben vollen Becher,
Und trinkt ihn fröhlich leer.
In ganz Europia, ihr Herren Zecher!
Ist solch ein Wein nicht mehr.

Er kommt nicht her aus Hungarn noch aus Polen,
Noch wo man franzmännsch spricht;
Da mag Sanct Veit, der Ritter, Wein sich holen!
Wir holen ihn da nicht.

Ihn bringt das Vaterland aus seiner Fülle;
Wie wär' er sonst so gut!
Wie wär' er sonst so edel, wäre stille,
Und doch voll Kraft und Muth.

Er wächst nicht überall im deutschen Reiche;
Und viele Berge, hört,
Sind wie die weiland Creter faule Bäuche,
Und nicht der Stelle werth.

Thüringens Berge zum Exempel bringen
Gewächs, sieht aus wie Wein;
Ist's aber nicht. Man kann dabei nicht singen,
Dabei nicht fröhlich seyn.

Im Erzgebürge dürft Ihr auch nicht suchen
Wenn ihr Wein finden wollt.
Das bringt nur Silbererz und Koboltkuchen,
Und etwas Lausegold.

Der Blocksberg ist der lange Herr Philister,
Er macht nur Wind, wie der:
Drum tanzen auch der Kukuk und sein Küster
Auf ihm die Kreuz und Queer.

Am

Am Rhein, am Rhein, da wachsen unsre Reben; Claudius.
Gesegnet sei der Rhein!
Da wachsen sie am Ufer hin und geben
Uns diesen Labewein.

So trinkt ihn denn, und laßt uns alle Wege
Uns freun und fröhlich seyn!
Und wüßten wir wo jemand traurig läge,
Wir geben ihm den Wein!

Matthisson.

Diese kleine lyrische Blumenlese schließe ich gewiß nicht unwürdig mit einem im vorjährigen Vossischen Musenalmanach befindlichen schönen Liede eines edeln jungen Dichters, Herrn Friedrich Matthisson, geb. 1761, von dem zu Manheim, 1786 eine Sammlung von Gedichten herauskam. (Von ihm steht auch eine schöne Elegie, in den Ruinen eines alten Bergschlosses geschrieben, im Vossischen Almanach für 1787, die ich oben einzurücken versäumt habe.) Man vergleiche die Empfehlung und geschmackvolle Zergliederung dieses Liedes in Wieland's Teutschen Merkur, Januar 1789, S. 96, ff. „Es ist ein leichter, lieblicher „Morgentraum, aus den anmuthigsten Bildern, wie aus „elysischen Blumendüften, gewebt; eine magische Vision, „so geistig-sinnlich, so transparent, so unwesentlich, so „süßtäuschend — wie Elysium selbst."

Elysium.

Hain! der von der Götter Frieden,
Wie vom Thau die Rose, träuft,
Wo die Frucht der Hesperiden
Zwischen Silberblüthen reift,
Den ein rosenfarbner Aether
Ewig unbewölkt umflüsset,
Der den Klageton verschmähter
Zärtlichkeit verstummen heisst.

Freudigschaudernd in der Fülle
Hoher Götterseligkeit,
Grüsst, entflohn der Erdenhülle,
Psyche deine Dunkelheit.
Wonne! wo kein Nebelschleier
Ihres Urstofs Reine trübt,

Wo

Wo sie geistiger und freier,
Den entbundnen Fittig übt;

   Zur Unsterblichkeit erhoben,
In verherrlichter Gestalt,
Wie aus Aetherlicht gewoben,
Unter Geisterchören wallt;
Dir sich naht, mit süßem Beben,
Heil'ges Thal, wo, rein wie Gold,
Ueberhüllt von Laubgeweben,
Die verschwiegne Lethe rollt;

   Schöpfet; trinkt, und nicht vergebens!
Schnell in seiner Fluthen Grab,
Sinkt das Nachtstück ihres Lebens
Wie ein Traumgesicht hinab!
Glänzender, auf kühnern Flügeln,
Schwebt sie, aus des Thales Nacht,
Zu den blumenvollen Hügeln,
Wo ein ew'ger Frühling lacht.

   Welch ein feierliches Schweigen!
Leise nur, wie Zephyrs Hauch,
Säuselts in den Lorbeerzweigen,
Bebts im Amaranthenstrauch!
So in heil'ger Stille ruhten
Luft und Wogen; also schwieg
Die Natur, als aus den Fluthen
Anadyomene stieg.

   Welch ein ungewohnter Schimmer!
Erde! dieses Zauberlicht
Flammte selbst im Lenze nimmer
Von Aurorens Angesicht!
Sieh! des glatten Epheu's Ranken
Tauchen sich in Purpurglanz!
Blumen, die den Quell umranken,
Funkeln wie ein Sternenkranz.

Matthisson.   So beganns im Hain zu tagen,
Als die keusche Cynthia
Hoch vom stolzen Drachenwagen
Den geliebten Schäfer sah;
Als die Fluren sich verschönten,
Und mit holdem Zauberton
Göttermelodieen tönten:
Seliger Endymion!

6. Ro<

6.

Romanzen und Balladen.

Spanische Romanzen.

Auſſer dem, was der ſelige Dieze in ſeiner ſchätzbaren
Ueberſetzung des Velazquez S. 444 ff. über die Geſchichte
und Litteratur der ſpaniſchen Romanzen geſammelt hat,
findet man auch einige ſehr gute Bemerkungen und Nach-
weiſungen darüber in dem Zuſatze meines verehrungswürdi-
gen Freundes, des Herrn Rittmeiſters von Blankenburg
zu dem Artikel Romanze in der neueſten Ausgabe der Sul-
zeriſchen Theorie; und in Hrn. Bertuch's Magazin der
ſpaniſchen und portugieſiſchen Literatur, B. 1. S. 1 ff.
wo auch drei überſetzte Proben mitgetheilt ſind. Der letz-
tere hat auch zu einer ausführlichen Geſchichte der ſpani-
ſchen Romanze Hoffnung gemacht. Die Spanier geben
indeß dieſen Namen nicht blos hiſtoriſchen, ſondern auch
zärtlichen, moraliſchen, und ſogar geiſtlichen Liedern, de-
ren Inhalt gewöhnlich ernſthaft und tragiſch, oft aber auch
ſcherzhaft und komiſch iſt. Gewöhnlich ſind ſie in vierzeilige
Strophen abgetheilt, deren Reime gröſtentheils nur Aſſo-
nanzen ſind. Es läſſt ſich übrigens nicht hiſtoriſch darthun,
daß dieſe Dichtungsart, unter den Spaniern, arabiſcher
Abkunft ſey. Schon im zwölften Jahrhunderte wurden
dergleichen verfertigt; erſt im funfzehnten aber erhielten
ſie die ſpätere Form und Sprache. Ihrer iſt eine zu große
Menge, daß es nicht leicht irgend einen ſpaniſchen Dichter
giebt, der nicht ihrer mehrere verfertigt hätte; ſelten aber
werden in den häufigen ſpaniſchen Romanzenſammlungen
die Namen der Verfaſſer angegeben. Ich habe drei ſolcher
Sammlungen, und auſſerdem die *Historia de Granada*, vor
mir, worin viele, und zum Theil treffliche Stücke dieſer
Art vorkommen. Es mag hier indeß an ein paar Proben
genug ſeyn. Die erſte ſteht in der eben gedachten Geſchich-
te,

te, und ist daraus vom Dr. Percy in den ersten Band seiner
Reliques of anc. Poetry. S. 336 ff. eingerückt, auch von
ihm ins Englische, und von Hrn. Herder in den Volks=
liedern, B. I. S. 250, unter der Aufschrift, der blutige
Strom, ins Deutsche übersetzt. Hr. v. Blankenburg be=
merkt indeß ganz richtig, daß die ersten Worte: *Rio verde*,
nicht durch grüner Strom zu übersetzen gewesen wären,
weil es der eigenthümliche Name eines Flusses ist.

———

I.

Rio verde, rio verde,
    Quanto cuerpo en ti si baña
De Christianos y de Moros
    Muertos por la dura espada!

Y tus ondas cristalinas
    De roxa sangre se esmaltan:
Entre Moros y Christianos
    Muy gran batalla se trava.

Murieron

Uebersetzung.

———

Grüner Strom, du rinnst so traurig,
    So viel Leichen schwimmen in dir,
Christenleichen, Mohrenleichen,
    Die das harte Schwert erlegte.

Deine klaren Silberwellen
    Sind mit rothem Blut gefärbet,
Mohrenblute, Christenblute,
    Die in großer Schlacht hier fielen.

Ritt

Murieron Duques y Condes,
  Grandes señores de salva:
Murio gente de valia
  De la nobleza de España.

En ti murio Don Alonso,
  Que de Aguilar se llamaba;
El valeroso Urdiales,
  Con Don Alonso acababa.

Por un ladera arriba
  El buen Sayavedra marcha;
Naturel es de Sevilla,
  De la gente mas Granada.

Tras el iba un Renegado,
  Desta manera le habla,
Date, date, Sayavedra,
  No huyas de la Batalla.

Yo

Ritter, Herzoge und Grafen,
  Große hohen Standes fielen,
Männer hoher Tugend sanken,
  Und die Blüthe span'scher Edeln.

An dir sank hier Don Alonso,
  Der von Aguilar sich nannte,
Auch der tapfre Urdiales
  Sank an dir, mit Don Alonso.

Von der Seite klimmt den Felsen
  Ab der tapfre Sayavedra,
Eingeborner von Sevilla,
  Aus Granada's ältstem Stamme.

Hinter ihm ein Renegate
  Rief ihm nach mit frecher Stimme;
„Gib dich, gib dich, Sayavedra!
  Fliehe nicht so aus dem Treffen!

Spanische
Romanzen.

Yo te conozeo muy bieu,
    Gran tiempo eftuve en tu cafa;
Y en la Plaça de Sevilla
    Bien te vide jugar cañas.

Conozco a tu padre y madre,
    Y a tu muger doña Clara;
Siete anos fui tu cautivo,
    Malamente me tratabas.

Y aora lo seras mio,
    Si Mahoma me ayudara;
Y tambien te tratare,
    Como a mi me tratabas.

Sayavedra que lo oyera,
    Al Moro bolvio la cara;
Tirole el Moro una flecha,
    Pero nunca le acertaba.

Wohl erkenn' ich dich; ich war ja
    Lang genug in deinem Hause.
Auf dem Markte von Sevilla
    Sah ich oft dich Lanzen werfen;

Kenne deine Eltern, kenne
    Dein Gemahl, die Donna Klara,
Sieben Jahre dein Gefangner,
    Mit dem du sehr hart verfuhrest!

Jetzt sollst du der meine werben,
    Wenn mir Mahomet nun beisteht;
Und dann will ich mit dir umgehn,
    Wie du einst mit mir auch umgingst!"

Sayavedra, der das hörte,
    Kehrt sein Angesicht zum Mohren,
Und der Mohr schnellt seinen Bogen,
    Doch der Pfeil kam nicht zum Ziele.

Hiriole Sayavedra
  De una herida muy mala:
Muerto cayo el Renegado
  Sin poder hablar palabra.

Sayavedra fue cercado
  De mucha Mora canalla,
Y al cabo cayo alli muerto
  De una muy mala lançada.

Don Alonso en este tiempo
  Bravamente peleava,
Y el cavallo le avian muerto,
  Y le tiene por muralla.

Mas cargaron tantos Moros
  Que mal le hieren y tratan:
De la sangre, que perdia,
  Don Alonso se desmaya.

Al

Und da faßte Sayavedra,
  Traf auf ihn mit übelm Stoße;
Nieder stürzt der Renegate,
  Ohn' ein Wort noch zu vermögen.

Sayavedra ward umringet
  Von dem ganzen Mohrenpöbel,
Und am Ende sank er todt hin,
  Todt von einer bösen Lanze.

Noch stritt Don Alonso tapfer;
  Schon war ihm sein Roß erlegen,
Und sein todtes Roß muß jetzo
  Fechtend ihm statt Mauer dienen.

Aber Mohren über Mohren
  Drangen auf ihn, fochten, stießen,
Und vom Blut, das er verloren,
  Sinkt ohnmächtig Don Alonso.

Al fin, al fin cayo muerto
  Al pie de una pena alta.
Muerto queda Don Alonso,
  Eterna fama ganara.

———————

Endlich, endlich sinkt er nieder
  An dem Fuß des hohen Felsen,
Bleibet todt; doch Don Alonso
  Lebet noch in ew'gem Ruhme.

———————

2.

ZAYDE E ZAYDA.

Hier ist ein Theil des Originals von der bekannten schönen, von Dr. Percy in seinen Reliques etc. Vol. I. p. 342. nachgeahmten Romanze: Alkanzor und Zaida. Es giebt von dieser englischen Nachahmung mehrere deutsche Uebersetzungen; die letzte von Hrn. Herder, in den Volksliedern, S. 41. Von ihm ist aber auch die hier beigefügte Uebersetzung des spanischen Originals, welches man in der *Historia de los Vandos de los Zegris y Abencerrages Caualleros Moros de Granada* findet; in der Ausgabe, en Alcala de Henares, 1610. 8. fol. 40. — Uebrigens findet man die übrigen zu dieser Geschichte gehörenden Romanzen gleichfalls in den Volksliedern übersetzt: Th. I. B. I. Nr. 9. 10. 11. — Vergl. Ursinus Balladen und Lieder; S. 307 ff.

Por la calle de su dama
Passeando se anda Zayde,
Aguardando que sea hora
Que se assome para hablalle,

Desesperado anda el Moro
En ver que tanto se tarde,

Que

Uebersetzung.

Durch die Straße seiner Dame
Wandelt Zaid auf und nieder,
Harrend, daß die Stunde komme,
Endlich komme, sie zu sprechen.

Und schon geht der Mohr verzweifelnd,
Da es sich so lange zögert,

I 3   Denket:

Que piensa con solo verla
Aplacar el fuego en que arde.

Viola salir a un balcon
Mas bella que quando sale
La Luna en la escura noche
Y el Sol en las tempestades.

Llegose Zayde diziendo,
Bella Mora, Alha te guarde,
Si es mentira lo que dizen
Tus criadas y mis pages.

Dizen que me quies dexar,
Perque pretendes casarte
Con un Moro que es venido
De las tierras de tu padre.

SI

Denket: nur von ihr Ein Anblick
Wird all meine Flammen kühlen. —

Und da sieht er sie! Am Fenster
Tritt hervor sie, wie die Sonne
Aufgeht in dem Ungewitter,
Wie der Mond im Dunkel aufgeht.

Leise tritt ihr Zaid näher,
Alla mit dir, schöne Mohrin!
Ist es wahr, was meine Pagen,
Deine Dienerinnen sagen?

Sagen: du willt mich verlassen,
Wollest einem schnöden Mohren,
Der von deines Vaters Gütern
Kaum noch ankam, dich vermählen?

Ist

Si esto es verdad, Zayda bella,
Declarate, no me engañes,
No quieras tener secreto
Lo que tan claro se sabe.

Humilde responde al Moro,
Mi bien, ya es tiempo se acabe
Vuestra amistad y la mia
Pues que ya todos lo saben.

Que perdere el ser quien soy
Si el negocio via adelante,
Alha sabe si me pesa
Y quanto siento el dexarte.

Bien sabes que te he querido
A pesar de mi linage,
Y sabes las pesadumbres
Que he tenido con mi madre.

Sobre

Ist es wahr, o schönste Zaida?
Sage mir es, täusche mich nicht,
Wolle mir es nicht verheelen,
Was so laut ja alle wissen!

Tiefgebeugt erwiedert Zaida:
Ja, mein Guter, es ist Zeit nun,
Daß sich dein' und meine Freundschaft
Trenne, weil es alle wissen!

Um und an bin ich verloren,
Wenn die Sache weiter fortgeht,
Alla weiß, wie es mich schmerzet,
Wies mich drücket, dich zu lassen.

Du weißt wohl, wie ich dich liebte,
Trotz des Widerspruchs der Meinen,
Weißt, was ich mit meiner Mutter
Für Verdruß und Kummer hatte,

J 4

Wenn

Sobre aguardarte de noche
Como siempre venias tarde,
Y por quitar ocasiones
Dizen que quieren casarme.

No te faltara otra dama
Hermosa y de galan talle,
Que te quera y tu la quieras
Porque lo mereces Zayde,

Humilde responde el Moro,
Cargado de mil pesares,
No entendi yo, Zayda bella,
Que con migo tal usasses.

No entendi que tal hirieras
Que assi mis prendas trocasses,
Con un Moro feo y torpe
Indigno de un bien tan grande.

Wenn ich dich zur Nacht erharrte,
Harrte, dich noch spät zu sehen;
Dieß auf einmal mir zu enden,
Wollen sie jetzt — mich vermählen.

Bald wird eine andre Dame,
Schön und artig, dein seyn, Zaid,
Die dich liebet, die du liebest,
Weil du es verdienst, o Zaid.

Tiefgebeugt der Mohr erwiedert,
Hingedrückt von tausend Kummer:
„Nicht versteh' ichs, schöne Zaida,
Wie du mit mir also handelst!

Nicht versteh' ichs, wie du also
Wechselst meine treue Liebe!
Einem häßlich schlechten Mohren,
Der so großen Guts nicht werth ist!

Tu eres la que dixiste
En el balcon la otra tarde,
Tuya soy, tuya seré,
Tuya es mi vida, Zayde,

———————

Warst du's, die auf dieser Stelle
Zu mir sprach, noch jenen Abend:
Dein bin ich, dein bin ich ewig!
Dein, o du mein Leben, Zaid!"

Mon-

Moncrif.

S. B. II. S. 65. — Man hat ein paar Romanzen von ihm, die mit einer gewissen Naivetät, in einer nicht gemeinen und lebhaften Manier vorgetragen sind. Am beliebtesten ist die hier mitgetheilte, von der unsers Gleim's Marianne, eine seiner frühesten Romanzen, eine freie und des Originals vollkommen würdige Nachahmung ist.

LES CONSTANTES AMOURS
D'ALIX ET D'ALEXIS.

Romance.

Pourquoi rompre leur mariage,
  Méchans parens?
Ils auroient fait si bon ménage
  A tous momens.
Que sert d'avoir bague et dentelle
  Pour se parer?
Ah! la richesse la plus belle
  Est de s'aimer.

Quand on a commencé la vie,
  Disant ainsi:
Oui, vous serés toujours m' amie,
  Vous, mon ami.
Quand l'âge augmente encore l'envie
  De s'entre - unir,
Qu'avec un autre on vous marie,
  Mieux vaut mourir.

A sa mere, etant déja grande,
  La pauvre Alix,
A deux genoux, un jour demande
  Son Alexis.
Maman, il faut par complaisance
  Nous marier.

Ma

Ma fille, je veux l'alliance
    D'un Conseiller.

                              Moncrif.

La fille, à cette barbarie,
    Bien fort pleura :
Au Couvent de sainte Marie,
    On l'enferma.
Là, pendant trois ans eperdue,
    Elle a gémi,
Sans avoir un instant la vûe
    De son ami.

Un jour... Quelle malice d'ame!
    La mere a dit:
Alexis a pris une femme,
    Sans contredit : .
Et puis, lui montrant une lettre,
    Lui dit: Voyés,
Il vous écrit; c'est pour permettre
    Que l'oubliés.

Alors, Conseiller et Notaire
    Arrivent tous,
Le Curé fait son ministère;
    Ils sont Epoux.
Pour elle, helas! festin et danse
    Ne sont qu'ennui,
Toujours lui vient en souvenance
    Son Favori,

Le soir, plus grande facherie,
    Saisit son coeur.
Sa mere la danse et la crie
    Toute en fureur.
Tout comme une brebis qu'on mene
    Droit au boucher,
La pauvrette, en pleurant, se traîne
    Pour se coucher.

Vrai Dieu! qu' Alix, honnête et sage,
    Se conduit bien!

                         Tous

Moncrif.

Tous autres foins que du ménage
  Lui font de rien.
Voyant de fon Epoux la flamme
  Qu'il lui portoit,
Elle lui donnoit de fon ame
  Ce qui reftoit.

Helas! fon ame toute entiere
  A fes foucis,
Gardoit fon amitié première
  Pour Alexis;
Cinq ans, en depit d'elle-même,
  Paffa les jours
A fe reprocher qu'elle l'aime,
  L'aimant toujours.

Pour chaffer de fa fouvenance
  L'ami fecret,
On fe donne tant de fouffrance
  Pour peu d'effet:
Une fi douce fantafie
  Toujours revient;
En fongeant qu'il faut qu'on l'oublie
  On s'en fouvient.

Alix, dans fa mélancolie
  Un jour l' Epoux
Lui mene un Marchand d' Arménie
  Pour des bijoux:
Ma moitié, faites quelqu'emplette
  De fon écrin.
Perles et noeuds font la recette
  Pour le chagrin.

Baife-moi, moutonne chérie,
  Je viens au plaid;
Tiens, prens de cette orfévrerie
  Ce qui te plaît.
L'argent n'eft que pour qu'on fe donne
  Quelque bon tems:

        N'e-

N'epargne rien; voilà, mignonne,
    Vingt écus blancs.

Il part. Le Marchand, en silence,
    L'écrin montroit,
Qu'Alix avec indifférence
    Confidéroit;
Chaque fois qu'il offre à la Dame,
    Perle ou faphir,
Chaque fois du fond de fon ame
    Sort un foupir.

En lui toutes fleurs de jeuneffe
    Apparoiffoient;
Mais longue barbe, air de trifteffe
    Les terniffoient.
Si de jeuneffe on doit attendre
    Beau coloris,
Pâleur qui marque une âme tendre
    A bien fon prix.

Mais Alix, foucieufe et fombre,
    Rien ne voyoit,
Pourtant, aux longs foupirs fans nombre,
    Qu'il répétoit:
D'où lui vient, dit-elle en foi-même,
    Tant de chagrins?
Ah! s'il regrête ce qu'il aime,
    Que je le plains!

Las! qu'avés-vous qui vous foucie,
    Comme je vois?
Si c'eft d'aimer, je vous en prie,
    Dites-le-moi!
Eh! que fert de conter, Madame,
    Un deplaifir,
Qui jamais, jamais de mon ame
    Ne peut fortir?

Il n'eft qu'un tréfor dans le monde,
    Je le connois,

Long-

Mouraif.

Long-tems en efpoir je me fonde
Que je l'aurois;
Et plus mon amitié ravie
Crût l'obtenir,
Tant plus j'aurois donné ma vie
Pour le tenir.

Le voir cent fois dans la journée
Me plaifoit tant,
Je l'emportois dans ma penfée
En le quittant,
Lorsqu'un lutin, par grand rancune,
Vint l'enlever,
Puis d'un autre en fit la fortune
Pour m'en priver.

Dirai-je ma douleur profonde,
Quand je l'appris?
Pour m'en aller au bout du monde
Me départis;
Non qu'un inftant en moi je penfe
De l'oublier.
Mais pour mourir de ma conftance
A le pleurer.

Marchand, eft-ce or en broderie
Que ce tréfor?
Madame, helas! ce que j'envie
Surpaffe l'or.
Sont-ce rubis? J'aurois fans peine
Rubis perdus.
C'eft donc le trouffeau de la Reine?
Ah! c'eft bien plus!

Depuis qu'on vint, par grand dommage,
Me le ravir,
J'en ai tiré la chere image
De fouvenir;
J'ai, la voyant, l'ame remplie
De défefpoir,
Et ne garde pourtant la vie
Que pour la voir.

Ne

Ne tardés pas, j'en meurs d'envie,
    Armenien,
De cette image tant chérie
    Je voye enfin.
Lors, avec un foupir qu'il jette,
    Plus loin encor,
De fon fein tire une tablette
    Dans du drap d'or.

Alix foudain prit la dorure
    La déplia,
Sur la tablette, en écriture,
    Ces mots trouva:
Ici je contemple, à toute heure,
    Dans les foupirs;
Je garde tout ce qui demeure
    De mes plaifirs.

Alors Alix la tablette ouvre
    Tant vîtement:
Eh! qu'eft-ce donc qu'elle y découvre
    Pour fon tourment?
La voilà toute évanouie
    A cet objet!
Qui n'eût même trenfe fentie?
    C'eft fon portrait!

Alix, mon Alix tant aimée;
    Helas! c'eft moi!
Alix, Alix tant regretée,
    Ranime-toi;
Ton Alexis vient de Turquie,
    Tout à l'inftant,
Pour te voir, et quitter la vie
    En te quittant.

Par ces triftes mots ranimée
    Alix parla.
Alexis, j'ai ma foi donnée,
    Un autre l'a;
Je ne dois vous ouir de ma vie
    Un feul inftant:

                          Mais

Mais me mourés pas, je vous prie,
    Partés pourtant.

Voulant, pour complaire à sa Mie,
    Partir soudain,
Avant que pour jamais la fuie
    Lui prend la main.
L'Epoux survient. A cette vûe
    Tout en fureur,
Leur a d'une bague pointue
    Percé le coeur.

Alexis meurt, Alix mourante
    Les yeux baissés,
Dit: Je peris, mais innocente,
    Ce m'est assés.
Mon Epoux, votre jalousie
    Verse mon sang:
Sans regret je quitte la vie,
    En vous plaignant.

Depuis cet acte de sa rage,
    Tout effrayé,
Dès qu'il est nuit, il voit l'image
    De sa moitié,
Qui, du doigt montrant la blessure
    De son beau sein,
Appelle avec un long murmure
    Son assasin.

Aprés si triste tragédie
    Tout sage Epoux
Ne peut, de sa moitié chérie,
    Etre jaloux;
S'il trouve un Marchand d'Armenie
    Prenant sa main,
Il dit: C'est qu'on le congédie;
    J'en suis certain.

Senece'.

S. B. II. S. 31. — Es giebt mehrere französische Parodien dieser vom Virgil mit so ernstem Pathos vorgetragenen mythischen Erzählung. Die hier folgende hat die glücklichsten Züge.

ORPHÉE.

Pour ravoir sa femme Euridice,
Orphée aux Enfers s'en alla;
Est-il si bizarre caprice,
Dont on s'étonne après cela?

Puisqu'une impertinente flamme
Pour nous troubler l'a fait venir,
Dit Pluton: Rendez-lui sa femme,
On ne sçauroit mieux le punir.

En vertu de mon indulgence,
Bientôt, puisqu'il le veut ainsi,
Il sera damné par avance,
Et peut-être un peu plus qu'ici.

Rendez-lui donc sa demoiselle,
Qui le suivra, sans dire mot;
Mais s'il tourne les yeux sur elle,
Qu'on me la refourre au cachot!

Ah! si des femmes incommodes
Des tours de tête délivroient,
Que de maris, comme Pagodes,
Incessamment la tourneroient!

L'ordre est suivi; mais cette fête
Se termine en tristes regrets;
Orphée ayant tourné la tête,
Redevient veuf sur nouveaux frais.

Sene'ce'.
Marmontel.

Vaine et legere comme un songe
Qu'un dormeur prend pour vérité,
L'ombre gémit, et se replonge
Dans l' éternelle obscurité.

L' époux qui la voit disparoître
Se livre à son mortel ennui,
Incapable de reconnoître
Le bien qu'on lui fait malgré lui.

L' Enfer à ses plaintes touchantes
Cessant de se laisser charmer,
Dans la Thrace par les Bacchantes
Il s'en va se faire assommer

Marmontel.

Der natürliche Ton folgender Romanze, wodurch die Fabel selbst mehr Anmuth erhält, als durch allen vom Ovid daran verschwendeten Schmuck, hat sie sehr gangbar und beliebt gemacht; auch ist sie von Schiebeler und Götz, mit beibehaltnem Sylbenmaaß, ins Deutsche übersetzt worden.

APOLLON ET DAPHNE'.

L' Amour m'a fait la peinture
De Daphné, de ses malheurs;
J'en vais tracer l'avanture:
Puisse la race future
L'entendre et verser des pleurs!

Daphné fut sensible et belle,
Apollon sensible et beau.
Sur eux, l' Amour, d' un coup d'aile
Fit voler un étincelle
De son dangereux flambeau.

Daphné

Marmontel

Daphné d'abord interdite
Rougit voyant Apollon.
Il approche, elle l' évite;
Mais fuyoit - elle bien vîte?
L' Amour assure que non.

Le Dieu qui vole à sa suite,
De sa lenteur s'applaudit.
Elle balance, elle hésite;
La pudeur hâte sa fuite,
Le desir la relentit.

Il la poursuit à la trace,
Il est prêt à la saisir;
Elle va demander grace:
Une Nymphe est bientôt lasse,
Quand elle fuit le plaisir.

Elle desire, elle n'ose;
Son pere voit ses combats,
Et par sa métamorphose
A sa défuite il s'oppose;
Daphné ne l'en prioit pas.

C'est Apollon qu'elle implore,
Sa vûe adoucit ses maux;
Et vers l'Amant qu'elle adore,
Ses bras s'étendent encore
En se changeant en rameaux.

Quel objet pour la tendresse
De ce malheureux Vainqueur!
C'est un arbre qu'il caresse;
Mais, sous l'écorce qu'il presse,
Il sent palpiter un coeur.

Ce coeur ne fut point sévére,
Et son dernier mouvement
Fut, si l' Amour est sincére,
Un reproche pour son Pere,
Un regret pour son Amant.

K 2

Graf

Graf von B**.

Ich entlehne diese Romanze unter obiger Bezeichnung aus der *Anthologie Fr.* Vielleicht ist der Graf von Bouf-flers ihr Verfasser.

———————

Ecoutez l' histoire
Du beau Mysis et de Zara:
  Jamais leur mémoire
Chez les Amans ne périra.
  Venez tous m'entendre,
Vous que l' Amour daigne inspirer;
  Quand on est bien tendre,
On a du plaisir à pleurer.

  L' Amour, dès l' enfance,
Venoit badiner avec eux;
  Il formoit leur danse
Et présidoit à tous leurs jeux:
  Mais ce badinage
Ne servoit qu'à les enflammer;
  Au matin de l'âge
Tous deux déjà savoient aimer.

  L'ardente jeunesse
Est l'âge brillant des amours;
  La plus douce ivresse
Marqua le printems de leurs jours;
  Leur ame ravie
Se confondoit à tout moment;
  Et toute leur vie
N' étoit plus qu'un enchantement.

  De rians mensonges
Les amusoient dans leur sommeil.
  Toujours quelques songes
Leur faisoient craindre le réveil:
  La naissante Aurore

Vo-

Voyoit Zara près de Myſis;
   Et la nuit encore
Les trouvoit toujours réunis.

   Voilà cette plaine,
Où le matin Zara chantoit;
   Voilà la fontaine,
Où le ſoir Myſis l'attendoit.
   Ce bocage ſombre
Vît naître leurs premiers ſoupirs;
   Ce bois, ſous ſon ombre,
Cacha leurs innocens plaiſirs.

   Qui pouvoit prédire
Le changement d'un ſort ſi beau?
   L' Amour qui ſoupire,
Va donc éteindre ſon flambeau.
   Hélas! l' Hymenée
Alloit bientôt les couronner.
   Heure fortunée,
Que vous êtes lente à ſonner!

   C'étoit donc la veille
De ce jour, de cet heureux jour,
   Que Myſis s'éveille,
Avec lui s'éveille l' Amour;
   Le Ciel ſans nuage
Etoit mille fois plus ſerein;
   Amour, quel préſage
Peut déſormais être certain?

   Au fond d'un bocage
Zara devoit trouver Myſis;
   La belle, peu ſage,
L'avoit dit au berger Tharſis;
   Par une impoſture
Il ſurprit ce ſecret fatal;
   Cet ami parjure
De Myſis étoit le rival.

K 3 .   Pour

Pour mieux la furprendre,
Tharfis dans le bois fe cacha.
La belle trop tendre
Crut voir Myfis, et s'approcha.
Le foleil à peine
Répandoit un peu de clarté,
Et l'ombre incertaine
Aidoit à la témérité.

C'eft donc vous, dit-elle,
Vous, mon Amant dès le berceau!
Ma flamme fidelle
M'animera jusqu'au tombeau.
Oui, je veux t'y fuivre,
Rien ne pourra nous féparer;
Pour toi je veux vivre,
Avec toi je veux expirer.

Bergere infenfée,
Myfis t'écoute avec horreur;
Son ame offenfée
Se livre entiere à la fureur.
Un trait vole et frappe;
Quel cri fuit ce trait inhumain!
Dieux! Tharfis s'échappe,
Et Zara fent percer fon fein.

C'eft toi qui me tue!
Mais je pardonne à ta fureur.
Mon ame éperdue
T'aime jusque dans ton erreur.
Conferve la vie,
Hélas! je la perds fans retour;
Tu me l'as ravie;
Mais c'eft la faute de l'Amour.

D'une voix mourante
Zara fait ainfi fes adieux;
Et fon ame errante
N'anime plus fes beaux yeux.
O! douleur mortelle!
Myfis fe frappe à l'inftant,

Et perce auprès d'elle
Un coeur qui fut toujours conſtant.

Graf v. B**.

Un tombeau s'élève,
Les Graces le couvrent de fleurs;
L'Amour, qui l'achéve,
En partant l'arroſe de pleurs.
Ils ſont donc enſemble,
Ces Bergers, ces Amans parfaits!
Une Urne raſſemble
Leurs coeurs percés des mêmes traits.

Bergéres fidelles,
Témoins du ſort de ces Bergers,
Plus vous êtes belles,
Et plus vous courez de dangers.
Craignez de vous rendre
Au charme d'un penchant trop doux;
L'Amant le plus tendre
Devient bientôt le plus jaloux.

R 4

Le

Le Mierre.

Bekannt durch seine dramatischen Arbeiten, deren Werth und Aufnahme jedoch sehr ungleich ausfiel. Eben das gilt von seinen kleinern Gedichten, die er in den französischen Musenalmanachen von Zeit zu Zeit bekannt gemacht hat. Die hier mitgetheilte Romanze steht in dem *Recueil de Romances*, T. II. p. 189, und ist, wie man bald sieht, eine, wiewohl ziemlich schwache, Kopie von Tickell's oben eingerückter englischer Ballade. So viel Haltung und Würde der Vortrag dieser letztern hat, so matt und ungleich sind die Verse des französischen Dichters.

COLIN ET LUCY.

Ecoutez-moi, faciles belles,
Aprenez à fuir les trompeurs,
Ecoutez, amans infidéles,
La peine due aux suborneurs.

Lucy, des filles de Vincennes
Etoit la plus riche en attraits;
Jamais l'eau pure des fontaines
Ne refléchit de plus beaux traits.

Hélas! des peines trop cuisantes,
Hélas! un amoureux souci,
Vint ternir les roses brillantes
Sur le teint vermeil de Lucy.

Vous avez vû souvent l'orage
Qui courboit les lys du jardin;
De ces lys elle étoit l'image,
Et déja penchoit vers sa fin.

Par trois fois on entend la cloche
Dans le silence de la nuit;
Par trois fois le corbeau s'approche,
Frappe aux vîtres, crie, et s'enfuit.

Ce

Ce cri, cette cloche cruelle
Lucy comprit tout aisément;
Aux filles en pleurs autour d'elle
Elle dit ces mots en mourant:

Cheres compagnes, je vous laisse,
Une voix semble m'appeller;
Une main, que je vois sans cesse,
Me fait signe de m'en aller.

L'ingrat que j'avois cru sincére,
Me fait mourir, si jeune encor;
Une plus riche a sçu lui plaire;
Moi, qui l'aimois, voilà mon sort.

Ah! Colin, ah! que vas-tu faire?
Rends-moi mon bien, rends-moi ta foi!
Et toi, que son coeur me préfere,
De ses baisers détourne-toi!

Dès le matin en épousée
'A l'eglise il te conduira;
Mais, homme faux, fille abusée,
Songez que Lucy sera là.

Filles, portez-moi vers ma fosse;
Que l'ingrat me rencontre alors,
Lui dans son bel habit de nôces,
Moi couverte du drap des morts.

Elle expire, on creuse sa fosse,
Et l'époux la rencontre alors,
Lui dans son bel habit de nôçes,
Et Lucy sous le drap des morts.

Que devient-il? son coeur se serre;
Un froid mortel vient le transir.
Qu'a-t-il vu? Lucy qu'on enterre,
Et Lucy qu'il a fait mourir.

Il tombe; chacun se disperse,
L'épouse fuit loin de ce deuil.

Le Mierre.

K 5

Colin,

Le Mierre. Colin, baigné de pleurs qu'il verse,
Reste éperdu sur le cerceuil.

Vaine et tardive repentance!
Pleurant ses premieres amours,
Aux suites de son inconstance
Il ne survécut que deux jours.

Près de son amante fidelle
Les bergers l'ont porté, dit-on;
Et Colin repose avec elle,
Couvert par le même gazon.

La tombe reçoit mille offrandes;
Deux à deux les amans constans
S'en viennent l' orner de guirlandes,
Au retour de chaque printems.

Vois cette pierre, amant volage,
Et crains un semblable destin.
Avant que ton coeur se dégage,
Souviens-toi du sort de Colin.

Berquin.

S. B. L. S. 403. — Er ist Verfaffer von mehrern Romanzen, die in der zu Paris 1774 herausgekommenen Sammlung befindlich sind. Manche darunter sind Nachahmungen aus dem Englischen; und ich bin ungewiß, ob nachstehendes rührende Wiegenlied das Original, und das oben unter den Liedern mitgetheilte von Hayley die Nachahmung, oder ob der Fall umgekehrt sey. Vielleicht könnten auch beide, wie mirs faft fcheint, ein älteres Lied diefes Inhalts nachgebildet haben.

Plaintes d'une Femme abandonnée par fon amant.

Romance.

Dors, mon enfant! clos ta paupière;
Tes cris me déchirent le coeur:
Dors, mon enfant! ta pauvre mère
A bien affez de fa douleur.

Lorsque, par de douces tendreffes
Ton père fut gagner ma foi,
Il me fembloit dans fes careffes
Naïf, innocent, comme toi:
Je le crus: où font fes promeffes?
Il oublie et fon fils et moi.
  Dors, mon enfant, etc.

Qu'à ton reveil un doux fourire
Me foulage dans mon tourment;
De ton père, pour me feduire,
Tel fut l'aimable enchantement.
Qu'il connoiffoit bien fon empire!
Et qu'il en ufe méchamment!
  Dors, mon enfant, etc.

Le cruel, helas! il me quitte,
Il me laiffe fans nul appui,

Je

Berquin. Je l'aimai tant avant sa fuite!
Oh! je l'aime encore aujourd'hui!
Dans quelque séjour qu'il habite,
Mon coeur est toujours avec lui.
   Dors, mon enfant, etc.

   Oui, le voilà! c'est son image,
Que tu retraces à mes yeux;
Ta bouche aura son doux langage,
Ton front son air vif et joyeux;
Ne prends point son humeur volage;
Mais garde ses traits gracieux!
   Dors, mon enfant, etc.

   Tu ne peux concevoir encore
Ce qui m'arrache ces sanglots.
Que le chagrin, qui me dévore,
N'attaque jamais ton repos!
Se plaindre de ceux qu'on adore,
C'est le plus grand de tous les maux.
   Dors, mon enfant, etc.

   Sur la terre, il n'est plus personne
Qui se plaise à nous secourir;
Lorsque ton père m'abandonne,
'A qui pourrois-je recourir?
Ah! tous les chagrins qu'il me donne,
Toi seul, tu peux les adoucir.
   Dors, mon enfant, etc.

   Mêlons nos tristes destinées,
Et vivons ensemble toujours,
Deux victimes infortunées
Se doivent de tendres secours.
J'ai soin de tes jeunes années;
Tu prendras soins de mes vieux jours.
   Dors, mon enfant. 'clos ta paupière;
Tes cris me déchirent le coeur;
Dors, mon enfant! ta pauvre mère
A bien assez de sa douleur.

FAIR

FAIR ROSAMOND.

Der Inhalt dieser sehr alten englischen Ballade ist grösstentheils aus der Geschichte der Regierungszeit Heinrichs II. genommen, worin aber freilich die ältern Erzähler viele Erdichtung eingewebt zu haben scheinen. Vermuthlich wußten sie sich das unnatürliche Betragen der Königin Eleonore, und die Aufwiegelung ihrer eignen Söhne zur Empörung, nicht anders, als aus solch einer Eifersucht zu erklären. Vergl. Dr. Percy's historische Einleitung zu dieser Romanze, in f. *Reliques*, Vol. II. p. 141. Man hat davon vier deutsche Uebersetzungen, in der N. Bibliothek d. sch. W. B. II. St. 1. S. 70. von Raspe; in Bodmer's Altenglischen und altschwäbischen Balladen, B. II. S. 21; in der Iris, von Hrn. R. L. K. Schmidt; und die beste in Herder's Volksliedern, B. I. S. 18. Von dem letztern wird sie sehr glücklich so charakterisirt: „Eine schöne Bußfertige von Correggio gemahlt, den Todesbecher in der „Hand, in andächtiger Gestalt der mittlern Zeiten."

———

When as king Henry rulde this land,
    The second of that name,
Besides the queene, he dearly lovde
    A faire and comely dame.

Most peerlesse was her beautye founde
    Her favour, and her face;
A sweeter creature in this worlde
    Could never prince embrace.

Her crisped lockes like threads of golde
    Appeard to each mans sight;
Her sparkling eyes, like Orient pearles,
    Did cast a heavenlye light.

The blood within her crystal cheekes
    Did such a colour drive,

As

As though the lillye and the rose
  For mastership did strive.

Yea Rosamonde, fair Rosamonde,
  Her name was called so,
To whom our queene, dame Ellinor,
  Was known a deadlye foe.

The King therefore, for her defence,
  Against the furious queene,
At Woodstocke builded such a bower,
  The like was never seene.

Most curiously that bower was built
  Of stone and timber strong,
An hundered and fifty doors
  Did to this bower belong:

And they so cunninglye contriv'd
  With turnings round about,
That none but with a clue of thread,
  Could enter in or out.

And for his love and ladyes sake,
  That was so faire and brighte,
The keeping of this bower he gave
  Unto a valiant knighte.

But fortune, that doth often frowne
  Where she before did smile,
The Kinges delighte and ladyes joy
  Full soon shee did beguile:

For why, the Kinges ungracious sonne,
  Whom he did high advance,
Against his father raised warres
  Within the realme of France.

But yet before our comelye King
  The English land forsooke,
Of Rosamond, his lady faire
  His farewelle thus he tooke:

My

„My Rofamonde, my only Rofe,
  That pleafeft beft mine eye:
The faireft flower in all the worlde
  To feed my fantafye.

The flower of mine affected heart,
  Whofe fweetneſs doth excelle:
My royal Rofe, a thoufand times
  I bid thee nowe farewelle!

For I muſt leave my faireſt flower,
  My fweeteſt Rofe, a fpace,
And crofs the feas to famous France,
  Proud rebelles to abafe.

But yet, my Rofe, be fure thou fhalt
  My coming fhortlye fee,
And in my heart, when hence I am,
  Ile beare my Rofe with mee."

When Rofamond, that ladye brighte,
  Did heare the King faye foe,
The forrowe of her grieved heart
  Her outward lookes did fhowe;

And from her cleare and cryftall eyes
  The teares gufht out apace,
Which like the filver-pearled dewe
  Ranne downe her comely face.

Her lippes, erſt like the corall redde
  Did waxe both wan and pale,
And for the forrow fhe conceivde,
  Her vitall fpirits faile;

And falling down all in a fwoone
  Before King Henryes face,
Full oft he in his princelye armes
  Her bodye did embrace:

And twentye times, with watery eyes,
  He kiſt her tender cheeke,

Un-

Untill he had revivde againe
  Her senses milde and meeke.

Why grieves my Rose, my sweetest Rose?
  The King did often say.
Becaufe, quoth shee, to bloodye warres
  My lord must part awaye.

But since your grace on forrayne coastes
  Amonge your foes unkinde
Must goe to hazard life and limbe,
  Why should I staye behinde?

Nay rather, let me, like a page,
  Your sworde and target beare;
That on my breast the blowes may lighte,
  Which would offend you there.

Or lett mee, in your royal tent,
  Prepare your bed at nighte,
And with sweete baths refresh your grace,
  At your returne from fighte.

So I your presence may enjoye
  No toil i will refuse;
But wanting you, my life is death;
  Nay death Ild rather chuse!

„Content thy self, my dearest love;
  Thy rest at home shall bee
In Englandes sweet and pleasant isle;
  For travell fits not thee.

Faire ladies brooke not bloodye warres;
  Soft peace their sexe delightes;
Not rugged campes, but courtlye bowers;
  Gay feastes, not cruell fightes.

My Rose shall safely here abide,
  With musicke passe the daye;
Whilst I, amonge the piercing pikes,
  My foes seeke far awaye.

My Rofe fhall fhine in pearle and golde,
  Whilft I me in armour dighte;
Gay galliards here my love fhall dance,
  Whilft I my foes goe fighte.

And you, Sir Thomas, whom I trufte
  To bee my loves defence,
Be carefull of my gallant Rofe
  When I am parted hence."

And therewithall he fetcht a figh,
  As though his heart would breake:
And Rofamonde, for very griefe,
  Not one plaine word could fpeake.

And at their parting well they mighte
  In heart be grieved fore;
After that daye faire Rofamonde
  The King did fee no more.

For when his grace had paft the feas,
  And into France was gone;
With envious heart, queene Ellinor,
  To Woodftocke came anone.

And forth fhe calles this truftye knighte,
  In an unhappy houre;
Who with his clue of twined thread,
  Came from this famous bower.

And when that they had wounded him,
  The queene this thread did gette,
And went where ladye Rofamonde
  Was like an angell fette.

But when the queene with ftedfaft eye
  Beheld her beauteous face,
She was amazed in her minde
  At her exceeding grace.

Caft off from thee thofe robes, fhe faid,
  That riche and coftlye bee;

And drinke thou up this deadlye draught,
　　Which I have brought to thee.

Then prefentlye upon her knees
　　Sweet Rofamonde did falle;
And pardon of the queene fhe crav'd
　　For her offences all.

„Take pitty on my youthfull yeares,
　　Fair Rofamonde did crye;
And lett mee not with poifon ftronge
　　Enforced bee to dye.

I will renounce my finfull life,
　　And in fome cloyfter bide;
Or elfe be banifht, if you pleafe,
　　To range the world foe wide.

And for the fault which I have done,
　　Though I was forc'd theretoe,
Preferve my life, and punifh mee
　　As you thinke meet to doe.“

And with thefe words, her lillie handes
　　She wrunge full often there;
And down along her lovely face
　　Did trickle many a teare.

But nothing could this furious queene
　　Therewith appeafed bee;
The cup of deadlye poifon ftronge,
　　As fhe knelt on her knee,

Shee gave this comelye dame to drinke,
　　Who tooke it in her hand,
And from her bended knee arofe,
　　And on her feet did ftand:

And cafting up her eyes to heaven,
　　Shee did for mercye calle;
And drinking up the poifon ftronge,
　　Her life fhe loft withalle.

And when that death through everye limbe
 Had showde its greatest spite,
Her chiefest foes did plaine confesse
 Shee was a glorious wight.

Her body then they did entomb,
 When life was fled away,
At Godstowe, neare to Oxford towne,
 As may be seene this day.

LORD THOMAS AND FAIR ELLINOR,

Dr. Percy gab diese Ballade in s. *Reliques*, T. III.
p. 78. aus einem alten Abdruck unter der Aufschrift:
*A tragical ballad on the unfortunate love of lord Thomas and
fair Ellinor, together with the downfall of the brown girl.*
Auch führt er an, daß sie hernach in einem andern Solben-
maaß modernisirt sey. In den von Herrn Ursinus heraus-
gegebenen Balladen und Liedern, S. 68 ff. steht sie
gleichfalls, mit einer von mir versuchten Uebersetzung. Eine
andre gab Bodmer, in seinen Altengl. Balladen, B. I.
S. 106.

LORD Thomas he was a bold forrestèr,
 And a chaser of the Kings deere;
Faire Ellinor was a fine woman,
 And lord Thomas he loved her deare.

Come riddle my riddle, dear mother, he sayd,
 And riddle us both as one;
Whether I shall marrye with faire Ellinòr,
 And let the browne girl alone?

The browne girl she has got houses and lands,
 Faire Ellinor she has got none,
And therefore I charge thee on my blessing,
 To bring me the browne girl home,

And

Ballade. And as it befelle on a high holidaye
    As many there are beſide,
Lord Thomas he went to faire Ellinor,
    That ſhould have been his bride.

And when he came to faire Ellinors bower,
    He knocked there at the ring,
And who was ſo readye as faire Ellinor,
    To lett lord Thomas withinn.

What newes, what newes, lord Thomas, ſhe ſaid?
    What newes doſt thou bring to mee?
I am come to bid thee to my weddin,
    And that is bad newes for thee.

O God forbid, lord Thomas, ſhe ſayd,
    That ſuch a thing ſhould be done;
I thought to have been thy bride my ſelfe,
    And thou to have been the bridegrome.

Come riddle my riddle, dear mother, ſhe ſayd,
    And riddle it all in one;
Whether I ſhall goe to lord Thomas his wedding,
    Or whether ſhall tarry at home?

There are manye that are your friendes, daughter,
    And manye that are your foe,
Therefore I charge you on my bleſſing,
    To lord Thomas his wedding don't goe.

There are manye that are my friendes, mother;
    But if thouſands there were my foe,
Betide me life, betide me death,
    To lord Thomas his wedding Ild goe.

She cloathed herſelf in gallant attire,
    And her merrye men all in greene,
And as they rid through everye towne,
    They took her to be ſome queene.

But when ſhe came to lord Thomas his gate,
    She knocked there at the ring;

                          And

And who was fo readye as lord Thomâs,
  To lett faire Ellinor in,

Is this your bride, faire Ellinor fayd?
  Methinks fhe looks wonderous browne;
Thou mighteft have had as faire a womân,
  As ever trod on the grounde.

Defpife her not, fair Ellin he fayd,
  Defpife her not unto mee;
For better I love thy little fingèr,
  Then all her whole bodèe.

This browne bride had a little penknife,
  That was both long and fharpe,
And betwixt the fhort ribs and the long
  She prickd faire Ellinor's harte.

O Chrift thee fave, lord Thomas hee fayd,
  Methinks thou lookft wonderous wan;
Thou ufedft to look with as frefh a colour,
  As ever the fun fhone on.

Oh, art thou blind, lord Thomas? he fayd,
  Or canft thou not very well fee?
Oh! dòft thou not fee my owne hearts bloode
  Run trickling down my knee.

Lord Thomas he had a fword by his fide;
  As he walked about the halle,
He cut off his brides head from her fhouldèrs,
  And threw it againft the walle.

He fet the hilte againft the grounde,
  And the point againft his harte.
There never three lovers together did meete,
  That fooner againe did parte.

          L 3   Tickell.

Tickel.

Eine der schönsten neuern Balladen, von dem berühmten Freunde Addison's, und seinem Mitarbeiter am Zuschauer, Thomas Tickel, geb. 1686, gest. 1740. von dem man, außer vermischten Originalgedichten, eine poetische Uebersetzung des ersten Buchs der Iliade, und des vierten Gesanges der Lukanischen Pharsalia hat. Mein Versuch einer Uebersetzung dieser Ballade steht in des Herrn Ursinus Sammlung, S. 112; gern aber überlasse ich der Herderischen den Preis, in den Volksliedern, B. I, S. 100, wo sie zugleich etwas abgeändert und dem einfachen alten Balladenton näher gebracht ist.

LUCY AND COLIN.

Of Leinster, fam'd for maidens fair,
   Bright Lucy was the grace;
Not e'er did Liffy's limpid stream
   Reflect so fair a face.

Till luckless love, and pining care
   Impair'd her rosy hue,
Her coral lip, and damask cheek,
   And eyes of glossy blue.

Oh! have you seen a lily pale,
   When beating rains descend?
So droop'd the flow-consuming maid;
   Her life now near its end.

By Lucy warn'd, of flattering swains
   Take heed, ye easy fair:
Of vengeance due to broken vows,
   Ye perjured swains beware.

Three times, all in the dead of night,
   A bell was heard to ring;

                                    And

And at her window shrieking thrice,
  The raven flap'd his wing.

Too well the love-lorn maiden knew
  The solemn boding found;
And thus, in dying words, bespoke
  The virgins weeping round.

„I hear a voice, you cannot hear,
  „Which says, I must not stay:
„I see a hand, you cannot see,
  „Which beckons me away.

„By a false heart, and broken vows,
  „In early youth I die.
„Am I to blame, because his bride
  „Is thrice as rich as I?

„Ah Colin! give not her thy vows;
  „Vows due to me alone:
„Nor thou, fond maid, receive his kiss,
  „Nor think him all thy own.

„To-morrow in the church to wed,
  „Impatient both prepare;
„But know, fond maid, and know, false man,
  „That Lucy will be there.

„Then, bear my corse, ye comrades, bear
  „The bridegroom blithe to meet;
„He in his wedding-trim so gay,
  „I in my winding-sheet."

She spoke, she dy'd; — her corse was borne,
  The bridegroom blithe to meet;
He in his wedding-trim so gay
  She in her winding-sheet.

Then what were perjur'd Colin's thoughts?
  How were those nuptials kept?
The bride-men flock'd round Lucy dead,
  And all the village wept.

Con-

Tickell.   Confusion, shame, remorse, despair
At once his bosom swell:
The damps of death bedew'd his brow,
He shook, he groan'd, he fell.

From the vain bride (ah bride no more!)
The varying crimson fled,
When, stretch'd before her rival's corse,
She saw her husband dead.

Then to his Lucy's new-made grave,
Convey'd by trembling swains,
One mould with her, beneath one sod
For ever now remains.

Oft at their grave the constant hind
And plighted maid are seen;
With garlands gay, and true-love knots
They deck the sacred green.

But, swain forsworn, whoe'er thou art,
This hallow'd spot forbear;
Remember Colin's dreadful fate,
And fear to meet him there.

Mallet.

Mallet.

G. B. I. S. 78. —, Sie erschien schon um das Jahr
1724 zuerst, und hernach in Mallet's Gedichten, mit
folgender Aenderung der beiden Anfangszeilen:
>'Twas at the silent solemn hour
>   When night and morning meet;

wodurch freilich der Reim der zweiten und vierten Zeile be-
richtigt, aber, wie Dr. Percy bemerkt, die Einfachheit
des Balladentons vermindert wird. Auch stimmt die ältere
Leseart mehr mit den Versen in Fletcher's Knight of the
burning pestle überein, wodurch dieses schöne Stück ei-
gentlich veranlasst wurde. S. *Reliques*, Vol. III. p. 119;
und eben daselbst S. 127 ff. ein sehr schönes Gegenstück,
die alte schottische Ballade, *Sweet William's Ghost*. Beide
stehen auch in der Sammlung des Herrn Ursinus, S.
94 und 102, diese mit der Herderischen Uebersetzung, (s.
Volkslieder, B. II. S. 183;) und jene, hier abgedruckte,
mit der meinigen, die ehedem im Göttingischen Musen-
almanach v. J. 1772 stand.

MARGARET's GHOST.

When all was wrapt in dark midnight
    And all were fast asleep,
In glided MARGARET's grimly ghost
    And stood at WILLIAM's feet,

Her face was like an April morn,
    Clad in a wintry cloud,
And clay-cold was her lily hand,
    That held her sable shroud.

So shall the fairest face appear,
    When youth and years are flown;
Such is the robe that kings must wear
    When death has reft their crown.

Her

Gay.

Gay.

In seiner tragikomischen Oper, *What d'ye call it?*
ist diese schöne, gefühlvolle kleine Ballade eins der einge-
webten Lieder. Sie steht auch in *Ramsays* Tea-table Col-
lection, II. 25. und in mehrern englischen Liedersammlungen;
deutsch in den Volksliedern, B. I, S. 77, unter der Auf-
schrift, das Mädchen am Ufer.

'Twas when the seas were roaring
  With hollow blasts of wind,
A damsel lay deploring,
  All on a rock reclin'd:
Wide o'er the foaming billows
  She cast a wishful look
Her head was crown'd with willows
  That trembled o'er the brook.

Twelve months are gone and over
  And nine long tedious days;
Why didst thou, vent'rous lover,
  Why didst thou trust the seas?
Cease, cease, thou cruel ocean
  And let a lover rest;
Ah! what's thy troubled motion
  To that within my breast?

The merchant robb'd of treasure
  Views tempests in despair;
But what's the loss of treasure
  To the losing of my dear?
Should you some coast be laid on
  Where gold an diamonds grow,
You'll find a richer maiden,
  But none that loves you so.

Gay.

How can they say that Nature
  Has nothing made in vain;
Why then beneath the water
  Do hideous rock remain?
No eyes those rocks discover,
  That lurk beneath the deep,
To wreck the wand'ring lover
  And leave the maid to weep.

All melancholy lying
  Thus wail'd she for her dear,
Repaid each blast with sighing,
  Each billow with a tear;
When o'er the white waves stooping,
  His floating corps she 'spied;
Then like a lily drooping
  She bow'd her head and died.

Dr.

Dr. Percy.

Es finden sich in Shakspeare's Schauspielen viele
zerstreute kleine Bruchstücke alter Balladen, wovon das
Ganze verloren gegangen ist. Dr. Percy wagte in seinen
Reliques, Vol. I. p. 243, den glücklichen Versuch, einige
derselben in folgende schöne Romanze zu einem Ganzen zu
verbinden, worin auch ein kleines Fragment aus Beau-
mont und Fletcher vorkommt. Das Verdienst der Erzäh-
lung selbst ist ganz sein eigen, und, wie Aikin in seinem
Essay on Song-Writing, p. 41. bemerkt, war die Schwie-
rigkeit, jene einzelnen alten Ueberreste darein zu verweben,
und sie so glücklich in die ächte alte Balladensprache einzu-
kleiden, allerdings größer, als die Verfertigung eines
ganz neuen Stücks. Wer übrigens von dem himmelwei-
ten Unterschiede des todten Buchstabens vom ächten poeti-
schen Geiste eine auffallende Probe zu sehen wünscht, der
vergleiche Bodmer's Uebersetzung dieser Romanze in seinen
Altengl. Balladen, B. I. S. 50, mit der vortrefflichen
Nachahmung von Bürger, in seinen Gedichten, S. 277:
der Bruder Graurock und die Pilgerin. — Vom Dr.
Percy ist auch die längere Erzählung im Balladenton,
The Hermit of Warkworth, wovon man die glückliche Ueber-
setzung vom Herrn Rath Campe im Teutschen Merkur
Oktober 1779, und, nebst diesem Original, mit einigen
Verbesserungen in Ursinus Balladen, S. 156 ff. an-
trifft.

It was a friar of orders gray,
  Walk'd forth to tell his beads;
And he met with a lady fair,
  Clad in a pilgrim's weeds.

Now Christ thee save, thou reverend friar
  I pray thee tell to me,
If ever at yon holy shrine
  My true love thou did'st see.

                              And

And how should I know your true love
   From many another one?
O by his cockle hat and staff,
   And by his sandal shoon,

But chiefly by his face and mien,
   That were so fair to view;
His flaxen locks that sweetly curl'd,
   And eyes of lovely blue.

O lady he's dead and gone!
   Lady he's dead and gone!
And at his head a green grass turf,
   And at his heels a stone.

Within these holy cloysters long
   He languish'd, and he died,
Lamenting of a lady's love,
   And plaining of her pride.

Here bore him barefac'd on his bier
   Six proper youths and tall,
And many a tear bedew'd his grave
   Within yon kirk-yard wall.

And art thou dead, thou gentle youth!
   And art thou dead and gone!
And did'st thou die for love of me?
   Break, cruel heart of stone!

O weep not, lady, weep not so;
   Some ghostly comfort seek:
Let not vain sorrow rive thy heart,
   Nor tears bedew thy cheek.

O do not, do not, holy friar,
   My sorrow now reprove;
For I have lost the sweetest youth,
   That e'er won Lady's love,

And now, alas! for thy sad loss
   I'll evermore weep and sigh;

For

Dr. Percy. For thee I only wish'd to live,
    For thee I wish to die.

Weep no more, lady, weep no more,
    Thy sorrow is in vain:
For, violets pluck'd the sweetest showers
    Will ne'er make grow again.

Our joys as winged dreams do fly,
    Why then should sorrow last!
Since grief but aggravates thy loss,
    Grieve not for what is past.

O say not so, thou holy friar;
    I pray thee, say not so:
For since my true-love died for me,
    'Tis meet my tears should flow.

And will he ne'er come again?
    Will he ne'er come again?
Ah! no, he is dead and laid in his grave
    For ever to remain.

His cheek was redder than the rose,
    The com'liest youth was he: ——
But he is dead and laid in his grave:
    'Alas! and woe is me;

Sigh no more, lady, sigh no more,
    Men were deceivers ever:
One foot on sea and one on land,
    To one thing constant never.

Had'st thou been fond, he had been false,
    And left thee sad and heavy;
For young men ever were fickle found,
    Since summer trees were leafy.

Now say not so, thou holy friar,
    I pray thee say not so;
My love he had the truest heart:
    O he was ever true!

                                And

And art thou dead, thou much-lov'd youth,   Dr. Percy.
  And didst thou die for me?
Then farewel home; for, ever-more
  A pilgrim I will be.

But first upon my true love's grave
  My weary limbs I'll lay,
And thrice I'll kiss the green-grass turf,
  That wraps his breathless clay.

Yet stay fair lady; rest awhile
  Beneath this cloyster wall:
See through the hawthorn blows the cold wind,
  And drizzly rain doth fall.

O stay me not, thou holy friar;
  O stay me not I pray;
No drizzly rain that falls on me,
  Can wash my fault away.

Yet stay, fair lady, turn again,
  And dry those pearly tears;
For see, beneath this gown of gray
  Thy own true-love appears.

Here forc'd by grief and hopeless love,
  These holy weeds I fought:
And here amid these lonely walls
  To end my days I thought.

But haply for me my year of grace
  Is not yet pass'd away,
Might I still hope to win thy love,
  No longer would I stay.

Now farewell grief, and welcome joy
  Once more unto my heart;
For since I have found thee, lovely youth,
  We never more will part.

Mrs. Barbauld.

Vermuthlich sind die *Original Pieces*, welche Aikin seiner zweiten Ausgabe des *Essay on Song-Writing*, v. Jahr 1774 beifügte, nicht von ihm selbst, sondern von seiner Schwester, Mistreß Barbauld, so wie die in der ersten Ausgabe unter dieser Rubrik befindlichen von ihr waren, die er in der zweiten seinem *Essay* selbst einverleibte. Unter jenen Stücken steht folgende schöne Ballade gleich zuerst; sie war vorher im *Gentleman's Magazine* abgedruckt worden.

EDWIN AND ETHELINDE.

———

„ONE parting kiss, my ETHELINDE!“
    Young EDWIN fault'ring cried,
„I hear thy father's hasty tread,
    No longer must I bide.

To-morrow eve in yonder wood,
    Beneath the well-known tree,
Say wilt thou meet thy own true love,
    Whose only joy's in thee?“

She clasp'd the dear beloved youth;
    And sigh'd and dropt a tear;
„Whate'er betide, my only love
    I'll surely meet thee there.“

They kiss, they part; a listning page
    To malice ever bent,
O'erheard their talk, and to his lord
    Reveal'd their fond intent.

The baron's brow grew dark with frowns,
    And rage distain'd his cheek,
„Heavens! shall a vassal shepherd dare
    My daughter's love to seek!

But

But know, rash boy, thy bold attempt
  Full sorely shalt thou rue;
Nor e'er again, ignoble maid,
  Shalt thou thy lover view."

Mrs. Bar-
bauld.

The dews of evening fast did fall,
  And darkness spread apace,
When ETHELINDE with beating breast
  Flew to th' appointed place.

With eager eye she looks around,
  No EDWIN there was seen;
„He was not wont to break his faith,
  What can his absence mean!"

Her heart beat thick every at noise,
  Each rustling thro' the wood;
And now she travers'd quick the ground,
  And now she listning stood.

Enlivening hope and chilling fear
  By turns her bosom share,
And now she calls upon his name,
  Now weeps in sad despair.

Mean-time the day's last glimmerings fled,
  And blackening all the sky
A hideous tempest dreadful rose,
  And thunders roll'd on high.

Poor ETHELINDE aghast, dismay'd,
  Beholds with wild affright
The threat'ning sky, the lonely wood,
  And horrors of the night.

„Where art thou now my EDWIN dear!
  Thy friendly aid I want;
Ah me! my boding heart foretels,
  That aid thou canst not grant."

Thus rack'd with pangs, and beat with storms,
  Confus'd and lost she roves;

Mrs. Bar-
bauld.   Now looks to heaven with earnest prayer,
     Now calls on him she loves.

At length a distant taper's ray
    Struck beaming on her sight;
Thro' brakes she guides her fainting steps
    Towards the welcome light.

An aged hermit peaceful dwelt
    In this sequester'd wild,
Calm goodness sat upon his brow,
    His words were soft and mild.

He ope'd his hospitable door,
    And much admiring view'd
The tendre virgin's graceful form,
    Dash'd by the tempest rude.

„Welcome, fair maid, whoe'er thou art,
    To this warm shelter'd cell;
Here rest secure thy wearied feet,
    Here peace and safety dwell.“

He saw the heart-wrung starting tear,
    And gently sought to know,
With kindest pity's soothing looks,
    The story of her woe.

Scarce had she told her mournful tale,
    When struck with dread they hear
Voices confus'd with dying groans,
    The cell approaching near.

„Help, father! help,“ they loudly cry,
    „A wretch here bleeds to death,
Some cordial balsam quickly give
    To stay his parting breath.“

All deadly pale they lay him down,
    And gash'd with many a wound;
When, woful sight! 'twas EDWIN's self
    Lay bleeding on the ground.

                        With

With frantic grief poor ETHELINDE
  Befides his body falls;
„Lift up thine eyes, my EDWIN dear,
  'Tis ETHELINDE that calls."

That much lov'd found recalls his life,
  He lifts his cloſing eyes,
Then feebly murmuring out her name
  He gaſps, he faints, he dies.

Stupid a while, in dumb defpair
  She gaz'd on EDWIN dead;
Dim grew her eyes, her lips turn'd pale,
  And life's warm ſpirit fled.

Mrs. Bar-
bauld.

————

M 3   Gleim.

Gleim.

Er war es, der diese Dichtungsart zuerst auf deutschen
Boden verpflanzte, und dem man daher den ersten Anlaß
zu ihrer nachherigen vielfältigen, und zum Theil sehr glück-
lichen, Bearbeitung zu verdanken hat. Schon im Jahr
1757 erschienen Romanzen von ihm. Auch sein länge-
res erzählendes Lied, Alexis und Elise, Berl. 1771,
gehört hieher. Eine zweite Romanzensammlung von ihm
wurde im J. 1777. gedruckt, die wenig bekannt geworden,
auf des Verfassers Kosten gedruckt, und, so viel ich weiß,
nie in den Buchhandel gekommen ist. Mehrere Gedichte
dieser Art sind noch ungedruckt; und längst ist eine vollstän-
dige Sammlung von Gleim's Gedichten der Wunsch seiner
Freunde und zahlreichen Verehrer.

Philaidilis.

Philaidilis, die jüngste
Schülerin der Grazien,
Achtete sich die Geringste
Von den schönen Sterblichen.

Demuth lehrte sie zum Tempel
Ihrer Gottheit täglich gehn,
Aller Tugenden Exempel,
War sie wohl so gut als schön.

Gern sah sie in jene Welten;
Diese Welt war ihr voll Schmerz;
In den Spiegel sah sie selten
Nur so scharf, als in ihr Herz.

Welt! in dir ist kein Vergnügen,
Denkt sie still und sagt es laut;
Sich und sie will sie besiegen,
Von dem Himmel eine Braut.

Sie beschließt, dem Weltgetümmel
Zu entfliehn, in sich hinein,

Um

Um auf Erden und im Himmel
Eine Heilige zu seyn.

Und seitdem, o Himmel! fielen
Ihre Locken ungerollt;
Ihren artigen Gespielen
Ließ sie Schmuck und Flittergold.

Ihren Anzug, ihr Geschmeide
Theilte sie den Armen aus;
Ihre Reden, ihre Freude
War der nahe Klosterschmaus!

Dichter sangen ihr Gesänge,
Hielten ihre Hände fest;
Ihre Seufzerchen verwehten
Nicht der Nord, und nicht der West.

Tief in sich hineingekehret,
War umsonst die Schöne schön;
Dichter blieben ungehöret,
Liebesgötter ungesehn.

Fest dem schrecklichen Entschlusse,
Nimmt sie nun die neue Tracht,
Und mit einem Liebeskusse
War die Heillge gemacht.

Paternoster gut zu beten
Lernte keine so geschwind;
Schwestern und Gewissensräthen
Folgete das gute Kind.

Und, in ihrer kleinen Zelle,
Vor sich einen Todtenkopf,
Droht ihr dennoch mit der Hölle
Pater Zipf und Pater Zopf.

Immer frömmer sie zu wissen,
Prüften sie das gute Herz,
Nicht mit Puppen oder Kissen,
Nicht mit Zucker oder Scherz.

Ohne

Gleim.

Ohne Noth auf ihre Stärke
Vorbereitet, kommen sie
Mit Empfehlung guter Werke,
Jener spät, und dieser früh.

Erst an einem Sommermorgen,
Desto fleissiger zu seyn
In den frommen Seelensorgen,
Treten sie zugleich hinein.

Hingeworfen auf den Knieen
Liegen Paters, lieget sie;
Ihrer Wangen Rosen blühen
Schöner diesen Morgen früh.

Das Gebet wird angefangen;
Pater Zipf und Pater Zopf
Sehen ihre Rosenwangen
Lieber, als den Toctenkopf.

Plötzlich aber störet Schimmer
Ihr Gebet, sie stürzen auf;
Amor steht in ihrem Zimmer!
Paters machen einen Lauf;

Machen Lärm; die Schwestern kommen;
Alle sehn den Sieger stehn
Auf dem Altar ihrer Frommen;
Aber sie wird nicht gesehn.

Eine schleierhelle Wolke
Hatte sie der Zell' entführt,
Wunderbar dem blöden Volke,
Welches keine Schönheit rührt.

Lö-

Löwen.

Johann Friedrich Löwen, geb. 1729, gest. 1771.
(S. sein Leben in Schmid's Nekrolog der deutschen Dich-
ter, B. II. S. 551. ff. Seine Romanzen erschienen zuerst
im J. 1762; und kurz vor seinem Tode vollendete er die
letzte und verbesserte Auflage derselben. Sie machen den
besten Theil seiner in vier Bände gesammelten poetischen
Schriften aus, und sind fast durchgehends von komischer
Wendung. Der letzten Ausgabe sind noch einige andre,
nicht unglückliche komische Gedichte beigefügt.

Junker Hans aus Schwaben.

Ein Junker aus dem Schwabenland
Kauft mit des Vaters Willen
Ein Fähnlein, im Soldatenstand
Der Ehre Durst zu stillen.

Die Post erscholl: der Krieg ist nah!
Hans, den sein Geld belebte,
Zog hin; es schrie die Frau Mama,
Das Fräulein Schwester bebte.

Bei seines Kreises Contingent
Stieg er zum Lieutenant plötzlich;
Und prügelte, beim Element!
Den Mousquetier entsetzlich.

Nach Sachsen ging der Schneckenzug
Die Feinde dort zu schauen.
Doch ihm und manchem Schwaben schlug
Das Herz vor Furcht und Grauen.

Bekannter ist die grosse Schlacht,
Als daß man sie beschreibe.
Hans rief: Halt! richtet euch! gebt Acht!
Und habet Herz im Leibe!

Klein

Löwen.

Klein war dieß Herz! sie wurden taub
Bey Müllers Höllen-Schlünden;
Sie zitterten wie Espenlaub,
Und flohn nach Roßbachs Gründen.

Da kam ein tapfrer Todtenkopf
Dem Schwaben auf die Hacken;
Er spaltete des Junkers Zopf,
Und schlitzt ihm beyde Backen.

Und überflügelt war ihr Heer,
Geschlagen, sonder Zweifel!
Und zitternd warfen sie Gewehr
Und Schnapsack zu dem Teufel.

Die Helden liefen; blutend lief
Ihr Lieutnant in der Mitten.
Der Zopf war fort, das Maul hing schief,
Der Backe war zerschnitten.

Er kam, Gott und den Preussen Dank!
Noch mit geraden Beinen,
Als die Mama gleich Coffee trank,
Zu den geliebten Seinen.

Ach Hännschen! rief ihr blasser Mund;
Ach, war der Schwester Schreien.
Es heulten Wind- und Hünerhund,
Und Jäger und Lakaien.

Der Vater schrie: schon wieder da!
Wie, Junge! so zersetzt?
Doch, so viel, wie bey Pultawa,
Hat es dort nicht gesetzt.

Ach, was wird Fräulein Rosamund
Von der Geschichte sagen!
Wird deine Tante wohl jetzund
Sie dir zu geben wagen?

So klagt die gnädige Mama
Nehmt, Mütter! dieß zu Herzen,

Das

Das Glück der theuren Söhne ja
Nicht selber zu verscherzen.

Nicht für den Staat, auch nicht fürs Feld
Muß euer Söhnchen lernen.
Wißt: euer Dorf ist ihm die Welt,
Sollt' er sich draus entfernen?

Was soll sich Fritzchen mit Latein
Den schwachen Kopf zerbrechen;
Lernt er zur Noth nur etwas fein
Französisch radebrechen.

Schläft nur das Junkerchen gesund;
Wenn er, wie sichs gebühret,
Die Bauern und den Hünerhund
Nur meisterlich dressiret.

Ein Held zu seyn, erfordert Muth,
Und kostet oft das Leben:
Doch dürstet euer Sohn nach Blut,
Ihr könnt ihm Nahrung geben.

Er hetze manches wilde Schwein,
Mag Rehen Netze stellen,
Hohl im Galopp den Hasen ein,
Und lerne Füchse prellen.

Doch soll er ja auf kurze Frist
Vom Hause sich entfernen;
So schickt ihn an den Hof und wißt,
Dort kann er Mores lernen.

Hof-Damen zeigen ihm die Spur
Galant- und feiner Sitten;
Denn hier wird von der Landsfigur
Kein Ueberrest gelitten.

Drum, gnäd'ge Mütter, denket ja
Weit adlicher und größer;
Sonst gehts, wie Hannsens Frau Mams,
Euch allen auch nicht besser.

Schie-

Schiebeler.

Schiebeler.

S. B. II. S. 88. — Auch seine, meistens scherzhaften, und mythologischen Romanzen, deren erste Sammlung schon 1767 erschien, und die am vollständigsten in seinen von mir zu Hamburg 1773 herausgegebenen auserlesenen Gedichten befindlich sind, zeichnen sich unter allen seinen poetischen Arbeiten am vortheilhaftesten aus, nur wäre ihnen mehr Leben und Leichtigkeit des Vortrages zu wünschen.

Pandore.

Ich will euch singen, was ich einst,
Ich weiß nicht wo, vernommen,
Wie alle Plagen auf der Welt
Aus einer Büchse kommen.

Prometheus war in Griechenland
Ein weitberühmter Töpfer.
Ach hätt ihm dieser Ruhm benügt!
Doch nein, er spielt den Schöpfer.

Ein Mädchen formte seine Hand
Vom allerfeinsten Thone,
Schön wie die Göttin, die da sitzt
Zu Paphos auf dem Throne.

Schön, wie nur immer ein Poet
Sich seine Phillis bildet,
Wenn über ihm die Phantasie
Das schwarze Dach vergüldet.

Prometheus bat den Jupiter,
Die Schöne zu beleben.
Allein, ihm wollte Zevs das Glück,
Warum er bat, nicht geben.

Er wird voll Zorn, und rüstet sich
Mit Leiter und Laterne,
Klimmt, Licht zu holen, himmelan,
Und mauf't es einem Sterne.

Kehrt glücklich mit dem kühnen Raub
Nach seiner Wohnung wieder,
Und treibt dem Bilde, das er schuf,
Die Glut in alle Glieder.

Sie lebt.   Nichts kann Prometheus Glück,
Nichts sein Vergnügen mehren.
Nun, ruft er, siehst du, Jupiter,
Man könne dein entbehren!

Dies hörte Zevs, von Grimm entbrannt,
Und sann auf nichts als Rache,
Und stellt sich freundlich, daß er sie
Noch schreckenvoller mache.

Er kömmt, das Mädchen selbst zu sehn,
Mit seinem Götterchore;
Sie brachten ihr Geschenke mit,
Und nannten sie Pandore.

Ein schönes Buch gab Pallas ihr
Und Venus eine Rose;
Saturnia das Hausgeräth,
Zevs eine güldne Dose.

Prometheus sah dies alles an,
Und merkte Jovens Tücke;
Kind, sprach er, diese Büchse droht
Verderben unserm Glücke.

Bei unsrer Liebe schwöre mir,
Sie unberührt zu lassen.
Sie schwur: Ich rühre sie nicht an,
Viel eh will ich erblassen.

Sie ließ drei ganze Tage lang
Die Dose ruhig stehen.
Am vierten aber fühlt sie Lust,
Sie näher zu besehen.

Die

Schiebeler.

Die schöne Arbeit! wie das Gold
Von allen Seiten blitzet?
Dies bliebe, weils ein Mann gebeut,
Von ihr stets ungenützet?

Was wohl darin verborgen liegt,
O möchte sie es wissen!
Sie nimmt sie auf, sie legt sie weg,
Und kann sich nicht entschliessen.

Doch endlich siegt der heiße Trieb;
Sie will, sie muß es wagen.
Sie ist allein; wer wird es denn
Dem Mann gleich wieder sagen?

Sie reißt den Deckel plötzlich ab,
Und ach! mit Donnerschlägen
Fährt aus dem schrecklichen Gefäß
Ihr tödtend Feu'r entgegen.

Und mit der Gluth, die sie verzehrt,
Verbreiten auf die Erde
Sich Hunger, Krankheit, Krieg und Tod,
Und jegliche Beschwerde.

Auch flog ein wilder Schwarm heraus
Von Lastern aller Arten:
Die Wollust und die Trunkenheit,
Die Würfel und die Karten.

Dies sind der schnöden Neubegier
Beklagenswerthe Früchte.
Ihr lieben Weiber, bessert euch
Aus dieser Mordgeschichte.

———————————

Geißler.

Ich weiß von ihm und seinem Aufenthalte keine Nach-
richt zu geben; und selbst Hr. Meusel hat davon nichts
ausfindig machen können, sondern nennt ihn bloß als Ver-
fasser der zu Mietau, 1774. 8. herausgekommenen Ro-
manzen, deren dreizehn sind, alle von komischer Wendung,
und nicht ohne glückliche Züge und treffenden Witz. Der
Stof ist meistens mythologisch.

Phaeton.

Der Götterknabe Phaeton
Pries einstens seine Gaben;
Da widersprach der Jo Sohn
Dem stolzen Götterknaben.

Man weiß, wie kleine Junkers sind;
Auf ihre Väter trotzend,
Ist Kopf und Beutel oft von Wind
Und fremdem Gelde strotzend.

Dieß war der Fall beim Phaeton:
Stolz auf den Vater Phoebus,
Verachtet er Elyston,
Und lachte des Erebus.

Einst hatt' er einen Ehrenstreit
Mit Junker Epaphusen,
Der sagt' ihm: auf Mama's Bescheid
Sey selten fest zu fußen.

Hierüber ward der Junker roth,
Lief zu Mama Klymenen,
Und klagt ihr seine liebe Noth,
Mit Schluchzen und mit Thränen.

Ge

Geißler.

Geliebte Mutter, rief er aus,
Hört, was die Leute sagen:
Dem Vater hätter ihr ins Haus
Ein fremdes Kind getragen.

Der Schmähung glaub' ich freilich nicht,
Doch sie zu widerlegen,
Das sag' ich euch ins Angesicht,
Ist über mein Vermögen.

Darum, erlauchte Mutter, sprecht,
Woran ich es erkenne,
Daß ich mit angebohrnem Recht
Mich Sohn des Phoebus nenne.

Klymene — roth, vor Zorn entbrannt,
Da sie die Lästrung hörte, —
Hub an: (noch ist es unbekannt,
Ob Lieb, ob Wuth sies lehrte:)

Dir schwör' ich bei des Wagens Glanz,
Den lichte Himmel fahren,
Und bei des Vaters Stralenkranz
In seinen Rosenhaaren!

Zu ihm — dem Lästerer zum Hohn!
Erheb ich meine Rechte,
Und schwöre: Du bist Phoebus Sohn,
Und göttlich von Geschlechte.

Doch traust du meinen Worten nicht,
So geh ihn selbst zu fragen,
Ohnfern von hier fährt er das Licht
Spazieren auf dem Wagen.

Der Knabe nimmt den Vorschlag an,
Borgt einen leichten Karren,
Und rollt damit, so schnell er kann,
Zum großen Rund der Narren.

Hier

Hier saß sein Vater voller Pracht
Im stralenden Palaste,
Der, nur die Farbe nicht der Nacht,
Sonst alle in sich faßte.

Ovid, der diesen Tempel mahlt,
Verschwendet Kostbarkeiten;
Das bleibt vor mir . denn das bezahlt
Sich nicht zu diesen Zeiten.

Sol säh ihn schon von fern einher
Mit seiner Kutsche rollen:
Ha! dacht er schmunzelnd, was muß der
Schon wieder Gutes wollen?

Er legte seinen Jubar ab,
Und sprach mit wilden Mienen:
Woher mein Sohn, in vollem Trab?
Womit kann ich dir dienen?

Mein Vater, wie die Mutter spricht,
Verdienst du diesen Namen:
Und lüget es die Mutter nicht,
Gleich andern Ehedamen;

So laß mit einem Unterpfand
Mich deine Güte segnen,
Der Schmähsucht und dem Unverstand
Nach Würden zu begegnen.

Gut! gut, mein Sohn! rief Phoebus aus,
Das will ich dir gewähren:
Beim Styx schwör ich, bei dem mit Graus
Der Götter erste schwören.

Drum heische nur was dir gefällt,
Nichts will ich dir versagen: —
Da forderte der kühne Held
Des Vaters Sonnenwagen.

Je: daß dich! schüttelt der den Kopf
Und kratzt sich in den Haaren:

Geißler. Je: daß dich doch! du armer Tropf,
Den wirst du wohl nicht fahren.

Er stellt ihm Höll' und Himmel vor,
Und streichelt ihn am Kinne:
Umsonst! der unglückevolle Thor
Beharrt auf seinem Sinne.

Gott Phoebus läßt, gereizt von Zorn,
Die Sonnenpferde zäumen,
Die wild, von hinten und von forn
Aus allen Kräften bäumen.

Er setzt den Knaben auf den Bock,
Giebt ihm die Peitsch' und Leinen,
Auch gute Regeln wohl ein Schock,
Und dann die Hand mit Weinen.

„So fahre hin an deinen Ort,
Und komm gesund zurücke!"
Adjeu, Papa! — er klatscht, und fort
Ist er im Augenblicke.

Die Rosse zogen schrecklich aus,
Daß ihm die Haare sausten,
Und gleich beym ersten Himmelshaus
Die Ohren summend braußten.

Die schlauen Thiere merkten fast
Daß Sol sie nicht regierte,
Weil ihre Kraft die Federlast
Des Knabens kaum verspürte.

Drum blieben sie nicht lang im Gleis:
Mit wilder Kapriole
Durchhackten sie das ewge Eis
Dort oben an dem Pole.

Die Schlange, die von Frost erstarrt,
Jahrtausende verträumte,
Putzt', als sie jetzt erwärmet ward,
Den gelben Kamm und bäumte.

Der

Geißler.

Der Fuhrmann, viele tausend Jahr
Vom Frost hier angepflöcket,
Kam, als es nun gethauet war,
Aus seinem Loch getrecket.

Vom Pole gieng hierauf die Reis'
Gerade zu den Zonen,
Wo, recht verengt in einem Kreis,
Die wildsten Bestien wohnen.

Den Stachel streckt der Scorpion,
Das arme Kind zu stechen;
Auch will der Löwe seinen Hohn
An Herkuls Vettern rächen.

Der Krebs sperrt seine Scheeren auf,
Die Nas' ihm abzusäbeln,
Und etwas höher noch hinauf
Drohn Geyer ihm mit Schnäbeln.

Nun fiel dem jungen Herrn der Muth,
Doch fiel er nicht den Pferden,
Denn diese rannten, daß ihm Hut
Und Peitsch' entflog zur Erden.

Frau Phoebe sah tief unter sich
Des Bruders Wagen rollen:
Je! rief sie, Bruder, hast du mich
Auch einmal sehen wollen!

Doch auf der armen Erd entstand
Hierdurch ein schrecklich Feuer,
Das Wasser war im großen Brand
Viel theurer als Tokayer.

Dafür gerieth der Weinwachs wohl,
Und das ist leicht zu glauben;
Man fand tief unterm Norderpol
Die Nektarvollsten Trauben.

Doch stand noch mancher Berg in Glut,
Und manche schöne Heide:

N 2   Auch

Geißler. Auch ward so manche Silberfluth
Zu gelbgesengter Weide.

Frau Tellus fächelte sich zwar,
Doch ward ihr Aermchen müde,
Drum gieng sie, was das klügste war,
Stracks vor die rechte Schmiede.

Sie kam gen Himmel, auf dem Arm
Den angesengten Schleier!
Und heulte, daß dichs Zevs erbarm!
Ach Feuer! Feuer! Feuer!

Je wo denn? rief die ganze Schaar
Mit kläglicher Gebehrde.
Der Göttin Tellus Antwort war:
Auf meiner armen Erde.

Da flogen all' in grösster Eil
Hin auf des Atlas Spitze:
Hier sahn sie nun den schönen Gräul,
Und schmolzen fast vor Hitze.

Drauf gab der große Jupiter
Dem Phoebus eine Nase:
Herr Narr, vertraut ich ihm, sprach er,
Den Wagen nur zum Spaße?

Schaft er nicht seinen Buben weg,
Und dieses zwar zur Stunde,
So werf' ich den, sag' ich ihm keck,
Mit einem Blitz zu Grunde.

Nun wollt' er doch aus großer Gunst
Nicht stracks herunter blitzen,
Drum sucht er erst die Feuersbrunst
Mit Regen auszuspritzen.

Er rief: Ihr Nebel sammelt euch!
Umsonst es kam nicht einer:
Rein ausgeleert war Meer und Teich;
Kaum ist mein Weinglas reiner.

Hier

Hierauf besann der Gott sich kurz,
Und blitzte nach dem Knaben:
Nun gute Nacht! — Mit schnellem Sturz
Flog er in einen Graben.

Hieraus erkennt, wie schwer es sey
Den Vater auszuspähen:
Wer uns gezeugt, — ist einerley;
Wohl uns! es ist geschehen.

F. L. Graf zu Stolberg.

Der Mangel des Raums schränkt mich auf die kürzeste
seiner Romanzen ein, die zwar nicht ohne Schönheiten,
aber im Ganzen doch durch die übrigen längern Balladen
dieses Dichters übertroffen ist.

Romanze.

In der Väter Hallen ruhte
    Ritter Rudolfs Heldenarm,
Rudolfs, den die Schlacht erfreute,
Rudolfs, welchen Frankreich scheute
    Und der Sarazenen Schwarm.

Er, der letzte seines Stammes,
    Weinte seiner Söhne Fall;
Zwischen moosbewachs'nen Mauern
Tönte seiner Klage Trauern
    In der Zellen Wiederhall.

Agnes mit den goldnen Locken
    War des Greises Trost und Stab;
Sanft wie Tauben, weiß wie Schwäne,
Küßte sie des Vaters Thräne
    Von den grauen Wimpern ab.

N 3   Ach!

F. L. Graf zu
Stolberg.

Ach! sie weinte selbst im Stillen,
    Wenn der Mond ins Fenster schien.
Albrecht mit der offnen Stirne
Brannte für die edle Dirne;
    Und die Dirne liebte ihn!

Aber Horst, der hundert Krieger
    Unterhielt in eignem Sold,
Rühmte seines Stammes Ahnen,
Prangte mit erfochtnen Fahnen,
    Und der Vater war ihm hold.

Einst beim freien Mahle küßte
    Albrecht ihre weiche Hand;
Ihre sanften Augen strebten
Ihn zu strafen; ach! da bebten
    Thränen auf das Busenband.

Horst entbrannte, blickte seitwärts
    Auf sein schweres Mordgewehr:
Auf des Ritters Wange glühte
Zorn und Liebe; Feuer sprühte
    Aus den Augen wild umher.

Drohend warf er seinen Handschuh,
    In der Agnes keuschen Schooß;
„Albrecht, nimm! Zu dieser Stunde
Harr' ich dein im Mühlengrunde!"
    Kaum gesagt, schon flog sein Roß.

Albrecht nahm das Fehdezeichen
    Ruhig, und bestieg sein Roß;
Freute sich des Mädchens Zähre,
Die, der Lieb' und ihm zur Ehre,
    Aus dem blauen Auge floß.

Röthlich schimmerte die Rüstung
    In der Abendsonne Strahl;
Von den Hufen ihrer Pferde
Tönte weit umher die Erde,
    Und die Hirsche flohn ins Thal.

                                        Auf

F. L. Graf zu
Stolberg.

Auf des Söllers Gitter lehnte
    Die beraubte Agnes sich,
Sah die blanken Speere blinken,
Sah — den edeln Albrecht sinken,
    Sank, wie Albrecht, und erblich.

Bang' von leiser Ahndung spornet
    Horst sein schaumbedecktes Pferd;
Höret nun des Hauses Jammer,
Eilet in der Fräulein Kammer,
    Starrt, und stürzt sich in sein Schwert.

Rudolf nahm die kalte Tochter
    In den väterlichen Arm,
Hielt sie so zwei lange Tage
Thränenlos und ohne Klage,
    Und verschied im stummen Harm.

Bürger.

Ohne Zweifel gebührt ihm unter allen deutschen Bal,
ladendichtern der vorzüglichste Rang; denn keiner übertrifft
ihn an lebendiger Darstellungsgabe, an Wahrheit und Na=
tur der Gemählde, an Stärke und Eindringlichkeit aller,
auch noch so kleinen Züge, und an Schicklichkeit und Po=
pularität des Vortrages. Seine Lenore ist in aller Munde
und Gedächtniß; jedermann kennt und liebt seinen Raub=
grafen, die Weiber von Weinsberg, Lenardo und
Blandine, das Lied vom braven Manne und die Ent=
führung, welche letztere Hr. Engel in seinen Anfangsgrün=
den so schön und lehrreich kommentirt hat. Hier gebe ich
nur sein neuestes Stück dieser Art, das Lied von Treue,
aus dem dießjährigen Göttingischen Musenalmanach.

Das Lied von Treue.

———

Wer gern treu eigen sein Liebchen hat
        Den necken Stadt
Und Hof mit gar mancherley Sorgen.
Der Marschall von Holm, den das Necken verdroß,
Hielt klüglich deswegen auf ländlichem Schloß
Seitweges sein Liebchen verborgen.

    Der Marschall achtet es nicht Beschwer,
        Oft hin und her
Bei Nacht und bei Nebel zu jagen.
Er ritt, wann die Hähne das Morgenlied krähn,
Um wieder am Dienste des Hofes zu stehn,
Zur Stunde des lungernden Magen.

    Der Marschall jagte voll Liebesdrang
        Das Feld entlang,
Vom Hauche der Schauer befeuchtet.
„Huy, tummle dich, Senner! Versäume kein Nu!
                                    Und

Und bring mich zum Neſtchen der Wolluſt und Ruh,
Eh heller der Morgen uns leuchtet!"

    Er ſah ſein Schlößchen bald nicht mehr fern
        Und wie den Stern
Des Morgens das Fenſterglas flimmern.
"Gedult noch, o Sonne, du weckendes Licht,
Erwecke mein ſchlummerndes Liebchen noch nicht!
Hör' auf, ihr ins Fenſter zu ſchimmern!

    Er kam zum ſchattenden Park am Schloß
        Und band ſein Roß
An eine der duftenden Linden.
Er ſchlich zu dem heimlichen Pförtchen hinein,
Und wähnt im dämmernden Kämmerlein
Süßträumend ſein Liebchen zu finden.

    Doch als er leiſe vors Bettchen kam,
        O weh! da nahm
Das Schrecken ihm alle fünf Sinnen.
Die Kammer war öde, das Bette war kalt. —
"O wehe! Wer ſtahl mir mit Räuber-Gewalt
So ſchändlich mein Kleinod von hinnen?" —

    Der Marſchall ſtürmte mit raſchem Lauf
        Treppab, Treppauf,
Und ſtürmte von Zimmer zu Zimmer.
Er rufte; kein Seelchen erwiederte darauf —
Doch endlich ertönte tief unten herauf
Vom Kellergewölb ein Gewimmer.

    Das war des ehrlichen Schloßvogts Ton.
        Aus Schuld entflohn
War alle ſein falſches Geſinde.
"O Henne, wer hat dich herunter gezerrt?
Wer hat ſo vermeſſen hierein dich geſperrt?
Wer? ſag mir geſchwinde, geſchwinde!" —

    "O Herr die ſchändlichſte Frevelthat
        Iſt durch Verrath
        N 5   Dem

Bürger. Dem Junker von' Steine gelungen.
Er raubte das Fräulein bey sicherer Ruh,
Und eure zwei wackeren Hunde dazu
Sind mit dem Verräther entsprungen."

Das dröhnt dem Marschall durch Mark und Bein,
    Wie Wetterschein
Entlodert sein Sarras der Scheide.
Vom Donner des Fluches erschallet das Schloß,
Er stürmet im Wirbel der Rache zu Roß,
Und sprenget hinaus auf die Haide.

Ein Streif im Thaue durch Halb und Wald
    Verräth ihm bald,
Nach wannen die Flüchtling' entschwanden.
»Nun strecke mein Senner, nun strecke dich aus!
Nur dieß Mahl, ein einzig Mahl halt nur noch aus,
Und laß mich nicht werden zu Schanden!«

»Halloh! Als gieng' es zur Welt hinaus,
    Greif aus, greif aus!
Dieß letzte noch laß uns gelingen!
Dann sollst du für immer auf schwellender Streu,
Bei goldenem Haber, bei duftendem Heu
Dein Leben in Ruhe verbringen.«

Lang streckt der Senner sich aus und fleucht.
    Den Nachtthau streicht
Die Sohle des Reiters vom Grase.
Der Stachel der Ferse, das Schrecken des Rufs
Verdoppeln den Donnergaloppschlag des Hufs,
Verdoppeln die Stürme der Nase. —

Sieh da! Am Rande vom Horizont
    Scheint hellbesonnt
Ein Büschel vom Reiger zu schimmern.
Kaum sprengt er den Rücken des Hügels hinan,
So springen ihn seine zwei Doggen schon an,
Mit freudigem Heulen und Wimmern.

Ver

„Verruchter Räuber, halt an, halt an,
    Und steh dem Mann,
An dem du Verdammniß erfrevelt!
Verschlänge doch stracks dich ihr glühender Schlund!
Und müßtest du ewig da flackern, o Hund,
Vom Zeh bis zum Wirbel beschwefelt!"

Der Herr vom Steine war in der Brust
    Sich Muths bewußt,
Und Kraft in dem Arme von Eisen.
Er drehte den Nacken, er wandte sein Roß,
Die Brust, die die trotzige Rede verdroß,
Dem wilden Verfolger zu weisen.

Der Herr vom Steine zog muthig blank,
    Und rasselnd sprang,
So Dieser, wie Jener, vom Pferde.
Wie Wetter erhebt sich der grimmigste Kampf.
Das Stampfen der Kämpfer zermalmet zu Dampf
Den Sand und die Schollen der Erde.

Sie hauen und hauen mit Tigerwuth,
    Bis Schweiß und Blut
Die Panzer und Helme bethauen.
Doch keiner vermag, so gewaltig er ringt,
So hoch er das Schwerdt und so sausend ers schwingt,
Den Gegner zu Boden zu hauen.

Doch als wohl Beiden es allgemach
    An Kraft gebrach,
Da keuchte der Junker vom Steine:
„Herr Marschall, gefiel' es, so möchten wir hier
Ein Weilchen erst ruhen, und trautet ihr mir,
So spräch ich ein Wort, wie ichs meine."

Der Marschall, senkend sein blankes Schwert,
    Hält an, und hört
Die Rede des Junkers vom Steine:
„Herr Marschall, was haun wir das Leder uns
        wund?

                    Weit

Weit beſſer bekäm' uns ein friedlicher Bund;
Der brächt' uns auf einmal ins Reine."

„Wir hau'n, als hackten wir Fleiſch zur Bank;
Und keinen Dank
Hat doch wohl der blutige Sieger.
Laſſt wählen das Fräulein nach eigenem Sinn,
Und wen ſie erwählet, der nehme ſie hin!
Beim Himmel! das iſt ja viel klüger."

Das ſtand dem Marſchall nicht übel an,
„Ich bin der Mann,"
So dacht' er bei ſich, den ſie wählet.
„Wann hab' ich nicht Liebes gethan und geſagt?
Wann hats ihr an allem, was Frauen behagt,
So lang' ich ihr diene, gefehlet?

„Ach, wähnt er zärtlich, ſie läſſt mich nie!
Zu tief hat ſie
Den Becher der Liebe gekoſtet!
O Männer der Treue, jetzt warn' ich euch laut:
Zu feſt nicht aufs Biedermans-Wörtchen gebaut,
Daß ältere Liebe nicht roſtet!"

Das Weib zu Roſſe vernahm ſehr gern
Den Bund von fern
Und wählte vor Freude nicht lange.
Kaum hatten die Kämpfer ſich zu ihr gewandt,
So gab ſie dem Junker vom Steine die Hand.
O pfuy! die verräthriſche Schlange! —

O pfuy! Wie zog ſie mit leichtem Sinn
Dahin, dahin,
Von keinem Gewiſſen beſchämet!
Verſteinert blieb Helm an der Stelle zurück,
Mit bebenden Lippen, mit ſtarrendem Blick,
Als hätt' ihn der Donner gelähmet.

Almählig taumelt' er matt und blaß
Dahin ins Gras

Zu

Zu seinen geliebten zwei Hunden.
Die alten Gefährten, von treuerem Sinn,
Umschnoberten traulich ihm Lippen und Kinn,
Und leckten das Blut von den Wunden.

    Das bracht in seinen umflorten Blick
        Den Tag zurück,
Und Lebensgefühl in die Glieder.
In Thränen verschlich sich allmählig sein Schmerz.
Er drückte die guten Getreuen ans Herz,
Wie leibliche liebende Brüder.

    Gestärkt am Herzen durch Hundetreu
        Erstand er neu
Und, wacker von hinnen zu reiten.
Kaum hatt' er den Fuß in den Bügel gesetzt,
Und vorwärts die Doggen zu Felde gehetzt,
So hört' er sich rufen vom Weiten.

    Und sieh! auf seinem beschäumten Roß,
        Schier athemlos,
Ereilt ihn der Junker vom Steine.
„Herr Marschall, ein Weilchen nur haltet noch an?
Wir haben der Sache kein Gnügen gethan;
Ein Umstand ist noch nicht ins Reine.

    Die Dame, der ich mich eigen gab,
        Läßt nimmer ab,
Nach euren zwei Hunden zu streben.
Sie legt mir auch diese zu fodern zur Pflicht.
Drum muß ich, gewährt Ihr in Güte sie nicht,
Drob kämpfen auf Tod und auf Leben." —

    Der Marschall rühret nicht an sein Schwert,
        Steht kalt und hört
Die Muthung des Junkers vom Steine.
„Herr Junker, was haun wir das Leder uns wund?
Weit besser bekommt uns ein friedlicher Bund;
Der bringt uns auf einmal ins Reine.

    „Wir hau'n, als hackten wir Fleisch zur Bank,
        Und keinen Dank

                    Hat

Bürger. „Hat doch wohl der blutige Sieger.
Laßt wählen die Köther nach eigenem Sinn,
Und wen sie erwählen, der nehme sie hin!
Beim Himmel das ist ja viel klüger."

Der Herr vom Steine verschmerzt den Stich
Und wähnt in sich:
Es soll mir wohl dennoch gelingen!
Er locket, er schnalzet mit Zung und mit Hand,
Und hoffet bei Schnalzen und Locken sein Gans
Bequem um die Hälse zu schlingen.

Er schnalzt und klopfet wohl sanft aufs Knie,
Lockt freundlich sie
Durch alle gefälligen Töne.
Er weiset vergebens sein Zuckerbrot vor;
Sie weichen, und springen am Marschall empor,
Und weisen dem Junker die Zähne.

Hel.

Heldengedichte.

Heldengedichte,

ernsthafter Gattung.

Homer.

Es ist bekannt, daß sich weder die Lebenszeit noch das Vaterland dieses größten epischen Dichters mit Gewißheit angeben läßt. Am wahrscheinlichsten indeß fällt jene ungefähr eilftehalb Jahrhundert vor Christi Geburt, und 140 Jahre nach dem trojanischen Kriege; und unter den sieben Städten, die um die Ehre, seine Vaterstadt zu seyn, wetteiferten, hatten wohl Chios oder Smyrna die gültigsten Ansprüche. Wenigstens ist wohl kein Zweifel, daß Homer in Jonien gelebt habe. Seine beiden großen Epopöen, die Iliade und Odyssee, deren jede aus vier und zwanzig Büchern besteht, zeichneten sich schon im Alterthum als die ersten nie erreichten Muster ihrer Art aus, und behaupten diesen vorzüglichen Rang noch immer. Ihre Schönheiten aus einander zu setzen, wäre hier zu weitläuftig; aber ich wiederhole in dieser Absicht die Empfehlung der dahin gehörigen, S. 175 meiner Theorie und Litteratur der sch. W. angezeigten Schriften, besonders der Einleitung in die erklärenden Anmerkungen zum Homer, von Herrn Köppen, und dieser erklärenden Anmerkungen selbst.

Lieber gebe ich hier eine kurze Nachweisung einiger der schönsten Stellen beider Gedichte. Dahin gehören: in der Iliade, B. I. der Streit Achill's und Agamemnons; B. III. der Zweikampf des Menelaus und Paris, und Helenens Empfindungen darüber; B. IV. die Verwundung des Menelaus, und die Schlacht; B. VIII.

die

die Versammlung des Götterraths, und das neue Treffen beider Heere; B. IX. Achill's Unterredung mit den an ihn gesandten griechischen Helden; ihre Ueberredungen zur Rück= kehr zum Heere, und sein Verhalten dabei; B. XIII. Hek= tor's Verwundung; B. XVI. die Unterredung Achill's mit dem Patroklus; B. XVIII. Achill's Schmerz über den Tod des Patroklus, und des erstern Entschließung, wieder in die Schlacht zu gehen; B. XIX. die Aussöhnung Achill's und Agamemnon's; B. XXII. Hektor's Tod, und die Mißhandlung seines Leichnams; B. XXIII. die dem Pa= troklus angestellte Leichenfeier; B. XXIV. die Bitte des Priamus um den Leichnam seines Sohns.

Zu den schönsten Stellen der Odyssee gehören: B. III. Nestor's Unterredung mit dem Telemach; B. V. die Beschreibung des Aufenthalts der Kalypso, und des Ulyß Gefahren auf dem Meere; B. VIII. das Gastmahl des Alcinous, und die dabei vorfallenden Lustbarkeiten; B IX. Beschreibung der Cyklopen, und vornehmlich des Verhal= tens Polyphem's gegen Ulyß; B. XI. des Ulyß Hinabfahrt in die Unterwelt; B. XII. die Reize und Lockungen der Sirenen; B. XIV. des Ulyß Aufnahme in dem Hause des Eumäus; B. XVII. die Ankunft jenes erstern in seinem Pallast; B. XXI. seine Wiedererkennung; B. XXIV. seine Zusammenkunft mit seinem Vater Laertes.

Freilich aber würde derjenige, der sein Studium der homerischen Schönheiten bloß auf diese, oder andre vorzüg= liche Stellen seiner Gedichte einschränken wollte, nur we= nig von dem Vergnügen und der mannichfachen Belehrung genießen, welche die Lesung und Wiederlesung des Ganzen in so reichem Maaße gewährt. Ich enthalte mich daher auch lieber aller einzelnen Auszüge, zumal, da die Werke dieses Vaters der Dichter in Jedermanns Händen sind.

Orpheus.

Wäre das epische, oder vielmehr historische Gedicht vom Argonautenzuge, welches wir noch unter des Or= pheus Namen besitzen, wirklich noch von dem berühmten thrazischen Weisen und Sänger Orpheus, der im 28sten Jahrhunderte lebte; so besäßen wir darin das älteste Denk= mal epischer Poesie. Aber so, wie die Hymnen, s. B.

IV.

IV. S. 121.) die wir unter seinem Namen haben, gewiß **Orpheus.**
nicht von ihm, sondern von einem spätern Dichter, ver-
muthlich dem Onomakritus sind, der ein Zeitgenosse des
Xerxes war; so ist dieß auch unstreitig der Fall bei diesem
größern, aus 1373 Versen bestehenden Gedichte, dessen
Inhalt die bekannte, theils kriegerische, theils merkanti-
lische Fahrt der Argonauten, an welcher jener ältere Or-
pheus Antheil genommen haben soll. Auch werden darin
vornehmlich die von ihm unternommenen Handlungen und
bestandnen Gefahren erzählt. Ich wähle hier die Stelle
daraus, worin die Anschickung der Argonauten zu ihrer
Fahrt, und der Anfang derselben beschrieben wird.

Argonaut. v. 231 — 275.

Αὐτὰρ ἐπεὶ σίτοιο ποτῶ θ' ἅλις ἔπλετο θυμός,
Ἥμενοι ἑξείης πόθεεν μέγα ἔργον ἕκαστος.
Αἶψα ἔτες δ' ἅμα πάντες ἀπὸ ψαμάθοιο βαθείης
Ἠΐον, ἔνθά τ' ἔμιμνεν ὑπὲρ ψαμάθοιο ἀλίη ναῦς,
Τὴν ῥά ποτ' εἰσορόωντες ἐθάμβεον· αὐτὰρ ἔπειτα
Ἀργον ἐφημοσύνῃσιν ἰὼν πόρσυνεν ὀχλίζειν,
Δουρατέοισι φάλαγξι καὶ εὐστρέπτοισι κάλωσι
Πρυμνόθεν ἀρτήσας· κάλει δ' ἐπὶ μόχθον ἰκάνειν
Πάντας, κυδαίων· οἱ δ' ἐσσυμένως ὑπάκουσαι
Τεύχεα δ' ἐκδύοιτο, περὶ στέρνοισι δ' ἀληπτοι
Σμεαίης μήρινθον· ἐπίβριθεν δὲ ἕκαστος,
Αἶψα θοῶς ποτὶ κῦμα κατηρύσαι εὔλαλον Ἀργώ.

Ἡ δέ οἱ ἐγχριφθεῖσα ποτὶ ψαμάθῳ βεβάρητο,
Ἀναλθέοις φυκέεσσιν ἐρυκομένη ποτὶ χέρσῳ,
Ἡρώων παλάμῃσιν ὑπὸ στιβαρῇσιν ἀπωθής.
Παχνώθη δ' αὖ θυμὸς Ἰήσονος· αὐτὰρ ἔμοιγε
Νεῦσεν ὀπιπτεύων, ἵνα οἱ θάρσος τε βίη τε

D 2　　　　　　Μολπῇ

Orpheus. Μολπῇ ὑφ' ἡμετέρῃ κεκμηκόσιν αἰὲν ἀείδω.
Αὐτὰρ ἐγὼ φόρμιγγα τιτηνάμενος μετὰ χερσί,
Μητρὸς ἐμῆς ἐκέρασσ' εὐτερπέα κόσμον ἀοιδῆς,
Καὶ οἱ ἀπὸ στηθέων ὄπα λείριον ἐξελόχευσα.

„Ἔξοχοι Ἡρώων Μινυήϊον αἷμα γενέθλης,
„Εἶδ' ἄγε νῦν ῥερροῖσιν ὑπὸ στερνοῖσι κάλωας
„Βρίσαθ' ὁμορρόθεοντες, ἐρείσατε δ' ἴχνια γαίῃ,
„Ταρσοῖσιν ποδὸς ἄκρον ὑπερβλήδην τανύσαντες·
„Καὶ χέρας ποτὶ χεῦμα γεγηθότες ἕλκατε νῆα.

„Ἀργώ, πεύκησίν τ' ἰδὲ δρυσὶν γομφωθεῖσα,
„Ἄϊ' ἐμῆς ἰαχῆς, καὶ γὰρ πάρος ἔκλυες ἤδη,
„Ἡνίκα δείδιες' ἔθελγον ἐν ὑλήεντι κολώνῃ,
„Πέτρας τ' ἠλιβάτους, καὶ μοι κατὰ Πόντον ἔβαινες
„Οὔρεα ἀποπρολιποῦσα, ἐπίσπεο δ' αὖτε θαλάσσης
„Παρθενίης ἀτραπούς· σπέρχευ δ' ἐπὶ φῶτας ἀμείβων,
„Ἡμετέρῃ πίσυνος κιθάρῃ καὶ θεσκέλῳ ὀμφῇ.

Δὴ τότ' ἐπιβρομέουσα Τομαριὰς ἔκλυε φηγός,
Ἣν οἱ ὑποτροπίην Ἄργος θέτο τῇ μελαίνῃ
Παλλάδος ἐννεσίῃσιν ἀνήρθη δὲ μάλ' ὦκα,
Δόξατ' ἐλαφρίζουσα, βοὴ δ' ἀλίδωκε Πόντῳ·
Καὶ οἱ ἐπειγομένῃ θαμινὰς ἐκέδασσε φάλαγγας,
Αἵ οἱ ὑπὸ τρόπι κεῖντο μιᾶς χοίνοιο ταθεῖσαι.
Ἐς δ' ἄρ' ἔβη, λιμένος χαροποὶ δ' ἀνεχάσσατο κῦμα·
Θῖνες δ' ἀμφεκλύσθεν ἐγήθει δὲ φρεὶ' Ἰήσων·
Ἆλτο δ' ἔσω νέος Ἄργος, ἐφέσπετο δ' ἀγχόθι Τίφυς·
Καὶ οἱ ἐπ' ἄρτια θῆκαν ἀρηρότα πορσύνοντες,
Ἱστόν τ' ἠδ' ὀδόας· ἐπὶ δ' αὖτ' οἴηκας ἔδησαν,
Πρυμνόθεν ἀρτήσαντες, ἐπεσφίγκαντο δ' ἱμᾶσιν.

Apol.

Apollonius Rhodius.

Dieser spätere, aus Alexandrien gebürtige Dichter, der etwa zweihundert Jahre vor Chr. Geb. lebte, wählte gleichfalls den in der ältern mythischen Geschichte der Griechen so merkwürdigen Argonautenzug zum Inhalt eines erzählenden Gedichts, welches er schon in seiner Jugend angefangen, und hernach zu Rhodos, wo er das Bürgerrecht erhielt, vollendet haben soll. Es besteht aus vier Büchern, und hat sichtbare Spuren, oft nicht unglücklicher homerischer Nachahmung. Non contemnendum opus edidit aequali quadam mediocritate, ist das Urtheil Quintilian's von ihm. Folgende Stelle des ersten Buchs beschreibt die nämliche Zurüstung zur Fahrt, welche den Inhalt des aus dem Orpheus eben mitgetheilten Stücks ausmachte. Sonst gehört die Erzählung von der Liebe der Medea im dritten Buche zu den schönsten Episoden.

Argonaut. I. v. 861 — 914.

Ἀμβολίη δ' εἰς ἦμαρ ἀεὶ ἐξ ἤματος ἦεν
Ναυτιλίης· δηρὸν δ' ἀνελίνυον αὖθι μένοντες,
Εἰ μὴ ἀολλίσας ἑτάρους ἀπανεῦθε γυναικῶν
Ἡρακλέης τοίεσσιν ἐνιπτάζων μετέειπεν.
Δαιμόνιοι, πάτρης ἐμφύλιον αἷμ' ἀποέργει
Ἡμέας; ἠὲ γάμων ἐπιδευέες ἐνθάδ' ἔβημεν
Κεῖθεν, ὀνοσσάμενοι πολιήτιδας, αὖθι δ' ἔαδει
Ναίοντας λιπαρὴν ἄροσιν Λήμνοιο ταμέσθαι;
Οὐ μὲν ἐϋκλεῶς γε σὺν ὀθνείησι γυναιξὶν
Ἐσσόμεθ' ὧδ' ἐπὶ δηρὸν ἐελμένοι· οὐδ' ἔτι κῶας
Αὐτόματον δώσει τις ἑλὼν θεὸς εὐξαμένοισιν.
Ἴομεν αὖτις ἕκαστοι ἐπὶ σφέα· τὸν δ' ἐνὶ λέκτροις
Ὑψιπύλης εἰᾶτε πανήμερον, εἰσόκε Λῆμνον
Παισὶν ἐσανδρώσῃ, μεγάλη τέ ἑ βάξις ἵκηται.

Q 3   Ὣς

Ὡς νείκεσσεν ὅμιλον· ἐναντία δ᾽ ὦ τ᾽ ὦ τις ἔτλη
Ὄμματ᾽ ἀνασχεθέειν, ἠδὲ προτιμυθήσασθαι·
Ἀλλ᾽ αὔτως ἀγορῇθεν ἐπαρτίζοντο νέεσθαι
Σπερχόμενοι· ταὶ δέ σφιν ἐπέδραμον, αὖτ᾽ ἐδάησαν·
Ὡς δ᾽ ὅτε λείρια καλὰ περιβρομέουσι μέλισσαι,
Πέτρης ἐκχύμεναι σιμβληΐδος, ἀμφὶ δὲ λειμὼν
Ἑρσήεις γάνυται, ταὶ δὲ γλυκὺν ἄλλοτέ τ᾽ ἄλλον
Καρπὸν ἀμέργουσιν πεποτημέναι· ὣς ἄρα ταίγε
Ἐνδυκέως αἰζ᾽ ἂς ἀμφὶ κινυρόμεναι προχέοντο,
Χερσί τε καὶ μύθοισιν ἐδεικανόωντο ἕκαστοι,
Εὐχόμεναι μακάρεσσιν ἀπήμονα νόστον ὀπάσσαι·
Ὣς δὲ καὶ ὑψιπύλη ἠρήσατο χεῖρας ἑλοῦσα
Αἰσονίδεω, τὰ δέ οἱ ῥέε δάκρυα χήτεϊ ἰόντος.
Νίσσεο, καὶ σὲ θεοὶ σὺν ἀπήμοσιν αὖτις ἑταίροις
Χρύσειον βασιλῆϊ δέρος κομίσειαν ἄγοντα,
Αὔτως ὡς ἐθέλεις, καί τοι φίλον. ἥδε δὲ νῆσος
Σκῆπτρά τε πατρὸς ἐμῖο παρέσσεται, ἢν καὶ ὀπίσσω
Δήποτε νοστήσας ἐθέλῃς ἄψορρον ἱκέσθαι.
Ῥηιδίως δ᾽ ἂν ἰοὶ καὶ ἀπείρονα λαὸν ἀγείραις
Ἄλλων ἐκ πολίων· ἀλλ᾽ ὦ σύ γε τήνδε μενοινὴν
Σχήσεις, οὔτ᾽ αὐτὴ προτιόσσομαι ὧδε τελεῖσθαι.
Μνώεο μὴν ἀπεών περ ὁμῶς καὶ νόστιμος ἤδη
Ὑψιπύλης· λίπε δ᾽ ἡμὶν ἔπος, τόκεν ἐξανύσαιμι
Πρόφρων, ἢν ἄρα δή με θεοὶ δώωσι τεκέσθαι.
Τὴν δ᾽ αὖτ᾽ Αἴσονος πὸς ἀγαιόμενος προσέειπεν.
Ὑψιπύλη, τὰ μὲν οὕτω διαίσιμα πάντα γένοιτο
Ἐκ μακάρων· τύνη δ᾽ ἐμέθεν περὶ θυμὸν ἀρείω
Ἴσχε᾽, ἐπεὶ πάτρην μοι ἅλις Πελίαο ἕκητι
Ναιετάειν· μοῦνόν με θεοὶ λύσειαν ἀέθλων.
Εἰ δ᾽ οὔ μοι πέπρωται ἐς Ἑλλάδα γαῖαν ἱκέσθαι
Τηλοῦ ἀναπλώοντι, σὺ δ᾽ ἄρσενα παῖδα τέκηαι,

Πέμπε·

Πέμπε μὲν ἡβήσαντα πεπλασγίδος εἴδος ἰωλκῦ.
Πατρί τ᾽ ἐμῷ καὶ μητρὶ δύης ἄκος, ἣν ἄρα τώς γε
Τέτμη ἔτι ζώονται᾽ ἵν᾽ ἄνδιχα τοῖο ἄνακτος
Σφοῖσιν προσύνωνται ἐφέσιοι ἐν μεγάροισιν.
Ἦ, καὶ ἔβαιν᾽ ἐπὶ νῆα παροίτατος᾽ ὣς δὲ καὶ ἄλλοι
Βαῖνον ἀριςῆες, λάζοντο δὲ χερσὶν ἐρετμὰ
Ἐγχερὼ ἑζόμενοι᾽ πρυμνήσια σφίσιν Ἄργος
Λῦσεν ὑπ᾽ ἐκ πέτρης ἁλιμυρέος᾽ ἐνθ᾽ ἄρα τοίγε
Κόπτον ὕδωρ δολιχῇσιν ἐπικρατέων ἐλάτῃσιν.

D 4   Mu-

Musäus.

Musäus.

Man weiß, daß der im Alterthume berühmte Philosoph und Dichter Musäus schon zur Zeit des Orpheus und Linus lebte, und von einigen des erstern, von andern des letztern Sohn genannt wird, wiewohl er vielleicht nur beider Schüler war. Allein, das ihm beigelegte erzählende Gedicht von der Liebe der Hero und des Leander hat gewiß einen weit spätern Verfasser, den man aber doch wohl im fünften Jahrhunderte nach Chr. Geb. zu spät sucht, und dessen wahrer Name nicht bekannt ist. Das Ganze hat ohne Zweifel auffallende Mängel, und sichtbare Spuren des schon gesunkenen Geschmacks; indeß fehlt es ihm nicht an einzelnen wirklich dichtrischen Zügen, dergleichen auch in folgender Stelle vorkommen, welche die eigentliche Katastrophe dieser bekannten Fabel enthält.

Erosopaegnion Herus et Leandri, v. 290 — 341.

Κρυπταδίη τέρποιτο μετ' ἀλλήλων Κυθερείη.
'Αλλ' ὀλίγον ζώεσκον ἐπὶ χρόνον· ὐδέτι δηρὸν
'Αλλήλων ἀπέκειτο πολυπλάγκτων ὑμεναίων.
'Αλλ' ὅτε παχνήεντος ἐπήλυθε χείματος ὥρη,
Φρικαλέας δονέουσα πολυςροφάλιγγας ἀέλλας,

Βένθεα δ' ἀςήρικτα, καὶ ὑγρὰ θεμέθλα θαλάσσης,
Χειμέριοι πνείοντες ἐπεςυφέλιζον ἄηται,
Λαίλαπι μαςίζοντες ὅλην ἅλα· τυπτομένης δὲ,
'Ήδη νῆα μέλαιναν ἀπέκλασε διχθάδι χέρσῳ,
Χειμερίης καὶ ἄπιςον ἀλυσκάζων ἅλα κούρης.

'Αλλ' ὐ χειμερίη σε φόβος κατέρυκε θαλάσσης,
Καρτερόθυμε Λέανδρε· διακτορίη δέ σε πύργου,
'Ηθάδα σημαίνουσα φαεσφορίην ὑμεναίων,

Μαιιο-

Μαινομένης ότρυνεν αφειδήσαντα θαλάσσης
Νηλειής, καὶ ἄπιστος· ὄφελλε δὲ δύσμορος Ἠρὼ

Musäus.

Χείματος ἱσταμένοιο μένειν ἀπάνευθε Λεάνδρου,
Μηκέτ' ἀναπτομένη μινυώριον ἀστέρα λέκτρων,
Ἀλλὰ πόθον καὶ μοῖρα βιήσατο· θελγομένη δὲ
Μοιράων ἀνέφαινε καὶ οὐκέτι δαλὸν ἐρώτων.
Νὺξ ἦν εὖτε μάλιστα βαρυπνείουσιν ἀῆται.

Χειμερίη πνοίῃσιν ἀκοντίζοντες ἀῆται,
Ἀθρόον ἐμπίπτουσιν ἐπὶ ῥηγμῖνι θαλάσσης.
Δὴ τότε Λείανδρός περ, ἐσθήμοιος ἐλπίδι νύμφης,
Δυσκελάδων πεφόρητο θαλασσαίων ὑμεναίων.
Ἤδη κύματι κῦμα κυλίνδετο· σύνθετο δ' ὕδωρ.

Αἰθέρι μίσγετο πόντος, ἀείγετο πάντοθεν ἡ γῆ,
Μαρναμένων ἀνέμων· ζεφύρῳ δ' ἀντέπνεεν εὖρος,
Καὶ Νότος ἐς Βορέην μεγάλας ἐφέηκεν ἀπειλάς,
Καὶ κτύπος ἦν ἀλίαστος ἐρισμαράγοιο θαλάσσης.
Αἰνοπαθὴς δὲ Λεάνδρος ἀκηλήτοις ἐν ἰδίναις,

Πολλάκι μὲν λιτάνευε θαλασσαίην Ἀφροδίτην.
Πολλάκι δ' αὐτὸν ἄνακτα Ποσειδάωνα θαλάσσης.
Ἀτθίδος οὐ βορέην ἀμνήμονα κάλλιπε Νύμφης.
Ἀλλά οἱ οὔτις ἄρηγεν· ἔρως δ' οὐκ ἤρκεσε μοίρας.
Πάντοθι δ' ἀγρομένοιο δυσαντέϊ κύματος ὁρμῇ.

Θρυπτόμενος πεφόρητο· ποδῶν δέ οἱ ὤκλασεν ὁρμή,
Καὶ σθένος ἦν ἀδόνητον ἀκοιμήτων παλαμάων.
Πολλὴ δ' αὐτόματος χύσις ὕδατος ἔῤῥεεν λαιμῷ,
Καὶ ποτὸν ἀχρήϊον ἀμαιμακέτης πίεν ἅλμης.
Καὶ δὴ λύχνον ἄπιστον ἀπέσβεσε πικρὸς ἀήτης,

Ο 5   Καὶ

Καὶ ψυχὴν κỳ ἔρωτα πολυκλαύτοιο Λεάνδρε,
Εἰσέτι δ' ἰαύοντος ἐπ' ἀγρύπνοισιν ὀπωπαῖς,
Ἵςατο κυμαίνεσκα πολυκλαύτοισι μερίμναις.
Ἤλυθε δ' ἠριγένεια, ϰỳ εκ ἴδε νυμφίον Ἡρω.
Πάντοθι δ' ὄμμα τιταίνει ἐπ' εὐρέα νῶτα θαλάσσης.

   Εἶπε ἐσαθρήσειεν ἀλώμενον ὃν παρακοίτην.
Λύχνε σβεννυμένοιο παρὰ κρηπῖδα δὲ πύργε,
Θρυπτόμενον σπιλάδεσσιν ὅτ' ἔδρακε νεκρὸν ἀκοίτην.
Λαιδάλεον ῥήξασα περὶ στήθεσσι χιτῶνα,
Ῥοιζηδὸν προκάρηνος ἀπ' ἠλιβάτε πέσε πύργε.

   Καδδ' ἥρω τέθνηκεν ἐπ' ὀλλυμένῳ παρακοίτῃ,
Ἀλλήλων δ' ἀπόναιτο κỳ ἐν πυμάτῳ περ ὀλέθρῳ.

Koluthus.

Ein noch späterer Dichter des sechsten Jahrhunderts nach Chr. Geb. aus Lykopolis in der ägyptischen Landschaft Thebais gebürtig, von dem ein, nicht sehr sorgfältig erhalte= nes, und stellenweise nicht ganz verwerfliches Gedicht, über den Raub der Helena, vorhanden ist. Seine Beflissen= heit auf homerische Nachahmung verfehlte mehrentheils ihres Ziels, wie Herr Hofrath Harles in vier kurzen Ab= handlungen über dieses Gedicht zur Genüge gezeigt hat.

Raptus Helenae, *v.* 309 — 355.

———

Νὺξ δὲ πόνων ἄμπαυμα μετ' ἠελίοιο κελεύθους
Ἵπποι ἐλαφρίζουσα μετήορος, ὕπασεν ἠῶ
Ἀρχομένη· δοιὰς δὲ πύλας ὤιξεν ὀνείρων,
Τὴν μὲν ἀληθείης, κεράων ἀπελάμπετο κόσμω,
Ἔιθεν ἀναθρώσκουσι θεῶν νημερτέες ὀμφαί·
Τὴν δ' ἐλεφαντίνην, κενεῶν θρέπτειραν ὀνείρων·
Αὐτὰρ ὁ ποντοπόρων Ἑλένην ἐπὶ σέλματα νηῶν
Ἐκ θαλάμων ἐκόμισσε φιλοξείνου Μενελάου,
Κυδιόων ὑπέροπλον ὑποσχεσίη Κυθερείης,
Φόρτον ἄγων ἔσπευδεν ἐς Ἴλιον ἰωχμοῖο.
Ἑρμιόνη δ' ἀνέμοισιν ἀπορρίψασα καλύπτρην,
Ἴσκεν ἑῆς πολύδακρυς ἀνέενεν ἠριγενείης.
Πολλάκι δ' ἀμφιπόλους θαλάμων ἐκτοσθε λαβοῦσα,
Ὀξύτατον βοάουσα, τόσην ἀνενείκατο φωνήν·

Παῖδες, πῇ με λιποῦσα πολύσσοος ὤχετο μήτηρ,
Ἥ χθιζὸν σὺν ἐμοὶ θαλάμων κληῖδας ἑλοῦσα,
Ἔδραθεν ὑπνώουσα, καὶ ἐς μίαν ἤλυθεν εὐνήν;

Ἔνεπε

Ἔννεπε δακρυχέουσα, συνωδύρετο δὲ παῖδα·
Ἀγρόμεναι δ᾽ ἑκάτερθεν ἐπὶ προθύροισιν ἔρυκεν
Ἑρμιόνην γοάχουσαν ἐπειρήσαντο γυναῖκες·

Τέκνον ὀδυρομένη γόον εὔνασον· ᾤχετο μήτηρ·
Νοστήσει παλίνορσος, ἐπεὶ κλαίουσαι νοήσει.
Οὐχ ὁράᾳς; γοεραὶ μὲν ὑπημύουσι παρειαί,
Πυκνὰ δὲ μυρομένης θαλεραὶ μινύθουσιν ὀπωπαί.
Ἢ τάχα νυμφάων ἐς ὁμήγυριν ἀγρομενάων
Ἤλυθεν, ἰθείης δὲ παραπλάζουσα κελεύθου,
Ἵσταται ἀσχαλόωσα, καὶ ἐς λειμῶνα μολοῦσα.
Ὠρέων, δροσόεντος ὑπὲρ πεδίοιο θαάσσει·
Ἢ χρόα πατρῴοιο λοεσσαμένη ποταμοῖο
Ὤιχετο, καὶ δήθυνεν ὑπὲρ Εὐρώταο παρ᾽ ὄχθαις.

Τοῖα δὲ θαμβήσασα πολύστονος ἔννεπε κούρη·
Οἶδεν ὄρος, ποταμῶν ἐδάη ῥόοι, οἶδε κελεύθους
Ἐς ῥόον, ἐς λειμῶνα· τί με φθέγγεσθε γυναῖκες;
Ἀστέρες ὑπνώουσι, καὶ ἐν σκοπέλοισιν ἰαύω·
Μῆτερ ἐμή, τίνα χῶρον ἔχεις; τίνα δ᾽ οὔρεα ναίεις;
Πλαζομένην θῆρές σε κατέκτανον; ἀλλὰ καὶ αὐτοὶ
Θῆρες ἀριζήλοιο Διὸς τρομέουσι γενέθλην.
Ἤριπες ἐξ ὀρέων χθαμαλῆς ἐπὶ νῶτα κονίης,
Σὸν δέμας οἰοπόλοισιν ἐπὶ δρυμοῖσι λιποῦσα;
Ἀλλὰ πολυπρέμνων ξυλόχων ὑπὸ δάσκιον ὕλην
Δείδεια παπτήνασα καὶ αὐτῶν ἄχρι πετήλων,
Σὸν δέμας οὐκ ἐνόησα· καὶ οὐ νεμεσίζομεν ὕλῃ.
Μὴ δ᾽ ἱερῶν γονόεντος ἐπ᾽ Εὐρώταο ῥεέθρων
Νηχομένην ἐκάλυψεν ὑποβρύχιην σε γαλήνη;
Ἀλλὰ καὶ ἐν ποταμοῖσι, καὶ ἐν πελάγεσσι θαλάσσης
Νηιάδες ζώουσι, καὶ οὐ κτείνουσι γυναῖκας.

Virgil.

Virgil.

So, wie dieser Dichter unter den bukolischen und di-
daktischen Dichtern der Römer die erste Stelle behauptet; (f.
B. 1. 323.) so gebührt ihm auch unter ihren Heldendichtern der
erste und vorzüglichste Rang. Zwar war er durchgängig Nach-
ahmer Homer's, aber mit einem sehr reichen Maaße eigner
Schöpfungskraft, mit dem lebhaftesten dichtrischen Gefühl,
dem weisesten Geschmack, und der herrlichsten Gabe des
metrischen Wohlklanges. Den Stoff seiner Epopöe wählte
er, wie Homer, aus dem trojanischen Zeitalter; es ist
die Ankunft des Aeneas in Italien, und die Erzählung
aller mit seiner Fahrt dahin, und mit seiner Landung selbst,
verbundenen Schicksale. — Zu den schönsten Stellen die-
ses Gedichts gehören vornehmlich folgende: Amor's Ver-
wandlung in die Gestalt des Askanius, um der Dido die
Ankunft des Aeneas zu melden, am Schluß des ersten
Buchs; — die Erzählung dieses Helden von Troja's Zer-
störung, B. II; — das ganze vierte Buch, welches die
Liebe des Aeneas und der Dido, die Flucht des erstern,
und die Verzweifelung der letztern erzählt, und die schönste
Episode macht; — die Erzählung der Leichenfeier,
welche Aeneas seinem verstorbnen Vater Anchises
anstellt, B. V; — des Aeneas Hinabfahrt in die Unter-
welt, seine dortigen Wahrnehmungen und Unterredungen,
B. VI; — die schöne episodische Erzählung vom Nisus
und Euryalus, B. IX, die ich hier als Probe geben würde,
wenn ich nicht jeden Auszug aus einem so überall gelesenen
Dichter für überflüßig hielte; — die Beschreibung der
Schlacht, B. X. und ihrer Folgen, B. XI; — und
der Kampf des Turnus mit dem Aeneas, B. XII.

Lukan.

Markus Anndus Lukanus, ein Brudersohn des Phi-
losophen Seneka, wurde im Jahr 38 nach Chr. Geb. ge-
boren, und starb schon im J. 65. Man muß daher sein
episches, oder vielmehr historisches Gedicht, Pharsalia, wel-
ches den berühmten bürgerlichen Krieg zwischen Cäsar und
Pompejus, und die denselben entscheidende pharsalische
Schlacht, zum Inhalt hat, als ein Werk der Jugend und
eines

Lukan. eines nicht völlig ausgebildeten dichtrischen Genies beurtheilen; und in dieser Rückficht verdient es immer sehr viel Lob, wenn es gleich weit unter der Virgilischen Aeneide ist. Sehr treffend wird der Charakter dieses Dichters vom Quintilian geschildert. *Lucanus* ardens et concitatus, et sententiis clariffimus, et, ut dicam quod fentio, magis oratoribus quam poetis adnumerandus." Denn wirklich gehören die häufig eingewebten Reden und Gespräche der handelnden Personen, des Cäsar, Pompejus, Cato, Brutus, Afranius, Vultejus, der Marcia, Kornelia, u. a. m. und ihre Charakterifirungen, zu den vorzüglichsten Schönheiten dieses Gedichts. Umständlicher hat es Herr Hofr. Meusel in zwei gelehrten Abhandlungen de Lucani Pharfalia; Hal. 1769. 4. beurtheilt. S. auch Dusch's Briefe z. Bild. des Gefchm. B. V. S. 199 ff. — Am glücklichsten ist er in der Beschreibung der Verwirrungen in Rom bei der Ankunft Cäfar's, zu Ende des ersten, und im Anfange des zweiten Buchs; der Seeschlacht zwischen beiden Partheien, zu Ende des dritten; des Ungewitters, welches Cäfar erlitt, im fünften Buche: des, hier als Beispiel mitgetheilten, Abschiedes des Pompejus von der Kornelia, u. f. f.

(*Pharfal. L. VIII. v. 1 — 158.*)

Iam fuper Herculeas fauces, nemorofaque Tempe,
Haemoniae deferta petens dispendia fylvae,
Cornipedem exhauftum curfu, ftimulisque negan-
tem
Magnus agens, incerta fugae veftigia turbat,
Implicitasque errore vias. Pavet ille fragorem
Motorum ventis nemorum, comitumque fuorum,
Qui poft terga venit, trepidum, laterique timen·
tem
Exanimat. Quamvis fummo de culmine lapfus,
Nondum vile fui pretium fcit fanguinis effe,
Seque, memor fati, tantae mercedis habere
Credit adhuc jugulum, quantum pro Caefaris ipfe
Avulfa cervice daret. Deferta fequentem
Non patitur tutis fatum celare latebris

Clara

Clara viri facies. Multi Pharſalica caſtra
Cum peterent, nondum fama prodente ruinas,
Occurſu ſtupuere ducis, vertigine rerum
Attoniti: cladisque ſuae vix ipſe fidelis
Auctor erat. Gravis eſt Magno, quicunque malo-
                 rum

Luⁿan.

Teſtis adeſt. cunctis ignotus gentibus eſſe
Mallet, et obſcuro tutus tranſire per orbem
Nomine: ſed longi poenas Fortuna favoris
Exigit a miſero, quae tanto pondere famae
Res premit adverſas, fatisque prioribus urget.
Nunc feſtinatos nimium ſibi ſentit honores,
Actaque lauriferae damnat Syllana juventae.
Nunc et Corycias claſſes, et Pontica ſigna
Dejectum meminiſſe piget. Sic longius aevum
Deſtruit ingentes animos, et vita ſuperſtes
Imperio, niſi ſumma dies cum fine bonorum
Adfuit, et celeri praevertit triſtia leto,
Dedecori eſt fortuna prior. quisquamne ſecundis
Tradere ſe fatis audet, niſi morte parata?
Littora contigerat, per quae Peneïus amnis
Emathia jam clade rubens exibat in aequor.
Inde ratis trepidum, ventis, et fluctibus impar,
Flumineis vix tuta vadis, evexit in altum;
Cujus adhuc remis quatitur Corcyra, ſinusque
Leucadii: Cilicum dominus, terraeque Liburnae,
Exiguam vector pavidus correpſit in alnum.
Conſcia curarum ſecretae in littora Lesbi
Flectere vela jubes, qua tum tellure latebas,
Moeſtior, in mediis quam ſi, Cornelia, campis
Emathiae ſtares. triſtes praeſagia curas
Exagitant; trepida quatitur formidine ſomnus,
Theſſaliam nox omnis habet, tenebrisque remotis
Rupis in abruptae ſcopulos extremaque currens
Littora, proſpiciens fluctus, nutantia longe
Semper prima vides venientis vela carinae,
Quaerere nec quicquam de fato conjugis audes.
En ratis, ad veſtros quae tendit carbaſa portus,
Quid ferat ignoras: ſed nunc tibi ſumma pavoris
Nuntius armorum triſtis, rumorque ſiniſter,
Victus adeſt conjux. quid perdis tempora luctus?
                             Cum

Cum poſſis jam flere, times. Tunc puppe propin-
                                     qua
Proſiluit, crimenque deûm crudele notavit,
Deformem pallore ducem, vultusque prementem
Canitie, atque atro ſqualentes pulvere veſtes.
Obvia nox miſerae coelum, lucemque tenebris
Abſtulit, atque animam clauſit dolor: omnia ner-
                                     vis
Membra relicta labant: riguerunt corda diuque
Spe mortis decepta jacet. jam fune ligato
Littoribus, luſtrat vacuas Pompejus arenas.
Quem poſtquam propius famulae videre fideles,
Non ultra gemitus tacitos inceſſere fatum
Permiſere ſibi, fruſtraque attollere terra
Semianimem conantur heram: quam pectore Ma-
                                     gnus
Ambit, et adſtrictos refovet complexibus artus.
Coeperat in ſummum revocato ſanguine corpus
Pompeji ſentire manus, moeſtamque mariti
Poſſe pati faciem: prohibet ſuccumbere fatis
Magnus, et immodicos caſtigat voce dolores.
Nobile cur robur Fortunae vulnere primo,
Femina, tantorum titulis inſignis avorum,
Frangis? Habes aditum manſurae in ſaecula famae.
Laudis in hoc ſexu, non legum jura, nec arma,
Unica materia eſt conjux miſer. erige mentem,
Et tua cum fatis pietas decertet, et ipſum,
Quod ſum victus, ama; nunc ſum tibi gloria major,
A me quod faſces, et quod pia turba Senatus,
Tantaque diſceſſit regum manus: incipe magnum
Sola ſequi. Deformis adhuc vivente marito,
Summus, et augeri vetitus dolor: ultima debet
Eſſe fides, lugere virum. tu nulla tuliſti
Bello damna meo. vivit poſt proelia Magnus,
Sed Fortuna perit: quod defles, illud amaſti.

    Vocibus his correpta viri, vix aegra levavit
Membra ſolo, tales gemitu rumpente querelas:
O utinam in thalamos inviſi Caeſaris iſſem
Infelix conjux, et nulli laeta marito!
Bis nocui mundo: me pronuba duxit Erinnys,
Craſſorumque umbrae, devotaque manibus illis
                                     Aſſyrios

Aſſyrios in caſtra tuli civilia caſus: Lucan.
Praecipitesque dedi populos, cunĉtosque fugavi
A cauſa meliore Deos, O maxime conjux,
O thalamis indigne meis, hoc juris habebat
In tantum fortuna caput! cur impia nupſi,
Si miſerum faĉtura fui? nunc accipe poenas,
Sed quas ſponte luam. quo ſit tibi mollius aequor,
Certa fides regum, totusque paratior orbis,
Sparge mari comitem mallem felicibus armis
Dependiſſe caput: nunc clades denique luſtra
Magne, tuas. ubicunque jaces, civilibus armis
Noſtros ulta toros, ades huc, atque exige poenas,
Julia, crudeles, placataque pillice caeſa
Magno parce tuo. ſic fata, iterumque refuſa
Conjugis in gremium, cunĉtorum lumina ſolvit
In lacrimas. Duri fleĉtuntur peĉtora Magni,
Siccaque Theſſaliae confudit lumina Lesbos
Tunc Mitylenaeum pleno jam littore vulgus
Affatur Magnum: Si maxima gloria nobis
Semper erit tanti pignus ſervaſſe mariti,
Tu quoque devotos ſacro tibi foedere muros,
Oramus, ſociosque lares dignare vel una
Noĉte: tuum fac, Magne, locum, quem cunĉta revi-
                                                      ſant
Secula; quem veniens hospes Romanus adoret.
Nulla tibi ſubeunda magis ſunt moenia viĉto.
Omnia viĉtoris poſſunt ſperare favorem:
Haec jam crimen habent. quid, quod jacet inſula
                                                      ponto,
Caeſar eget ratibus? Procerum pars magna coibit
Certa loci. noto reparandum eſt littore fatum.
Accipe templorum cultus aurumque Deorum
Accipe: ſi terris, ſi puppibus iſta juventus
Aptior eſt, tota, quantum valet, utere Lesbo.
(Accipe, ne Caeſar rapiat, tu viĉtus habeto.)
Hoc ſolum crimen meritae bene detrahe terrae,
Ne noſtram videare fidem felixque ſecutus,
Et damnaſſe miſer. tali pietate virorum
Laetus, in adverſis, et mundi nomine gaudens
Eſſe fidem. Nullum toto mihi, dixit, in orbe
Gratius eſſe ſolum, non parvo pignore vobis

Ostendi. tenuit noftros hac obfide Lesbos
Adlectus: hic facra domus, carique penates,
Hic mihi Roma fuit. non ulla in littora puppim
Ante dedi fugiens, faevi cum Caefaris iram
Iam fcirem meritam, fervata conjuge, Lesbon,
Non veritus tantam veniae committere vobis
Materiam. fed jam fatis eft fecifie nocentes:
Fata mihi totum mea funt agitanda per orbem.
Heu nimium felix aeterno nomine Lesbos!
Sive doces populos, Regeaque admittere Magnum,
Seu praeftas mihi fola fidem. nam quaerere certum
                eft
Fas quibus in terris, ubi fit fcelus. accipe, numen,
Si quod adhuc mecum eft, votorum extrema meorum:
Da fimiles Lesbo populos, qui Marte fubactum
Non intrare fuos, infefto Caefare, portus,
Non exire vetent. dixit, moeftamque carinae
Impofuit comitem. cunctos mutare putares
Tellurem, patriaeque folum; fic littore toto
Plangitur, infeftae tenduntur in aethera dextrae:
Pompejumque minus, cujus Fortuna dolorem
Moverat, aft illam, quam toto tempore belli
Ut civem videre fuam, difcedere cernens
Ingemuit populus: quamvis fi caftra mariti
Victoris peterent; ficcis dimittere matres
Iam poterant oculis: tanto devinxit amore
Hos pudor, hos probitas, caftique modeftia vultus,
Quod fubmiffa nimis, nulli gravis hospita turbae
Stantis adhuc fati vixit quafi conjuge victo.

Valerius Flakkus.

Man weiß wenig gewiſſes von den Lebensumſtänden
dieſes römiſchen Dichters, der vermuthlich aus Padua ge-
bürtig war, und wahrſcheinlich im Jahr 89 nach Chr. G.
ſtarb. Quintilian bedauert ſeinen Tod als Verluſt für die
römiſche Poeſie. Sein epiſches Gedicht, welches er, wie
der Anfang lehrt, unter Domitian's Regierung ſchrieb,
beſingt den Zug der Argonauten, und man ſieht bald,
daß er überall das oben angeführte griechiſche Muſter des
Apollonius Rhodius vor Augen hatte, welches er jedoch
nicht völlig erreichte. Dem Ganzen fehlt es zu ſehr an In-
tereſſe, Lebhaftigkeit und Anmuth; auch iſt die Schreibart
meiſtens ungelenkig, abgebrochen und dunkel. Wir haben
nur noch acht Bücher dieſes Gedichts; und dem letzten
fehlt der Schluß, welchen Joh. Bapt. Pius aus dem
Apollonius zu ergänzen ſuchte; es iſt aber noch zweifelhaft,
ob es mit dieſem achten Buche ganz vollendet war. Un-
geachtet der Unvollkommenheit des Ganzen, fehlt es doch
nicht an einigen glücklichen, und wirklich dichtriſchen Stel-
len. Eine derſelben iſt die folgende Beſchreibung eines Un-
gewitters.

ARGONAUT. L. II. v. 1 — 241.

Interea ſcelerum luctusque ignarus Iaſon
Alta ſecat, neque enim patrios cognoſcere caſus
Iuno ſinit; mediis ardens ne flectat ab undis,
Ac temere in Pelian, et adhuc obſtantia regis
Fata ruat, placitosque deis ne deſerat actus.
Iamque fretis ſummas aequatum Pelion ornos,
Templaque Tiſaeae mergunt obliqua Dianae.
Iam Sciathos ſubſedit aquis, jam longa receſſit
Sepias: attollit tondentes pabula Magnes
Campus equos: vidiſſe putant Dolopeïa buſta,
Intrantemque Amyron curvas quaeſita per oras
Aequora; flumineo cujus redeuntia vento

P 2　　　　　　Vela

Vela legunt. remis infurgitur, inde falutant
Eurymenas, recipit velumque fretumque reverfus
Aufter: et in nubem, Minyis repetentibus altum,
Offa redit. metus ecce deûm, damnataque bello
Pallene: circumque vident immania monftra
Terrigenûm coelo quondam adverfata gigantum;
Quos fcopulis trabibusque parens miferata jugis-
que
Induit. et verfos exftruxit in aethera montes.
Quisque fuas in rupe minas, pugnamque, metusque
Servat adhuc: quatit ipfe hiemes, et torquet ab
alto
Fulmina crebra pater: fcopulis fed maximus
illis
Horror abeft, Sicula preffus tellure, Typhoeus.
Hunc profugum, et facras revomentem pectore
flammas,
Ut memorant, prenfum ipfe comis Neptunus in
altum
Abftulit, implicuitque vadis: totienfque cruenta
Mole refurgentem, torquentemque anguibus undas
Sicanium dedit ufque fretum; cumque urbibus
Aetnam
Intulit, ora premens: trux ille ejectat adefi
Fundamenta jugi; pariter tunc omnis anhelat
Trinacria, injectam teffo dum pectore molem
Commovet experiens, gemituque reponit inani.
Iamque Hyperionius metas maris urguet Hiberi
Currus, et evectae prono laxantur habenae
Aethere, cum palmas Tethys grandaeva finusque
Suftulit, et rupto fonuit focer aequore Titan.
Auxerat hora metus; jam fe vertentis Olympi
Ut faciem, raptosque fimul montesque locosque
Ex oculis, circumque graves videre tenebras.
Ipfa quies rerum, mundique filentia terrent
Aftraque, et effufis ftellatus crinibus aether.
Ac velut ignota captus regione viarum,
Noctivagum qui carpit iter; non aure quiefcit,
Non oculis; noctisque metus niger auget utrim-
que
Campus, et occurrens umbris majoribus arbor.
Haud

Haud aliter trepidare viri. ſed pectora firmans
Hagniades, Non hanc, inquit, ſine numine pi-
num
Dirigimus: nec me tantum Tritonia curſus
Erudiit; ſaepe ipſa manu dignata carinam eſt.
An non experti, ſubitus cum luce fugara
Horruit imbre dies? quantis, pro Iuppiter, auſtris
Reſtitimus! quanta quoties et Palladis arte
In caſſum decimae cecidit tumor arduus undae!
Quin agite, o ſocii; micat immutabile coelum,
Puraque nec gravido ſurrexit Cynthia cornu;
Nullus in orbe eſt rubor; certusque ad talia Titan
Integer in fluctus, et in uno decidit Euro.
Adde, quod in noctem venti veloque marique
Incumbunt magis: it tacitis ratis ocior horis,
Atque adeo non illa ſequi mihi ſidera monſtrant,
Quae delapſa polo reficit mare: tantus Orion
Iam cadit; irato jam ſtridet in aequore Perſeus:
Sed mihi dux, vetitis qui numquam conditus un-
dis
Axe nitet ſerpens; ſeptenosque implicat ignes.
Sic ait: et certi memorat qui vultus Olympi,
Pleÿones Hyadumque locos; quo ſidere vibret
Enſis, et Actaeus niteat qua luce Bootes.
Haec ubi dicta dedit; Cereris tum munere feſſas
Reſtituunt vires, et parco corpora Baccho:
Mox ſomno ceſſere: regunt ſua ſidera puppim
Iamque ſub Eoae dubios Atlantidis ignes
Albet ager: motisque truces ab ovilibus urſi
Tuta domosque petunt: raras et litus in altum
Mittit aves; cum primus equis exegit anhelis
Phoebus Athon, mediasque diem diſperſit in un-
das.
Certatim remis agitur mare: roſtraque curſu
Prima tremunt. et jam ſummis Vulcania ſurgit
Lemnos aquis, tibi per varios defleta labores,
Ignipotens: nec te Furiis et crimine matrum
Terra fugat, meritique piget meminiſſe prioris.
Tempore quo primum fremitus inſurgere opertos
Coelicolûm, et regni ſenſit novitate tumentes
Iuppiter, aetheriae nec ſtare ſilentia pacis:

P 3   Iuno-

Iunonem vólucri primam fufpendit Olympo
Horrendum chaos oftendens poenamque barathri.
Mox etiam pavidae tentantem vincula matris
Solvere, praerupti Vulcanum vertice coeli
Devolvit: ruit ille polo noctemque diemque,
Turbinis in morem; Lemni cum litore tandem
Infonuit: vox inde repens ut perculit urbem,
Adclinem fcopulo inveniunt,   miferentque fovent•
que
Alternos aegro cunctantem poplite greffus.
Hinc reduci fuperas poftquam pater adnuit arces,
Lemnos cara deo: nec fama notior Aetne
Aut Lipares domus, has epulas, haec templa, per•
acta
Aegide, et horrifici formatis fulminis alis,
Laetus adit: contra Veneris ftat frigida femper
Ara loco; meritas poftquam dea conjugis iras
Horruit, et tacitae Martem tenuere catenae.
Quocirca ftruit illa nefas, Lemnoque merenti
Exitium furiale movet: neque enim alma videri
Iam tumet, aut tereti crinem fubnectitur auro,
Sidereos diffufa finus; eadem effera et ingens,
Et maculis fuffecta genas pinumque fonantem
Virginibus Stygiis, nigramque fimillima pallam.
Iamque dies aderat Thracas qui fuderat armis:
Dux Lemni, puppes tenui contexere canna
Aufus, et inducto cratem defendere tergo,
Laeta mari tum figna refert: plenasque movebat
Armentis nuribufque rates. it barbara veftis,
Et torques, infigne loci. fonat aequore clamor:
O patria. ò variis conjunx nunc anxia curis,
Has agimus longi famulas tibi praemia belli.
Cum dea fe piceo per fudum turbida nimbo
Praecipitat; Famamque vagam veftigat in umbra:
Quam pater omnipotens digna atque indigna, ca-
nentem,
Spargentemque metus, placidis regionibus arcet
Aetheris: illa fremens habitat fub nubibus imis,
Non Erebi, non Diva poli: terrasque fatigat,
Qua datur: audentem primi fpernuntque fovent•
que:

Mox

Mox omnes agit, et motis quatit oppida linguis.
Talem Diva sibi scelerisque dolique ministram
Quaerit avens: videt illa prior; jamque advolat
    ultro
Impatiens: jamque ora parat; jam suscitat aures.
Hanc superincendit Venus, atque his vocibus im-
    plet: ~
Vade, age, et aequoream, virgo, delabere Lem-
    non,
Et cunctas mihi verte domos: praecurrere qualis
Bella soles; cum mille tubas armataque campis
Agmina, et innumerûm flatus confingis equo-
    rum.
Adfore jam luxu turpique cupidine captos
Fare viros, carasque toris inducere Thressas.
Hinc tibi principia; hinc rabidas dolor undique
    matres
Instimulet: mox ipsa adero, ducamque paratas.
Illa abit, et mediam gaudens defertur in urbem:
Et primam Eurynomen ad proxima limina Codri
Occupat, exesam curis, castumque cubile
Servantem: manet illa viro; famulasque fati-
    gat
Litoribus: tardi reputans quae tempore belli
Ante torum, et longo mulcens insomnia penso.
Huic dea cum lacrimis et nota veste Neaerae
Icta genas: Utinam non hic tibi nuntius essem
O soror; aut nostros, inquit, prius unda dolores
Obruat, in tali quoniam tibi tempore conjunx
Sic meritae, votis quem tu fletuque requiris,
Heu furit et captae indigno famulatur amore.
Iamque aderunt thalamisque tuis Threïssa propin-
    quat;
Non forma, non arte colûs, non laude pudoris
Par tibi: nec magni proles praelara Dorycli:
Picta manus, ustoque placet sed barbara mento,
Attamen hos tales forsan solabere casus
Tu thalamis, fatoque leges meliore penates.
Me tua matris egens, damnataque pellice proles
Exanimat; quam jam miseros transversa tuentem,
Letalesque dapes, infectaque pocula cerno.

        P 4   Scis

Scis simile ut flammis fimus genus. adde cruentis
Quod patrium faevire Dahis. jam lacte ferino,
Iam veniet durata gelu. fed me quoque pulfam
Fama viro: noftrofque toros virgata tenebit
Et plauftro derepta nurus. fic fata, querelas
Abfcidit: et curis pavidam lacrimifque relinquit.
Tranfit ad Iphinoën; ifdemque Amythaonis im-
plet,
Oleniique domum furiis. totam inde per urbem
Perfonat, ut cunctas agitent expellere Lemno ;
Ipfi urbem Threffaeque regant. dolor iraque furgit,
Obvia quaeque eadem traditque auditque : neque
ulli
Vana fides. tum voce deos, tum queftibus implent,
Ofcula jamque toris, jamque ofcula poftibus ipfis
Ingeminant: lacrimifque iterum vifuque morantur.
Profiliunt; nec tecta virûm, thalamosque revifunt
Amplius: adglomerant fefe, nudisque fub aftris
Condenfae fletus acuunt; ac dira precantur
Conjugia, et Stygias infanda ad foedera taedas.
Has inter medias, Dryopes in imagine moeftae,
Flet Venus; et faevis ardens dea planctibus in-
ftat.
Primaque: Sarmaticas utinam Fortuna dediffes
Infediffe domus, triftesque habitaffe pruinas,
Plauftra fequi; vel jam patriae vidiffe per ignes
Culmen agi; ftragemque deûm! nam cetera belli
Perpetimur. mene ille novis, me deftinat amens
Servitiis? urbem ut fugiens natosque relinquam!
Non prius enfe manus, raptoque armabimus igne ?
Dumque filent, ducuntque nova cum conjuge
fomnos,
Magnum aliquid fpirabit amor? tunc ignea tor-
quens·
Lumina, praecipites excuffit ab ubere natos.
Ilicet arrectae mentes, evictaque matrum
Corda facer Veneris gemitus rapit. aequora cunctae
Profpiciunt, fimulantque choros, delubraque fefta
Fronde tegunt, laetaeque viris venientibus adfunt.
Iamque domos menfafque petunt, difcumbitur
altis

Por-

Porticibus: sua cuique furens festinsque con-   Valerius
Flaccus.
        junx
Adjacet. inferni qualis sub nocte barathri
Adcubat attonitum Phlegyan et Thesea juxta
Tisiphone, laevasque dapes et pocula libat
(Tormenti genus) et nigris amplectitur hydris.
Ipsa Venus quassans undantem turbine pinum
Adglomerat tenebras, pugnaeque accincta tremen-
        tem
Desilit in Lemnon, nimbisque et luce fragosa
Prosequitur polus, et tonitru pater auget honoro.
Inde novam pavidas vocem furibunda per aures
Congeminat: qua primus Athos, et pontus, et in-
        gens
Thraca palus, pariterque toris exhorruit omnis
Mater, et adstricto riguerunt ubere nati.
Accelerat Pavor, et Geticis Discordia demens
E stabulis, atraeque genis pallentibus Irae,
Et Dolus, et Rabies, et Leti major imago
Visa, truces exserta manus; ut prima vocatu
Intonuit, signumque dedit Mavortia conjunx.
Hic aliud Venus et multo magis ipsa tremendum
Orsa nefas, gemitus fingit, vocesque cadentum:
Inrupitque domos: et singultantia gestans
Ora manu, taboque sinus perfusa recenti
Adrectasque comas: Meritos en prima revertor
Ulta toros: premit ecce dies. tum verbere victas
In thalamos agit, et cunctantibus invenit enses,
Unde ego tot scelerum facies, tot fata jacentum
Exsequar? heu vatem monstris quibus intulit
        ordo!
Que se aperit series! ó qui me vera canentem
Sistat, et hac nostras exsolvat imagine noctes!
Invadunt aditus, et quondam cara suorum
Corpora: pars, ut erant, dapibus vinoque soporos;
Pars conferre manus etiam, magnisque paratae
Cum facibus; quosdam insomnes et cuncta tuen-
        tes.
Sed tentare fugam, prohibetque capessere contra
Ama metus. adeo ingentes inimica videri
Diva dabat; notaque sonat vox conjuge major.
      P 5   Tan-

Tantum oculos preſſere metu; velut agmina cer-
nant
Eumenidum, ferrumve ſuper Bellona coruſcet.
Hoc ſoror, hoc conjunx, propriorque hoc nata
parenſque
Saeva valet: prenſosque toris mactatque trahitque
Femineum genus, immanes quos ſternere Beſſi,
Nec Geticae potuere manus, aut aequoris irae.
It cruor in thalamis, et anhela in pectore ſumant
Vulnera; ſeque toris miſero luctamine trunci
Devolvunt: diras aliae ad faſtigia taedas
Injiciunt, adduntque domos: pars ignibus atris
Effugiunt propere, ſed dira in limine conjunx
Obſidet, et viſo repetunt incendia ferro.
Aſt aliae Threſſas labem cauſamque furoris
Diripiunt. mixti gemitus, clamorque precantum
Barbarus, ignotaeque implebant aethera voces.

Sta.

Statius.

Publius Papinius Statius lebte in der zweiten Hälfte
des ersten Jahrhunderts, v. J. C. 61 bis 96, und war aus
Neapel gebürtig, kam aber schon in seiner frühen Jugend
nach Rom. Seine Thebais besteht aus zwölf Büchern,
und enthält die in der frühern griechischen Geschichte so be-
rühmte Eroberung der Stadt Theben durch den Theseus.
Der Werth seines Gedichts verliert durch eine, auch nur
flüchtige, Vergleichung mit seinen Vorbildern, der Iliade
und Aeneide, ungemein, so sehr sich auch Skaliger und
Grotius beeiferten, ihn als epischen Dichter dem Virgil
zur Seite zu stellen. Er selbst war bescheiden genug, sei-
nen weiten Abstand von diesem letztern Dichter anzuerken-
nen, und sich (B. XII. v. 816) so anzureden:

    — — Nec tu divinam Aeneida tenta,
  Sed longe sequere, et vestigia semper adora.

Seine Schreibart hat überall Spuren des sich damals schon
merklich verschlimmernden Geschmacks; wiewohl man hin
und wieder glückliche Stellen findet, dergleichen die hier
mitgetheilte Beschreibung einer großen Dürre und des unter
dem argivischen Heere dadurch entstandenen Durstes ist. —
Von eben diesem Dichter hat man noch den Anfang einer
Achilleis, in zwei Büchern, worin er die Schicksale
Achill's vor dem trojanischen Kriege zu besingen Willens
war.

THEBAID. L. IV. v. 699 — ad fin.

Protinus Inachios haurit sitis arida campos.
Diffugere vndae, squallent fontesque lacusque,
Et caua feruenti durescunt flumina limo.
Aegra solo macies, tenerique ab origine culmi
Inclinata seges: deceptum margine ripae
Stat pecus: atque amnes quaerunt armenta nata-
                tos.
Sic vbi se magnis refluus suppressit in antris
                   Nilus,

Statius. Nilus, et Eoae liquentia pabula brumae
Ore premit, fumant defertae gurgite valles,
Et patris vndofi fonitus expeſtat hiulca
Aegyptos, donec Phariis alimenta rogatus
Donet agri, magnumque inducat meſſibus annum.
Aret Lerna nocens, aret Lyrcaeus, et ingens
Inachus, aduoluensque natantia ſaxa Charadrus,
Et nunquam in ripis audax Erafinus, et aequus
Fluʧibus Aſterion: ille alta per auia ſuetus
Audiri, et longe paſtorum rumpere ſomnos:
Vna tamen tacitas (ſed iuſſu numinis) vndae
Haec quoque ſecreta nutrit Langia ſub vmbra.
Nondum illi raptus dederat lacrymabile nomen
Archemorus, nec fama Deae: tamen auia ſeruat
Et nemus, et fluuium: manet ingens gloria nympham,
Cum triſtem Hypfipylen ducibus ſudatus Achaeis
Ludus, et atra ſacrum recolit trieteris Ophelten.
Ergo, nec ardentes clypeos veʧare nec arʧos
Thoracum nexus, tantum ſitis horrida torquet,
Sufficiunt: non ora modo, anguſtisque peruſti
Faucibus, interior ſed vis quatit aſpera pulſu
Corda, gelant venae, et ſiccis cruor aeger adhae-
ret
Viſceribus: tunc ſole putris, tunc puluere tellus
Exhalat calidam nubem: non ſpumeus imber
Manat equum: ſiccis illidunt ora lupatis,
Ora catenatas procul exertantia linguas,
Nec legem dominumue pati, ſed perfurit aruis
Flammatum pecus: huc illuc impellit Adraſtus
Exploratores, ſi ſtagna Lycimnia reſtent,
Si quis Amymones ſuperet liquor: omnia caecis
Ignibus hauſta ſedent, nec ſpes humentis Olympi;
Ceu flauam Libyen, defertaque pulueris Afri
Colluſtrent, nullaque vmbratam nube Syenen.
Tandem inter ſyluas (ſic Euius ipſe parabat)
Errantes, ſubitam pulchro in moerore tuentur
Hypfipylen: illi quamuis et ab vbere Opheltes
Non ſuus, Inachii proles infauſta Lycurgi
Dependet, negleʧa comam, nec diues amiʧu.
Regales tamen ore notae, nec merſus acerbis
Extat honos: tunc haec adeo ſtupefaʧus Adraſtus,

Diua

Diua potens nemorum (nam te vultusque pudor-
    que
Mortali de ſtirpe negant) quae laeta ſub iſto
Igne poli non quaeris aquas, ſuccurre propinquis
Gentibus: Arcitenens ſeu te Latonia caſto
De grege tranſmiſit thalamis, ſeu lapſus ab aſtris
Non humilis foecundat amor (neque enim ipſe Deo-
    rum
Arbiter, Argolidum thalamis nouus) aſpice moeſta
Agmina. nos ferro meritas exſcindere Thebas
Mens tulit, imbelli ſed nunc ſitis anxia fato,
Summittitque animos, et inertia corpora carpit.
Da feſſis in rebus opem, ſeu turbidus amnis,
Seu tibi foeda palus. nihil hac in ſorte puden-
    dum,
Nil humile eſt. Tu nunc ventis, pluuioque ro-
    garis
Pro Joue, tu refugas vires, et pectora bello
Exanimata reple: ſic hoc tibi ſidere dextro
Creſcat onus: tantum reduces det flectere greſſus
Iuppiter, ô quanta belli donabere praeda!
Dircaeos tibi diua greges, numerumque repen-
    dam
Plebis, et hic magna lucus ſignabitur ara.
Dixit, et orantis media inter anhelitus ardens
Verba rapit, curſuque animae labat arida lingua.
Idem omnes pallorque viros, flatusque ſoluti
Oris habet: reddit demiſſo Lemnia vultu.
Diua quidem vobis: et ſi coeleſtis origo eſt,
Vnde ego? mortales vtinam haud tranſgreſſa fuiſ-
    ſem
Luctibus! altricem mandati cernitis orbam
Pignoris, at noſtris an quis ſinus, vberaque vlla,
Scit Deus: et nobis regnum tamen, et pater in-
    gens.
Sed quid ego haec? feſſosque optatis demoror
    vndis?
Mecum age nunc, ſi forte vado Langia perennes
Seruat aquas. ſolet et rapidi ſub limine cancri
Semper et Icarii quamuis iuba fulgeret aſtri,
Ire tamen. ſimul haerentem, ne tarda Pelasgis
        Dux

Dux foret, ah miserum vicino cespite alumnum
(Sic Parcae voluere) locat: ponitque negantem
Floribus aggestis, et amico murmure dulces
Solatur lacrymas. Qualis Berecynthia mater,
Dum circa paruum iubet exultare tonantem
Curetas trepidos: illi certantia plaudunt
Orgia, sed magnis resonat vagitibus Ide:
At puer in gremio vernae telluris, et alto
Gramine, nunc faciles sternit procursibus herbas
In vultum nitens, caram modo lactis egeno
Nutricem clangore ciens: iterumque renidens,
Et teneris meditans verba illuctantia labris,
Miratur nemorum strepitus, aut obuia carpit.
Aut patulo trahit ore diem, nemorisque malorum
Inscius, et vitae multum securus inerrat.
Sic tener Odrysia Mavors niue, sic puer ales
Vertice Maenalio, talis per littora reptans
Improbus Ortygiae latus inclinabat Apollo.
Illi per dumos, et opaca virentibus vmbris
Deuia pars cingunt, pars arcta plebe sequuntur,
Praecelerantque ducem. medium subit illa per ag-
                    men
Non humili festina modo: iamque amne propin-
                    quo
Rauca sonat vallis, saxosumque impulit aures
Murmur. ibi exultans conclamat ab agmine primo,
Sicut erat, leuibus tollens vexilla maniplis
Argus, aquae. longusque virum super ora cucurrit
Clamor, aquae: sic Ambracii per littora ponti
Nauticus in remis iuuenum monstrante magistro
Fit sonus, inque vicem contra percussa reclamat
Terra, salutatus tum Leucada pandit Apollo.
Incubuere vadis passim discrimine nullo
Turba simul, primique: nequit secernere mixtos
Aequa sitis. fraenata suis in curribus intrant
Armenta, et pleni dominis, armisque feruntur
Quadrupedes: hos turbo rapax, hos lubrica fal-
                    lunt
Saxa, nec implicitos fluuio reuerentia reges
Proterere, aut mersisse vado clamantis amici
Ora. fremunt vndae, longusque e fontibus amnis
                    Diri-

Diripitur, modo lene virens, et gurgite puro
Perspicuus, nunc sordet aquis egestus ab imo
Alueus: inde toros riparum, et proruta turbant
Gramina: iam crassus caenoque, et puluere torrens
Quamquam expleta sitis, bibitur tamen. agmina
                        bello
Decertare putes, iustumque in gurgite Martem
Perfurere, aut captam tolli victoribus vrbem.
Atque aliquis regum medio circumfluus amni,
Syluarum, Nemea, longe regina virentum,
Lecta Ioui sedes, quam nunc, non Herculis actis
Dura magis, rabidi cum colla minantia monstri
Angeret, et tumidos animam angustaret in artus:
Hac saeuisse tenus populorum incepta tuorum
Sufficiat: tuque ô cunctis insuete domari
Solibus, aeternae largitor corniger vndae,
Laetus eas. quacunque domo gelida ora resoluis
Immortale tumens: neque enim tibi cana reportat
Bruma niues, raptasque alio de fonte refundit
Arcus aquas: grauidiue indulgent nubila Cori.
Sed tuus, et nulli ruis expugnabilis astro.
Te nec Apollineus Ladon, nec Xanthus vterque
Sperchiusque minax, centaureusque Lycormas
Praestiterint: tu pace mihi; tu nube sub ipsa
Armorum festasque super celebrabere mensas.
Ab Joue primus honos: bellis modo laetus ouan-
                        tes
Accipias: fessisque libens iterum hospita pandas
Flumina defensasque velis agnoscere turmas.

Silius

Silius Italikus.

Er lebte mit dem Statius ungefähr zu gleicher Zeit,
war im J. 25 n. C. G. geboren, und ßarb am Schluße
des erßen Jahrhunderts.   Der jüngere Plinius urtheilt
von ihm fehr wahr: Scribebat carmina maiori cura, quam
ingenio.   Der Inhalt feines, aus fiebenzehn Büchern beße-
henden, Gedichts iß der zweite punifche Krieg.   Aber
ungeachtet der epifchen Form, die er demfelben ertheilte,
ungeachtet des darin benuzten Wunderbaren, iß er doch
mehr Gefchichtfchreiber als Dichter, und fowohl in der
Vertheilung feines Stofs, als in der Behandlung deffel-
ben, und der Wahl feiner Hülfsmittel, felten glücklich.
Vornehmlich in den Befchreibungen, und faß überall herrfcht
eine gewiffe Kälte und Einförmigkeit.   Und fo gewährt dieß
Gedicht weniger Nahrung für den Gefchmack, als Unter-
richt für den Forfcher der alten Gefchichte und Länderkunde.
Der Kampf des Satirikus mit feinem Sohne gehört zu den
beßen Epifoden.

Punicor. L. IX. v. 66 — 180.

————————

Nec non et noctem fceleratus polluit error.
Xanthippo captus, Libycis tolerarat in oris
Servitium Satricus, mox inter praemia regi
Autololum dono datus ob virtutis honorem:
Huic domus et gemini fuerant Sulmone relicti
Matris in uberibus nati, Mancinus et una
Nomine Rhaeteo Solimus: nam Dardana origo
Et Phrygio genus a proavo, qui, fceptra fecutus
Aeneae, claram muris fundaverat urbem.
Ex fefe dictam Solimon: celebrata colonis
Mox Italis paullatim attrito nomine Sulmo.
Ac tum barbaricis Satricus cum rege catervis
Advectus, quo non fpretum (fi pofceret ufus)
Nofcere Gaetulis Latias interprete voces.

Poft-

Silius Ita-
liſus.

Poſtquam poſſe datum Peligna reviſere tecta,
Et patrium ſperare larem, ad conamina noctem
Advocat, ac furtim caſtris evadit iniquis.
Sed fuga nuda viri: ſumto nam prodere coepta
Vitabat clipeo, et dextra remeabat inermi.
Exuvias igitur proſtrataque corpora campo
Luſtrat, et exutis Mancini cingitur armis.
Iamque metus levior: verum, cui demta ferebat
Exſangui ſpolia, et cuius nudaverat artus,
Natus erat, paullo ante Maca proſtratus ab hoſte.
Ecce ſub adventum noctis primumque ſoporem
Alter natorum Solimus veſtigia vallo
Auſonio vigil extulerat, dum ſorte viciſſim
Alternat portae excubias, fratrisque petebat
Mancini ſtratum ſparſa inter funera corpus,
Furtive cupiens miſerum componere terra.
Nec longum celerarat iter, cum tendere in armis
Aggere Sidonio venientem conſpicit hoſtem.
Quodque dabat Fors in ſubitis nec opina, ſepul-
                                        cro
Aetoli condit membra occultata Thoantis.
Inde, ubi nulla ſequi propius pone arma, virum-
                                        que
Incomitata videt veſtigia ferre per umbras,
Proſiliens tumulo contorquet nuda parentis
In terga, haud fruſtra, jaculum: Tyriamque ſe-
                                        quentum
Satricus eſſe manum et Sidonia vulnera credens,
Auctorem caeci trepidus circumſpicit ictus.
Verum ubi victorem juvenili robore curſus
Attulit, et notis fulſit lux triſtis ab armis,
Fraternusque procul, luna prodente, retexit
Ante oculos ſeſe, et radiavit comminus umbo;
Exclamat juvenis, ſubita flammatus ab ira:
Non ſim equidem Sulmone ſatus tua, Satrice, pro-
                                        les,
Nec frater, Mancine, tuus, fatearque nepotem
Pergameo indignum Solimo, ſi evadere detur
Huic noſtras impune manus. Tu nobile geſtes
Germani ſpolium ante oculos, referasque ſuperba,
Me ſpirante, domus Pelignae perfidus arma?

Silius Italis
cus.

Haec tibi, cara parens Acca, ad folatia luctus
Dona feram, nati ut figas aeterna fepulcro.
Talia vociferans ftricto mucrone ruebat.
Aft illi jam tela manu, jamque arma fluebant,
Audita patria, natisque, et conjuge, et armis;
Ac membra et fenfus gelidus ftupefecerat horror.
Tum vox femanimi miferanda effunditur ore:
Parce precor dextrae, non ut mihi vita fuperfit,
(Quippe nefas hoc velle frui) fed fanguine noftro
Ne damnes, o nate, manus. Carthaginis ille
Captivus, patrias nunc primum advectus in oras,
Ille ego fum Satricus, Solimi genus. haud tua, nate,
Fraus ulla eft; jaceres in me cum fervidus haftam,
Poenus eram. Verum, caftris elapfus acerbis,
Ad vos, et carae properabam conjugis ora.
Hunc rapui exanimi clipeum: fed jam, unice no-
                                        bis,
Haec fratris tumulis arma excufata reporta.
Curarum tibi prima tamen fit, nate, referre
Ductori monitus Paullo, producere bellum
Nitatur, Poenoque neget certamina Martis.
Augurio exfultat Divum, immenfamque propin-
                                        qua
Stragem acie fperat. quaefo, cohibete furentem
Varronem: namque hunc fama eft impellere figna.
Sat magnum hoc miferae fuerit mihi cardine vitae
Solamen, cavifle meis. nunc ultima, nate,
Invento fimul atque amiffo redde parenti
Ofcula. fic fotus galeam exuit, atque rigentis
Invadit nati tremebundis colla lacertis,
Attonito et nitens verbis fanare pudorem
Vulneris impreffi, telum excufare laborat.
Quis teftis noftris, quis confcius affuit actis?
Non nox errorem nigranti condidit umbra?
Cur trepidas? da, nate, magis, da jungere pectus.
Abfolvo pater ipfe manum, atque in fine laborum
Hac condas oculos dextra, precor. at mifer, imo
Pectore fufpirans, juvenis non verba vicesque
Alloquio vocemve refert; fed fanguinis atri
Siftere feftinat curfum, laceroque ligare
Ocius illacrimans altum velamine vulnus.

                                        Tan-

Tandem inter gemitus miserae erupere querelae: Silius Itali-
 cus.
Siccine te nobis, genitor, Fortuna reducit
In patriam? Sic te nato, natumque parenti
Impia restituit? felix o terque quaterque
Frater, cui satis genitorem agnoscere ademtum!
Ast ego, Sidoniis imperditus, ecce, parentem
Vulnere cognosco. saltem hoc, Fortuna, fuisset
Solamen culpae, dubia ut mihi signa dedisses
Infausti generis; verum linquetur iniquis
Non ultra Superis nostros celare labores.
Haec dum amens queritur, jam deficiente cruore
In vacuas senior vitam disperserat auras.
Tum juvenis, maestum attollens ad sidera vultum;
Pollutae dextrae et facti Titania testis
Infandi, quae nocturno mea lumine tela
Dirigis in patrium corpus, non amplius, inquit,
His oculis et damnato violabere visu.
Haec memorat, simul ense fodit praecordia, et,
                                            atrum
Sustentans vulnus, mananti sanguine signat
In clipeo mandata patris, FUGE PROELIA, VAR-
                                            RO:
Ac summi tegimen suspendit cuspide teli,
Defletumque super prosternit membra parentem.
Talia venturae mittebant omnia pugnae
Ausoniis Superi, sensimque abeuntibus umbris
Conscia nox sceleris roseo cedebat Eoo.

———————

Klau-

Klaudian.

(S. B. I. S. 235.) Von diesem, in einem schon sehr
entarteten Zeitalter sich überaus vortheilhaft auszeichnenden
Dichter besitzen wir noch verschiedene kleinere epische Ge-
dichte, die nicht ohne poetisches Verdienst sind. Von dem,
de bello Gildonico, worin Stiliko, der den Aufrührer Gildo
besiegte, der Held ist, hat man nur noch das erste Buch.
(S. Dusch's Brief, B. IV. S. 198.) Der Inhalt des Ge-
dichts de bello Getico ist Stiliko's Sieg über den König
Alarich. (S. Dusch's Briefe, B. IV. S. 207.) Ausge-
führter sind die drei Bücher de laudibus Stiliconis. Unvoll-
endet hingegen ist die Gigantomachie, oder die Bestür-
mung des Olymp's durch die Giganten. Den meisten
dichtrischen Werth aber hat sein Gedicht vom Raube der
Proserpina, in drei Büchern, worin die handelnden
Personen lauter Gottheiten sind. Es ist reich an Fiktion
und mahlerischen Beschreibungen; nur mangelt dem Gan-
zen eine geschickte Anordnung, und der Schreibart die ächte
epische Würde, die durch den Schwulst mancher Stellen,
und durch eine oft sehr unzeitig angebrachte Gelehrsamkeit
schlecht ersetzt wird.

DE RAPTU PROSERPINAE,
L. I.

Talia virgineo passim dum more geruntur,
Ecce repens mugire fragor, confligere turres,
Pronaque vibratis radicibus oppida verti.
Caussa latet, dubios agnouit sola tumultus
Diua Paphi mistoque metu perterrita gaudet.
Iamque per anfractus animarum rector opacos
Sub terris quaerebat iter grauibusque gementem
Enceladum calcabat equis, immania findunt
Membra rotae, pressaque gigas ceruice laborat
Sicaniam cum Dite ferens, tentatque moueri
                                    Debi-

Debilis et feffis ferpentibus impedit axem.
Fumida fulfureo praelabitur orbita dôrfo,
Ac velut occultus fecurum prodit in hoftem
Miles, et effofli fubter fundamina campi
Tranfilit elufos arcano limite muros,
Turbaque deceptas victrix erumpit in arces,
Terrigenas imitata viros: fic tertius heres
Saturni latebrofa vagis rimatur habenis
Deuia; fraternum cupiens exire fub orbem
Ianua nulla patet, prohibebant vndique rupes
Oppofitae, duraque Deum compage tenebant.
Non tulit ille moras, indignatusque trabali
Saxa ferit fceptro.   Siculae tonuere cauernae,
Turbatur Lipare, ftupuit fornace relicta
Mulciber, et trepidus deiecit fulmina Cyclops.
Audiit, et fi quem glacies Alpina coërcet,
Et qui te Latiis nondum praecincte tropeis
Tibri natat, miffamque Pado qui remigat alnum,
Sic, cum Theffaliam fcopulis'inclufa teneret
Peneo ftagnante palus et merfa negarent,
Arua coli, trifida Neptunus cufpide montes
Impulit aduerfos. tum forti faucius ictu
Diffiluit gelido vertex Offaeus Olympo,
Carceribus laxantur aquae, fractoque meatu
Redduntur fluuiusque mari tellusque colonis.
Poftquam victa manu duros Trinacria nexus
Soluit, et immenfo late difceffit hiatu:
Apparet fubitus coelo timor, aftra viarum
Mutauere fidem, vetito fe proluit Arctos
Aequore, praecipitat pigrum formido Booten.
Horruit Orion, audito palluit Atlas
Hinnitu, rutilos obfcurat anhelitus axes
Difcolor, et longa folitos caligine pafci
Terruit orbis equos, preffis haefere lupatis
Attoniti meliori polo, rurfusque verendum
In Chaos obliquo pugnant temone reuerti.
Mox vbi purfato fenferunt verbera tergo,
Et folem didicere pati, torrentius amne
Hiberno, tortaque ruunt pernicius hafta.
Quantum non jaculum Parthi, non impetus Auftri,
Non leue folicitae mentis difcurrit acumen.

Sanguine

Rlaudian.

Sanguine frena calent: corrumpit fpiritus auras
Letifer: intectae fpumis vitiantur arenae.
Diffugiunt Nymphae: rapitur Proferpina curru,
Imploratque Deas, iam Gorgonis ora reuelat
Pallas, intento feftinat Delia cornu.
Nec patruo cedunt, ftimulat communis in arma
Virginitas, crimenque feri raptoris acerbat.
Ille, velut ftabuli decus armentique iuuencam
Cum leo poffedit, nudataque vifcera fodit
Vnguibus, et rabiem totos exegit in armos,
Stat craffa turpis fanie, nodosque iubarum
Excutit, et viles paftorum defpicit iras.
Ignaui domitor vulgi, teterrime fratrum,
Pallas ait, quae te ftimulis facibusque profanis
Eumenides mouere? tua cur fede relicta
Audes Tartareis coelum inceftare quadrigis?
Sunt tibi deformes Dirae: funt altera Lethes
Numina: funt triftes Furiae te conjuge dignae.
Fratris linque domos: alienam defere fortem:
Nocte tua contentus abi, quid viua fepultis
Admifces? noftrum quid proteris aduena mun-
dum?
Talia vociferans auidos tranfire minaci
Cornipedes vmbone fecit, clipeique retardat
Obiice, Gorgoneisque premens affibilat hydris,
Praetentaque operit crifta, libratur in ictum
Fraxinus, et nigros illuminat obuia currus.
Miffaque pene foret, ni Iupiter aethere vulfo
Pacificas rubri torfiffet fulminis alas.
Confeffus focerum, nimbis Hymenaeus hiulcis
Intonat, et teftes firmant connubia flammae.
Inuitae ceffere Deae. compefcuit arcum
Cum gemitu, talesque dedit Latonia voces.
Sis memor, ô longumque vale, reuerentia patris
Obftitit auxilio, nec nos defendere contra
Poffumus. imperio vinci maiore fatemur.
In te coniurat genitor, populoque filenti
Traderis, heu, cupidas non adfpectura turores,
Aequalemque chorum, quae te fortuna fupernis
Abftulit, et tanto damnauit fidera luctu?
Iam neque Partheniis innectere luftris

Nec

Nec pharetram geſtare libet, ſecurus vbique
Spumet aper, ſonumque fremant impune leones.
Te iuga Taygeti, poſito te Maenala flebunt
Venatu, maeſtoque diu lugebere Cyntho.
Delphica quin etiam fratris delubra tacebunt.
Interea volucri fertur Proſerpina curru,
Caeſariem diffuſa Noto, planctuque lacertos
Verberat, et queſtus ad nubila rumpit inanes.]

Dante

Dante Alighieri.

Ueber das Leben und den Charakter dieses, durch den
weiten Umfang seines Genies und durch sein einflußreiches
Verdienst in die ganze Bildung der italiänischen Sprache und
Dichtkunst, in einem noch sehr unpoetischen Zeitalter, ver-
gleiche man Meinhard's schätzbare Versuche über den Cha-
rakter und die Werke der besten italiänischen Dichter,
(Braunschw. 1763. 8.) B. I. S. 23 — 240. — Er war
aus Florenz gebürtig, und lebte vom Jahr 1265 bis 1321.
Unter seinen Lebensumständen ist seine Theilnahme an dem
damals so lebhaften Zwiste der Guelfen und Gibellinen,
auch wegen des Verständnisses vieler Stellen seines Gedichts,
merkwürdig, wozu man überhaupt mannichfaltiger historischer
und kritischer Erläuterungen bedarf.   Dieß Gedicht heißt,
ob es gleich seiner Hauptform nach erzählend ist, *La Divina
Comedia*, und besteht aus nicht weniger, als hundert Ge-
sängen, in *terze rime* geschrieben.   Es hat drei Abtheilun-
gen, welche von den Scenen der Handlung, bei welcher
der umher geführte und seine Wahrnehmungen beschreibende
Dichter selbst die Hauptperson ist, die Hölle, das Fegfeuer,
und das Paradies, überschrieben sind.   Jeder dieser drei
Theile hat drei und dreissig Gesänge, und der als allgemeine
Einleitung vorausgeschickte Gesang macht die Zahl von
hunderten voll.   Regelmäßigkeit findet man darin nirgend;
aber dagegen fast überall grosse poetische Züge und geist-
volle Darstellung, auch meisterhafte Episoden, worunter
die hier mitgetheilte vom Grafen Ugolino mit Recht die
berühmteste ist.

L' INFERNO, Canto XXXII. St. 42,
e C. XXXIII. I. ss.

Noi eravam partiti già da ello, *)
Ch' io vidi due ghiacciati in una buca
Sì, che l'un capo a l'altro era' capello.

E

*) Bocca degli Abati.

E come il paro per fame ſi manduca,
Coſì il ſovran li denti a l'altro poſe
Là, ove 'l cervel s'aggiunge con la nuca.

Non altrimenti Tideo ſì roſe
Le tempie a Menalippo per diſdegno,
Che quei faceva 'l teſchio, a l'altre coſe.

O tu, che moſtri per ſì beſtial ſegno
Odio ſovra colui, che tu ti mangi,
Dimmi 'l perche, diſs' io, per tal convegno.

Che ſe tu a ragion di lui ti piangi,
Sapendo chi voi fiete, e la ſua pecca,
Nel mondo ſuſo ancor io tene cangi,

Se queſta con chi parlo, non ſi ſecca.

— — — — — — — — — — —

La bocca ſollevò dal fiero paſto
Quel peccator ſorbendola a capelli
Del capo, che gli havea di retro guaſto.

Poi cominciò; Tu vuoi, ch' io rinovelli
Diſperato dolor, che'l cor mi preme
Già pur penſando pria, ch' io ne' favelli.

Ma ſe le mie parole eſſer den ſeme
Che frutti infamia al peccator ch' io rodo,
Parlar, e lagrimar vedrai inſieme:

Io non ſo chi tu fie, ma per che modo
Venuto ſei quà giù? ma Fiorentino
Mi ſembli veramente, quand' io t'odo.

Tu dei ſaper ch' io fui Conte Ugolino
E queſti è l' Arciveſcovo Ruggieri.
Or ti dirò per ch' io ſon tal vicino,

Che per effetto de' ſuoi ma' penſieri
Fidandomi di lui io foſſe preſo,
E poſcia morto, dir non è meſtieri.

Però quel, che non puoi haver inteſo,
Cioè, come la morte mia cruda,
Udrai, e ſaperai, ſe in' ha offeſo.

Q 5   Breve

Dante
Alighieri.

Breve pertugio dentro da la muda
La qual per me ha il titol de la fame,
E in che convien ancor ch' altrui si chiude;

M'avea moftrato per lo fuo forame
Più lume già, quand' io feci il mal fonno,
Che del futuro mi fquarciò il velame.

Quefto pareva a me maeftro, e donno
Cacciando il lupo e lupicini al monte,
Perche i Pifan veder Lucca non ponno.

Con cagne magre, ftudiofe, e conte
Gualandi con fismondi, e con Lanfranchi
S' havea meffi dinanzi da la fronte.

In picciol corfo mi pareano ftanchi
Lo padre, e figli; e col acute fcane
Mi parea lor veder fender li fianchi.

Quando fui defto inanzi lo dimane,
Pianger fentii fra 'l fonno i miei figliuoli,
Ch' eran con meco, e dimandar del pane.

Ben fei crudel, fe tu già non ti duoli
Penfando ciò, ch' al cor s'annunziava:
E fe non piangi; di che pianger fuoli?

Gia eran defti, e l' hora s' appreffava,
Che 'l cibo ne foleva effer addotto,
E per fuo fogno ciafcun dubbitava;

Et io fentii chiavar l'ufcio di fotto
Al' orribil torre; ond' io guardai
Nel vifo a' miei figliuoli fenza far motto.

So non piangeva, sì dentro impetrai
Piangevon elli; et Anfelmuccio mio
Diffe, Tu guardi sì Padre: che hai?

Però non lagrimai, ne rifpos' io
Tutto qual giorno, ne la notte appreffo
In fin che l' altro fol nel mondo ufcio,

Come

Come un poco di ragio fi fu meffo
Nel dolorofo carcere, et io fcorfi
Per quattro vifi il mio afpetto fteffo;

Ambo le mani per dolor mi morfi:
E quei penfando, ch' io il feili per voglia
Di manicar, di fubito levorfi,

E differ, Padre, affai ci fia men doglia,
Se tu mangi di noi: tu ne veftifti
Quefte mifere carni, e tu ne fpoglia.

Quetami allhor per non farli più trifti;
L'un dì e l'altro ftemmo tutti muti:
Ahi dura terra, perchè non t' aprifti?

Pofcia che fummo al quarto dì venuti,
Gaddo mi fi gittò diftefo a piedi,
Dicendo, Padre mio che non m' ajuti?

Quivi morì: e come tu mi vedi,
Vid' io cader li tre ad uno ad uno
Tra 'l quinto dì, e'l fefto, ond' io mi diedi.

Gia cieco a brancolar fovra ciafcuno;
E due dì li chiamai poi che fur morti:
Pofcia più che 'l dolor potè il digiuno.

Quando ebbe detto ciò, cogli occhi torti
Riprefe il tefchio mifero co' denti;
Me furo al offe, come d'un can forti.

Triffino.

Trissino.

Giangiorgio Trissino, aus einem alten Geschlechte zu Vicenza, lebte vom J. 1478 bis 1550, meistens zu Rom und Venedig. Sein Heldengedicht, das von den Gothen befreite Italien, besteht aus sieben und dreissig Büchern, und Belisar ist der vornehmste Held desselben. Regelmäßigkeit hat es vor dem Gedichte des Dante voraus; aber eine sehr ängstliche und frostige Regelmäßigkeit, aus übelverstandener, sklavischer Nachahmung der Alten; und an poetischem Werthe steht es jenem weit nach. An Handlung ist es ziemlich leer, desto voller aber von weit/ läuftiger, meistens ermüdender, Beschreibung. Dazu kommt die seltsamste Mischung des Wunderbaren, das zum Theil aus dem christlichen, zum Theil aus dem heidnischen Religionssystem geschöpft, und worin beides oft in eins ver/ schmolzen, auch selbst noch mit Allegorie überfüllt ist. Uebri/ gens ist dies Gedicht in reimlosen Versen, oder *versi sciolti*, und das erste große Gedicht in dieser Versart; aber Wohl/ klang und Anmuth vermißt man darin gar sehr.

ITALIA LIBERATA, L. III.

MENTRE che i Capitani erano intenti
　Ad imbarcar quell' honorevol stuolo,
　Il bel Giustino andò verso 'l palazo,
　Per visitar Theodora Imperadrice,
　E tor da lei commiato anz' il partire;
　Et havea seco amor, che quasi sempre
　Lji facea compagnia dovunque andava.
　Giunto dunque al palazo, e l'ampie scale
　Salendo, ritrovò, che la Regina
　Volea lavarsi, per andare a mensa;
　Com' ella il vide, con allegra fronte
　L'accolse, e disse a lui queste parole.
Gentil nipote, voi sarete a tempo
　Venuto qui, che cenerete nosco,

E

E questa sera goderenvi alquanto,
Poi, che sì tosta è la partenza vostra.
Et ei rispose con parole accorte.
Signora, i son parato ad ubidirvi
In ogni dura impresa, non che in questa,
Che si ha da trappassar con mio diletto.
Hor, mentre questo si dicea fra loro,
Se'n venne la bellissima Sophia
Accompagnata da le sue donçelle;
Ma come giunta fù sopra la porta
De la camera sua, che spunta in sala,
Vide Giustino, onde ritenne il passo,
E quasi stette per tornarsi dentro;
Pur venne fuori, e lj'ocki a terra fisse,
Sparsa nel volto d'un color di rose.
Come fa il Pellegrin, che nel camino
Vede un serpente, e'l pie rivolge in dietro
Tutto smarrito, e poi trappassa inanzi,
Spinto da la vergogna, e dal disire
D'arrivar tosto al suo fedele albergo;
Tal veramente fù il sembiante allhora
Di quella vaga, e vergognosa Donna;
Poi, fatta riverenza a la Regina,
Subitamente se n'andò da parte.
Quando Amor vide lei, che tanto schiva
S'era condotta a l'honorata cena,
Disse fra se sdegnosamente. Adunque
Costei fugge chi l'ama, e me dispregia?
Poi, che non vide altr' amorosa fiamma,
Che quella, che conosce una donçella,
Vaga di sua beltà, s'altri la mira,
Proviam di sottoporla al nostro Impero.
E detto questo, elesse una saetta
Ferma, et acuta, e l'addatò su l'arco;
Poi si raccolse dietro al bel Giustino,
E drizò lj'ocki in lei, tirando forte
La dura corda, onde sospinse il strale
Verso il bel petto, e le percosse il cuore;
Ma come vide il colpo al segno aggiunto,
Partissi, e se n'andò ridendo al cielo.
E fece come Arcier, che sta nascosto

Il qualche mackia, e vede di lontane
Libera cervia andar pafcendo l'herbe,
E l' arco tira, e le percuote il fianco;
Poi lieto del bel colpo indi fi parte,
Lafciando quivi lei ferita a morte.
Quando la bella virginetta accolto
Si vide il cuor da l'amorofo ftrale,
Rivolfe lj'ocki lampeggianti al vifo
Del bel Giuftino, e'l dilicato petto
Di lei da nuovo amor tutto commoffo
Levoffi, e mandò fuor qualche fofpiro;
Poi tanto crebbe quella acerba piaga
In poco fpazio, che le belle guance
Si fer pallide, e fmorte; e poco ftando
Divenner di color di fiamma viva.
L' Imperadrice a la gia pofta menfa
S'affife fopra una gran fedia d'oro
E fece a lato a fe feder Giuftino,
Nipote, e fucceffor del grande Impero;
Da poi fedette Afteria, e poi Sophia,
Che fur uniche filje di Sylvano,
Fratel de la Regina: onde rimafe.
Erano heredi di riccheza immenfa.
Qui fi portaron ottime vivande
In vafi d'oro, e di mirabil' arte,
Da cento leggiadriffime donçelle,
Tutte veftite di damafco bianco,
Col lembo açuro, e con la cinta d'oro;
E cent' altre veftite pur di bianco,
Come le prime, ftavano d' intorno
La ricca menfa; e chi di lor poneva
I piatti, e chi e levava, e chi trinzava,
E chi porgeva preziofi vini
In coppe de finiffimi chriftalli.
Come poi la gran cena al fine aggiunfe,
L' Imperadrice con fuave afpetto
Si volfe al bel Giuftino, e così diffe.
Io vi vedo Signor difpofto a gire
    Con Belifario a la feroce guerra;
    Certo filjuol, che a noi pareva il meljo,
    Che voi reftafi a cafa, e che l' imprefa
    S'haveffe ad efpedir per quei foldati,

Che

Che sono experti, e che ci son suggetti,
Senza vostro periljo e vostri affanni.
Et elji a lei rispose in tal maniera.
Veramente Regina hò molta cura
  Havuta, et haverò mentre, ch' io viva,
  Di non far cosa mai, che si discosti
  Punto dal vostro altissimo volere;
  Che'l mio sommo diletto è d'ubidirvi.
  Ma spier, se pensarete al gran bisogno,
  Che habbia, chi è nato d' honorevol sangue,
  D' havere esperienza de le guerre,
  Che non sarete al mio passaggio adversa.
  E poscia i vado a la piu degna impresa,
  Che fosse mai; sotto'l divin governo
  Del miljor Capitan, ch' al mondo sia.
  Tal, che s' io non andasse a questa guerra,
  Quando harei più giamai tanta ventura?
  Si che non sia nojosa a vostra alteza
  La mia fervente, e virtuosa volja.
  Poi s'io ritorno vivo, forse anchora
  Sarò caro a qualchun, ch' or mi dispregia;
  E s' io morrò, non farò senza honore,
  Se ben sia lieto altrui de la mia mia morte.
Quest' ultime parole furo intese
  Da la bella Sophia, come eran dette,
  E tutta quanta si cangió nel volto,
  E racolse nel petto un gran sospiro;
  Ma per temenza poscia lo ritenne.
  L' Imperadrice con parole dolci,
  Rispose al gentilissimo Giustino:
Certo filjuolo, il vostro alto pensiero
  Non vò se non lodar, ben ch' ei m' aggravi,
  I te dunque felice, e vi ricordo,
  D'haver custodia de la vostra vita.
Come hebbe udito questo, il bel Giustino
  Si levò ritto, et accostossi ad ella
  Humilemente, e col genockio in terra.
  Prese licenza, e le bascio la mano.
  Poi volto per partir, volse anchor lj'ocki
  Verso la sua bellissima Sophia,
  La quale a caso in lui volgea la vista;

                                 Onde

Trissino.

Onde ſi rincontar le belle luci;
Di che la giovinetta hebbe vergogna,
E i ſuoi riſpinſe ſorridendo a terra.
Poi mentre, ch' elji ando verſo la porta,
Ella poſtoſi avanti il ſuo ventaljo,
Con la coda de l' ockio il rimirava;
E la mente di lei, ſi come in ſogno
Seguin le poſte de l' amate piante;
Ma come uſcì di corte, ad un balcone
Si traſſe, e lo guardò fin che diſparve.
D' indi tornando al luogo, ove cenaro,
Sempre ſempre l' havea davanti a lj'ocki,
Rememorando ogni ſuo minim' atto,
Et ogni ſuo coſtume, e ſempre havendo
Dentr'a le oreckie il ſuo parlar ſoave.
E dicea fra ſe ſteſſa; Il mondo mai
Non hebbe, e non harrà coſa più rara.
Sedendo poi nel loco, ov'elji a cena
S'era ſeduto, e ciò, che havea toccato
Toccar volendo per sfogare il cuore,
Dava nuov' eſca al' amoroſa fiamma.
Al fin partita quindi, e ritirata
Ne la camera ſua, non ſi partiro
I focoſi penſier da la ſua mente;
Ma d' uno in altro ſpeſſo trapaſſando,
In cominciò temer, ch' ei non moriſſe
In quel periculoſo aspro paſſaggio;
E ripenſando circa la ſua morte,
Lj'ocki s'empier di lacrime, e cadero
Giu per le guance in ſù l'eburneo petto;
Poi dietro a l'onda d'un ſuspiro amaro,
Diſſe fra ſe medeſma eſte parole.
O miſera Sophia, come ſei colta
Ne la rete d'amor ſenza penſarvi;
Hor ſe n' andrà il belliſſimo Giuſtino,
Il quel t'amava, e t' honorava tanto;
Ne tu giamai del ſuo fervente amore
Pietade haveſti, e non voleſti mai,
Non che ambaſciata udir, ma darli un ſguardo.
O degno frutto a l' aspra tua durezza;
Hor ti conviene amar quel, che fuggiſti;

E

È quel, che quando t'era avanti lj'ocki
Havelti a ſchivo, hor, che ſi fa lontano
Brami, e diſii.   Deh come è ver, che'l bene
Non ſi conoſce mai, s'e non ſi perde.
Chi ſà, ſe moſſo da poſſente ſdegno
Si parte, e cerca queſta horribil guerra,
Per andar quaſi diſperato a morte.
O s'el per caſo alcun vi rimaneſſe,
Come viver potrò ſenza vederlo?
E s'io vivrò, come ſarò mai lieta,
Sendo ſtata cagion, che a morte corra
Il più hel giovinetto, e'l più leggiadro,
E'l più gentil, che mai naſceſſe al mondo,
E che m'ava più, che la ſua vita?
Deh poni giù Sophia tanti riſpetti,
Laſcia il timor, che t' occupava il cuore;
Cerca, cerca impedir l' aſpro viaggio
Al tuo Giuſtin; fà ch' ei rimanga a 'caſa;
Il che lieve ti fia, volendo porre
La man ſopra la carta, e farli nota
La volja tua; perch' ei t' honora tanto,
Che non laſcierà voto il tuo deſire.
È detto queſto, cominciò di nuovo
    Dirotto pianto, e ſoſpirando forte
    A ſe ſteſſa riſpoſe in tal maniera.
Miſera mè, dove hò rivolto il cuore?
    Che mal penſier ne la mia mente alberga?
    Che hò da far io, ſe alcun trapaſſa il mare,
    E vuol andare in ſanguinoſe impreſe?
    Vadavi; e ſe morrà tanta belleza,
    Che devria da la morte eſſer ſicura,
    Muojaſi, e non ſi macki il noſtro honore;
    Anzi prima la terra mi ſummerga,
    Che mai s'avanti alcun di mie parole,
    Ne d' ambaſciate, o di laſcivia alcuna.
    Ver' è ch' io priego Iddio, che lo riduca
    Vivo nel ſuo nativo almo paeſe,
    Per non dar noja al Correttor del mondo.

Torquato Tasso.

S. von ihm B. I. S. 344. — Noch immer behauptet er unter den ernsthaften Heldendichtern der Italiäner den ersten Rang; und sein befreites Jerusalem hat sowohl von Seiten der Erfindung, als der Anordnung des Plans und dessen Verwebung mit den interessantesten Episoden, vornehmlich aber durch die große Eleganz der Schreibart, und die Anmuth des Versbaues, entschiedene Vorzüge. Schon in seinem zwei und zwanzigsten Jahre unternahm er die Ausarbeitung dieses Gedichts, und vollendete es im dreißigsten; wiewohl vorher schon einige Gesänge desselben, unter dem Titel *Il Goffredo*, erschienen waren. Denn Gottfried von Bouillon, und die unter dessen Anführung, zur Befreiung des heiligen Grabes, unternommene und ausgeführte Eroberung Jerusalems macht den Hauptinhalt dieser Epopöe aus. Ueberaus glücklich hat er die Charaktere, z. B. die von Gottfried, Aladin, Tankred, Argant, Rinaldo, Armide, Erminia, u. a. m. angelegt und ausgemahlt. Gegen einzelne Stellen lassen sich freilich manche Einwürfe machen; auch wohl gegen den ganzen Gesichtspunkt, in welchen der Dichter seine Handlung gestellt hat, und als Katholik stellen mußte. Die berühmteste von seinen Episoden ist die, auch durch unsers Cronegk's dramatische Bearbeitung bekannte, Geschichte Olint's und Sophronia's; aber auch folgende Beschreibung von Armida's Zaubergärten gehört zu den schönsten Theilen dieses Gedichts.

GIERUSAL. LIB. Canto XVI. St. 1 — 35.

I.

Tondo è il ricco edificio' e nel più chiuso
Grembo di lui, ch'è quasi centro al giro,
Un giardin v'hà, ch'adorno è sovra l'uso
Di quanti più famosi unqua fioriro.
D'intorno inosservabile, e confiso

Ordin

Ordin di loggie i Demon fabri ordiro:
E tra le oblique vie di quel fallace
Ravolgimento impenetrabil giace.

II.

Per l'entrata maggior (però che cento
L'ampio albergo n'havea) paſſar coſtoro.
Leporte qui d'effigiato argento,
Sù i cardini ſtridean di lucid'oro.
Fermar ne le figure il guardo intento:
Che vinta la materia è dal lavoro.
Manca il parlar: di vivo altro non chiedi:
Ne manca queſto ancor, s'à gli occhi credi.

III.

Miraſi qui fra le Meonie ancellè
Favoleggiar con la conocchia Alcide.
Se l'inferno eſpugnò, reſte le ſtelle;
Hor torce il fuſo, amor ſe'l guarda, e ride.
Miraſi lole con la deſtra imbelle
Per iſcherno trattar l'armi homicide:
E'n doſſo hà il cuoio del leon, che ſembra
Ruvido troppo à sì tenere membra.

IV.

D'incontra è un mare; e di canuto flutto
Vedi ſpumanti i ſuoi cerulei campi.
Vedi nel mezo un doppio ordine inſtrutto
Di navi, e d'arme: e uſcir de l'arme i lampi.
D'oro fiammeggia l'onda: e par che tutto
D'incendio Martial Leucate avampi.
Quinci Auguſto, i Romani, Antonio quindi
Trahe l'Oriente, Egiti, Arabi, et Indi.

V.

Svelte notar le Cicladi direſti
Per l'onde, e i monti co' i gran monti urtarſi:

L' impeto è tanto, onde quei vanno, e queſti
Co' legni torregianti ad incontrarſi.
Già volar faci, e dardi: e già funeſti
Vedi di nova ſtregi i mari ſparſi.
Ecco (nè punto ancor la pugna inchina)
Ecco fuggir la barbara Reina.

VI.

E fugge Antonio, e laſciar può la ſpeme
De l' imperio del mondo, ov'egli aſpira.
Non fugge nò, non teme il fier, non teme;
Ma ſegue lei, che fugge, e ſeco il tira.
Vedreſti lui ſimile al huom, che freme
D'amore à un tempo, e di vergogna, e d'ira,
Mirar alternamente hor la crudele
Pugna, ch'è in dubbio, hor le fuggenti vele.

VII.

Ne le latebre poi del Nilo occolto,
Attender pare in grembo à lei la morte:
E nel piacer d'un bel leggiadro volto
Sembra, che'l duro fato egli conforte.
Di cotai ſegni variato, e ſcolto
Era il metallo de le regie porte.
I duo guerrier, poi che dal vago abietto
Rivolſer gli occhi, entrar nel dubbio tetto.

VIII.

Qual Meandro fra rive oblique, e incerte
Scherza con dubbio corſo, hor cala, hor monta:
Queſte acque à i fonti, e quelle al mar converte:
E mentre ei vien, sè, che ritorna affronta;
Tali, e più ineſtricabili, conſerte
Son queſte vie; ma il libro in ſe le improntà;
Il libro, don del Mago; e d'eſſe in modo
Parla, che le riſolve, e Spiega il nodo.

IX.

IX.

Poi che laſciar gli arviluppati calli,
In lieto aſpetto il bel giardin s'aperſe;
Acque ſtagnanti, mobili criſtalli,
Fior vari, e varie piante, herbe diverſe,
Apriche collinette, ombroſe valli.
Selve, e ſpelunche in una viſta offerſe.
E quel, che'l bello, e'l caro accreſce à l'opre,
L'arte che tutto fà, nulla ſi ſcopre.

X.

Stimi (ſì miſto il culto è col negletto)
Sol naturali e gli ornamenti, e i ſiti,
Di natura arte par, che per diletto
L'imitatrice ſua ſcherzando imiti:
L'aura, non ch'altro, è de la Maga effetto:
L'aura, che rende gli alberi fioriti,
Co' fiori eterni, eterno il frutto dura,
E mentre ſpunta l'un, l'altro matura.

XI.

Nel tronco iſteſſo. e tra l'iſteſſa foglia
Sovra il naſcente fico invecchia il fico.
Pendono à un ramo, un con dorata ſpoglia,
L'altro con verde, il novo, e'l pomo antico,
Luſſureggiante ſerpe alto, e germoglia
La torta vite, ov'è più l'horto aprico:
Qui l'uva hà in fiori acerba, e qui d'or l'have.
E di piropo, e già di nettar grave.

XII.

Vezzoſi augelli infra le verdi fronde
Temprano à prova laſcivette note.
Mormora l'aura, e fà le foglie, e l'onde
Garrir, che variamente ella percote.
Quando taccion gli augelli, alto riſponde:
Quando cantan gli augei, più lieve ſcote:

R 3　　　　　　Sia

Sia caso, od arte, hor accompagna, et hora
Alterna i versi lor musica ora.

XIII.

Vola fra gli altri un, che le piume hà sparte
Di color vari, et ha purpureo il rostro.
E lingua snoda in guisa larga, e parte
La voce sì, ch' assembra il sermon nostro.
Quest' ivi all'hor continuò, con arte
Tanta il parlar, che fù mirabil mostro.
Tacquero gli altri ad ascoltarlo intenti,
E fermaro i susurri in aria i venti.

XIV.

Deh mira (egli cantò) spuntar la rosa
Dal verde suo modesta, e virginella:
Che mezo aperta ancora, e mezo ascosa,
Quanto si mostra men, tanto è più bella.
Ecco poi nudo il sen già baldanzosa
Dispiega, ecco poi langue, e non par quella,
Quella non par, che desiata avanti.
Fù da mille donzelle, e mille amanti.

XV.

Così trapassa al trapassar d'un giorno
De la vita mortale il fiore, e'l verde:
Nè perche faccia indietro April ritorno,
Si rinfiora ella Mai, nè si rinverde;
Cogliam la rosa in su 'l mattino adorno
Di questo dì, che tosto il seren perde:
Cogliam d' Amor la rosa: amiamo hor, quando
Esser si puote riamato amando.

XVI.

Tasque; e concorde de gli augelli il coro,
Quasi approvando, il canto indi ripiglia.
Raddopian le colombe i baci loro:

Ogni

Torquato
Taſſo.

Ogni animal d' amar ſi riconſiglia.
Par che la dura quercia, e'l caſto alloro;
E tutta la frondoſa ampia famiglia;
Par, che la terra, e l'acqua, e formi, e ſpiri
Dolciſſimi d' amor ſenſi, e ſoſpiri.

XVII.

Fra melodia ſi tenera, e fra tante
Vaghezze allettatrici, e luſinghiere
Và quella coppia; e rigida, e conſtante
Se ſteſſa indura à i vezzi del piacere.
Ecco tra fronde, e fronde il guardo avante
Penetra, e vede, ò pargli di vedere;
Vede pur certo il vago, e lo diletta,
Ch'egli è in grembo a la donna, eſſa a l'herbetta.

XVIII.

Ella dinanzi aſpetto hà il vel diviſo,
E'l crin ſparge incompoſto al vento eſtivo.
Langue per vezzo: e'l ſuo infiammato viſo
Pan biancheggiando i bei ſudor più vivo.
Qual raggio in onda, le ſcintilla un riſo
Ne gli humidi occhi tremulo, e laſcivo.
Sovra lui pende: et ei nel grembo molle
Le poſa il capo, e'l volto al volto attolle.

XIX.

Ei famelici ſguardi avidamente
In lei paſcendo, ſi conſuma, e ſtrugge.
S'inchina, e i dolci baci ella ſovente
Liba hor da gli occhi, e da le labra hor fugge:
Et in quel punto el ſoſpirar ſi ſente
Profondo ſi, che penſi; hor l'alma fugge,
E'n lei trapaſſa peregrina: aſcoſi
Mirano i duo Guerrier gli atti amoroſi.

R 4　　　　　XX,

XX.

Dal fianco de l' amante, estranio arnese,
Un cristallo pendea Lucido, e netto.
Sorse, e quel fra le mani à lui sospese,
Ai misteri d' Amor ministro eletto.
Con luci ella ridenti, ei con accese
Misano in vari ogetti un sol oggetto:
Ella del vetro à se fà specchio: et egli
Gli occhi di lei sereni à se fà spegli.

XXI.

L'uno di servitù, l' altra d'impero
Si gloria: ella in se stessa, et egli in lei.
Volgi (dicea) deh volgi il Cavaliero
A me quegli occhi, onde beata bei:
Che son, se tu no'l sai, ritratto vero
De le bellezze tue gli incendii miei.
La forma lor le meraviglie à pieno,
Più che 'l cristallo tuo, mostra il mio seno.

XXII.

Deh, poi che sdegni me, com' egli è vago
Mirar tu almen potessi il proprio volto:
Che 'l guardo tuo, ch' altrove non è pago,
Gioirebbe felice in se rivolto.
Non può specchio ritrar sì dolce imago.
Nè in picciol vetro è un paradiso accolto.
Specchio t'è degno il cielo, e ne le stelle
Puoi riguardar le tue sembianze belle.

XXIII.

Ride Armida à quel dir: ma non che cesse
Dal vagheggiarsi, ò da' suoi bei lavori.
Poi che intrecciò le chiome: e che ripresse
Con ordin vago i lor lascivi errori,
Torse in anella i crin minuti, e in esse
Quasi smalto sù l'or, consparse i fiori:

E nel bel sen le peregrine rose
Giunse à i nativi gigli, e'l vel compose.

XXIV.

Nè 'l superbo pavon sì vago in mostra
Spiega la pompa de l' occhiute piume:
Nè l' iride sì bella indora, e inostra
Il curvo grembo, e rugiadoso al lume.
Ma bel sovra ogni fregio il cinto mostra,
Che nè pur nuda hà di lasciar costume.
Diè corpo à chi non l' hebbe, e quando i fece
Tempre mischiò, ch' altrui mescer non lece.

XXV.

Teneri sdegni, e placide, e tranquille
Repulse, cari vezzi, e liete paci,
Sorrisi, parolette, e dolci stille
Di pianto, e sospir tronchi, e molli baci;
Fuse tai cose tutte, e poscia unille,
Et al foco temprò di lente faci:
E ne formò quel sì mirabil cinto,
Di ch' ella haveva il bel fianco succinto.

XXVI.

Fine al fin posto al vagheggiar, richiede
A lui commiato, e'l bacia, e si diparte.
Ella per uso il dì n'esce, e rivede
Gli affari suoi, le sue magiche carte.
Egli riman: ch' à lui non si concede
Por orma, ò trar momento in altra parte:
E tra le fere spatia, e tra le piante,
(Se non quanto è con lei) romito amante.

XXVII.

Ma quando l' ombra co' silentii amici
Rapella à i furti lor gli amanti accorti;
Traggono le notturne hore felici

R 5   Sotto

Sotto un tetto medefmo entro à quegli horti.
Hor poi che volta à più feveri uffici
Lafciò Armida il giardino, e i fuoi diporti;
I duo, che tra i cefpugli eran celati,
Scoprirfi à lui pompofamente armati.

XXVIII.

Qual feroce deftrier' ch' al faticofo
Honor de l' arme vincitor fia tolto :
E lafcivo marito in vil ripofo
Fra gli armenti, e ne' pafchi erri difciolto;
Se'l defta ò fuon di tromba, ò luminofo
Acciar, colà tofto annitrendo è volto!
Già già brama l' arringo, e l' huom fu 'l dorfe
Portando, urtato riurtar nel corfo.

XXIX.

Tal fi fece il Garzon, quando repente
De l' arme il lampo gli occhi fuoi percoffe.
Quel sì guerrier, quel sì feroce ardente
Suo fpirto, à quel fulgor tutto fi fcoffe:
Ben che tra gli agi morbidi languente,
E tra i piaceri ebbro, e fopito ei foffe.
Intanto Ubaldo oltra ne viene, e'l terfo
Adamantino fcudo hà in lui converfo.

XXX.

Egli al lucido fcudo il guardo gira;
Onde fi fpecchia in lui, qual fiafi, e quante
Con delicato culto adorno, fpira
Tutto odori, e lafcivie il crine, e'l manto:
E'l ferro (il ferro haver, non ch' altro, mira
Dal troppo luffo effeminato à canto.)
Guernito è sì, ch' inutile ornamente
Sembra, non militar fero inftrumento.

XXXI.

XXXI.

Qual' huom da cupo, e grave sonno oppresso
Dopo vaneggiar lungo in se rivienne;
Tale ei tornò nel rimirar se stesso;
Ma se stesso mirar già non sostiene.
Giù cade il guardo: e timido, e dimesso
Gravando à terra la vergogna il tiene:
Si chiuderebbe e sotto il mare, e dentro
Il foco, per celarsi, e giù nel centro.

XXXII.

Ubaldo incominciò parlando all' hora.
Và l' Asia tutta, e và l' Europa in guerra,
Chiunque, pregio brama, e Christo adora
Travaglia in arme hor ne la Siria terra.
Te solo, ò figlio di Bertoldo, fuora
Del mondo in otio, un breve angolo serra;
Tel sol de l' universo il moto nulla
Move, egregio campion d' una fanciulla.

XXXIII.

Qual sonno, ò qual letargo hà sì sopita
La tua virtute? ò qual viltà l' alletta?
Sù, sù, te il campo, e te Goffredo invita:
Te la fortuna, e la vittoria aspetta.
Vieni, ò 'fatal guerriero, e sia fornita
La ben comincia impresa: e l' empia setta,
Che già crollasti, à terra estinta cada
Sotto l' inevitabile tua Spada.

XXXIV.

Tacque: e'l nobil Garzon restò per poco
Spatio confuso, e senza moto, e voce.
Ma poi che diè vergogna à sdegnoloco:
Sdegno guerrier de la ragion feroce;
E ch' al rossor del volto un novo foco
Successe che più avvampa, e che più coce;

Squar.

Squarcioſſi i vani fregi, e quelle indegne
Pompe, di ſervitù miſera inſegne.

XXXV.

Et affretò il partire, e de la torta
Confuſione uſci del labirinto.
Intanto Armida de la regal porta
Mirò giacere il fier cuſtode eſtinto.
Soſpettò prima, e ſi fù poſcia accorta,
Ch' era il ſuo caro al dipartirſi accinto,
E'l vide (ahi fera viſta) al dolce alberga
Dar frettoloſo fuggitivo il tergo.

Camöens *).

Luis de Camöens wurde im Jahr 1524 zu Liſſabon geboren, und war aus einem ſehr alten und vornehmen Geſchlechte. Anfänglich widmete er ſich den Studien, nachher dem Kriegsdienſte, und gieng als Freiwilliger nach Ceuta in Afrika, hernach wieder nach Liſſabon, und von dort aus nach Oſtindien; that auch noch in der Folge mehrere beträchtliche Seereiſen, und ſtarb in ſeiner Vaterſtadt im Jahr 1579. Sein großes Gedicht, *Os Luſiadas*, beſteht aus zehn Geſängen, und erhielt dieſen Titel zur Ehre der Portugieſen, die ſonſt, wie bekannt, Luſitaner hießen, und die er darin vorzüglich verherrlichen wollte. Der Hauptinhalt iſt nämlich die durch dieſe Nation, und beſonders durch den Verasco de Gama geſchehene Entdeckung Oſtindiens, zu Ausgange des funfzehnten Jahrhunderts. In der Zuſammenſetzung des Ganzen iſt freilich viel Fehlerhaftes; aber dichtriſcher und wahrhaftig epiſcher Geiſt belebt doch die Ausführung überall; und manche, vornehmlich franzöſiſche, Kunſtrichter, haben vielleicht den Dichter und ſeine Sprache zu wenig verſtanden, und ihn daher zu hart und einſeitig beurtheilt. Die Neuheit der Scenen und Charaktere, beſonders der Völkerſchaften an der afrikaniſchen Küſte, machte ſeine Schilderungen ſehr anziehend; auch hat er in den dritten Geſang die portugieſiſche Geſchichte künſtlich genug eingewebt, und eben daſelbſt den rührenden Tod der Ines de Caſtro meiſterhaft erzählt. Um dem Leſer zugleich eine Probe von der Ueberſetzung des erſten Geſanges durch den verſtorbenen Freiherrn v. Seckendorf vorlegen zu können, wähle ich aus dieſem einige Stanzen.

LUSI-

*) Dieſer portugieſiſche und der folgende ſpaniſche Heldendichter, und ihre epiſchen Werke, ſind allzu berühmt, als daß ich es nicht wagen ſollte, in Anſehung ihrer eine Ausnahme zu machen, wenn ich gleich in den meiſten andern Gattungen mich der Proben aus den Dichtern dieſer beiden Nationen, wegen der noch immer zu geringen Bekanntſchaft meiner Landesleute mit ihren Sprachen, enthalten habe.

Camóens.

A noite se paſſou na laſſa frota
Com eſtranha alegria, e naõ cruidade,
Por acharem da terra taõ remota
Nova de tanto tempo deſejada.
Qualquer entaõ comſigo cuida, e nota
Na gente, e na maneira deſuſada;
E como os que na errada Seita crèraõ,
Tanto por todo o Mundo ſe eſtendèraõ.

Da Lua os claros raios rutilavaõ
Pelas argentees ondas Nettuninas;
As Eſtrellas os Ceos acompanhavaõ;
Qual campo reveſtido de boninas:

Os

Die müde Flotte begieng, nur wenige Meilen vom
Strand,
Die Nacht mit vergnügtem Geſpräch, und trug nicht
kleines Verlangen,
Von dem ſo lange bereits vergéblich erwarteten Land,
Nun mit dem kommenden Tag genauen Bericht zu em-
pfangen:
Es ſaſſen die Helden indeß beiſammen, und machten
ſich klar,
Was ihnen von Sitten und Tracht der Fremden noch
räthſelhaft war;
Denn ihnen fiel ſonderlich auf, daß Menſchen ſo irrig
geleitet,
Sich dennoch am äuſſerſten Rand der Erde vor ihnen
verbreitet.

Und itzund erleuchtet den buhlenden Tanz
Der Wogen ſchon Luna mit blaſſerem Glanz;
Im Garten des Himmels, beſäet mit Sternen,
Wallt friedlich ſie hin nach den weſtlichen Fernen,

Und

Os furiosos ventos repousavaõ
Pelas covas escuras peregrinas.
Porèm da Armada a gente vigiava;
Como por longo tempo costumava.

    Mas assi como a Aurora marchetada
Os fermosos cabellos espalhou,
No Ceò sereno abrindo a roxa entrada
Ao claro Hiperionio, que acordou,
Começa a embamdeirarse toda a Armada,
E de toldos alegres se adornou,
Por receber com festas, e alegria,
O Regedor das Ilhas, que partia.

' Partia, alegremente navegando,
A ver as Naos ligeiras Lusitanas,
Com refresco da terra, em si cuidando,
Que saõ aquellas gentes inhumanas,
Que os aposentos Caspios habitando,
A conquistar as Terras Asianas

                  Vie-

Und athmet im Tausche der salzigten Luft
Der blühenden Küsten balsamischen Duft;
Noch einmal winkt freundlich vom Berg sie herüber
Der wachenden Flotte, und scheidet hinüber.

    Kaum aber entfaltet am Rande der Fluth
Von neuem Aurora die güldenen Locken,
Hiperions wieder erwachende Gluth
Hinauf an den dämmernden Himmel zu locken:
So wurden mit Stoffen und färbigem Band
Die Flaggen und Stangen der Schiffe behangen,
Den Ersten der Inseln, im Fall er das Land
Verließe, mit festlicher Pracht zu empfangen.

    Dem dünkte der Anblick der Flotte so neu,
Daß lang es nicht währte, so kam auf den Wogen,
Mit Früchten beschwert, er herüber geflogen:
Er dacht in sich selbst, daß es wahrscheinlich sey,
Es wären die Helden vom Caspischen Strande
Gebürtig, und schifften nach Asien hin,

                  Dem

Vieraõ; e pór ordem do Deſtino,
O Imperio tomar a Conſtantino.

Recebe o Capitaõ alegremente
O Mouro, e toda ſua companhia:
Daihe de ricas peças hum preſente,
Que ſo para eſte eſſeito ja trazia:
Daihe conſerva doce, e dalhe o ardente
Naõ uſado licor, que dá alegria.
Tudo o Mouro contente bem ricebe;
E muito mais contente come, e bebe:

Eſtá a gente maritima de Luſo
Subida pela enxarcia de admirada,
Notando o eſtrangeiro modo, e uſo,
E a linguagem taõ barbara, e enleada.
Tambem o Mouro aſtuto eſtá confuſo,
Olhando a cor, o trajo, e a forte Armada.
E perguntando tudo, Ihe dizia,
Se porventura vinhaõ de Turquia.

Dem griechiſchen Kaiſer die dortigen Lande
Mit unüberwindlichem Schwerdt zu entziehn.

Dom Vasco empfing ihn mit freundlichen Mienen,
Nebſt allen den Seinen. Er gab ihm zugleich
Die niedlichſten Steffe vom prächtigſten Zeug
Nebſt andern Geſchenken; ließ wohl ihn bedienen
Mit allerley Speiſen, und reicht ihm den Saft,
Der uns ſo viel wonnige Stunden verſchaft.
Dem Schwarzen gefielen ausnehmend die Gaben:
Allein noch vielmehr ſich am Weine zu laben.

Indeſſen kam den Luſitaniern der Mohr
Beſonders wunderbar in Tracht und Kleidung vor;
Ihr nur zu ſanftem Laut bisher geſtimmtes Ohr
Erſchrak beim rauhem Tone ſeiner Sprache
Der Schwarze hielt nicht minder ſcharfe Wache
Auf jeden neuen Gegenſtand, der ihn umringt,
Frug bald nach dieſer, bald nach jener Sache,
Und endlich ob ihr Weg aus der Türkey ſie bringt?

Er

E mais ihe diz tambem, que ver deſeja
Os Livros de ſua Lei, Preceito, ou Fè.
Para ver ſe conforme à ſua ſeja;
Ou ſe ſaõ dos de Chriſto, como crè.
E porque tudo note, e tudo veja,
A Capitaõ pedia, que Ihe dè
Moſtra das fortes armas, de que uſavaõ,
Quando cos inimigos pelejavao.

Reſponde o valeroſo Capitaõ
Por hum, que a Lingua eſcura bem ſabia:
Dartehei, Senhor illuſtre, relaçaõ
De mi, da Lei, das armas, que trazia.
Naõ ſou da Terra, nem da Geraçaõ
Das gentes enojoſas de Turquia;
Mas ſou da forte Europa bellicoſa,
Buſco as Terras da India taõ famoſa.

A

Er wünſcht ſogar das Buch, das ihre Glaubens-
lehren
Und ihr Geſetz enthält, zu ſehn,
Aus deſſen Inhalt zu verſtehn,
Ob ſie, wie er vermuthet, Chriſten wären:
Zugleich erſuchet er den tapfern Kapitän,
Sollt ihm, nebſt dieſem Wunſch, gewährt es werden
können,
So möcht' er ſeinem Blick die Waffen doch vergönnen,
Mit denen er zum Streit ſich und ſein Volk verſehn.

Ihm ließ drauf durch einen unſrer Helden,
Der der rauhen Sprache mächtig war,
Gama folgendes zur Antwort melden:
„Wir gehören nicht zur feigen Schaar,
„Die die Lehren Mahomeds verblenden;
„Europäer ſind wir, hohes Blut
„Rinnt in unſern Adern, und mit Muth
„Suchen wir nach Indien uns zu wenden.

A Lei tenho daquelle, a cujo imperio
Obedece o vifivel, e invifivel;
A quelle, que criou todo o Hemisferio;
Todo o que fente, e todo o infensivel:
Que padeceo deshonra, e vituperio,
Soffrendo morte injufta. e infoffrivel;
E que do Ceo à Terra em fim deceo,
Por fubir os Mortaes da Terra ao Ceo.

Defte Deos Homem, e alto, e infinito,
Os Livros, que tu pedes, naõ trazia;
Que bem poffo efcufar, trazer efcrito
Em papel, o que n' alma andar devia:
Se os armas queres ver, como tens dito,
Comprido effe defejo te feria:
Como amigo as verds; porque eu me obrigo,
Que nunca as queiras ver, como inimigo.

                                        Ifto

„Rein verehren wir den Herrn der Welt,
„Der im höchsten Glanz der ächten Gottheit thronet;
„Den Gebieter, dem auf Erden alles frohnet,
„Was er seines Dienstes würdig hält:
„Der, um uns vom Sündenschlaf zu wecken,
„Und für ewige Gefahr zu decken,
„Sich in menschlicher Gestalt zu uns gesellt,
„Und für jeden sich als Opfer dargestellt.

„Schriftlich hinterließ er zwar uns seine Lehren,
„Und sie sind uns allen heilig, werth und lieb;
„Doch da er sie tief in unsre Seelen schrieb,
„Konnten wir sie mitzunehmen leicht entbehren:
„Wünschest du im übrigen als unser Freund,
„Itzt die Waffen zu besehn, die wir verwahren,
„So sey dirs gestattet; möchtest du als Feind
„Niemals ihre schlimmen Wirkungen erfahren.“

                                        Sprach

Iſto dizendo, manda os diligentes
Miniſtros a monſtrar as armaduras;
Vem arnezes, e peitos reluzentes,
Malhas finas, e laminas ſeguras:
Eſcudos de pinturas differentes,
Pilouros, eſpingardas de aço puras,
Arcos, e ſagittiferas aljavas,
Partaſanas agúdas, chuças bravas.

As bombas vem de fogo, e juntamente
As panellas ſulfureas taõ dannoſas:
Porèm aos de Vulcano naõ conſente,
Que dem fogo ás bombardas temeroſas:
Porque o generoſo animo, e valente,
Entre gentes taõ poucas, e modroſas,
Naõ moſtra, quanto pòde: e com razaõ;
„Que he fraqueza, entre Ovelhas ſer Leaõ.

Porèm

Sprach es, und erlaubt dem Inſulaner itzt
In den untern Theil des Schiffs hinabzuſteigen,
Wo das Mordgewehr in dunkeln Kammern blitzt,
Alles ließ der Schwarze Stück vor Stück ſich zeigen:
Harniſch, Kúraß, Helm und Schild,
Schwere Kúſten, angefüllt
Mit eiſernen Kugeln, beſiederten Pfeilen,
Mit Flinten und Bogen und Lanzen und Beilen.

Auch ließ man ihn ſehen das Feuergeſchütz,
Doch hört er nicht donnern die ſchweren Kanonen,
Denn Vaſco da Gama beſchloß mit dem Blitz
Der flammenden Waffen ſein Aug zu verſchonen:
Ihm dünkt es nicht edel, ein ſicheres Ohr
Mit Tönen der ſchrecklichſten Drehung zu füllen,
Und grauſam, dem Schaaf, das ſich zu ihm verlohr,
Im Grimm des Löwens entgegen zu brüllen.

S 2   Doch

Camoens.

Porèm difto, que o Mouro aqui notou,
E de tudo, o que vio com olho attento,
Hum odio certo n' alma lhe ficou,
Huma vontade mà de penfamento:
Nas moftras, e no gefto o naõ moftrou;
Mas com rifonho, e ledo fingimento,
Tratallos brandamente determina,
Atè que moftrar poffa, o que imagina

Pilotos lhe pedia o Capitaõ,
Por quem podeffe à India fer levado:
Dizlhe, que largo premio levaràõ
Do trabalho, que niffo for tomado.
Promettelhos o Mouro, com tençao
De peito venenofo, e taõ dannado,
Que a morte, fe podeffe, nefte dia,
Em lugar de Pilotos lhe daria.

Tamanho

Doch fo dachte nicht der Schwarze: In geheim
Weckt, was er gefehn, bei ihm den Keim
Wilder Bosheit: aber er verbarg im Stillen
Den tiefgefaßten Groll und böfen Willen:
Ließ bey jedem Vorgang fein Geficht
Allen, die ihn fprachen, hold und munter finden,
Und befchloß, fie follten eher nicht,
Als zu feiner Zeit, fein falfches Herz ergründen.

Ja, da ihn fogar der edle Kapitain
Mit Vertrauen bat, um ficherer zu reifen,
Und den fernen Weg nach Indien ihm zu weifen,
Möcht' er ihn mit einem Steuermann verfehn:
Ließ der falfche Molch fein Leben zwar verpfänden,
Daß zu allem er bereit und willig fey;
Heimlich aber ward der Vorfatz in ihm neu,
Eher ihm den Tod ftatt deffen zuzufenden.

So

Tamanho o odio foi e a má vontade,
Que aos estrangeiros subito tomou,
Sabendo ser sequazes da Verdade,
Que o Filho de David nos ensinou
O' segredos daquella Eternidade,
A quem juizo algum naõ alcançou!
„Que nunca falte hum perfido inimigo,
A' quelles, de quem foste tanto amigo!"

So verwurzelt war der Haß, den er empfand
Gegen alle, die der Wahrheit Licht erkannten,
Daß wenn sie vor ihm den Namen Christus nannten,
Sich sogleich sein ganzes Eingeweide wand.
Und so wunderbar führt deine weise Pflege,
Unerforschlicher Gebieter! unsre Wege,
Daß du den, den zu zum Freund erwählst,
Aller Orten mit Verfolgern quälst.

D' Erzilla.

Unter den epischen Dichtern Spaniens ist Don Alonzo de Erzilla y Zuñiga der berühmteste. Er wurde im Jahr 1533 zu Madrid geboren, und starb daselbst, vermutlich in den letzten Jahren des sechszehnten, oder in den ersten des folgenden Jahrhunderts. Ums Jahr 1564 nahm er an der Expedition Antheil, welche von einigen Spaniern unter Anführung des Alderete gemacht wurde, um die Einwohner von Arauco, an der Küste von Chili, die sich wieder die Spanier empört hatten, wieder zum Gehorsam zu bringen. Jener Anführer starb unterweges; und nun gieng unser Dichter von Lima aus, mit dem Don Garcia, Sohn des Vicekönigs von Peru, nach Arauco, wo er vornehmlich zum glücklichen Erfolge dieser Unternehmung beitrug. Der edle Charakter der Araukaner, ihre Tapferkeit im Widerstande, und die Neuheit dieser ganzen Scene, veranlaßten den d' Erzilla, diesen ganzen Feldzug zum Stof eines Heldengedichts zu wählen, welches er nach dem Namen des Landes, *La Araucana*, nannte. Viele merkwürdige Vorfälle, die ihn zum Theil selbst betrafen, werden in diesem Gedichte lebhaft und unterhaltend erzählt, das übrigens in der Ausführung sehr ungleich ist. Einen sehr guten, geschmackvollen Auszug daraus giebt Hayley in den schätzbaren Anmerkungen zu seinem Essay on Epic Poetry. S. s. *Poems and Plays*, Vol. IV. p. 94. ss. Seinen dichtrischen Charakter schildert er in der dritten Epistel, v. 239 — 258; und ich setze daraus nur folgende Zeilen hieher:

Howe'er precluded, by his generous aim,
From high pretensions to inventive fame,
His strongly-colour'd scenes of sanguine strife,
His softer pictures caught from Indian life,
Above the visionary forms of art,
Fire the awaken'd mind and melt the heart.

Zu den schönsten Beschreibungen in diesem Gedichte gehört folgende Schilderung der Höhle des Zauberers Fiton, wohin d' Erzilla sich von einem ihm begegnenden Einsiedler führen läßt, in dem er am Ende diesen Zauberer selbst entdeckt,

deckt, der ihm alle Wunder ſeiner Kunſt zeigt, und ihm   d' Erzilla.
unter andern auch übernatürlichen Beiſtand zur Ausführung
ſeines Gedichts verheiſſt.

L' ARAUCANA, Canto XXIII.

Debaxo de una peña ſocabada
de eſpeſas ramas y árboles cubierta
vimos un callejon y angoſta entrada,
y mas adentro una pequeña puerta
de cabezas de fieras rodeada,
la qual de par en par eſtaba abierta,
por donde ſe lanzó el rubuſto anciano
llevándome travado de la mano.

Bien por ella cien paſos anduvimos
no ſin algun temor de parte mia,
quando a una grande bóbeda ſalimos
dó una perpétua luz enmedio ardia:
y cada banda entórno della vimos
poyos pueſtos por orden, en que havia
multitud de redomas ſobreſcritas
de ungüentos, hierbas, y aguas infinitas.

Vimos allí del Lince preparados
los penetrantes ojos virtuoſos
en cierto tiempo y conjuncion ſacados,
y los del baſiliſco ponzoñoſos:
ſangre de hombres bermejos enojados,
eſpumaios de perros, que rabioſos
van huyendo del agua, y el bellejo
del pecoſo Cherſidros quando es viejo,

Tambien en otra parte parecia
la coyuntura de la dura hyena,
y el meollo del Cencris, que ſe cria
dentro de Lybia en la caliente arena;

S 4   Y

y un pedazo del ala de una harpia,
la hiel de la biforme Amphisibena,
y la cola del áspide revuelta,
que da la muerte en dulce sueño envuelta.

Moho de calavera deftroncada
del cuerpo que no alcanza fepultura,
carne de niña por nacer facada
no por donde la llama la natura:
y la efpina tambien descoyuntada
de la fierpe Ceraftes, y la dura
lengua de la Emorroys, que aquel que hiere
fuda toda la fangre hafta que muere.

Vello de quantos monftruos prodigiofos
la fupérflua natura ha producido,
escupidos de fierpes venenofos,
las dos alas del Iaculo temido,
y de la Seps los dientes ponzoñofos,
que el hombre o animal della mordido
de fúbito hinchado como un odre,
huefos y carne fe convierte en podre.

Eftaba en un gran vafo transparente
el corazon del Grifo atravefado,
y ceniza del Finix que en oriente
fe quema él mismo de vivir canfado:
el unto de la Scitala ferpiente,
y el pefcado Echineys, que en mar airado
al curfo de las naves contraviene,
y a pefar de los vientos las detiene.

No faltaban cabezas de efcorpiones,
y mortiferas fierpes enconadas,
alacranes, y colas de dragones,
y las piedras del Aguila preñadas:
buches de los hambrientos tiburones,
menftruo y leche de hembras azotadas,
landres, peftes, venenos, quantas cofas
produce la natura ponzoñofas.

Yo

Yo que con antencion mirando andaba
la copiosa botica embevecido,
por una puerta que a un rincon estaba
vi salir un anciano consumido:
que sobre un corbo junco se arrimaba;
el qual luego de mí fue conocido
ser el que havia corrido por la cuesta
que apenas le alcanzára una ballesta.

Diciéndome: no es poco atrevimiento
el que siendo tan mozo has hoy tomado
de venir a mi oculto aloxamiento,
dó sin mi voluntad nadie llegado:
mas porque sé que algun honrado intento
tan lexos a buscarme te ha obligado,
quiero por esta vez hazer contigo
lo que nunca pensé acabar conmigo.

Visto por mi apacible compañero
la coyuntura y tiempo favorable,
pues el viejo tan áspero y severo
se mostraba doméstico y tratable,
se detuvo mirándome primero
con un comedimiento y muestra afable,
por vér si responderle yo queria;
mas viéndome callar le respondia.

Diciendo: o gran Fiton, a quien es dado
penetrar de los cielos los secretos,
que del eterno curso arrebatado
no obedecen la ley a tí sujetos;
tú que de la fortuna y fiero hado
revocas quando quieres los decretos,
y el orden natural turbas y alteras
alcanzando las cosas venideras.

Y por mágica ciencia y saber puro
rompiendo el cavernoso y duro suelo,
puedes en el profundo regno escuro
meter la claridad y luz del cielo:

S 5

y

v. Ercilla. y atormentar con áspero conjuro
la caterva infernal, que con recelo
tiembla de tu eficáz fuerza, que es tanta
que sus eternas leyes le quebranta:

Sabrás que a, este mancebo le ha traído
de tu espantoso nombre la gran fama,
que en las Indias regiones estendido
hasta el Artico Polo se derrama:
el qual por mil peligros ha rompido
trás su deseo corriendo que le llama
a celebrar las cosas de la guerra,
y el sangriento destrozo desta tierra.

Que estando así una noche retirado
escribiendo el suceso de aquel dia,
súbito fue en un sueño arrebatado
viendo quanto en la Europa sucedia:
donde le fue asimismo revelado,
que en tu escondida cueba entenderia
estraños casos dignos de memoria,
con que ilustrar pudiese mas su historia.

Y que noticias le darias de cosas
ya pasadas, presentes, y futuras,
hazañas y conquistas milagrosas,
peregrinos sucesos y aventuras,
temerarias empresas espantosas,
hechos que no se han visto en escrituras;
este encarecimiento le molesta,
y nos tiene suspensos tu respuesta.

Holgó el mago de oir quán estendida
por aquella region su fama andaba,
y vuelta a mí la cara envegecida
todo de arriba abaxo me miraba:
alfin con voz pujante y espedida
que poco con las canas conformaba,
y aspecto grave y muestra algo severa,
la respuesta me dió desta manera:

Aun-

Aunque en razon es coſa prohibida
profetizar los caſos no llegados,
y es menos alargar a uno la vida
contra los eſtatutos de los hados:
ya que ha ſido a mi caſa tu venida
por incultos caminos deſuſados,
te quiero complacer, pues mi ſobrino
viene aquí por tu intérprete y padrino.

Diciendo aſí, con paſo tardo y lento
por la pequeña puerta cavernoſa
me metió de la mano a otro apoſento,
y luego en una cámara hermoſa,
que ſu fábrica eſtraña y ornamento
era de tal labor y tan coſtoſa,
que no ſé lengua que contarlo pueda,
ni havrá imaginacion a que no exceda.

Tenia el ſuelo por orden ladrillado
de criſtalinas loſas trasparentes,
que el color contrapueſto y variado
hacía labor y viſos diferentes:
el cielo alto diáfano eſtrellado
de inumerables piedras relucientes,
que toda la gran cámara alegraba
la vária luz que dellas revocaba.

Sobre colunas de oro ſuſtentadas
cien figuras de bulto entórno eſtaban,
por arte tan al vivo trasladadas,
que un ſordo bien penſára que hablaban:
y dellas las hazañas figuradas
por las anchas paredes ſe moſtraban,
donde ſe vía el extremo y excelencia
de armas, letras, virtud, y continencia.

En medio deſta cámara eſpacioſa,
que media milla en quadro contenia,
eſtaba una gran poma milagroſa;
que una luciente esfera la ceñia,

que

que por arte y labor maravillosa
en el ayre por si se sostenia,
que el gran círculo y máquina de dentro
parece que estrivaban en su centro.

Despues de haver un rato satisfecho
la codiciosa vista en las pinturas,
mirando de los muros, suelo, y techo
la gran riqueza y varias esculturas,
el mago me llevó al globo derecho,
y vuelto allí de rostro a las figuras,
con el corbo cayado señalando
comenzó de enseñarme así hablando:

Habrás de saber, hijo, que estos hombres
son los mas desta vida ya pasados,
que por grandes hazañas sus renombres
han sido y serán siempre celebrados:
y algunos que de baxa estirpe y nombres
sobre sus altos hechos levantados
los ha puesto su prospera fortuna
en el mas alto cuerno de la luna.

Y esta bola que ves y compostura
es del mundo el gran término abreviado,
que su deficilísima hechura
quarenta años de estudio me ha costado:
mas no havrá en larga edad cosa futura,
ni oculto disponer de inmóbil hado,
que muy claro y patente no me sea,
y tenga aquí su muestra y vive idea.

Mas pues tus apariencias generosas
son de escribir los actos de la guerra,
y por fuerza de estrellas rigurosas
tendrás materia larga en esta tierra,
dexaré de aclararte algunas cosas,
que la presente poma y mundo encierra,

mostrán-

moftrándote una fola que te efpante,
para lo que pretendes importante.

. Que pues que en nueftro Arauco yá fe halla
materia a tu propófito cortada,
donde la efpada y defenfiva malla
es mas que en otra parte freqüentada:
folo te falta una naval batalla
con que ferá tu hiftoria autorizada,
y efcribirás las cofas de la guerra
afí de mar, también como de tierra.

La qual verás aquí tal, que te juro
que vifta la tendrémos por dudofa,
y en el pafado tiempo y el futuro
no fe vió ni verá tan efpantofa:
y el gran Mediterraneo mar feguro
quedará por la gente victoriofa,
y la parte vencida y deftrozada
la marítima fuerza quebrantada.

Por tanto a mis palabras no te alteres,
ni te efpante el horrífono conjuro,
que fi atento con ánimo eftuvieres
verás aquí prefente lo futuro;
todo punto por punto lo que vieres
lo difponen los hados, y afeguro
que podrás como digo fer de vifta
teftigo y verdadero coronifta.

Yo con mayor codicia por un lado
llegué el roftro a la bola transparente,
donde ví dentro un mundo fabricado
tan grande como el nueftro y tan patente:
como en redondo efpejo relevado
llegando junte el roftro claramente,
vemos dentro un anchífimo palacio,
y en muy pequeña forma grande efpacio.

Y

　　Y por aquel lugar se descubria
el turbado y revuelto mar Ausonio,
donde se definió la gran Portia
entre Cesar Augusto y Marco Antonio:
así en la misma forma parecia
por la banda de Lepanto y Favonio
junto a las Curchulares ácia el puerto
de galeras el ancho mar cubierto.

　　Mas viendo las divisas señaladas
de Papa, de Felipe, y Venecianos,
luego reconocí ser las armadas
de los infieles Turcos y Christianos,
que en orden de batalla apevejadas
para venir estaban a las manos,
aunque a mi parecer no se movian,
ni mas que figuradas parecian.

　　Pero el mago Fiton me dixo: presto
verás una naval batalla estraña,
donde se mostrará bien manifiesto
el supremo valor de vuestra España:
y luego con ayrado y fiero gesto
hiriendo el ancho globo con la caña
una vez al través, otra al derecho,
sacó una horrible voz del ronco pecho,

　　Diciendo: Orco amarillo, Cancerbero,
o gran Pluton, rector del baxo infierno,
o cansado Caron, viego barquero,
y vos laguna Estigia, y lago Averno,
o Demogorgon tú, que lo postrero
habitas del Tartareo reyno eterno,
y las hervientes aguas de Aqueronte.
de Leteo, Cocito, y Flegetonte:

　　Y vos, Furias, que así crueldades
átormentais las ánimas dañadas,
que aun temen ver las ínferas deidades
vuestras frentes de viboras crinadas:

y

y voſotras Gorgoneas poteſtades
por mis fuertes palabras, apremiadas,
haced que claramente aquí ſe véa,
aunque futura, eſta naval pelea.

Y tú, Hécate, ahumada y mal compueſta
nos mueſtra lo que pido aquí viſible.
Hola, a quién digo, qué tandanza es eſta,
qué no os hace tamblar mi voz terrible?
mirad que romperé la tierra opueſta,
y os heriré con luz aborrecible,
y por fuerza abſoluta y poder nuevo
quebrantaré las leyes del Erebo.

No acabó de decir bien eſto, quando
las aguas en el mar ſe alborotaron,
y el ſeco lesnordeſte reſpirando
las cuerdas y anchas velas ſe eſtiraron,
y aquellas gentes ſúbito anhelando
poco a poco a moverſe comenzaron,
haciendo de aquel modo en los objetos
todas las demás cauſas ſus efetos.

Mirando aunque eſpantado atentamente
la multitud de gente que allí havia,
ví que escrito de letras en la frente
ſu nombre y cargo cada qual tenia:
y mucho me admiró los que al preſente
en la primera edad yo conocia
verlos en ſu vigor y años lozanos,
y otros floridos jóvenes ya canos.

Luego pues los Chriſtianos diſpararon
una pieza en ſeñal de rompimiento,
y en alto un Crucifixo enarbolaron,
que acrecentó el hervor y encendimiento,
todos humildemente le ſalvaron
con grande devocion y acatamiento,
baxo del qual eſtaban a los lados
las armas de los fieles coligados.

En

d' Erzilla.

    En efto con rumor de varios fones
acercándofe fiempre caminaban,
eftandartes, vanderas, y pendones
fobre las altas popas tremolaban,
las ordenadas vandas y esqüadrones
esgrimiendo las armas fe moftraban
entórno las galeras rodeadas
de cañones de bronce y pavefadas.

Voltaire.

Es ist nur allzu wahr, was Hayley (*Essay on Epic Poetry*, Ep. III. v. 301.) von der epischen Dichtkunst Frankreichs sagt:

> So, haughty Gallia, in thy Epic school
> No great Examples rise, but many a Rule.

Denn bey allem auf die Theorie dieser Dichtart von so vielen französischen Kunstrichtern verwandten Scharfsinn, sagt man doch gewiß nicht zu viel mit der Behauptung, daß es dieser Nation an einem völlig musterhaften ernsten Heldengedichte durchaus fehle. An Versuchen dieser Art fehlt es hier freilich nicht; aber man wird hier doch wohl aus dem Alaric des Scudery, aus dem Clovis des Desmarets, aus dem St. Louis des Le Moine, und der Pucelle des Chapelain, keine Beispiele erwarten oder vermissen! — Voltaire ist es allein, auf den sich jeder Franzos zu berufen pflegt, dem dieser Mangel vorgerückt wird; und ohne Zweifel ist er auch unter so vielen Wetteiferern dem Ziele am nächsten gekommen, so weit er auch noch davon zurück blieb. Seine Henriade fieng er schon im neunzehnten Jahre seines Alters, 1717, an, und gab sie im Jahr 1723 unter dem Titel, *La Ligue*, zuerst heraus; hernach aber 1726 zu London, unter der Aufschrift, *La Henriade*, in zehn Gesängen. An Lobrednern hat es diesem Gedichte von jeher so wenig, als an Tadlern gefehlt; und ich nenne unter jenen nur Friedrich den Großen und Marmontel, die beide sehr beredte Vorreden dazu schrieben, als die berühmtesten; und unter den letztern Linguet in seinem *Essai sur Voltaire* als einen der neuesten und einsichtvollsten, der wenigstens doch seine Strenge nicht so weit treibt, und in seiner Kritik nicht so einseitig ist, als Clement in seinen *Entrétiens sur le Poeme Epique rélativement à la Henriade*. Denn dieser letzte verräth, wie Hayley sehr gut sagt, in seiner Zergliederung dieses Gedichts, die Geschicklichkeit eines Anatomikers, aber auch die Bosheit eines Meuchelmörders. Als historisches Gedicht betrachtet, behauptet die Henriade immer einen ruhmvollen Rang, wegen ihrer häufigen einzelnen schönen Stellen, und ihrer trefflichen Versifikation. Ihr Inhalt

Voltaire. ist kürzlich dieser: Nachdem das Haus Valois ausgestorben
war, hatte Heinrich von Bourbon das nächste Recht zur
Krone Frankreichs; indeß machte der Herzog von Mayence,
Sohn des Herzogs von Guise, an der Spitze der sogenann=
ten Ligueurs, oder Verbündeten, ihm dieses Recht, un=
ter dem Vorwande seiner irrigen Religionsmeinungen,
streitig. Heinrich aber gewann zwey Schlachten bei Ar=
ques und Jvry gegen ihn, und behauptete sein Recht.
Paris öffnete ihm, nach einer hartnäckigen Belagerung, die
Thore; auch unterwarfen sich ihm alle zur Ligue gehörige
Städte. — Den zweiten Gesang, worin Heinrich der
Königin Elisabeth das Elend Frankreichs schildert, und
auf die Quellen desselben zurück geht, und folgendes lebhafte
Gemählde von der berüchtigten Bartholomäusnacht entwirft,
hält man mit Recht für den schönsten.

LA HENRIADE; Ch. II. v. 173. ff.

Cependant tout s'aprête, et l' heure est arrivée,
Qu'au fatal dénoûment la Reine a réservée.
Le signal est donné sans tumulte et sans bruit;
C'était à la faveur des ombres de la nuit:
De ce mois malheureux *) l'inégale couriére
Semblait cacher d'effroi sa tremblante lumiére,
Coligny languissait dans les bras du repos,
Et le sommeil trompeur lui versait ses pavots.
Soudain de mille cris le bruit épouvantable
Vient arracher ses sens à ce calme agréable:
Il se léve, il regarde, il voit de tous côtés
Courir des assassins à pas précipités.
Il voit briller partout les flambeaux et les armes,
Son Palais embrasé, tout un Peuple en alarmes,
Ses serviteurs sanglans dans la flamme étouffés,
Les meurtriers en foule au carnage échauffés,
Criant à haute voix: „Qu'on n'épargne personne!
                                          „C'est

---

*) Ce fut la nuit du 23. au 24. Août, fête de St. Bar-
thelemi, en 1572, que s'exécuta cette sanglante tra-
gédie.

„C'eſt Dieu, c'eſt Médicis: c'eſt le Roi qui l'or- ⸨ Voltaire. ⸩
        dònne."
Il entend retentir le nom de Coligny.
Il apperçoit de loin le jeune Teligny,
Teligny dont l'amour a mérité ſa fille,
L'eſpoir de ſon parti, l'honneur de ſa famille,
Qui ſanglant, déchiré, trainé par des ſoldats,
Lui demandait vengeance, et lui tendait les bras.

        Le Héros malheureux, ſans armes, ſans défenſe,
Voyant qu'il faut périr, et périr ſans vengeance,
Voulut mourir du moins comme il avait vécu,
Avec toute ſa gloire et toute ſa vertu.

        Déja des aſſaſſins la nombreuſe cohorte
Du ſallon qui l'enferme allait briſer la porte;
Il leur ouvre lui-même, et ſe montre à leurs yeux,
Avec cet oeil ſerein, ce front majeſtueux,
Tel que dans les combats, maître de ſon courage
Tranquille il arrêtait, ou preſſait le carnage.

        A cet air vénérable, à cet auguſte aſpect,
Les meurtriers ſurpris ſont ſaiſis de reſpect;
Une force inconnue a ſuſpendu leur rage.'
Compagnons, leur dit-il, achevez votre ouvrage,
Et de mon ſang glacé ſouillez ces cheveux blancs,
Que le ſort des combats reſpecta quarante ans;
Frapez, ne craignez rien, Coligny vous pardonne;
Ma vie eſt peu de choſe, et je vous l'abandonne...
J'euſſe aimé mieux la perdre en combattant pour
                                        vous....
Ces tigres à ces mots tombent à ſes genoux;
L'un ſaiſi d'épouvante abandonne ſes armes,
L'autre embraſſe ſes pieds, qu'il trempe de ſes
                                        larmes;
Et de ſes aſſaſſins ce grand homine entouré,
Semblait un Roi puiſſant par ſon peuple adoré.
Besme, qui' dans la cour attendait ſa victime,
Monte, accourt indigné qu'on diffère ſon crime.
Des aſſaſſins trop lents il veut hâter les coups;
Aux pieds de ce Héros il les voit trembler tous.
A cet objet touchant lui ſeul eſt infléxible;

                    T 2   Lui

Lui feul à la pitié toujours inacceſſible,
Aurait cru faire un crime et trahir Médicis,
Si du moindre remords il ſe ſentait ſurpris.
A travers les ſoldats il court d'un pas rapide;
Coligny l'attendait d'un viſage intrépide:
Et bientôt dans le flanc ce monſtre furieux
Lui plonge ſon épée, en détournant les yeux,
De peur que d'un coup d'oeil cet auguſte viſage
Ne fit trembler ſon bras, et glaçât ſon courage.

Du plus grand des François tel fut le triſte ſort.
On l'inſulte, on l'outrage encor après ſa mort.
Son corps percé de coups, privé de ſépulture,
Des oiſeaux dévorans fut l'indigne pâture;
Et l'on porta ſa tête aux pieds de Médicis,
Conquête digne d'elle, et digne de ſon fils.
Médicis la reçut avec indifférence
Sans paraître jouïr du fruit de ſa vengeance,
Sans remords, ſans plaiſir, maitreſſe de ſes ſens
Et comme accoûtumée à de pareils préſens.

Qui pourrait cependant exprimer les ravages,
Dont cette nuit cruelle étala les images?
La mort de Coligny, prémices des horreurs,
N'était qu'un faible eſſai de toutes leurs fureurs.
D'un peuple d'aſſaſſins les troupes effrénées,
Par devoir et par zéle au carnage acharnées
Marchaient, le fer en main, les yeux étincelans,
Sur les corps étendus de nos frères ſanglans.
Guiſe etait à leur tête, et bouillant de colére,
Vengeait ſur tous les miens les manes de ſon pére.
Nevers, Gondy, Tavanne, un poignard à la main,
Echauffaient les transports de leur zéle inhumain:
Et portant devant eux la liſte de leurs crimes
Les conduiſaient au meurtre, et marquaient les
victimes.
Je ne vous peindrai point le tumulte et les cris,
Le ſang de tous côtés ruiſſelant dans Paris,
Le fils aſſaſſiné ſur le corps de ſon père,
Le frère avec la ſoeur, la fille avec la mère,
Les époux expirans ſous leurs toîts embraſés,

Les

Les enfans au berceau ſur la pierre écraſés:
Des fureurs des humains c'eſt ce qu'on doit attendre;
Mais ce que l'avenir aura peine à comprendre,
Ce que vous-même encor à peine vous croirez,
Ces monſtres furieux, de carnage altérés,
Excités par la voix des Prêtres ſanguinaires
Invoquaient le Seigneur en égorgeant leurs frères;
Et le bras tout ſouillé du ſang des innocens,
Oſaient offrir à Dieu cet execrable encens.

O combien de Héros indignement périrent!
Reı el et Pardaillan chez les morts deſcendirent,
Et vous, brave Guerchy, vous, ſage Lavardin,
Digne de plus de vie et d'un autre deſtin.
Parmi les malheureux que cette nuit cruelle
Plongea dans les horreurs d'une nuit éternelle,
Marſillac et Soubiſe au trépas condamnés,
Défendent quelque tems leurs jours infortunés.
Sanglans, percés de coups, et reſpirans à peine,
Juſqu'aux portes du Louvre on les pouſſe, on les
          traîne;
Ils teignent de leur ſang ce palais odieux,
En implorant leur Roi, qui les trahit tous deux.

Du haut de ce palais excitant la tempête,
Médicis à loiſir contemplait cette fête;
Ses cruels Favoris d'un regard curieux
Voyaient les flots de ſang regorger ſous leurs yeux,
Et de Paris en feu les ruines fatales
Etaient de ces Héros les pompes triomphales.

Que dis-je? ô crime! ô honte! ô comble de
          nos maux!
Le Roi, le Roi lui-même au milieu des bourreaux,
Pourſuivant des proſcrits les troupes égarées,
Du ſang de ſes ſujets ſouillait ſes mains ſacrées:
Et ce même Valois que je ſers aujourdhui,
Ce Roi qui par ma bouche implore votre appui,
Partageant les forfaits de ſon barbare frère,
A ce honteux carnage excitait ſa colére.
Non qu'après tout Valois ait un cœur inhumain:
          T 3   Rare-

Voltaire. Rarement dans le fang il a trempé fa main,
Mais l'exemple du crime afliégeait fa jeuneffe,
Et fa cruauté même etait une faibleffe.

Quelques-uns, il eft vrai, dans la foule des morts
Du fer des affaffins trompèrent les efforts,
De Caumont, jeune enfant, l'étonnante aventure
Ira de bouche en bouche à la race future.
Son vieux père accablé fous le fardeau des ans,
Se livrait au fommeil entre fes deux enfans;
Un lit feul enfermait et les fils et le père.
Les meurtriers ardens qu'aveuglait la colére
Sur eux à coups preffés enfoncent le poignard:
Sur ce lit malheureux la mort vole au hazard.
L' Eternel en fes mains tient feul nos deftinées,
Il fait quand il lui plait veiller fur nos années,
Tandis qu'en fes fureurs l' homicide eft trompé.
D'aucun coup, d'aucun trait Caumont ne fut frappé;
Un invifible bras armé pour fa défenfe,
Aux mains des meurtriers dérobait fon enfance;
Son père à fon côté fous mille coups mourant,
Le couvrait tout entier de fon corps expirant,
Et du Peuple et du Roi trompant la barbarie,
Une feconde fois il lui donna la vie.

Cependant, que faifais-je en ces affreux mo-
mens?
Hélas! trop affûré fur la foi des fermens
Tranquille au fond du Louvre, et loin du bruit des
armes,
Mes fens d'un doux repos goûtaient encor les
charmes.
O nuit, nuit effroyable! ô funefte fommeil!
L'appareil de la mort eclaira mon réveil.
On avait maffacré mes plus chers domeftiques;
Le fang de tous côtés inondait mes portiques;
Et je n'ouvris les yeux que pour envifager
Les miens que fur le marbre on venait d'égorger.
Les affaffins fanglans vers mon lit s'avancèrent,
Leurs parricides mains devant moi fe levèrent;

Je

Je touchais au moment qui terminait mon fort;
Je préfentai ma tête, et j'attendis la mort.

    Mais foit qu'un vieux refpect pour le fang de
               leurs Maîtres
Parlât encor pour moi dans le coeur de ces traîtres,
Soit que de Médicis l'ingénieux courroux
Trouvât pour moi la mort un fupplice trop doux,
Soit qu'enfin s'affûrant d'un port durant l'orage,
Sa prudente fureur me gardât pour ôtage;
On referva ma vie à des nouveaux revers,
Et bientôt de fa part on m'apporta des fers.

    Coligny plus heureux et plus digne d'envie,
Du moins en fuccombant ne perdit que la vie;
Sa liberté, fa gloire au tombeau le fuivit....
Vous frémiffez, Madame, à cet affreux récit;
Tant d' horreur vous furprend; mais de leur bar-
               barie
Je ne vous ai conté que la moindre partie.
On eût dit que du haut de fon Louvre fatal
Médicis à la France eût donné le fignal;
Tout imita Paris; la mort fans réfiftance
Couvrit en un moment la face de la France.
Quand un Roi veut le crime, il eft trop obéi:
Par cent mille affaffins fon courroux fut fervi
Et de fleuves Français les eaux enfanglantées,
Ne portaient que des morts aux mers épouvantées.

         Mad.

Madame du Bocage.

Marie Anne le Page du Bocage, aus Rouen ge-
bürtig, gest. 1760, machte sich durch verschiedene meistens
poetische, Arbeiten rühmlich bekannt, vornehmlich durch
den Versuch eines epischen Gedichts, *La Colombiade, ou la
Foi portée au Nouveau Monde*, in zehn Gesängen; und die-
ser Versuch fiel glücklich genug aus, um einer, und selbst
der einzigen Stelle neben Voltaire's Henriade nicht unwür-
dig zu seyn. Auch ihr Verdienst ist hauptsächlich in Schön-
heiten des Detail und einem angenehmen Versbau zu su-
chen; denn der Plan und die Ausführung des Ganzen sind
noch sehr von der wahren epischen Vollkommenheit entfernt.
Im dritten Gesange erzählt Colombo der Zama, Tochter
eines Indischen Heerführers, die bisherigen Vorfälle seiner
Reise, und den Abgang seiner Flotte, die gar bald vom
Mangel und vom Scharbock viel Ungemach erlitt. Schon
wollte sein Schiffsvolk sich wider ihn empören, als sie auf
einmal Land entdeckten. Sie kommen zuerst an eine gefahr-
volle, hernach aber an eine fruchtbarere Insel, und finden
da, zu ihrem Erstaunen, einen verlassenen Europäer, den
sie mit sich nehmen. Colombo lässt diesen selbst seine Ge-
schichte der Zama erzählen.

LA COLOMBIADE; Ch. III.

————

De ces esprits troublés loins d'aigrir la fureur,
En flattant leurs désirs j'en modérai l'ardeur.
Avant que le Soleil eût fait place aux Etoiles,
Vers l'Europe, à pas lents, je dirigeois mes Voiles,
Dans notre effroi quel charme arrête nos Vaisseaux!
L'Onde apport à nos yeux des branches d'arbris-
          seaux:
Les Nymphes de vos Mers, par nos pleurs atten-
          dries,
Nous présentent les fleurs qu'enfantent nos prairies.
Vos Oiseaux, dont le vol suit nos Arbres flottans,
                      Char-

Charment au sein des maux nos esprits inconstans.
Pour en combler les voeux, le Ciel qui me seconde,
Fait planer sur les Airs un peuple né dans l' Onde ;
Et ces Hôtes des Flots, en Oiseaux transformés,
Qui fuyoient, par essains, nos Pecheurs affamés,
Comme un nuage épais dans leurs filets s'abiment.
Ces secours nourrissans au travail nous raniment.
Dans l'oubli du retour l'impatient Nocher,
Le soir, vers l' Hôrizon pense voir un Rocher;
Mais l'éclat du soleil effaça ce rivage,
Dont la Nuit à nos voeux embellissoit l'image.
Le Jour renait encor, et trompant nos desirs,
De mon peuple incertain redouble les soupirs.
A leurs yeux inquiets nos maux sont sans ressource.
Moi qui, la sonde en main, sur les Mers suis ma
                    course,
J'annonçai, sans effroi, qu'à la clarté des Cieux
Un Port déja prochain s'offriroit à nos yeux.
Si mon savoir, leur dis-je, abuse votre attente,
Mon sort est en vos mains, et mon ame constante,
Sans craindre vos Arrêts, en subira les loix.
Leur silence, à ces mots, applaudit à ma voix.
Grand Dieu! par ton secours j'en remplis la pro-
                    messe.
Un de mes Nautonniers dont l'oeil veilloit sans cesse,
S'écria dès l'Aurore, en nous tendant les bras:
Terre, terre! avançons, abordons ces Climats!
Sur le tillac, en foule, on s'assemble, on salue,
On annonce, à grands cris, cette Plage inconnue,
L'Eau douce, qui des monts s'échappoit par torrens,
De leurs lits sur la poupe appelle les Mourans.
Si jamais votre vie à la soif sût en proie,
Vieillard, à cet aspect vous concevez leur joie.
Un instant à nos yeux change tous les objets.
L'Espagnol, qui déja condamnoit mes projets,
Croit que pour moi le Ciel enfante des prodiges:
Il se jette à mes piés, en baise les vestiges:
Homme inspiré de Dieu, dit-il avec transport,
De nos jours deformais régle à ton gré le sort:
Dans ce Port qu'à nos voeux l' Onde propice accorde,
Regne, et sous ton pouvoir enchaine la Discorde.

T 5   A

A ces mots s'élançant sur de légers Canots,
Les Chefs que je choisis me suivent sur les Flots.
Des Nochers curieux et pleins d'inquietude
A peine mon courroux retient la multitude;
Mais l'Eau, sans profondeur, en arrête l'effort,
Et defend aux Vaisseaux de s'approcher du Port.
Là, des Dragons marins vers nos Barques s'avan-
cent,
Les brisent, et soudain sur nos Rameurs s'élancent.
Deux des miens en péril poussoient des cris perçans;
J'accours: mon dard atteint un Monstre à triples
dents;
Le sang coule, et d'effroi ces Vautours disparois-
sent.
A se rejoindre au Port nos Pirogues s'empressent;
De la Reine Isabelle il prit le nom fameux.
O séjour trop fatal! Quoi! pour tromper nos voeux,
Le Ciel aux Animaux destina ces azyles!
La Terre, au lieu de fleurs, y produit des Reptiles;
Les Insectes de l'Air y rongent les Forêts:
Le Caméléon, prompt à déguiser ses traits,
Des Flatteurs de nos Rois y présente l'image;
Et ces lieux, où le Tigre exerce en paix sa rage,
D'un fruit doux et funeste enchantent nos regards:
La soif, pour en gouter, brave tous les hazards.
Nous trouvons le trépas où nous cherchions la vie.
D'un trouble convulsif notre audace est suivie:
Les plus ardens, en proie à ce poison trompeur,
Dans leurs yeux égarés expriment leur douleur.
Lorsqu'à fuir ces Déserts la prudence m'invite,
Pour la première fois un doute affreux m'agite.
Dans l'orage un Palmier, battu des Vents divers,
Ne sait de quel côté se plier dans les Airs:
Tel, au gré des Destins, je flottois dans ma course
Pour rejoindre nos Ports, sans vivres, sans ressources:
Ah! disois-je en moi-même, où trouver les Cli-
mats,
Où le Ciel m'ordonna de diriger mes pas?
Quand la Terre et les Mers trompent notre espé-
rance,
Comment de mes Guerriers ranimer la constance?

Jugez

Jugez de mes tourmens, ô vous qui m'écoutez!
Et du Dieu que je ſers, concevez les bontés.
Tandis qu'en frémiſſant je rejoignois ma Flotte
Par ſon ordre vers moi s'avançoit un Pilote
Qui m'annonce à grands cris que plus loin vers le
                Nord,
Une autre Isle apperçue offre un plus heureux Port.
Du Rivage où le Ciel éprouvoit ma conſtance,
Juſqu'aux fertiles Bords où ma Flotte s'avance,
Je vogue, et mon Eſquif eſt aidé des Zéphirs.
La Tortue en ces lieux, prévenant nos déſirs,
Redonne à nos mourans une nouvelle vie.
A ſe déſaltérer le fruit mûr les convie;
Nul repentir ne ſuit le plaiſir d'en gouter;
Et quand du Champ liquide on oſa s'écarter,
En immenſes fôrets cette Terre abondante,
Pour réparer nos mâts, comble enfin notre attente.
Là, des Pins dont le front touche aux voûtes des
                Airs,
Sous nos coups par leur chûte ébranlent ces Déſerts.
Pour la première fois l'Aſtre qui nous éclaire,
Dans ces bois éclaircis répandit ſa lumiére;
Tandis que mille bras en coupoient les rameaux,
Pour chercher des humains j'errois ſur les côteaux,
Lorſque de longs ſoupirs ſortirent d'un feuillage
Qui d'un ruiſſeau paiſible ombrageoit le rivage.

Vers ces triſtes accens je dirigeois mes pas;
Un Homme décharné qui me tendoit les bras
Sous des peaux d'Animaux, par ſa figure affreuſe
Me fit craindre d'un Ours l'approche dangereuſe.
Lui, par mes vêtemens inſtruit de mes deſtins,
S'empreſſe de calmer mes eſprits incertains.
Ses pleurs, à mon aſpect, fondent comme un nuage
Dont le froid des Hyvers a formé l'aſſemblage,
Et qu'un Zéphir diſſipe et répand par torrens.

Au nom du Ciel, dit-il, guidez mes pas errans:
Sans eſpoir dans mes maux, ſeul depuis ſept années
Je traîne en ces Déſerts mes triſtes deſtinées.
                        Chan-

Changez - en la rigueur, je les livre en vos mains;
Que du moins je perisse au milieu des humains!

　　Surpris en ces Climats d'entendre mon langage,
Je l'approche, l'embrasse et le méne au Rivage.
Les Cieux, sans doute, alors me prêtoient son se-
　　　　cours.
C'est lui, belle Zama, qui vous rend mes discours;
Puissent - ils un moment captiver vos oreilles!
L'Indienne enchantée écoute ces merveilles,
En veut chercher la source, et savoir quel revers
Livra ce malheureux aux monstres des Déserts.
(Des récits surprenans la Jeunesse est avide.)
Pour crayonner son sort l'Interpréte timide,
Par l'ordre de Colomb, prépare ses pinceaux.
Le Genois, que la Nuit rapelle à ses Vaisseaux,
Prend congé du Vieillard, et courant au Rivage
De la Beauté qu'il quitte il emporte l'image.
A son départ, Zama, dans un trouble indécis,
Du sort de l' Interpréte écoute le recit.

　　Fille d'un Roi chéri, pour remplir votre envie,
Par de traits raccourcis, je vous peindrai ma vie:
Ce tableau peu d'instans doit occuper vos yeux.
Mon nom est Serrano: né de pauvres Ayeux,
La Santé, la Vertu furent mon héritage.
Ces biens que rarement le riche eût en partage,
De mon état paisible assuroient le bonheur,
Quand trahi par l'Objet qui ravissoit mon coeur,
D'un confident chéri j'implorai l'assistance.
Sa froideur pour mes maux trompa ma confiance.
L'Ingrate que j'aimois, méprisant mon courroux
M'apprit que mon ami deviendroit son époux.
Accablé, poursuivi du trait qui me déchire,
D'un Pilote Espagnol je monte le Navire,
Et l' Eurus en fureur nous jette en des Climats
Où nuls Européens n'avoient porté leurs pas.
Nous franchissions la mer qui de vous les sépare,
Lorsque notre Vaisseau fut pris par un Barbare:
Pour nous abandonner au mépris de sa Cour,
Ce Tyran, par orgueil, nous conserva le jour.

　　　　　　　　　　　　　　　　　　　Dès

Dès qu'inſtruit de ſes moeurs j'entendis ſon lan-
		gage,
La ruſe où j'eus recours nous ſauve de ſa rage.
Notre Art dans les Combats, propre à ſa cruauté,
En flattant ſes projets adoucit ſa fierté.
Bientôt de nos conſeils ne prenant plus d'allarmes,
Pour ſervir ſes fureurs il nous rendit nos Armes:
Je promis, par mes ſoins, d'en remplir ſes Etats,
S'il nous étoit permis de voir nos Climats.
Un Fils de notre Chef demandé pour ôtage,
Par un Traité conclu rompit notre eſclavage.
Son Pere qui d'accord ſignoit nos faux ſermens,
En eſt reſté le gage, et livra ſes vieux ans
Pour ſauver du trépas l'objet de ſa tendreſſe.
Des périls, me dit-il, éloigne ſa jeuneſſe:
Loin de gémir pour moi, ſonge a briſer ſes fers;
Pars, et ſans différer prens la route des Mers.
A ce Chef généreux répondant par mes larmes,
J'obéis; mais, hélas! ſon coeur, rempli d'allar-
			mes,
De nos jours malheureux ignoroit le deſtin.
A peine nous quittions ce Rivage inhumain,
Que ſur l'Onde, où s'éléve un orage effroyable,
Notre Vaiſſeau briſé fond ſur un Banc de Sable.
Chacun fuit le trépas ſur de légeres Canots;
Mais le danger preſſant d'abîmer dans les Flots,
Nous rend tous ennemis. Le Pilote perfide
Livre aux Mers les Rameurs dont le poids l'inti-
			mide,
Et malgré nos efforts, nos Eſquifs renverſés
Sur la vogue en fureur nous jettent diſperſés.
Ecraſé par les Flots qui battoient le Rivage,
Dans le creux d'un Rocher j'en évitai la rage.
Qui pourroit exprimer, en ces momens d'horreur,
Les divers ſentimens qui déchiroient mon coeur!
Où ſuis-je, me diſois-je? eſt ce un Déſert aride?
Chez des peuples cruels ſi le malheur me guide,
Quel ſera mon deſtin? Où fuir? Quoi! dans ces
			lieux,
Nuls de mes compagnons ne s'offrent à mes yeux!
Je me vois à regret échappé du naufrage.
				L'eau

L'eau qui calma ma soif ranimant mon courage,
Ramena dans mon ame un moment de bonheur;
J'en jouis. La nuit vint; et malgré ma terreur,
Sur un arbre élevé que je pris pour azyle,
Ma fatigue fit naître un sommeil plus tranquile
Qu'aux lits où la molleſſe endort ſes favoris.
Dès que l'éclat du jour réveilla mes eſprits,
J'invoque l'Eternel, et retourne au rivage.
J'y vois notre Navire échoué ſur la Plage.
Quel déplorable aſpect pour mon coeur attendri!
Le Fils du Capitain, et ſon Frère chéri,
Dans les bras l'un de l'autre avoient perdu la vie.
D'autres Morts que la Mer rejettoit en furie,
Sur le ſable étendus, redoublerent mes pleurs.
Déchiré par la faim, en plaignant leurs malheurs,
De leurs vivres épars je ſaiſis l'héritage.
Ces ſecours précieux, que j'emporte à la nage,
Bientôt ſont épuiſés, et ces Climats déferts
Ne m'offroient d'aliment que la pêche des Mers.
Sans armes, ſans filets, abreuvé d'une ſource,
Un coquillage exquis fût ma ſeule reſſource.
J'en enflammai l'écaille au feu pris d'un Rocher.
Dans le frivole eſpoir d'attirer le Nocher,
A nourrir ce Fanal j'employois mon adreſſe.
Le tems qui, par dégrés, augmentoit ma triſteſſe,
Uſa mes vétements, et brûla du Soleil,
Quand ſous d'épais roſeaux je cherchois le ſommeil,
Des Reptiles marins y menacent ma vie.
Sous les antres je vois des Tigres en furie;
Et d'écueils en écueils la Faim que me pourſuit,
Prête à m'enſevelir dans l'éternelle Nuit,
Force mon déſeſpoir à changer de retraite.
Dans l'horreur, qui par-tout ſuit ma courſe in-
quiéte,
Sur un Mont eſcarpé je m'ouvris des ſentiers:
Les ;Champs qu'il dominoit abondoient en Pal-
miers.
Ma peur, à cet aſpect, un moment diſſipée,
Laiſſe de mon bonheur ma Raiſon occupée.
Quoi! dis-je, en ces beaux lieux je regne! et de
mes jours

Nul

Nul injuſte Mortel ne peut troubler le cours! Madame du Bocage.
Je n'y crains ni l' Amour, ni la fureur des armes;
Cette joie à l'inſtant fut changée en allarmes.
Des Géants que je vis au travers des buiſſons,
Dévoroient à l'envi deux de leurs compagnons.
En fuyant ce tableau dont frémit la Nature,
D'un feuillage agité je crains juſqu'au murmure;
Mon ombre eſt à mes yeux un Géant qui me ſuit.
Enfin, du haut d'un Roc, où l'effroi me conduit,
J'apperçois un' Vaiſſeau qui de la mer me préſente,
L'oeil fixé vers ces Mâts ſi chers à mon attente,
Mes Sens de ma Raiſon n'écoutoient plus la loi;
Je friſſonnois; mes mains ſe ſerroient malgré moi.
Le ſoir vint, ce Vaiſſeau diſparut à ma vuё.
Par mon déſir trompé, ma douleur plus aiguё
Demandoit aux Deſtins de terminer mes jours;
Mes larmes des ruiſſeaux avoient groſſi le cours;
Mes ſanglots aux Rochers exprimoient mon martyre.
Soupirs, chers à mon coeur, par vous ſeuls je reſpire!
Columb vous entendit dans ces brûlans Climats.
Où pour changer mon ſort le Ciel guida ſes pas.
Il fut par mes récits qu'étoufferent ma joie,
A quels tourmens cruels mon ame étoit en proie,
Et les lieux où jadis je languis dans les fers.
Oublions aujourd'hui les maux que j'ai ſoufferts,
Puiſque dans les liens j'appris vortre langage.
Mais, hélas! notre Chef y reſte pour ôtage.
Colomb, pour l'en tirer, bravoit les Aquilons.
Quand leur vol, qui vers vous portoit nos pavillons,
Nous força d'aborder votre heureuſe retraite.
A mon Liberateur j'y ſervis d' Interpréte.
Zama, daigne m'entendre, et plaindre mon malheur:
De mes Deſtins le Ciel adoucit la rigueur.
Il dit, on le conſole; et la Nuit qui s'avance,
Sur le pas du Sommeil améne le Silence.

Oſſian.

Offian.

Ungeachtet so vieler scharfsinnigen Untersuchungen, welche Dr. Blair, Warton, Dr. Johnson, Shaw, Smith, Clark, u. a. m. über die Aechtheit derjenigen Gedichte angestellt haben, welche ein Schottländer Macpherson als Gedichte Offian's, eines celtischen Barden im dritten Jahrhunderte, in Prosa über▮, im J. 1761 zuerst bekannt machte, bleibt es doch immer noch zweifelhaft, wie groß oder wie geringe der Antheil sey, welchen die wirklich ächte, zum Theil im Munde der Hochländer noch gangbare altschottische Poesie an diesen Gedichten hat, die wohl unstreitig ihre gegenwärtige Form und Einkleidung größtentheils erst von jenem englischen Uebersetzer erhalten haben. Minder streitig aber ist der hohe Werth dieser Gedichte wegen ihrer edlen erhabenen Simplicität, wegen ihrer Neuheit und Mannichfaltigkeit an Bildern und Empfindungen, und wegen ihrer eindringlichen, naturvollen Schreibart. Fingal und Temora sind darunter die größten und vollständig, auch dem Wesentlichen, wenn gleich nicht der Form nach, wirklich episch. Hier nur die Geschichte der Agandecca, eine Episode im Fingal, die aber mit dem Ganzen in genauer Verbindung steht, und gewissermaßen die Katastrophe des Gedichts vorbereitet und herbeiführt.

FINGAL; B. III.

Before the halls of Starno the sons of the chace convened. The king's dark brows were like clouds. His eyes like meteors of night. Bring hither, he cries, Agandecca to her lovely king of Morven. His hand is stained with the blood of my people; and her words have not been in vain. —

She came with the red eye of tears. She came with her loose raven locks. Her white breast heaved with sighs, like the foam of the streamy Lubar.

Starno

Starno pierced her fide with fteel. She fell like a
wreath of fnow that flides from the rocks of Ronan;
when the woods are ftill, and the eccho deepens
in the vale.

Then Fingal eyed his valiant chiefs, his valiant
chiefs took arms. The gloom of the battle roared,
and Lochlin fled or died. — Pale, in his bound-
ing fhip he clofed the maid of the raven hair. Her
tomb afcends on Ardven, and the fea roars round
the dark dwelling of Agandecca.

Bleffed be her foul, faid Cuchullin, and bleffed
be the mouth of the fong. — Strong was the youth
of Fingal, and ftrong is his arm of age. Lochlin
fhall fall again before the king of ecchoing Morven.
Shew thy face from a cloud, o moon; light his
white fails on the wave of the night. And if any
ftrong fpirit of heaven fits on that low - hung cloud;
turn his dark fhips from the rock, thou rider of
the ftorm!

Such were the words of Cuchullin at the found
of the mountain - ftream, when Calmar afcended
the hill, the wounded fon of Matha. From the field
he came in his blood. He leaned on his bending
fpear. Feeble is the arm of battle! but ftrong the
foul of the hero!

Welcome! O fon of Matha, faid Connal, wel-
come art thou to thy friends! Why burfts that bro-
ken figh from the breaft of him, that never feared
before?

And never, Connal, will he fear, chief of the
pointed fteel. My foul heightens in danger, and
exults in the noife of battle. I am of the race of
fteel; my fathers never feared.

Cormar was the firft of my race. He fported
through the ftorms of the waves. His black fkiff
bounded on ocean, and travelled on the wings of
the blaft. A fpirit once embroiled the night.
Seas fwell and rocks refound. Winds drive along

the clouds. The lightning flies on wings of fire.
He feared and came to land: then bluſhed that he
feared at all. He ruſhed again among the waves
to find the ſon of the wind. Three youths guide
the bounding bark; he ſtood with the ſword un-
ſheathed. When the low-hung vapour paſſed, he
took it by the curling head, and ſearched its dark
womb with his ſteel. The ſon of the wind forſook
the air. The moon and ſtars returned.

Such was the boldneſs of my race; and Calmar
is like his fathers. Danger flies from the uplifted
ſword. They beſt ſucceed who dare.

But now, ye ſons of green-vallyed Erin, retire
from Lena's bloody heath. Collect the ſad remnant
of our friend, and join the ſword of Fingal. I
heard the ſound of Lochlin's advancing arms; but
Calmar will remain and fight. My voice ſhall be
ſuch, my friends, as if thouſands were behind me.
But, ſon of Semo, remember me. Remember Cal-
mar's lifeleſs corſe. After Fingal has waſted the
field, place me by ſome ſtone of remembrance, that
future times may hear my fame; and the mother
of Calmar rejoice over the ſtone of my renown.

No: ſon of Maths, ſaid Cuchullin, I will never
leave thee. My joy is in the unequal field; and
my ſoul increaſes in danger. Connal, and Carril
of other times, carry off the ſad ſons of Erin; and
when the battle is over, ſearch for our pale corſes
in this narrow way. For near this oak we ſhall
ſtand in the ſtream of the battle of thouſands.

O Fithil's ſon, with feet of wind, fly over the
heath of Lena. Tell to Fingal that Erin is inthrall-
ed, and bit the king of Morven haſten. O let him
come like the ſun in a ſtorm, when he ſhines on
the hills of graſs.

Morning is gray on Cromla; the ſons of the
ſea aſcend. Calmar ſtood forth to meet them in the
pride

pride of his kindling ſoul. But pale was the face of the warrior; he leaned on his father's ſpear. That ſpear which he brought from Lara's hall, when the ſoul of his mother was ſad. — But ſlowly now the hero falls like a tree on the plains of Cona. Dark Cuchullin ſtands alone like a rock in a ſandy vale. The ſea comes with its waves, and roars on its hardened ſides. Its head is covered with foam, and the hills are ecchoing around. — Now from the gray miſt of the ocean the white-ſailed ſhips of Fingal appear. High is the grove of their maſts as they nod, by turns, on the rolling wave.

Swaran ſaw them from the hill, and returned from the ſons of Erin. As ebbs the reſounding ſea through the hundred iſles of Iniſtore; ſo loud, ſo vaſt, ſo immenſe returned the ſons of Lochlin againſt the king of the deſert hill. But bending, weeping, ſad, and ſlow, and dragging his long ſpear behind, Cuchullin ſunk in Cromla's wood, and mourned his fallen friends. He feared the face of Fingal, who was wont to greet him from the fields of renown.

How many lie there of my heroes! the chiefs of Iniſfail! they that were chearful in the hall, when the ſound of the ſhells aroſe. No more ſhall I find their ſteps in the heath, or hear their voice in the chace of the hinds. Pale, ſilent, low on bloody beds are they, who were my friends! O ſpirits of the lately-dead, meet Cuchullin on his heath. Converſe with him on the wind, when the ruſtling tree of Tura's cave reſounds. There, far remote, I ſhall lie unknown. No bard ſhall hear of me. No gray ſtone ſhall riſe to my renown. Mourn me with the dead, o Bragela! departed is my fame.

Such were the words of Cuchullin when he ſunk in the woods of Cromla.

Mil⸗

Milton.

S. B. II. S. 83. — Sein verlornes Paradies *(Paradise Lost)* in zwölf Büchern behauptet noch immer, nicht nur unter den Epopöen der Engländer, sondern überhaupt unter allen neuern Heldengedichten, den vorzüglichsten Rang. Milton besaß ein ungemein großes, reiches, und wahrhaftig dichterisches Genie, und eine sehr viel befassende Einbildungskraft, die selbst durch den Verlust seines Gesichts, der ihn um sein vierzigstes Lebensjahr traf, erhöht, verstärkt und bereichert wurde; und eben so wenig konnten Armuth, politische Gefahr, Ungnade, Einsamkeit und Alter seinen hohen Geist danieder beugen. Ein italiänisches Trauerspiel des Andreini, *L'Adamo*, veranlaßte ihn zuerst zur Wahl jenes Stofs. (Man sehe einen Auszug daraus in *Warton's* Essay on Pope, Vol. II. p. 414. ff.) Im Jahr 1667 erschien dieß Heldengedicht zuerst, in zehn Büchern, und 1674 in zwölf Büchern. Anfänglich erregte es wenig Aufmerksamkeit, bis zuerst Dryden und nachher Addison im Spectator, die großen Schönheiten dieses Werks lebhaft einsahen, und die Bewunderung zuerst rege machten, welche ihm hernach sowohl seine Nation, als die Ausländer schenkten, die es mehrmal mit sehr verschiedenem Glück, übersetzten. Pearce, Bentley, Newton und Richardson sind die berühmtesten Kommentatoren über das Verlorne Paradies; auch ist hier der Vertheidigung desselben gegen so manche einseitige und mißverstandne Kritiken zu gedenken, welche Bodmer zum Hauptinhalte seiner Krit. Abh. vom Wunderbaren machte, die zu Zürich, 1740. 8. herauskam. — Weniger Ruhm und inneres Verdienst hat eben dieses Dichters Wiedererlangtes Paradies *(Paradise Regained)* in vier Büchern, dessen vornehmster Inhalt der Sieg des Erlösers, über den Versucher in der Wüste ist. — Hayley schließt (Ep. III. v. 431.) seine glückliche Charakterisirung Milton's mit den beiden schönen Versen:

> Round the blest Bard his raptur'd audience throng,
> And feel their souls *imparadis'd* in song.

Als eine kleine Probe des herrlichen Ganzen gebe ich hier bloß den Anfang des fünften Buchs, welcher den anbrechenden

chenden Morgen schildert, an welchem Eva dem Adam den
Traum erzählt, der sie beunruhigte, und worüber er sie zu
beruhigen sucht. Sie gehen an ihr Tagewerk, und richten
an Gott ihren Morgengesang.

Milton.

PARADISE LOST, B. V. v. 1—219.

Now morn, her rosy steps in th'eastern clime
Advancing, sow'd the earth with orient pearl,
When Adam wak'd, so custom'd; for his sleep
Was airylight from pure digestion bred,
And temp'rate vapours bland, which th'only sound
Of leave and fuming rills, Aurora's fan,
Lightly dispers d, and the shrill matin song
Of birds on every bough; So much the more
His wonder was to find unwaken'd Eve
With tresses discompos'd, and glowing cheek,
As through unquiet rest: he, on his side
Leaning half-rais'd, with looks of cordial love
Hung over her enamour'd, and beheld
Beauty, which, whether waking or asleep,
Shot forth peculiar graces; then with voice
Mild, as when Zephyrus on Flora breathes,
Her hand soft touching, whisper'd thus: Awake,
My fairest, my espous'd, my latest found,
Heav'ns last best gift, my ever-new delight,
Awake! the morning shines, and the fresh field
Calls us; we lose the prime, to mark how spring
Our tended plants, how blows the citron grove,
What drops the myrrh, and what the balmy reed,
How nature paints her colours, how the bee
Sits on the bloom extracting liquid sweet.
Such whisp'ring wak'd her, but with startled eye
On Adam, whom embracing, thus she spake:
O sole in whom my thoughts find all repose,
My glory, my perfection, glad I see
Thy face, and morn return'd; for I this night
(Such night till this I never pass'd) have dream'd

U 3						I

If dream'd, not, as I oft am wont, of thee,
Works of day paft, or morrow's next defign;
But of offence and trouble, which my mind
Knew never till this irkfome night; methought
Clofe at mine ear one call'd me forth to walk
With gentle voice; I thought it thine; it faid:
Why fleep'ft thou, Eve? now is the pleafant time,
The cool, the filent, fave where filence yields
To the night - warbling bird, that now awake
Tunes fweeteft his love - labour'd fong; now reigns
Full orb'd the moon, and with more pleafing light
Shadowy fets off the face of things; in vain
If none regard; heav'n wakes with all his eyes;
Whom to behold but thee, Nature's defire?
In whofe fight all things joy, with ravifhment
Attracted by thy beauty ftill to gaze:
I rofe as at thy call, but found thee not;
To find thee I directed then my walk;
And on, methought, alone I pafs'd through ways
That brought me on a fudden to the tree
Of interdicted knowledge: fair it feem'd,
Much fairer to my fancy than by day:
And as I wondring look'd, befide it ftood
One fhap'd and wing'd like one of thofe from
                 heav'n
By us oft feen; his dewy locks diftill'd
Ambrofia; on that tree he alfo gaz'd;
And, o fair plant, faid he, with fruit furcharg'd
Deigns none to eafe thy load, and tafte thy fweet,
Nor God, nor Man? Is knowledge fo defpis'd?
Or envy, or what referve forbids to tafte?
Forbid who will, none fhall from me withhold
Longer thy offer'd good; why elfe fet here?
This faid, he paus'd not, but with vent'rous arm
He pluck'd, he tafted: me damp horror chill'd
At fuch bold words vouch'd with a deed fo bold.
But he thus overjoy'd, o fruit divine,
Sweet of thy felf, but much more fweet thus
                 cropt.
Forbidden here, it feems, as only fit
For god, yet able to make gods of men;

                             And

Milton.

And why not gods of men, fince good, the more
Communicated, more abundant grows,
The author not impair'd, but honour'd more?
Here, happy creature, fair angelic Eve,
Partake thou alfo; happy though thou art,
Happier thou may be, worthier canft not be:
Tafte this, and be henceforth among the gods,
Thyfelf a goddefs, not to earth confin'd
But fometimes in the air, as we; fometimes
Afcend to heav'n, by merit thine, and fee,
What life the gods live there, and fuch live thou:
So faying, he drew nigh, and to me held
Ev'n to my mouth, of that fame fruit held part
Which he had pluck'd; the pleafant favoury fmell
So quicken'd appetite, that I, methought,
Could not but tafte. Forthwith up to the clouds
With him I flew, and underneath beheld
The earth outftretch'd immenfe, a profpect wide
And various: wondring at my flight and change
To this high exaltation: fuddenly
My guide was gone, and I, methought, funk down,
And fell afleep: but o how glad I wak'd,
To find this but a dream! Thus Eve her night
Related, and thus Adam anfwer'd fad.
Beft image of myfelf, and dearer half,
The trouble of thy thoughts this night in fleep
Affects me equally; nor can I like
This uncouth dream, of evil fprung, I fear:
Yet evil whence? in thee can harbour none,
Created pure. But know, that in the foul
Are many leffer faculties, that ferve
Reafon as chief: among thefe Fancy next
Her office holds; of all external things,
Which the five watchful fenfes reprefent,
She forms imaginations, airy fhapes,
Which reafon joining or disjoining, frames.
All what we affirm or what deny, and call
Our knowledge or opinion: then retires
Into her private cell, when nature refts
Oft in her abfence mimic fancy wakes,
To imitate her; but misjoining fhapes,

Wild work produces oft, and moſt in dreams
Ill matching words and deeds long paſt or late.
Some ſuch reſemblances, methinks, I find
Of our laſt evenig's talk, in this thy dream,
But with addition ſtrange: yet be not ſad,
Evil into the mind of God or man
May come and go, ſo unapprov'd, and leave
No ſpot or blame behind: which gives me hope
That what in ſleep thou didſt abhor to dream
Waking thou never wilt conſent to do.
Be not diſhearten'd then, nor cloud thoſe looks
That wont to be more chearful and ſerene,
Than when fair morning firſt ſmiles on the World
And let us to our freſh employments riſe
Among the groves, the fountains, and the flowers
That open now their choiceſt boſom'd ſmells
Reſerv'd from night, and kept for thee in ſtore.
So chear'd he his fair ſpouſe, and ſhe was chear'd,
But ſilently a gentle tear let fall
From either eye, and wip'd them with her hair;
Two other precious drops that ready ſtood,
Each in their cryſtal ſluice, he ere they fell
Kiſs'd, as the gracious ſigns of ſweet remorſe
And pious awe, that fear'd to have offended.
So all was clear'd, and to field they haſt
But firſt, from under ſhady arbo'rous roof
Soon as they forth were come to open ſight
Of day - ſpring, and the ſun, who ſcarce upriſen
With wheels yet hov'ring o'er the ocean-brim
Shot parallel to the earth his dewy ray.
Diſcovering in wide landſcape all the eaſt
Of Paradiſe and Eden's happy plains
Lowly they bow'd adoring and began
Their oriſons, each morning duly paid
In various ſtyle; for neither various ſtyle
Nor holy rapture wanted they to praiſe
Their Maker, in fit ſtrains pronounc'd, or ſung
Unmeditated, ſuch promt eloquence
Flow'd from their lips, in proſe or numerous verſe.
More tuneable than needed lut or harp
To add more ſweetneſs; and they thus began:

Theſe

Theſe are thy glorious works, Parent of good,   Milton.
Almighty, thine this univerſal frame,
Thus wondrous fair; thy ſelf how wondrous then!
Unſpeakable, who ſitt'ſt above theſe heav'ns
To us inviſible, or dimly ſeen
In theſe thy loweſt works; yet theſe declare
Thy goodneſs beyond thought, and pow'r divine
Speak ye who beſt can tell, ye ſons of light,
Angels; for ye behold him, and with ſongs
And choral ſymphonies, day without night,
Circle his throne rejoicing; ye in heav'n.
On hearth join all ye creatures to extol
Him firſt, him laſt, him midſt, and without end
Faireſt of ſtars, laſt in the train of night
If better thou belong not to the dawn
Sure pledge of day, that crown'ſt the ſmiling morn
With thy bright circlet, praiſe him in thy ſphere
While day ariſes, that ſweet hour of prime
Thou ſun, of this great world bold eye and ſoul
Acknowlege him thy greater; ſound his praiſe
In thy eternal courſe, both when thou climb'ſt,
And when high noon haſt gain'd, and when thou
                    fall'ſt.
Moon, that now meet'ſt the orient ſun, now fly'ſt,
With the fix'd ſtars, fix'd in their orb that flies;
And ye five other wand'ring fires that move
In myſtic dance not without ſong, reſound
His praiſe, who out of darkneſs call'd up light.
Air, and ye elements, the eldeſt birth
Of nature's womb, that in quaternion run
Perpetual circle, multiform; and mix,
And nouriſh all things; let your ceaſeleſs change
Vary to our great Maker's ſtill new praiſe.
Ye miſts and exhalations, that now riſe
From hill or ſteaming lake, duſky or gray,
Till the ſun paint your fleecy ſkirts with gold,
In honour to the world's great Author riſe,
Whether to deck with clouds th' uncolour'd ſky,
Or wet the thirſty earth with fallen ſhowers,
Riſing or falling till advance his praiſe!
His praiſe, ye winds, that from four quarters blow,
                U 5   Breathe

Breathe foft or loud; and wave your tops, ye pines,
With every plant, in fign of worfhip wave.
Fountains, and ye, that warble, as ye flow,
Melodious numbers, warbling tune his praife.
Join voices to all living fouls; ye birds,
That finging up to heaven - gate afcend,
Bear on your wings and in your notes his praife.
Ye that in waters glide, and ye that walk
The earth, and ftately tread, or lowly creep;
Witnefs if I be filent, morn or even,
To hill, or valley, fountain, or frefh fhade,
Made vocal by my fong, and taught his praife.
Hail univerfal Lord, be bounteous ftill
To give us only good; and if the night
Have gather'd ought of evil, or conceal'd,
Difperfe it, as now light difperfes the dark!

So pray'd they innocent, and to their thoughts
Firm peace recover'd foon, and wonted calm.
On to their morning rural work they hafte,
Among fweet dews and flow'rs; where any row
Of fruit - trees over - woody reach'd too far
Their pamper'd boughs, and needed hands to
                                    check
Fruitlefs embraces: or they led the vine
To wed her elm; fhe fpous'd about him twines
Her marrigeable arms, and with her brings
Her dow'r, th' adopted clufters, to adorn
His barren leaves.

Glover.

Richard Glover, geb. 1712, gest. 1785, war ein Mann von vielen Kenntnissen und ausgezeichneten Talenten, obgleich eigentlich nicht Gelehrter, sondern Kaufmann. Als Dichter hat er sich durch sein Trauerspiel, Medea, und noch mehr durch sein Heldengedicht, Leonidas, in zwölf Büchern, berühmt gemacht, welches zuerst im Jahr 1737 erschien, und gleich in diesem und dem folgenden Jahre zweimal wieder aufgelegt, hernach aber, von dem Dichter durchaus verbessert, und, da es vorher nur neun Bücher gehabt hatte, mit drei neuen vermehrt wurde. Die mannichfaltigen Schönheiten, welche diesem Gedichte, auch ohne Beyhülfe des Wunderbaren, eigen sind, hat Dr. Pemberton in seinen Observations on Poetry, especially Epic, occasioned by the late Poem upon Leonidas; Lond. 1738. 12. und Hr. Hofrath Ebert in der sehr lehrreichen Vorrede zu seiner vortrefflichen Uebersetzung desselben (Hamb. 1778. 8.) umständlich aus einander gesetzt. Der Inhalt ist kürzlich folgender: Xerxes grif mit einem ausserordentlich zahlreichen Heere Griechenland an. Die Spartaner befragten das Orakel, welches den Ausspruch that, es müsse entweder ein König vom Geschlecht des Herkules sterben, oder Lacedämon zerstört werden. Leonidas bot sein Leben zum Opfer dar, zog mit dreihundert Spartanern nach Thermopylä, und vereinte sich da mit den übrigen Griechen. Sie verschmähten die Friedensanträge des Xerxes, und lieferten mit vielem Muth und Glück eine Schlacht. Die Perser überfielen hernach die Griechen auf dem Gebirge; sie wurden aber bei Nacht in ihrer Ruhe von Leonidas und seiner geringen Mannschaft überfallen, und zum Theil niedergemacht; am Morgen aber, da die Perser die geringe Anzahl ihrer Feinde entdeckten, wandte sich das Glück; und die meisten Spartaner fielen durch die Pfeile der Perser, von denen sie eingeschlossen waren; unter ihnen auch Leonidas.

Glover vollendete vor seinem Tode noch ein zweites episches Gedicht, The Athenaid, welches gewissermaßen eine Fortsetzung jenes erstern ist, und von seiner Tochter Mrs. Halsay, im Jahr 1788, in drei Duodezbänden zum Druck befördert

Glover.   befördert wurde. — Von den Lebensumständen und dem
sehr liebenswürdigen Charakter dieses Dichters s. das *European Magazine* for Ianuary 1786, p. 1, ss.

LEONIDAS, B. IX. v. 1—166.

In sable vesture, splanged o'er with stars,
The night assum'd her throne. Recall'd from war,
Their toil, protracted long, the Greeks forget,
Dissolv'd in silent slumber, all, but those,
Who watch th' uncertain perils of the dark,
A hundred warriors. Agis was their chief.
High on the wall intent the hero sat.
Fresh winds across the undulating bay
From Asia's host the various din convey'd
In one deep murmur, swelling on his ear.
When by the sound of footsteps down they pass
Alarm'd, he calls aloud. What feet are these,
Which beat the echoing pavement of the rock?
Reply, nor tempt inevitable fate.

A voice reply'd. No enemies we come,
But crave admittance in an humble tone.

The Spartan answers. Through the midnight
                                         shade
What purpose draws your wand'ring steps abroad?

To whom the stranger. We are friends to
                                         Greece.
Through thy assistance we implore access
To Lacedaemon's King. The cautious Greek
Still hesitates; when musically sweet
A tender voice his wond'ring ear allures.

O gen'rous warrior, listen to the pray'r
Of one distress'd, whom grief alone hath led
Through midnight shades to these victorious tents,
A wretched woman, innocent of fraud.
                                         The

The chief, deſcending, through th' unfolded Glover.
                                gates
Upheld a flaming torch.   The light diſclos'd
One firſt in ſervile garments. Near his ſide
A woman graceful and majeſtic ſtood,
Not with an aſpect, rivalling the pow'r
Of fatal Helen, or th' inſnaring charms
Of love's ſoft queen, but ſuch, as far ſurpaſs'd,
Whate'er the lilly, blending, with the roſe,
Spreads on the cheek of beauty ſoon to fade;
Such, as expreſs'd a mind, by wiſdom rul'd,
By ſweetneſs temper'd; virtue's pureſt light
Illumining the countenance divine:
Yet could not ſoften rig'rous fate, nor charm
Malignant fortune to reverre the good;
Which oft with anguiſh rends a ſpotleſs heart,
And oft aſſociates wiſdom with deſpair.
In courteous phraſe began the chief humane.

    Exalted fair, whoſe form adorns the night,
Forbear to blame the vigilance of war.
My ſlow compliance to the rigid laws
Of Mars impute. In me no longer pauſe
Shall from the preſence of our king withold
This thy apparent dignity and worth.

    Here ending, he conducts her. At the call
Of his lov'd brother from his couch aroſe
Leonidas. In wonder he ſurvey'd
Th' illuſtrious virgin, whom his preſence aw'd.
Her eye ſubmiſſive to the ground declin'd
In veneration of the godlike man.
His mien, his voice, her anxious dread diſpel,
Benevolent in hoſpitable thus.

    Thy looks, fair ſtranger, amiable and great,
A mind delineate, which from all commands
Supreme regard. Relate, thou noble dame,
By what relentleſs deſtiny compell'd,
Thy tender feet the paths of darkneſs tread;
Rehearſe th' afflictions, whence thy virtue mourns.
                                        On

Glover.

On her wan cheek a sudden blush arose
Like day, first dawning on the twilight pale;
When, wrapt in grief, these words a passage found.

If to be most unhappy, and to known,
That hope is irrecoverably fled;
If to be great and wretched my deserve
Commiseration from the brave: behold,
Thou glorious leader of unconquer'd bands,
Behold, descended from Darius' loins,
Th' afflicted Ariana; and my pray'r
Accept with pity, nor my tears disdain.
First, that I lov'd the best of human race,
Heroic, wise, adorn'd by ev'ry art,
Of shame unconscious doth my heart reveal.
This day, in Grecian arms conspicuous clad,
He fought, he fell. A passion, long conceal'd,
For me alas! within my brother's arms
His dying breath resigning he disclos'd.
Oh! I will stay my sorrows! will forbid
My eyes to stream before thee, and my breast,
O'erwhelm'd by anguish, will from sighs restrain!
For why should thy humanity be griev'd
At my distress, why learn from me to mourn
The lot of mortals, doom'd to pain and woe.
Hear then, o king, and grant my sole request,
To seek his body in the heaps of slain.

Thus to the hero su'd the royal maid,
Resembling Ceres in majestic woe,
When supplicating Jove from Stygian gloom,
And Pluto's black embraces to redeem
Her lov'd and lost Proserpina. Awhile
On Ariana fixing stedfast eyes,
These tender thoughts Leonidas recall'd.

Such are thy sorrows, o for ever dear,
Who now at Lacedaemon dost deplore
My everlasting absence. Then aside
He turn'd and sigh'd. Recov'ring, he address'd
His brother: Most beneficent of men,

At-

Attend, assist this princess. Night retires
Before purple-winged morn. A band
Is call'd. The well-remember'd spot they find,
Where Teribazus from his dying hand
Dropt in their sight his formidable sword;
Soon from beneath a pile of Asian dead
They draw the hero, by his armour known.

Then, Ariana, what transcending pangs
Were thine! what horrors! In thy tender breast
Love still was mightiest. On the bosom cold
Of Teribazus, grief-distracted maid,
Thy beauteous limbs were thrown. Thy snowy
hue
The clotted gore disfigur'd. On his wounds
Loose flow'd thy hair, and, bubbling from thy
eyes,
Impetuous sorrow lav'd th'empurpled clay.
When forth in groans these lamentations broke

O torn for ever from these weeping eyes!
Thou, who despairing to obtain a heart,
Which then most lov'd thee, didst untimely yield
Thy life to fate's inevitable dart
For her, who now in agony reveals
Her tender passion, who repeats her vows
To thy deaf ear, who fondly to her own
Unites thy cheek insensible and cold.
Alas! do those unmoving, ghastly orbs
Perceive my gushing sorrow! Can that heart
At my complaint dissolve the ice of death
To share my suff'rings! Never, never more
Shall Ariana bend a list'ning ear
To thy enchanting eloquence, nor feast
Her mind on wisdom from thy copious tongue!
Oh! bitter, insurmountable distress!

She could no more. Invincible despair
Suppress'd all utt'rance. As a marble form,
Fix'd on the solemn sepulcher inclines
The silent head in imitated woe
                              O'er

Glover.

O'er fome dead hero, whom his country lov'd;
Entranc'd by anguifh, o'er the breathlefs clay
So hung the princefs. On the gory breach,
Whence life had iffu'd by the fatal blow,
Mute for a fpace and motionlefs fhe gaz'd;
When thus in accents firm. Imperial pomp,
Foe to my quiet, take my laft farewel.
There is a ftate, where only virtue holds
The rank fupreme. My Teribazus there
From his high order muft defcend to mine

    Then with no trembling hand, no change of
                   look
She drew a poniard which her garment veil'd;
And inftant fheathing in her heart the blade,
On her flain lover filent funk in death.
The unexpected ftroke prevents the care
Of Agis, pierc'd by horror and diftrefs
Like one, who, ftanding on a ftormy beach,
Beholds a found'ring veffel, by the deep
At once engulph'd; his pity feels and mourns,
Depriv'd of pow'r to fave: fo Agis view'd
The proftrate pair. He dropp'd a tear and thus.

    Oh! much lamented! Heavy on your heads
Hath evil fall'n, which o'er your pale remains
Commands this forrow from a ftranger's eye.
Illuftrious ruins! May the grave impart
That peace, which life deny'd! And now receive
This pious office from a hand unknown.

Wilkie.

Weit unter dem Range des Leonidas steht die Epigoniade, in neun Büchern, von einem englischen Geistlichen, William Wilkie, der auch Fabeln in Versen herausgegeben hat! Der Inhalt ist der bekannte Krieg der sogenannten Epigonen oder Abkömmlinge der vor Theben gebliebenen Helden, welche den Tod ihrer Väter am Kreon und an den Thebanern zu rächen suchten. Die Hauptpersonen und ihre Charaktere sind aus der Iliade entlehnt; obgleich der Dichter sehr willkührlich von der Tradition abgewichen ist, die Eusthatius in seinem Kommentar zum vierten Buche der Iliade, in Ansehung der Namen jener Helden, aufbehalten hat. Auch Kreon, den er zum damaligen Könige von Theben macht, war damals schon todt. In der Beobachtung des Kostume war dieser Dichter nicht viel sorgfältiger; und bis auf einige glückliche Stellen, ist der Ton seiner Erzählung meistens einförmig und ermüdend. Ueber diese, und mehrere Fehler dieser Epopöe sehe man das *Monthly Review*, Vol. XVI¹, p. 228 ff. Hier ist eine der lebhaftesten Schilderungen aus dem achten Buche:

THE EPIGONIAD; B. VIII.

Creon beheld, in rag'd to be withstood,
Like some fierce lion when he meets a flood
Or trench defensive, which his rage restrains
For flocks unguarded, left by careless swains;
O'er all the field he sends his eyes afar,
To mark fit entrance for a pointed war:
Near on the right a narrow space he found,
Where on could sustain and gain the ground.
Thither the warriors of the Theban host,
Whose martial skill he priz'd and valor most,
The monarch sent, Chalcidamus the strong,
Who from fair Thespia led his martial throng,
Where Helicon erects his verdant head,
And crowns the champaign with a lofty shade:

Wiltie.

Oechalia's chief was added to the band,
For valour fam'd and skilful in command;
Erithacus, with him, his brother, came,
Of worth unequal, and unequal fame.
Rhesus with these, the Thracian leader, went,
To merit fame, by high atchievements' bent;
Of stature tall, he scorns the pointed spear,
And crushes with his mace the ranks of war:
With him twelve leaders of his native train,
In combats taught the bounding steed to rein,
By none surpass'd who boast superior skill,
To send the winged arrow swift to kill,
Mov'd to the fight.   The rest of vulgar name,
Tho' brave in combat, were unknown to fame.

Their bold invasion dauntless to oppose,
Full in the midst, the bulk of Ajax rose;
Unarm'd he stood; but, in his mighty hand
Brandish'd, with gesture fierce, a burning brand,
Snatch'd from the ashes of a fun'ral fire;
An olive's trunk, five cubit lengths entire.
Arm'd for the fight, the Cretan monarch stood;
And Merion, thirsting still for hostile blood; –
The prince of Ithaca, with him who led
The youth, in Sycion and Pellene bred,
But ere they clos'd, the Thracian leader prest,
With eager courage, far before the rest;
Him Ajax met, inflam'd with equal rage:
Between the wond'ring hosts the chiefs engage,
Their weighty weapons round their heads they
                                        throw,
And swift, and heavy falls each thund'ring blow;
As when in Aetnas caves the giant brood,
The one-ey'd servants of the Lemnian god,
In order round the burning anvil stand,
And forge, with weighty strokes, the forked
                                        brand:
The shaking hills their fervid toil confess,
And echoes rattling thro' each dark recess:
So rag'd the fight; their mighty limbs they strain;
And oft their pond'rous maces fall in vain:

                                        For

For neither chief was deſtin'd yet to bleed;
But fate at laſt the victory decreed.
The Salaminian hero aim'd a ſtroke,
Which thund'ring on the Thracian helmet broke;
Stun'd by the boiſt'rous ſhock, the warrior reel'd
With giddy poiſe, then ſunk upon the field.
Their leader to defend, his native train
With ſpeed advance, and guard him on the plain.
Againſt his foe their threat'ning launces riſe,
And aim'd at once, a ſtrom of arrows flies:
Around the chief on ev'ry ſide they ſing;
One in his ſhoulders fix'd its barbed ſting.
Amaz'd he ſtood, nor could the fight renew;
But ſlow and ſullen from the foe withdrew.
Straight to the charge Idomeneus proceeds,
With hardy Merion try'd in martial deeds,
Laertes' valiant ſon, and he who led
The youth in Sycion, and Pellene, bred;
With force united, theſe the foe ſuſtain,
And waſteful havoc loads the purple plain:
In doubtful poiſe the ſcales of combat ſway'd,
And various fates alternately obey'd.

But now the flames, which barr'd th' invading foe,
Sunk to the waſted wood, in aſhes glow;
Thebes ruſhes to the fight; their poliſh'd ſhields
Gleam thro' the ſmoke, and brighten all the fields,
Thick fly the embers, where the courſers tread,
And cloudy volumes all the welkin ſhade.
The king of men, to meet the tempeſt, fires
His wav'ring bands, and valor thus inſpires.
Gods! ſhall one fatal hour deface the praiſe
Of all our ſleepleſs nights, and bloody days?
Shall no juſt meed for all our toils remain?
Our labors, blood, and victories in vain?
Shall Creon triumph, and his impious brow
Claim the fair wreath, to truth and valor due?
No, warriors! by the heav'nly pow'rs is weighd
Juſtice with wrong, in equal balance laid:
From Jove's high roof depend th' eternal ſcales,
Wrong mounts defeated ſtill, and right prevails.

Fear

wissie.

Fear then no odds; on heav'n itself depend,
Which falshood will confound, and truth defend.
He said; and sudden in the shock they close,
Their shields and helmets ring with mutual blows:
Disorder dire the mingling ranks confounds,
And shouts of triumph mix with dying sounds;
As fire, with wasteful conflagration, spreads,
And kindles, in its course, the woodland shades,
When, shooting sudden from the clouds above,
On some thick forest fall the flames of Jove;
The lofty oaks, the pines and cedars burn,
Their verdant honors all to ashes turn;
Loud roars the tempest; and the trembling swains
See the wide havoc of the wasted plains:
Such seem'd the conflict; such the dire alarms,
From shouts of battle mix'd with din of arms.
Thericles first, Lycaon's valiant son,
The sage, whose counsels prop'd the Theban throne,
Rose in the fight, superior to the rest,
And brave Democleon's fall his might confest,
The chief and leader of a valiant band,
From fair Eione and the Asinian strand.
Next Asius, Iphitus, and Crates fell;
Terynthian Podius trode the path to hell;
And Schedius, from Mazeta's fruitful plain,
Met there his fate, and perish'd with the slain.
Aw'd by their fall, the Argive bands give way;
As yields some rampart to the ocean's sway,
When rous'd to rage, it scorns opposing mounds
And sweeps victorious thro' forbidden ground.

―――――

Klop,

Klopſtock.

Dieſem Dichter vom erſten Range (ſ. B. IV. S. 62.) verdankt Deutſchland den Ruhm, in der höhern epiſchen Dichtungsart wenigſtens keiner andern neuern Nation nach: ſtehen zu dürfen, und vor den meiſten einen großen Vorzug zu behaupten. Durch ihn wurde die Religionsepopöe, die man aus ſeiner eignen Abhandlung über die heilige Poeſie (vor dem erſten Bande der Halliſchen Ausgabe des Meſſias) am richtigſten beurtheilen lernt, zu einer noch höhern Voll: kommenheit, als durch Milton, gebracht. Schon im J. 1748 erſchienen die drey erſten Geſänge ſeines Meſſias in den Bremiſchen Beiträgen; ſeitdem wurde das Ganze all: mählig vollendet. Es beſteht aus zwanzig Geſängen, und enthält die durch den Meſſias in ſeiner Menſchheit vollen: dete Erlöſung der ſündigen Menſchen, vom Anfange ſeines Leiden bis zu ſeiner Himmelfahrt. Was den Stof ſelbſt und deſſen Erzählung in der heiligen Geſchichte dem begei: ſterten Dichter ſchon reichlich darbot, iſt durch ſeine Anord: nung ſowohl, als durch ſeine von frommer Phantaſie gelei: tete ſchöpfriſche Dichtung noch ſehr gehoben worden, und intereſſirt durch die Abwechſelung von Erzählung, Schil: derung, Dialog, und lyriſchen Geſang eben ſo ſehr, als durch den weiſe benutzten Reichthum an Bildern und Gleich: niſſen, und durch die vollendete Schönheit des Ausdrucks und Versbaues. Noch kein deutſcher Dichter hat dem Hexameter in unſrer Sprache ſo viel Schönheit, Abwech: ſelung, Fülle und Wohlklang zu geben gewuſſt, als Klop: ſtock, der ſo oft, ſo lange und ſo reif darüber nachdachte, und die, ebenfalls vor der Halliſchen Ausgabe des Meſſias befindliche, vortreffliche Abhandlung über die Nachah: mung des griechiſchen Sylbenmaßes ſchrieb. — Faſt möchte ich aus einem Gedichte, worin ſich überall wettei: fernde Schönheiten darbieten, gar keine Probe wählen: aber es iſt doch gewiß die Wahl einer, wenn gleich nicht der einzigen, herrlichen Stelle, die ich hier treffe.

Messias. Ges. IV. v. 1064.

Singe, mein Lied, den Abschied des Liebenden
von den Geliebten,
Und die Reden der traurenden Freundschaft. Wie da
mals der Jünger,
Der mit dem hohen Jakobus ein Sohn des Donners
genannt ward,
Und in der einsamen Pathmos die Offenbarung auch
sahe,
An der Brust des Messias der vollen Seele Gefühl
sprach,
Dann gen Himmel vom Auge des Liebenswürdigen
aufsah;
Also fließe mein Lied voll Empfindung und seliger Ein-
falt!

Jesus sprach, und schaute voll Wehmuth in die
Versammlung:
Mich hat herzlich verlangt, mit euch dieß Mahl noch
zu halten,
Eh ich leide.... Bald sind sie erfüllt, die Worte der
Zeugen,
Welche von mir verkündigt haben. Ihr kennt den Pro-
pheten,
Der gewürdigt ward, der Gottheit Erscheinung zu
sehen,
Der der Seraphim Stimme vernahm, die den auf
dem Throne
Mit dem festlichen Halleluja der Himmel empfingen,
Daß vom Schallen der Lieder des Tempels Schwellen
erbebten,
Und das Heiligthum ganz von Opferwolken erfüllt
ward.
Damals war ich, zugegen mit meinem Vater. Auch
ich ward
Heilig! Heilig! genannt. Auch mir erhuben sich
Opfer

Von

Von den goldnen Altären! Auch mir erbebte der Tem-
                                              pel!
Denn ich bin lange vor Abram gewesen. Eh aus den
                                        Gewässern
Dieses heilige Land mit Gottes Bergen hervor stieg,
Eh die Welt war, bin ich gewesen! Doch diesen Ge-
                                              danken
Fasst ihr in seiner Größe noch nicht! . . . Der himm-
                                         lische Seher,
Der der Gottheit Herrlichkeit sah, hat auch in der Zu-
                                              kunft
Einen Menschen, wie ihr seyd, gesehn, und, vom
                                   Geiste gelehret,
Also von ihm verkündet: Die Schönheit des göttlichen
                                         Mannes,
Seine Gestalt ist vergangen! Das Lächeln der fried-
                                      samen Jahre,
Jede Ruhe des Lebens ist hin! Das Elend der Sün-
                                              der
Ist ganz über sein Haupt gekommen! Die Menschen
                                       verstummen,
Wenn sie sehen den Jammer in seiner Seele! Sie
                                         wenden
Ihm ihr Angesicht weg. Er aber hat unsere Schmer-
                                              zen,
Unser Elend getragen! Wir wähnten, er trüge die
                                          Lasten
Seiner Schuld! es hätte der Rächer den Sünder er-
                                      schüttert:
Aber um unsertwillen sind jene Wunden geöffnet,
Die er blutet. Wir sind die Verbrecher! Die Hand
                                   des Verderbens
Hat ihn um unsertwillen ergriffen.   Er leidet, daß
                                      Friede
Ueber uns komme, daß Heil mit seinen Flügeln uns
                                          decke!
Denn wir wandelten alle den Weg der Irre. Wir
                                          alle
Waren elend genug, uns selber Weisheit zu wählen.
Darum hat unsere Schuld auf ihn der Rächer ge-
                                      worfen.

Er

Klopstock. Er ist unser Versöhner, und geht ins Gericht, und
                    leidet,

Wird bis zum Tode gehorsam, und öffnet den göttli=
                    chen Mund nicht.

Wie ein verstummendes Lamm zum Opferaltare geführt
                    wird;

Also geht er geduldig daher, und schweigt. . . . Nun
                    ist er

Aus dem Gerichte genommen! Wer kann nun seine
                    Versöhnten

Zählen? wer der Heiligen Schaar, die durch ihn ge=
                    recht sind?

Weil er für die Sünder zum Opfer sein Leben ge=
                    bracht hat,

Werden ihm ganze Geschlechte zur neuen Schöpfung
                    erwachen,

Und sein Leben wird Ewigkeit seyn. . . . So sagt der
                    Erlöser,

Schaut gen Himmel, und schweigt. Er hatte lange
                    geschwiegen,

Fuhr jetzt fort: Es ist das letzte Mal, daß wir zu=
                    sammen

Dieses Abendmahl halten! Ich werde mit meinen Ge=
                    liebten

Nun nicht mehr das Gewächs des frohen Weinstocks
                    genießen,

Noch die Lämmer im Thal. Doch in den Hütten des
                    Friedens,

Wo viel Wohnungen sind, dort werdet ihr euren
                    Messias

Wiedersehn, und nebst den versammleten Vätern des
                    Bundes

Neue Feste begehn, die kein Abschiednehmen mehr
                    trennet.

     Jesus schwieg, und die Jünger um ihn. So schwieg
                    in den Hallen

Auf Moria das heilige Volk, da der weiseste Jüng=
                    ling

Unter den Söhnen von Abram; da Salomo bei den
                    Altären

                                        Seine

Seine Krone vor dem, der ewig iſt, nieder geworfen, `Klopſtock.`
Und der Weihe Gebet vollendet hatte; da ſichtbar
Von den Wolken der Herrlichkeit Gottes der Tempel
		erfüllt ward,
Daß die ſchauenden Prieſter nicht mehr zu opfern ver-
		mochten,
Und der Jubelgeſang der Halleluja verſtummte.
Jeder ſchwieg. Nur daß unterweilen der Betenden
		Einer
Schnell vom heiligen Schauer ergriffen, ſein Angeſicht
		aufhub,
Gegen die Nacht der Erſcheinungen ſah, mit beben-
		der Stimme
Heilig! Heilig! ſprach, und die Arme gen Himmel
		empor hielt.
Alſo ſchwiegen die Jünger, und alſo redte Lebbäus,
Da er mit leiſer Stimme ſich gegen Jſcharioth wandte:

	Ach, nun weiß ichs gewiß! der Sohn des Men-
		ſchen wird ſterben,
Was die übrigen Jünger von ſeinen Reden auch den-
		ken,
Die er ſo oft vom Tod' an uns hält! Komm, Ruhe
		vom Elend,
Tod, des müden Wanderers Schlaf, und erbarme
		dich meiner.
Wenn, wie ein Lamm zum Altare, der beſte der Men-
		ſchen geführt wird,
Komm dann mein einziger Troſt!... Hier ſprach er
		lauter und Seufzer
Unterbrachen die Rede des Jünglings. Ihn ſah der
		Meſſias,
Dich, Jſcharioth, auch. Mit menſchenfreundlicher
		Wehmuth
Schaut er in der Verſammlung herum, und ſagte zu
		ihnen:

	Ja, ich muß es euch ſagen: Hier unter meinen
		Geliebten
Iſt ein Jünger, der mich verrathen wird, einer der
		Zwölfe!
		X 5				`Ban-`

Banges Erstaunen ergriff die Versammlung. Sie
fragten ihn alle:

Herr, bin ichs? Der Messias erwiedert: Ja, einer
der Zwölfe!

Einer von euch, die mit mir das Mahl des Bundes
itzt halten.

Zwar (hier deckte sein Antlitz die ernste Miene des
Richters)

Zwar der Sohn des Menschen geht, wie die Seher
verkünden,

Seinen erhabenen göttlichen Weg: doch, wehe dem
Menschen,

Der ihn verräth! Es wäre dir besser, du wärst nie
geboren!

Jesus schaute voll Ernst. Ihn fragte Judas noch
einmal.

Jesus erwiedert mit leiserer Stimme: Du sagtest es
selber.

Aber Gedanken voll Ruh erheiterten wieder den
Mittler;

Süße Gedanken vom ewigen Heil. Er starb, das
Gedächtniß

Seines Todes zu stiften. Jetzt sprach er die feierlichen
Worte,

Die so viele Priester der Christen, so viele Gemeinen

Kühn entweihn, und in lauten Gesängen das Urtheil
des Todes

Ueber sich rufen. Er kennt sie nicht, der göttlicher
lebte,

Und am Kreuze nicht starb, für ewige Sünder zu
büßen!

All' empfingen von ihm das Brod, das er hatte ge-
weihet,

Und den heiligen Kelch. Sie kamen alle, mit De-
muth

Und in trauernder Stille, von seiner Hand es zu neh-
men.

Da Johannes sich nahte, und auf den glänzenden
Kelch sah,

Warf

Warf er zu Jesus Füßen sich nieder, und küßte sie Klopstock.
weinend,
Trocknete dann die Thränen mit seiner fallenden Locke.

Laß ihn meine Herrlichkeit sehn! sprach Jesus,
und schaute
Zu dem Vater empor. Johannes erhub sich, und
sahe
In der Tiefe des Saals der Seraphim helle Versamm=
lung.
Und die Seraphim wußten, daß er sie sah.   Jo=
hannes
Stand in Entzückung verloren.   Er schaute Gabriels
Hoheit
Starr, mit Erstaunen.   Er schaute des himmlischen
Raphaels Glänzen,
Und verehrt ihn.   Er sah auch Selem in menschlicherm
Schimmer
Und mit ausgebreiteten Armen entgegen ihm lächeln;
Und er liebte den Seraph.   Er wandte sich um, und
erblickte
In des Messias ruhigem Auge die Spuren der Gott=
heit!
Und er sank verstummend ans Herz des hohen Mes=
sias.
Gabriel aber erhub sich mit leisen Lüften, und sagte
Feurig zu Jesus: Umarme mich auch, wie du diesen
umarmtest,
Mittler Gottes! Ihm sagt der Messias: Du wirst
mir am Throne
Meiner Herrlichkeit dienen, und stehn auf dem glän=
zenden Stuhle,
Wo Eloa gestanden, am Allerheiligsten Gottes!

Gabriel betet' ihn an.   Zuletzt kam Judas, und
warf sich
Wie Johannes zu Jesu Füßen.   Ihm sagte der Gott=
mensch:

Juda steh auf! und gab ihm den Kelch, des To=
des Gedächtniß!
Er

Er empfing ihn mit Ruh. Ihm ſah der Meſſias ins
              Antliz,
Ward erſchüttert im Geiſt, und ſprach mit erhabener
              Stimme:

      Alle kenn' ich, die ich mir auserwählte: doch
              Einer
Wird mich verrathen! Ich ſag es euch jezt, daß ihr
              glaubt, wenns geſchehn iſt,
Und daß ihr wiſſt, wie ich den belohne, welcher ge-
              treu bleibt;
So vernehmet von mir die Würde der Ueberwinder:
Wer, wen ich ſend, aufnimmt, der nimmt mich ſelbſt
              auf! Wer aber
Alſo mich aufnimmt, nimmt auch den auf, der mich
              geſandt hat:
Dieſe Kron empfängt kein Verräther! Ich ſag' es noch
              einmal,
Einer von euch wird gewiß den Sohn des Menſchen
              verrathen.
Jeder ſahe den andern vom neuen mit ſorgender
              Angſt an.
Petrus winket Johannes. Der neigt ſich aus Herz
              des Meſſias.

      Herr, wer iſt es? So fragte mit ſanfter Stimme
              Johannes.
Dem ich dies Brod eintauche, dem ichs mit vertrau-
              licher Liebe
Und mit Bruderfreundlichkeit gebe, der iſt es, Jo-
              hannes!
Alſo ſagt der Meſſias, und reicht den Biſſen voll
              Freundſchaft
Judas Iſchariot hin. Johannes ſah dieß, und bebte:
Doch verſchwieg er aus Menſchenliebe den nahen Ver-
              räther.

      Judas ging mit Ungeſtüm fort. Die Nacht war
              gekommen;
Ihn umgaben die Schrecken der Nacht. Mit ſtarren-
              den Blicken
                                      Schaut

Schaut er in die Finſterniß aus und ſprach zu ſich <u>Klopſtoc.</u>
        ſelber:

    Alſo weiß ers gewiß!... Nun wird es der ſanfte
                Johannes,
Der ſtets lächelt, wenn man um ihn zugegen iſt, ſagen;
Alles ſagen, was ihm an dem Herzen Jeſus ver=
                traut iſt.
Alle werden es wiſſen! Es ſey! Die neuen Beherr=
                ſcher
Müſſen erſt fliehn, eh ſie Könige werden! Vielleicht,
                daß Johannes.
Bald ſein Lächeln verlernt, und Petrus in Banden
                nicht kühn iſt!
Und ſelbſt Jeſus, wie ſtreng, wie hochgebietend be=
                fahl er:
Juda, ſteh auf! So gebietet er nicht dem Liebling,
                Johannes.
Zwar den Königen wird nicht befohlen! Ich will ſie
                noch ſehen,
Eh ſie Könige ſind! in Banden will ich ſie ſehen!
Aber ihr Freund will ſterben.... Was iſt das? welch
                ein Gedanke
Iſt das Sterben für den, der ſelber Todte erweckt
                hat?
Sterben?... Will er mein Herz nur erweichen? Sey
                du nicht zu menſchlich,
Leidendes Herz!... Wenn er ſtirbt, ſo iſts nur ein Zu=
                fall geweſen,
Daß er ſo oft den Feinden entging! So iſt er ein
                Träumer,
Und von Gott nicht geſandt! Auch unſre Prieſter ſind
                Weiſe,
Sind Geweihte des Gottes der Götter! Sie haſſten
                ihn immer,
Und ſie handeln nach Moſes Geſetz! Ich bin ihr
                Vertrauter!
Aber er wird nicht ſterben!... Doch will ich gebunden
                ihn ſehen,
Wie er da redet? Vielleicht, daß er dann der geliebte=
                ten Jünger
                                Hohe

Klopstock. Hohe Würde vergißt, und den niedrigen Judas auch
          ansieht!
Doch ich muß eilen! Es warten auf mich Jerusalems
          Herrscher.

Also denkt er, und eilt zu des Hohenpriesters Pal=
          laste;
Und die Versammlung war jetzt ganz heilig. Wie da=
          mals der Frommen
Heiliges Volk, in reinerer Schöne, dem Antlitz des
          Siegers,
Dessen Wunden nun glänzten, erschien, da die Ju=
          gend der Christen,
Von dem Grab Ananias, der Gott log, wieder ge=
          kommen,
Kein unedler mehr war, zu entweihn der Heiligen
          Einmuth.
Jesus, seiner Größe gewiß, und wegen der Mühe
Seiner Versöhnung, ins Helle der Ewigkeit ausge=
          breitet,
Sprach mit göttlicher Hoheit und Ruh zu seinen Er=
          wählten:

  Nun ist der Sohn des Menschen verherrlicht! Und,
          ob er gleich Mensch ist,
Dennoch ist Gott auch verherrlicht durch ihn. Da
          durch ihn des Himmels
Höchstes Geheimniß, da durch ihn die Gottheit den
          Menschen enthüllt wird:
Wird der Vater ihn auch, durch Erbarmung ohn Ende,
          verklären.
Bald wird er ihn den Menschen in seiner Schönheit
          entdecken.
Eure Traurigkeit unterbricht mich. Was weinet ihr
          Kinder?
Ja, es ist wahr, ich werd euch verlassen! Ihr werdet
          mich suchen;
Und nicht finden. Ihr könnt den Weg, den ich gehe,
          nicht gehen;
Aber weinet nicht mehr! Ihr werdet mich wieder er=
          blicken,

                                        Ein=

Kinder, ich geb' euch ein neues Gebot, ein Gebot, das **Klopſtock.**
      edler,
Viel erhabener iſt, als was die Satzungen lehren:
Liebet euch unter einander! Wie euer Meſſias euch
      liebt;
Alſo liebet euch unter einander! Dann wiſſ' es der
      Erdkreis,
Daß ihr mein ſeid, wenn ihr unter einander euch
      liebet.

    Simon Petrus ſtand auf, trat näher zu Jeſus,
      und ſprach:
Herr wo geheſt du hin? Du kannſt mir jetzo nicht fol-
      gen,
Sprach der Erlöſer; einſt wirſt du mir folgen, die Wege
      zu wandeln,
Die ich wandle. Hierauf erwiederte Petrus mit Feuer:
Warum ſollte ich dir jetzo nicht folgen? Ich laſſe mein
      Leben
Für dein Leben! Du ließeſt dein Leben? Ich ſag es
      noch einmal:
Simon, du wirſt, vorm Anbruch des Tages, mich
      dreimal verleugnen.

    Jeſus war aufgeſtanden.   Er kniete nieder zu
      beten.
Neben ihm knieten die Jünger.   Seid ihr auch alle
      zugegen,
Sprach der Erlöſer mit Wehmuth.   Hier ſind wir!
      ſprachen die Jünger.
Eines Stimme hör' ich nicht mehr! Seid ihr alle zu-
      gegen?
Judas Iſchariot fehlt! . . . antwortete zitternd Leb-
      bäus,
Sank dann nieder.   Der Mittler erhub ſein Antlitz
      gen Himmel,
Betete mit erhabener Stimme: Die Stund' iſt ge-
      kommen,
Deinen Erſtgebornen in ſeiner Schönheit zu zeigen!
Zeig' ihn nun, Vater, daß du durch ihn auch verherr-
      lichet werdeſt!
                    Unter

Klopstock. Unter seine Gewalt gabst du die Sterblichen alle,
Daß er sie auferwecke vom Tod, und ewiges Leben
Ihnen gebe! Das aber ist ewiges Leben, dich, Vater,
Der du der Ewige bist, und den du gesandt hast, er-
              kennen,
Jesus, den Sohn und König! Ich sehe, Vater, im
              Geiste
Schon die Fülle der ganzen Vollendung.   Ich hab'
              auf der Erde
Dich verherrlicht! Ich habe vollführet der Gottheit
              Rathschluß;
Nun erwarten mich Kronen zu deiner Rechte! Du
              wirst mir
Wieder die Herrlichkeit geben, die mein war, ehe wir
              schufen.
Deinen gefürchteten Namen hab' ich den Erwählten
              verkündigt
Aus den Sündern, du gabst sie mir.   Sie haben die
              Weisheit,
Die ich sie lehrte, ich bin ihr Zeuge, mit Treue ge-
              halten!
Nun erkennen sie auch, daß, was ich habe, von dir
              ist.
Denn ich habe sie alles gelehrt, was du selber mich
              lehrtest!
Also haben sies aufgenommen! Die göttliche Wahr-
              heit
Tief in das Herz gefaßt, daß ich vom Vater gesandt
              bin!
Vater! ich bitte für sie, für die Welt nicht! weil sie
              auch dein sind;
Weil wir in jedem Besitz der Seligkeiten vereint sind!
Vater! ich bitte für sie! Denn auch durch sie bin ich
              herrlich!
Ich verlasse die Erde nun, komme zum Throne des
              Himmels,
Zu dir, Vater, zurück; sie aber bleiben auf Erden,
Sehn noch lange die Mühe der Sünder, und fühlen
              ihr Elend!
Laß sie, heiliger Vater, der hohen Erkenntniß getreu
              seyn,

                                        Die

Die sie haben werden von dem, der jetzo versöhnt ist. Klopstock.
Laß sie Eins seyn, wie wir, ein Haus voll Brüder!
Ich sorgte
Selber für sie, da ich noch, gleich ihnen, ein Mensch
war. Ich wachte
Ueber ihren unsterblichen Geist. Hier sind sie, mein
Vater!
Keinen hab' ich verloren! Nur hat der Sohn des Ver-
derbens
Mich verlassen, und ist den Propheten ein Zeuge ge-
worden!
Nunmehr komm' ich zu dir! Das sag' ich, da ich bey
ihnen
Noch auf der Welt bin, damit sie an meine Herrlich-
keit denken,
Und sich freuen wie ich mich freue! Sie haben die
Worte
Deines Lebens gehört. Der Sünder hat sie gehasset,
Wie er mich haßte! Nicht bitt ich, daß du der Erde sie
nehmest,
Schütze sie nur vor ihrem Verfolger, dem Geist des
Verderbens!
Denn sie gehören den Sündern nicht zu. Sie wan-
deln in Unschuld,
Wie ich wandle. Die Welt hat kein Theil an deinen
Versöhnten.
Heilige sie in deiner Wahrheit; dein Wort ist die
Wahrheit!
Wie du in die Welt mich gesandt hast, so send' ich sie
wieder;
Lasse mein Leben für sie, damit sie, rein und geheiligt,
Ausgesöhnter vor dir erscheinen. Doch bitt' ich o
Vater,
Nicht für die Jünger allein. Der neuen Schöpfungen
Kinder,
Werden einst, wie aus dem Morgen der Thau, durch
ihr Wort mir geboren!
Auch für diese bitt' ich, mein Vater, daß alle sie Eins
seyn,
Wie wir Eins sind! Und daß es erkenne der ganze Welt-
kreis,

Beisp. Samml. 5. B.   Y   Daß

Daß du mich, Vater, gesandt hast! Ich habe das ewige Leben

Meine Herrlichkeit denen gegeben, die du mir geschenkt hast,

Daß sie Eins seyn wie wir; zu einem göttlichen Endzweck

Alle vollendet! und daß es die Sünder der Erde vernehmen:

Jesus sey vom Himmel gesandt! Gott liebe die Kinder

Seiner Versöhnung, wie er den Erstling der Söhne geliebt hat.

Vater! es sollen meine Versöhnten zu mir sich versammeln,

Daß sie seyn, wo ich bin, und meine Herrlichkeit sehen,

Jene, die du mir, Liebender, gabst, eh Himmel entstanden!

Dich verkennet die Welt, gerechter Vater; ich aber

Kenne dich. Den Erwählten enthüll' ich das tiefe Geheimniß

Meiner Sendung, und deiner Gottheit, und will's noch enthüllen,

Daß die Liebe, mit der du mich liebtest, ihr Herz auch ergreife,

Und den unsterblichen Geist nur sein Versöhner erfülle.

Nun erhub sich der Mittler, dem Vater entgegen zu gehn,

Ueber Kidron in das Gericht. Ihm folgten die Jünger.

Als er näher dem Bach, und das nächtliche Rauschen des Oelbaums

Lauter vernahm, da stand er an einem Hügel und sagte:

Gabriel, in der Tiefe des Gartens, am steigenden Berge,

Ist ein einsamer Ort von zwanzig Palmen umschattet,

Gegen

Gegen die hohen Wipfel der Palmen senkt sich vom
Himmel,
Gleich herhangenden Bergen, die Nacht; dort versamm=
le die Engel!

Also sagt er, und nahete sich erhabneren Thaten,
Als seit der Engel Geburt, dem Anbeginne der Erden
Und der Himmel geschahn; auf jeder Unendlichkeit
Schauplatz
Jemals geschahn! Er nahte sich still den göttlichen
Thaten.
Aeußerliches Geräusch, und Lärm, süßtönend dem
Eiteln,
Klein genug, den Thaten der Helden, die Staub sind,
zu folgen,
War um den hohen Messias nicht, und nicht um den
Vater,
Als er dem Unding' einst die kommenden Welten ent=
winkte.

Klopstock.

Y 2 Bod=

Bodmer.

Johann Jacob Bodmer, geb. 1698, gest. 1783. — Es wäre undankbar, diesen um unsre poetische Litteratur vielfach verdienten Gelehrten, und gewiß nicht verwerflichen Dichter, in gegenwärtiger Sammlung ganz zu übergehen, wenn gleich seine vielen epischen Gedichte nicht als die vorzüglichsten Muster zu empfehlen sind. Die kleinern: die Sündfluth; Jacob; Rahel; Joseph; Jacobs Wiederkunft; Dina; Colombona; und verschiedne Nachahmungen andrer epischer Dichter, hat er unter dem Titel, Calliope, Zürich, 1767, 2 Bände, gr. 8. zusammen drucken lassen. Sein größtes und bestes Heldengedicht aber ist die Noachide, in zwölf Gesängen, der er auch immer mehr Vollendung zu geben gesucht hat. Hr. Wieland schrieb im J. 1753 eine eigne weitläuftige kritische Abhandlung über die Schönheiten dieses Gedichts; und Sulzer hat aus ihr in seiner Allgemeinen Theorie häufige Beispiele entlehnt. Beides aber trug doch nicht merklich dazu bei, den Beifall oder die Vorliebe des deutschen Publikums auf ein Werk zu lenken, dem es doch wirklich zu sehr an großen hervorstechenden Schönheiten, an Anmuth der Einkleidung, an Wohllaut des Verses, und vornehmlich an lebha'tem Interesse mangelt. Auch vermißt man in den Dichtungen die nöthige Konsistenz: und der Stof selbst war vielleicht am meisten Schuld daran, daß die Ausführung mißlingen mußte.

Noachide; Ges. VIII.

Unterdeß war die Sonne bis nahe zum Abend gesunken,
Noch war an stillem Licht der Tag den vorigen Tagen,
Seinen sanftfließenden Brüdern, in allem ähnlich geblieben;
Assur war selbigen Tag durch die Flucht der Sündfluth entflohen.

Aber

Aber die Zonen, die jenseits die Kugel der Erden um=
gürten,

Hatte die strafende Hand schon am frühen Morgen
getroffen;

Denn allda war der Stern in seinem Laufe zur Sonne,
Im Durchschneiden der Erdbahn, zuerst der Erde be=
gegnet.

Damals war jene Hälfte der Erd' unglücklich genöthiget,
Nicht nur die Pyramide des neblichten Schweifs zu
durchwandeln,

Sondern die Ufer der Atmosphäre des Sterns zu be=
treten.

Etliche lange Stunden war sie geplagt mit dem Durch=
zug,

Da mit seinen Dünsten sie rang, gezückt ward, und
zückte.

Wunder geschahen am Himmel, und Wunder hier unten
am Erdkreis.

Muse, du hast sie gesehen, und kannst sie mir sagen,
entfalte

Vor mir den Jammer; wiewohl er der traurigste war,
die Ertränkung

Einer Welt von Geschöpfen, doch lausch' ich, versenkt
in Erwartung,

Die verlorne Geschichte von dir zu hören! = = = Ver=
gebens

Sah'n an dem Morgen die Menschen der Ankunft des
Tages entgegen,

Statt des erwarteten Lichts, stand über dem östlichen
Himmel

Nächtlicher Nebel, der über die Gürtel der unteren
Erde

Seinen Mantel verbreitend, das Licht der Sonne nicht
durchließ;

Unter ihr lagen in falber Nacht das Meer und die
Erde.

Zwar war das Haupt des kometischen Sterns mit Vol=
kanen behangen,

Aber sie streuten für Licht nur Rauch und Dampf auf
die Erde.

Y 3 Um

Bodmer. Um ihn hing ein Gezelt, gewebt von salpetrischem
Geiste,

Von da floß der Geruch bis zur Erd' in die Nase der
Menschen.

Furchtsam schwebte der Mond im Weste, der Spiegel
der Sonne,

Damals in voller Scheibe vom sonnegeborgtem Lichte,

Für sich selber besorgt bei dem Kampfe der stärkern Pla-
neten,

Daß sie ihn nicht ergriffen.   Statt Licht der Erde
zu bringen,

Und für die Menschen Trost, vermehrt' er die Schre-
cken des Himmels;

Denn er entwarf in dem Dunstkreis der Erd' unge-
heure Gesichte,

Welche die Furcht noch furchtbarer mahlte, Gestalten
des Todes,

Säbel und Pfeil', und Wagen mit Sensen, und Baa-
ren mit Leichen.

Ueber der Luft und dem Land' saß taub, und Unglück
weissagend,

Fürchterlich Schweigen; so sitzt es hinter der bleiernen
Pforte,

Wo der Engel des Todes den Stab hält.   Einbrechen-
de Kälte

Zeugt' in dem warmen Klima den Winter; die Thiere
des Feldes

Rochen den Tod, der über sie schwebt' und heulten gen
Himmel.

Aengstlich reckten diese den spitzigen Kopf aus der
Höle;

Andere liefen die Läng' und die Quer', itzt vorwärts,
dann rückwärts,

Ohne Ruhe; noch andere drängten sich dicht an ein-
ander.

Als der Komet den Grenzen der Erde so nahe gekom-
men,

Daß er kaum seinen Durchschnitt von ihrer Kugel ent-
fernt flog,

Sieh, da verließen die Wasser des Oceans ihre Ge-
stade,

Hoben

Hoben den Rücken empor, und ſchwellten gegen den
Bodmer.
Stern auf.

Denn ſie zog der Komet, indem er über dem Erdball
Fürchterlich hing. Alſo ſtand über Jſcharicts Haupte
Satan, in ſein Gehirn den Verrath des Beſten zu
hauchen.

Lange ſchon ſtreifte die Atmosphäre des fremden Ge-
ſtirnes

An die Grenzen der Erde; die beiden vermengten ſich
kreuzend,

Seltſam verflochten; mit Arbeit und Müh' rang jedes
von ihnen

Einen Pfad durch den andern, damit er unaufge-
halten

Seinen verordneten Kreis in des Aethers Gefilden
vollbrächte.

Alſo umſchlangen ſich einſt auf dem ſpartiſchen Kampf-
platz die Ringer,

Bruſt an Bruſt, und Schenkel um Schenkel, die
Leiber der Beiden,

Glaubte man, wären zuſammen in einen Körper ge-
wachſen.

Heftig zogen, und wurden Komet und Erde gezogen,
Zwar mit verborgener Macht, allein mit empfindlichen
Wehen.

Von den atlantiſchen Schultern der Erde zur innerſten
Kammer

Fühlte ſie nicht gewöhnliches Zucken, von Schmerzen
gebeuget

Sanken die Schultern zur Bruſt; die tief verwahreten
Meere

Brachen die Riegel, und flüchteten über die Breiten
der Erde,

Durch und durch bebte die Erde, gerührt von fiebri-
ſchen Stößen.

Alſo bebte ſie nicht, wie in unglückſeliger Stunde
Eva die Hand ausſtreckte, die Frucht von dem Baume
zu ſtehlen,

Und der Erdkreis die Wund' empfand, und um und
um Zeichen

Seiner Empfindung gab, daß alles verloren gegangen.

Von

Von der Gewalt im Grund unwiderstehlich erschüt=
tert,

Fielen die Thürme zu Trümmern, die Tempel und ho=
hen Palläste;

Hügel sanken auf Hügel, und Klippen stießen an
Klippen.

Als die Planeten so kämpften, zerriß der Dunstball des
Schweifsterns;

Seiten, wie vorgebürgte Gestad' entschlüpften zur
Erden,

Wanden um sie sich herum in schwarzen wolkigten
Schläuchen,

Voll Gewässers, die Mündung mit schwachen Banden
beschlossen.

Niemals zuvor, noch hernach, hing solcher eiserner
Himmel

Ueber dem Land', auch nicht als Vesevus Mauren vom
Rauche,

Undurchsichtigen Dampf, mit Todtenkrügen umwun=
den,

Ueber dem Tempel der marmornen Heraklea gewölbet.

Eine Nacht hing über der andern an ehernen Ketten,

Schwärzere Schatten, als welche sich über Cimmerien
hängen,

Oder als unter den Vorgebürgen im Himmel sich
häuften,

Da der englische Krieger, aus ihren Wurzeln gerissen

Und den Boden hinaufgekehrt, sie hoch in der Hand
trug,

Unter dem Schutte das neuerfundene Geschoß zu be=
graben.

Oefters erhellte die tödtlichen Schatten ein schlängelndes
Blitzen,

Breit, wie ein Strom und kreuzend vom Aufgang zum
Untergang; Donner

Brüllten mit schmetternder Stimme, und unter die
Stimme des Donners

Heulte Verzweiflung. Der Tod war in allen Gestal=
ten vorhanden,

Hing in der Luft und wühlt' in der Erd, und stürmte
vom Meer her;

Wo

Wo man hinsah, da droht' allgegenwärtig sein Antlitz.
Aber jetzt rissen die Bande der Wolken, die Urnen und
                    Schläuche
Thaten sich auf und gossen kometische Meere hinunter.
Wen nicht die Erde begrub, den ergriffen die Fluten,
                    sie schleppten
Unerbittlich zum Tod' Nationen von Menschen und
                    Thieren.
Von der gehörnten Fluth gespart, auf Berge geflohen
Standen da dünne Schaaren, den Tod nur länger zu
                    schmecken,
Keuchten nach Luft, und umschlangen mit beiden Ar-
                    men die Bäume,
Eine Frist von drei Athemzügen vom Tod zu gewinnen.
Ueber sie rauschte die Fluth mit Riesenschritten, nicht
                    müde,
Bis sie die Erde durchwandert hatte von Pole zu Pole.
Ach! sie erhaschte die Sünder in ihrer sichersten
                    Stunde,
Eingeschläfert, im Schwindel der Lust' und des Un-
                    sinnes begraben,
Denn sie kam wie ein Feind, der in der Mitternacht
                    einbricht.

    Als der Tyrann gefallen, und Chuß mit Ketten
                    belastet,
Folgt' ihm Araxes von Erbrecht, der unter den Frauen
                    erzogen
Von dem Reiche zuvor nichts mehr, als den Serall
                    gesehen.
Tydor herrscht' und tränkte das Schwerd mit dem Blu-
                    te der Besten;
Weder der rothe Komet, der täglich feuriger blitzte,
Noch die Stimme, die donnernd den Tag des Zorns
                    weissagte,
Dämpften bei ihm die Lust des Mordens, er wusste
                    nichts schöners,
Als ein Antlitz mit Jammer, mit Zügen des Todes
                    gezeichnet.
Aber ein Funke der Glut, die in dem Himmel entzünd't
                    wird,

            P 5   Hatte

Hatte Laomers Söhn' ergriffen; das Leben verachtend,
Krochen sie aus der Höle hervor, in den Gaffen von
Beder
Laut die verkannte Wahrheit zu rufen, der Vater der
Menschen
Hätte sie nicht zu Sklaven des Säbels bestimmet, die
Freiheit
Wär' ihr Erbgut, und nur der Feige zum Knechte ge=
boren.
Tybor befahl die Empörer ans Holz des Kreuzes zu
nageln.
Als er herabsah, den Grimm an dem Tod der Un=
schuld zu weiden,
Fielen die Pfeiler der Erd', und zogen ihn unter den
Abgrund.
Beder ward von der kommenden Fluth verschwemmt,
sie war jetzt
Keine Stadt mehr; der Tod war in ihre Palläste ge=
drungen.

Anais theilt' in dem thörichten Mafis mit Asbod
die Ehre,
Rächer der Gottheit, den Ruhm durch Mord und
Meineid erworben.
Als sie starb, so nahm er zu Mitregenten zween Für=
sten;
Wie drei Winkel, so sprach er', das Dreieck krönen,
so sollen
Auf dem Throne des edelsten Volks drei Könige sitzen.
Aber die Zwietracht saß auf dem Throne mit ihnen;
sie zogen
Gegen 'einander ins Feld; er hatte den Zuruf der
Priester.

Da der Komet am Himmel hinaufstieg, so sagten
sie, Seuchen
Lägen in seinem Schweif; er würd' ihn nach kurzem
entfalten,
Seinen verschlossenen Gift auf ihre Gegner zu gießen.
Aber die Fluth schleppt' ihn, und seine dreihäuptige
Herrschaft

Unter

Bodmer.

Unter den Golfo des Abgrunds; die beiden Sekten, die Gott goß,

Und die sein Bildniß zerbrach, verdarben zusammen im Wasser.

Sichar hatt' in der Schlange das Herz zu dem Herren gewendet,

Flehte gen Himmel; der Richter erbarmt' sich seiner, er nahm ihm

Wieder die Schlangengestalt; das göttliche Menschen= antlitz

Trat in die Stelle der spitzigen Köpf', er sah mit dem Haupte

Aufgerichtet gen Himmel; itzt stand er auf menschli= chen Füßen.

Aber der Natter entflohn, gedacht er nicht mehr an den Engel,

Der in das Vieh ihn verstieß, noch an den, der ihn wieder erhöhte;

Wälzt' in den Lüsten sich wieder, die ihn zum Viehe versenkten,

Da erreicht ihn die Flut in dem Schooß unflätiger Laster,

Seinen Orchester mit ihm, und seine Gärten der Wol= lust.

Selima hatte Jarmut zum Tempel der Erde ge= weihet,

Dahin kamen auf seine Feste die Völker der Plänen,

Die an dem Pison liegen, den einzigen Gott zu be= kennen,

Und den gesandten Propheten, der auf der Schneide des Schwertes

Ihnen das neue Gesetz gebracht, ihr Prophet und Beherrscher.

Sua war der Vertraute bei seinem Betruge gewesen;

Mit ihm that er die Wunder, verbarg in die Spal= ten des Felsen

Eine Kamelin; und als der Prophet geboten, der Felsen

Sollte sein Zeugniß geben, und eine Kamelin gebäh= ren,

Sprang

Bodmer.

Sprang sie, von Eva belehrt, hervor durch die Spalte
des Felsen.

Aber als Selima Asan vergiftet, so fluchete Eva,
Asas Mörder in seinem Herzen; er liebte den Jüng-
ling,

Wie er sein Eingeweid' liebt', er entdeckt' in den Hallen
des Tempels

Selimas Falschheit vor allem Volk und den Aeltesten des
Volkes;

Und er machte sie wankend in ihrem thörichten Glau-
ben.

Aber der Künstler der List blies durch pyrobolische Röh-
ren

Unter die Rotte Feuer, die Aufruhr wider ihn redte;
Feuer, so sagte der Lügner, womit die Keule des Don-
ners,

Zugespitzt sind, und ihm hätt' es ein Engel gebracht,
unauslöschlich,

Alle zu tödten, die seine Sendung zu schmähn sich er-
kühnten.

Indem daß er das Feuer noch blies, und Heere ver-
sengte,

Spalteten die Brunnen der Tief und speieten Meere,
Die ihn mit seinen Verführten und seinen Empörten
verschlangen.

Alle, die an dem Gestade des weinvollen Damna die
Tänze

Leiteten, oder die Blüthe des jungen Lebens verküßten,
Oder von starkem Getränk' erschüttert, die rasende
Freude

Ueber die höchsten Paläst aufjauchzten, verdarben im
Wasser.

Welten verhärteter Sünder, Verleugner Gottes ver-
darben

In den Wassern, mit ihnen ereilten die strafenden
Wogen

Auch die wenigen Frommen, die in unseligen Tagen
Aufrecht standen, und Gott nicht unter den Göttern
verkannten.

Aber auf sie war das Antlitz des ewigen Vaters gerich-
tet,

Und

Und von ihnen nicht abgewendet, wiewohl er es zulieẞ,   Bodmer.
Daẞ die vertilgende Flut sie mit den Sündern ergriffe.
Denn die Tugend entreiẞt die Besten der Menschen
        dem Tod nicht;.
Ihrer wartet ein edlerer Lohn, als das irdische Leben.
Diese hatten kein Opfer den Fürsten der Hölle ge-
        schlachtet,
Und nicht im blinden Schickfal die ewige Weisheit ver-
        lohren,
Oder das Knie vor Götter gebogen, der Arbeit des
        Hammers,
Oder vor niedrigern Götzen, den seeleverleugnenden
        Lüsten;
Gottes Absicht getreu, und ihren unsterblichen Seelen,
Durch das Beispiel der Menge nicht hingerissen zum Ab-
        fall;
Einzig besorgt vor dem Angesicht Gottes gerecht zu er-
        scheinen;
Tapfer genug, für die Wahrheit Gelächter und Haẞ
        zu ertragen,
Haẞ der Priester, der tödtender, als der Könige
        Haẞ ist.
Einige waren bei ihnen von Jareds gefallenen Enkeln,
Die, von dem rothen Stern in ihrem Gewissen ge-
        ängstigt,
Spät die zertretenen Spuren der groẞen Verheiẞung
        erfrischten,
Auf zu Gott sah'n, und mit zerknirschten Herzen ihm
        flehten.
Aber ich will die Namen von etlichen nennen, die Na-
        men
Sind in das Buch des Lebens mit göttlichen Lettern
        geschrieben,
Und sie hat die Muse von Sion da glänzen gesehen.

    Thirza, ein arbeitsam Weib durchschlepp' ihr Le-
        ben mit Spinnen,
Um sie her standen sechs Kinder, den schlechten Ge-
        winnst zu genieẞen,
Arm und gerecht; als sie mit Sorgfalt das Wolleges-
        spinnst wägt,

                       Bis

Bis in der Luft leichtschwebend die ruhige Stange der
Wage
Jegliche Schaal eben hielt', und keine leichter hinauf
stieg,
Wankte die Erd', und ein fallender Thurm bedeckte
die Sorgen.

Basem schien für Semira gebohren, ihr Hang nach
der Tugend,
Und ihr Geschmack am Schönen versprachen ihm gül
dene Tage;
Aber sie hatt' ihr Vater schon einem andern gegeben.
Liebe zu ihr ließ ihn der schmerzenden Sehnsucht zum
Raube;
Hätt' er sie nicht gestohl'n, so wäre die Liebe gewachsen,
Nicht mit geringer Gefahr für seine Tugend; er sahe
Seine Geliebte nicht mehr, und riß sein Herz vom
Verderben.
Einsam stand er, auf einen der höhern Hügel gerettet,
Sah' in die wachsenden Meere mit Leichen bestreuet;
ein Mädchen
Schwamm an seine Gestad', es war die geliebte Se
mira.
Basem erkennt sie, und weint laut auf, sie öfnet die
Augen,
Und erkennt ihn, und ruft, und breitet die Arme nach
ihm aus,
Und er faßt sie mitleidig in seinen Arm, doch die Flu
ten
Rauschen einher, und begraben die sich umarmenden
Beide.

Eliphas waren von Omar dreihundert Pfunde ver
trauet,
Daß er sie Helim liefert'; es war kein Zeuge gerufen,
Kein Denkzeichen gegeben, und Helim war Eliphas
Todfeind;
Königlich Helims Schätz', er ruht' auf dem Sopha
der Wollust;
Eliphas seufzet' im Elend der Armuth; dreihundert
Pfunde,

Hät

Hätten ihn aus dem Schooße des Elends geriffen, und
　　　　niemand
Hätte den Raub gewußt; doch Eliphas gab sie dem
　　　　Helim.

Caleb hatt' ein so lebhaft Gefühl von der Güte des
　　　　Schöpfers,
Daß er den Himmel nie bat von ihm das Unglück zu
　　　　wenden,
Ob es ihn gleich in der Unschuld des reinsten Wandels
　　　　verfolgte.
Elend, so sprach er, das uns unverschuldet kömmt, ist
　　　　nicht Elend,
Nein es ist Glück, und glücklich der Mann, zu dem
　　　　es gesandt ist.
Weder Gefühl von dem Rechten, noch von der vor-
　　　　sehenden Güte,
Hemmten den Lauf der Wellen, die stürmend kamen,
　　　　sie faßten
Caleb und Eliphas an, und rissen sie unter den Ab-
　　　　grund.

Zalmon ein Sklav, in der Blüthe der Jugend,
　　　　verschmähte die Küsse,
Welche Lippen mit Nelkengeruch umflossen, ihm boten,
Denn er ehrte das ehliche Bette; die schamlose Sadóne
War vermählet mit seinem Herrn, dem härtesten Her-
　　　　ren.
Dreimal hat er sich schon aus den geilen Armen ge-
　　　　rissen;
Da sie ihn zwang in Fesseln die garstigen Küsse zu lei-
　　　　den,
Rauschten die Wasser einher; er dankte den rettenden
　　　　Fluten.

Helez und Ada, sie sah'n den liebenswürdigsten
　　　　Knaben,
An den Brüsten der Tugend gesäugt, zum Himmel
　　　　sich schwingen;
Zopha war wie ein schoffender Baum am Brunnen ge-
　　　　pflanzet,
　　　　　　　　　　Dessen

Bodmer.

Dessen Aeste hoch über der Quelle den Schatten ver-
breiten,
In der Blüthe des Lebens schon reif mit Früchten des
Alters;
In ihm hauchte der göttliche Geist; sie hofften, er
würde
Seine Jahr' in die Tage des Weibessamens erstrecken,
Daß er im Fleisch ihm dient', und die Riemen der
Schuh' ihm entstrickte.
Aber die Hoffnung, die Blüthe, zerschnitt die Sense
des Todes.
Als sie an seinem Grab um ihn weinten, so that sich
die Erd' auf
Und entdeckte den Todten, und riß sie zu ihrem Be-
weinten.

Soback hatte die Früchte von seinen Schätzen ver-
brauchet
Vater des frommen Gastrechts, den Fremdling, der
Freunde Beraubten
Nahm er unter sein Zelt, wenn die Winde vom Auf-
gang wehten,
Ihn erkannte der Mangel für den, der den Mangel
erwürgte.
Da entwandten ihm Räuber die andere Hälfte der
Habe.
Mir nicht, so sprach er, nicht mir, sie haben den Frem-
den und Armen
Ihre Speise geraubt. Ihm dünkte sein Leben beschwer-
lich,
Da er ihnen nichts mehr zu geben hatte. Die Fluth
kam,
Soback sahe sie kommen, und dankte der Vorsehung.
Auch du,
Gusan, die Ehre der guten Natur, die Freude der
Engel,
Fandest den Tod in der Fluth, du vergaßest am Abend
das Unrecht,
Daß nach dem widrigen Tag ein angenehmerer folgte,
Denn Verzeihen war dir ein Heiltrank, du rächtest mit
Wohlthun.

Ma

Mathan war in dem Wald mit den Thieren des
	Waldes erzogen,
Fern von der Schule der Weisheit; sein ungesittetes
	Volk war
Gut, wann das Blut nicht schäumt', aus Schwach-
	heit sanft, wie das Viehe.
Aber er hatt' ein Gefühl die Reize der Tugend zu
	fühlen,
Und er liebte das, was er so reizend fühlte: wie selig,
Sprach er, bin ich, daß ich die Schönheit der Tugend
	erblicke,
Und die Anmuth empfinde, womit sie die Seele be-
	seligt!
Aber mir ahndet nach höherer Wollust, die Quelle zu
	lieben,
Von der dieses Gefühl in meinen Busen herabfloß.
Das ist der, von welchem mir jeder Laut, den die
	Luft wiegt,
Meinen Ohren verkündigt, von dem ein jegliches
	Stäubchen
Etwas zu meinen Augen gleich einem Spiegel zurück-
	schlägt;
Aber in Nacht verhüllt. Wie fürcht' ich, ein tödlicher
	Mißtritt
Hat von mir sein Antlitz entfernt! er hat sich verbor-
	gen,
Und ich tappe, von ihm unerleuchtet in ewigen Schat-
	ten!
Wüßt' ich den Geist, der sein Angesicht sah, der nahe
	bey ihm lebt,
O wie wollt' ich ihm flehn, damit er mir mehr von
	ihm sagte,
Und die Weiten verschlänge, die zwischen Gott und
	mir liegen!
Wenn erst der hindernde Staub von meinem Geiste
	gewälzt wird,
Möchte was so ihn sucht, so verlangt, noch immerhin
	leben
Und von ihm heller bestrahlt, mit bessern Augen ent-
	decken,

Bodmer. Wie er von mir gelebt, wie er angebetet seyn wolle.
Also hofft' er, die Flut entreisst ihn dem Staube. Klein=
müthig
Bog Amraphel das Knie vor Göttern von Erz, denn
er scheute
Elend und Tod; sonst ging er die Wege der Tugend,
und weinte
Sitzend im Staub, und flehte den Gott der Götter
um Gnade;
Sitzend im Staub, von dem Richter erhört, ereilten
die Meer' ihn.

In dem gestablosen Meer, mit den Leichen der
Sünder vermischet,
Schwammen die Körper der Edeln zur Seite der Thiere
des Feldes.
Alles Fleisch, das sich von der Speisetragenden Erde
Nähret, verfolgte der Tod weltherrschend von Zone
zu Zone.
O! wie war die Gestalt des Landes verkehrt, wie ver=
wandelt!
Wo nur jüngst noch der Lenz in seinem blumigen Kleide,
Zwischen der duftenden Ros' und dem Liede der Nach=
tigall lachte,
Schmachtet er unter den Banden, womit die Flut ihn
gebunden.
Schweflichte Dämpfe von finstern und groben Erzen
des Abgrunds
Flogen empor, und mischten mit Gift die Luft und das
Wasser.
Unterdeß flog der Komet, und rühmt', ihm hätte die
Erde
Nichts als die äußersten Ecken der Vorgebürge genom=
men.

Geß=

Geßner.

(S. B. I. S. 431. Er ſtarb im Jahr 1788.) — Eben
ſo glücklich, wie er in ſeine Idyllen anmuthige und einneh-
mende Erzählung einzuweben wußte, war er in der Aus-
führung einer, ſo manchen ältern und neuern Dichtern miß-
lungenen Schäferepopöe. Denn dieß iſt ſein Tod Abels,
in vier Geſängen, ein meiſterhaftes Gemählde der erſten
Unſchuldswelt, und allen Bodmeriſchen, und andern Dar-
ſtellungen des patriarchaliſchen Zeitalters weit überlegen.
Recht ſehr preiſe ich auch bei dieſer Gelegenheit mit einem
unſrer ſcharfſinnigſten Kunſtrichter (Fragmente über d. n.
Litt. II. S. 367.) Geßner'n allen Deutſchen an, um von
ihm Weisheit im Plan, Schönheit in der Auszierung, die
leichteſte Stärke im Ausdruck, und die ſchöne Nachläſſigkeit
zu lernen, womit er die Natur mahlt.

Der Tod Abels, Geſ. IV.

Wie ein zottiger Löwe, der an einem Felſen im
Schatten ſchläft; (der bange Wandrer geht leiſe neben
ihm vorüber, denn Gefahr drohet aus der Mähne
hervor, die des Schlafenden Stirne deckt,) wie der,
wenn er plötzlich die tiefe Wunde des ſchnellfliegenden
Pfeiles in ſeiner Hüft' empfindet, mit tobendem Ge-
brüll ſchnell aufſpringt, und wüthend ſeinen Feind
ſucht, und ein unſchuldiges Kind zerreißt, das nicht
weit mit Blumen im Graſe ſpielt; eben ſo ſprang Kain
plötzlich vom Schlaf auf, ſchäumend; vor ſeiner Stirne
ſaß tobende Wuth wie ein ſchwarzes Gewitter; er
ſtampft wider die Erde: Oefne dich, Erde, ſo rief er,
und verſchlinge mich, verſchlinge mich tief in den Ab-
grund! Ich bin elend, und, o ſchreckliches Geſicht,
meine Kinder ſind elend! Doch du wirſt dich nicht öf-
nen, vergebens fleh ich: (:., der allmächtige Rächer
wird dirs verbieten. Ich muß elend ſeyn, das will er,
und mit allen Schreckniſſen mich zu verfolgen, zieht

Z 2 er

er den Vorhang weg, und läßt mich in die Hölle der Zukunft hinausehn. Verflucht, verflucht sey jene Stunde, da meine Mutter das erstemal mit Schmerzen gebahr! Verflucht die Stätte, wo sie in Geburts-schmerzen dahin sank! Was über ihr steht, verderbe; und der da pflanzen will, der habe die Mühe und den zerstreuten Saamen verloren; und wer vorüber geht, dem soll ein Schrecken durch die Gebeine beben!

So fluchte der Elende, als Abel, blaß wie in der Todesstunde, mit wankendem Schritt näher trat: Geliebter! so stammelt er, aber nein — o! — Ich bebe — Einer der verworfenen Empörer, die Gottes Donner vom Himmel stürzte, trägt trügend seine Gestalt und lästert! — Wo ist mein Bruder? Ach, ich entfliehe! Wo bist du, mein Bruder, daß ich dich segne?

Hier ist er, so donnerte Kain, hier! du lächelnder, freudenthränender Liebling des Rächers und der ganzen Natur; du, dessen Nachgezücht einst allein in der Welt glücklich seyn wird! Allein — und warum nicht? Billig mußte die Mutter einen gebären, der der gesegneten Schaar dienstbare Aufwärter erzeugte; Lastthiere, damit die gesegnete Schaar die der Wollust gewidmeten Kräfte nicht durch harte Arbeit verzehrte! Ha! eine Hölle lodert in meinem Busen mit allen ihren Qualen!

Kain, mein Bruder! sprach Abel, (banges Erstaunen und zärtliche Liebe saßen in seinem Gesichte,) was für ein häßlicher Traum hat dich getäuscht? Geliebter! Ich kam mit dem Morgenroth dich zu suchen, dich zu umarmen, mit dem kommenden Tag dich zu segnen: Aber, o was für ein Gewitter tobet um dich her; wie unfreundlich empfängst du meine zärtliche Liebe! Wenn — ach! wenn werden einst die seligen Tage voll Wonne heraufgehn, da Friede unter uns ist, und harmlose ungestörte Liebe die sanfte Ruhe in der Seele und jede lächelnde Freude wieder aufblühen läßt; jene Tage, denen der bekümmerte Vater so sehnlich entgegen

Geßner.

gen senfzet, und die zärtliche Mutter? O Kain, Kain! wie trittst du wütend die Freuden zu Boden, mit denen du da uns betrogest, da, als ich entzückt in deiner Umarmung weinte! hab' ich dich beleidigt, mein Bruder! unwissend dich beleidigt, — darn — bey allem, was heilig ist, beschwör' ich dich, tritt aus dem tobenden Gewitter hervor, verzeihe mir, und laß mich dich umarmen! So sprach Abel, trat näher, und wollte flehend den Bruder umfassen: Aber Kain sprang zurück. — Ha Schlange! — du willst mich umwinden, so rief er, hub wüthend den Arm, und schwang die Keule durch die heulende Luft auf Abels Haupt. Der Unschuldige sank vor ihm hin, mit zerschmettertem Schedel, blickt mit Verzeihung im starrenden Auge noch einmal ihn an, und starb. Sein Blut floß durch die goldnen Locken an des Mörders Füße.

Kain stand in betäubendem Schrecken todtblaß; kalter Schweiß umfloß die bebenden Glieder; er sah des Erschlagenen letzte krampfigte Bewegung, und das rinnende, zu ihm aufrauchende Blut. Verfluchter Schlag, rief er, Bruder! — Erwache — erwache, Bruder! — wie blaß ist sein Gesicht, wie starr sein Auge! Wie das Blut um sein Haupt hinfließt! — Ich Elender! — O was ahndet mir! — Höllischer Schrecken! So brüllt er, und warf wüthend die blutbespritzte Keule weit weg, und schlug die starke Faust wider seine Stirne. Itzt wankt er zum Erschlagenen hin, und wollt' ihn von der Erd' aufheben: Abel! Bruder! — Erwache! Ha! — Höllenangst faßt mich! — wie sein bluttriefendes Haupt hängt! wie ohnmächtig! — Tod — o Höllenangst, er ist todt! Ich will fliehen! Eilet, wankende Knie! So brüllt' er, und floh ins nahe Gebüsche.

Triumphirend stand der Verführer itzt über dem Erschlagenen: in frohlockendem Stolz bäumt' er sich hoch auf; hoch und fürchterlich. So fürchterlich hebt sich die schwarze Säule von Rauch hoch über den Aschenhaufen der einsamen Hütte, deren Bewohner auf dem Felde ruhig arbeiteten, indeß daß die Flamme jede

Z 3   häus-

häusliche Bequemlichkeit, ihren ganzen Reichthum ver=
zehrte. So stand Anamelech, und sah mit höllischem
Lächeln dem Fliehenden nach; und dann auf die Leiche
hin, und itzt rief er: Ha! süßer Anblick, sey mir ge=
grüßt! Sey mir gegrüßt, du erstes Blut des Sün=
ders, das die Erde verschlingt. So vergnügt hab' ich,
ehe es dem Donnerer gelang, uns aus dem Himmel
zu stürzen, die heiligen Quellen nie rieseln gesehn; so
lieblich haben mir die Töne der Harfen lobsingender
Erzengel nie getönt, wie dieß Röcheln, dies letzte
Seufzen des Sterbenden mir getönt hat. Du erhab=
bener Bewohner der neuen Schöpfung, du herrliches
letztes Meisterstück aus des Schaffenden Hand; wie
lächerlich du da liegst! Steh auf, schöner Jüngling,
Freund der Engel! Steh auf, sey nicht so träg im
sklavischen Dienste des Anbetens und des Hinkniens!
Aber, er regt sich nicht; sein eigener Bruder hat so
unsanft ihn hingelegt. So will ich durch Thaten aus
der Dunkelheit mich empor schwingen, durch Thaten,
die Satan selbst beneiden soll. — Ich geh itzt hin,
vor die Thronen der Hölle. Wie süß wird das zurü=
sende Lob mir tönen: Wenn es in den Gewölben der
Hölle wiederhallt, dann geh ich triumphirend unter
den Schatten der Elenden einher, die noch kein Un=
ternehmen geadelt hat. Noch einmal wollt' er in
stolzem Triumph auf den Erschlagenen niedersehn; aber
der Verzweiflung häßliche Züge zerrissen schnell das
werdende hönische Lächeln, und den Stolz auf der
Stirne. Der Herr befahl den Schrecken der Hölle,
über ihn zu kommen; und ein Meer von Qualen
stürzte sich auf ihn. Da flucht' er der Stunde, in der
er ward, fluchte der qualvollen Ewigkeit, und floh.

     Das Röcheln des Sterbenden und sein letztes Seuf=
zen waren itzt empor gestiegen vor den Thron des All=
gegenwärtigen, und forderten von der ewigen Gerech=
tigkeit Rache. Es donnerte aus dem Allerheiligsten.
Da schwiegen die goldnen Harfen, und das ewige
Halleluja; und der Donner wiederhallte dreimal durch
des Himmels hohe Gewölbe. Itzt schwieg der Don=
ner, und die Stimme des Höchsten ging aus dem sil=
                                        bernen

bernen Gewölbe, das den Thron umfließt, und nannte
einen der Erzengel.   Er trat hervor, sein Gesicht mit
dem Glanze der Flügel umhüllet.   So sprach Gott:
Der Tod hat seine erste Beute bei den Sterblichen
genommen, und itzt weih ich dich zum heiligen Geschäf-
te, daß du sie alle sammelst, die Seelen der Gerechten.
Ich selbst, ich habe zu Abels Seele geredet, da er hin-
sank.   Fürhin sollst du dem Gerechten, den kalter To-
desschweiß umfließt, zur Seite stehen, daß du, wenn
des Sterbenden Stimm' itzt bricht, wenn die letzte
Todesangst ihn fasset, die Versicherung ewiger Selig-
keit zu der ringenden Seele dann redest, daß er noch
einmal mit Augen voll Seligkeit umhersieht, und stirbt.
Geh itzt in die Wohnung der Sterblichen, der Seele
des vom Bruder Erschlagenen entgegen: Und du,
Michael, begleite seinen Flug, und rede dem Bruder-
mörder den Fluch.   Der Herr redete nicht mehr, und
der Donner wiederhallete dreimal durch des Himmels
hohe Gewölbe.   Itzt rauschten die Erzengel durch die
stillseyernden Heere, und eilten mit fallendem Fluge
von den schnellgeöffneten Pforten des Himmels unzähl-
bare Sonnen und Welten vorbei, tief hinunter zur
Erde.

Z 4   Wie-

Wieland.

In seiner frühern Jugend schrieb er ein episches Ge-
dicht, die Prüfung Abrahams, in drei Gesängen; und
nicht lange hernach unternahm er eine größere Epopöe, Cy-
rus, wovon aber nur ein Theil, nämlich, fünf Gesänge,
vollendet wurden. Sein Vorhaben war, wie er selbst sagt,
den größten seiner Vorgänger nachzueifern, und sie wenig-
stens in dem einzigen Stücke zu übertreffen, worin er es
möglich fand, in der Größe des Helden und der Handlung.
Er wollte die einzelnen Tugenden mehrer andrer Helden,
Tapferkeit, Klugheit, Weisheit und Großmuth, in ihm
vereinigen, und ihn alsdann in dem schönsten und mannich-
faltigsten Lichte als einen Menschenfreund, als einen Hel-
den, als einen Gesetzgeber, als den besten der Menschen
und der Könige zeigen. Das Bild eines solchen Helden
fand er im Cyrus des Xenophon. Des Gebrauchs der
Maschinerei begab er sich dabei fast ganz. Die neue Durch-
lesung dieses von unserm Publikum, und vielleicht von dem,
seitdem zur romantischen Epopöe mit noch glücklicherm
Schritte übergegangenen, Dichter zu wenig geschätzten schö-
nen Bruchstücks, erregte mir doch den Wunsch nach dessen
Vollendung sehr lebhaft wieder, dessen Erfüllung aber jetzt
wohl schwerlich mehr zu hoffen steht.

Cyrus, Ges. III.

Unterdeß stieg der Herold des Tages am dämmernden
Himmel
Einsam herauf. Vom Schlummer besiegt lag Cyrus im
Haine
An der Seite des göttlichen Greisen. Ihm nähert sein
Engel
Sich mit leisem ätherischem Tritt; dann steht er und
heftet
Blicke voll Huld, mit Bewundrung gemischt, auf des
Schlummernden Antlitz:

Sey

Sey mir geſegnet, ſo dacht' er bey ſich, wie athmet ~~Wieland.~~
die Ruhe
Deiner Seelen aus dir! Wie ſanft iſt der Schlaf des
Gerechten!
Von Gefahren umringt, am dunkeln Rande des
Todes
Schlummert er ſicher, im lächelnden Traum! O ſey
mir geſegnet,
Beſter der Menſchen! bald wirſt du an Macht, wie
an Güte, die Gottheit
Unter den Sterblichen bilden. Wie könnte dich, Cy-
rus, die Tugend
Schöner belohnen? Dein kühnſtes Verlangen erreichte
die Höhe
Dieſer Seligkeit nicht, die aus den Wolken herabſteigt
Dich zu empfangen. Zwar kenneſt du noch den hohen
Beruf nicht,
Der zum Vollzieher der göttlichen Schlüſſe, zum Rä-
cher des Böſen,
Und zum Hirten der Völker dich weiht. Du wagſt es
nur furchtſam
Jener geheimen Ahndung zu trauen, die oftmals mein
Anhauch
In dir erweckte. Doch nun, (ſo iſt des Ewigen
Wille!)
Soll ein Traumgeſicht dir der Zukunft Scenen ent-
hüllen.

Alſo denkt er, und breitet itzt ſanft ſein goldnes
Gefieder
über den Schlummernden hin. Ambroſiſche, ſüße
Gerüche,
Süß wie die Roſenathem des himmliſchen Frühlings,
entfließen
Seinen Schwingen. Mit engliſcher Kunſt bereitet der
Schutzgeiſt
Aus dem ätheriſchen Duft die hohen prophetiſchen
Träume,
Die er ins Haupt der Schlafenden ſendet. Itzt däucht
es dem Helden,

Mitten auf einem verbreiteten Feld voll Todten-
gerippen

Einsam zu stehen; zerstreute Gebeine, mit gähnenden
Schädeln

Gräßlich vermengt, bedeckten die blutgeschwärzten Ge-
filde.

Schauernd ging er hindurch, und siehe, die dürren
Gebeine

Leben rings um ihn auf, und sprossen in laubigte
Stämme;

Plötzlich umgrünt ihn von Lorbeern ein Hain. Un-
zählbare Schaaren,

Jünglinge, blühende Töchter und freudenthränende
Greise

Eilen hervor aus dem Hain, und streuen Blumen und
Palmen

Ihm in den Weg, und grüßen ihn Retter; ein freu-
diges Jauchzen

Füllt triumphirend die Himmel umher. Dann führt
ihn die Menge

Segnend, in frohem Gedräng zu einem strahlenden
Throne.

Menschen von fremder Gestalt, von fremden Spra-
chen und Sitten

Eilen herbei, ein buntes Gewimmel! Vom krummen
Euphrates

Und von den Traubengeländern des Margus, vom
duftenden Saba,

Oder aus Libanons Cedern - Schatten, vom waldigen
Taurus,

Vom Gestade des goldnen Paktols, und den blumich-
ten Auen,

Welche die jonische Welle bespült; vom üppigen Cy-
prus,

Und vom beperlten Busen des Persischen Meeres; un-
zählbar

Kommen sie, sein Gesetz zu empfangen, und jauch-
zen ihm Vater.

Um und um scheint die Natur sich ihm zu versöhnen;
die Ströme

Hören

Hören von fern des Gebietenden Ruf, zu ſandigen
Wüſten
Ihre befeuchtenden Wellen zu tragen.   Die friedſamen
Meere
Schwellen von wallenden Segeln; der goldne Ueber-
fluß ſtrömet
Unerſchöpflich umher durch alle Adern des Reiches.
Cyrus ſah es, und fühlte die Wonne der Götter im
Buſen.
Itzo däucht ihn, er eile mit ſchlupfendem Gang, die
Provinzen
Seines Reiches zu ſchau'n; der Traum beflügelt die
Reiſe.
Tauſend manchſaltige Scenen ergötzen mit ändernder
Schönheit
Seinen gierigen Blick — — bebaute Felder und An-
ger
Weiß von wolligten Heerden, und elyſäiſche Haine,
Wo ſich die Unſchuld in Hütten gefällt: dann marmor-
ne Städte,
Die ſich am Ufer der Ström' und ſpiegelnder Seen
verbreiten,
Mütter der Künſte vom Witze belebt, der kühn und
erfindſam
Eifert mit der Natur.   Hier ſah er des Elfenbeins
Weiſſe
Unter der bildenden Hand in Heldengeſtalten erwach-
ſen;
Dort auf Reihen koloſſiſcher Säulen unſterbliche Tem-
pel,
Und Obelisken von grauen Porphyr, mit redenden
Bildern
Seiner Thaten bedeckt, ſich in den Wolken verlieren;
Dort Myriaden geſchäftiger Hände, den ſilbern Cot-
ton,
Oder des Seidenwurms zähes Geſpinſt in bunte Ta-
peten
Künſtlich zu weben, und Byſſus im Blute der pur-
purnen Schnecke
Zweimal zu tränken.   Die Wiſſenſchaft öffnet dem raſt-
loſen Fleiße

Neue

Neue Pfade; vergebens umhüllt den Blicken der
Weisen

Sich die Natur, sie dringen in ihre geheimeste Werk=
statt.

Auch den Musen gefällts, den Schwestern der Frei=
heit, im Schatten

Seines beschirmenden Throns. In ihrem sanften Ge=
folge

Kommen die Grazien alle, die seinen sittlichen Freu=
den,

Und der schlaue Geschmack, der Prüfer des Schönen
und Edeln.

Was das gesellige Leben beglückt, die Künste, die
Freuden

Cirkeln von Ländern zu Ländern. Die milde Seele
des Friedens

Athmet in allen, und schmelzt unzählbare Völker in
Eines,

Ein harmonisches Volk, durch Sitten und weise Ge=
Gesetze,

Und das stärkste Gesetz, das Beispiel des Fürsten ge=
bildet.

Alles das schildert den Traum vor seinen bezauberten
Augen.

Flüchtig, wie sich am Halse der Tauben die Farben
verwechseln,

Aendern die lieblichen Scenen sich ab, in bunter Ver=
wirrung,

Doch in den hellesten Farben des Lebens. Die Seele
des Helden

Schwimmt in frohen Gesichten, und staunt, obs et=
wan ein Traum sey,

Was sie entzückt. Indem er noch staunt, umleuchtet
sein Antlitz

Plötzlich ein himmlischer Glanz, die Gestalt des gött=
lichen Engels

Schwebt ihm entgegen, und spricht mit mächtig begei=
sternder Stimme:

Cyrus, du siehest das Reich, zu dessen unsterblichem
Stifter

Dich

Dich Oromasdes erwählt. So werden die glücklichen Länder   Wieland.

Unter dir blüh'n, ſo wird der Friede die Völker um-
faſſen,

So wird Ordnung und Freiheit und willige Tugend, die
Tochter

Deiner Geſetze, die Menſchen zu ihrer unſprünglichen
Schönheit

Leiten, ſo wird die Liebe der Völker, der reizende An-
blick

Ihres Glückes, dein Herz mit Götterfreuden beloh-
nen!

Laß den hohen Gedanken dich ſtärken! Dich führet, o
Cyrus,

Unſichtbar, aus den Wolken geſtreckt, des Allmächti-
gen Rechte!

Da er dieß ſprach, entſchlüpft er dem Auge des
Sterblichen wieder.

Und die Bilder des Traums zerfloſſen in Düfte des
Morgens.

Wie die Seele des Frommen, der itzt vom letzten
der Kämpfe

Mit dem Tod ermüdet, in ſanftem Schlummer ſein
Haupt neigt;

Unterd:ß windet, von Schauern des neuen Lebens er-
griffen,

Sich in ſüſſer Betäubung ſein Geiſt vom ſterblichen
Leibe!

Wenn er dann, plötzlich erweckt, ſich im Arm der Un-
ſterblichen findet,

Die mit zärtlichem Blick ihm lächeln, und Bruder ihn
nennen;

Um und um ſchimmert von Engelsgeſtalten der Aether,
ſein Auge

Schaut ins Unendliche hin, ſein Ohr hört himmliſche
Töne,

Hört aus tiefer Entfernung die Harmonien der Sphä-
ren;

Wie

Wie er sich da in Entzückung erhebt, und seiner Emp-
  findung

Kaum die Wirklichkeit traut, und zweifelt, obs nicht
  ein Traum war,

Als er zu leben vermeinte: So hub von seinen Ge-
  sichten

Cyrus sich auf, und schauet voll Wunder dem fliehen-
  den Traum nach.

Noch erschüttern ihn heilige Schauer, noch schimmern
  die Bilder

Um sein Auge, noch rührt ein Nachklang der Engli-
  schen Lippen

Säuselnd sein Ohr. Erstaunen und süße Bestürzung
  und Freude

Fesseln auf Augenblicke die mächtige Seele des Helden.

Aber bald reißt sie sich los, versammelt ihre Gedanken

Alle zu sich, und prüft die Wunder des göttlichen
  Traumes.

Dann erhebt er sein Auge gen Himmel, und heiliges
  Entzücken

Breitet sich über sein Angesicht aus. Hier bin ich, so
  ruft er,

Wer du auch bist, gewiß der Diener des Ewigen einer,

Der du vor meinem Geist der Zukunft Heiligthum auf-
  thatst!

Welch ein Gesicht, welch himmlisches Feuer durchglüht
  mich! Wer hauchet

Diese Seele mir ein? Ja, Vater der Geister, du
  selber

Hauchst sie in mich! Du bists! Ich fühle deiner Um-
  schattung

Unaussprechliche Ruh; ich hör' im innersten Busen

Deine Stimme! Sie weihet mich ein zum heil'gen
  Geschäfte.

Unter den Menschen dein Engel zu seyn, dein Werk-
  zeug der Erde

Gutes zu thun — — Wo ist, — — wo ist von allen
  Erschaffnen

Einer glücklich wie ich? — — Zu welcher Tugend, zu

Welchen göttlichen Pflichten, zu welchem Bestreben, dir
  selber von ferne

Aehn-

Aehnlich zu werden, berufeſt du mich! Mit frohem   Wieland.
Gehorſam
Eil ich die Wege zu gehen, wo deine Rechte mit leitet.

Alſo wallet ſein Herz, von ſeiner erhabnen Be-
ſtimmung
Mächtig entzückt, in Empfindungen auf; unſterblicher
Muth ſchwellt
Seine Adern; ſein Angeſicht glänzt wie die herrſchen-
den Sterne
Eines Engels.   So geht er hervor, die Befehle zu
geben,
Daß ſich das Heer, und mitten im Heer die Führer
verſammeln.

Zachariä.

S. B. III. S. 298. — Von einem ernsthaften Helden-
gedichte, Cortes, das aus vier und zwanzig Gesängen be-
stehen sollte, vollendete er nur vier, die ich ehedem in der
Neuen Bibliothek der schönen Wissensch. B. III, S. 77.
ff. weitläuftig beurtheilt habe, worauf ich mich hier beziehe.
Auch vergleiche man das, was ich in dem Aufsatze über Za-
chariä's Leben und Schriften S. XXIV. ff. vor der Samm-
lung seiner hinterlassenen Gedichte (Braunschw. 1781, gr. 8.)
darüber gesagt habe, wo man auch die kurzen Angaben des
Inhalts der von Z. abgezweckten Umarbeitung S. 83 ff.
findet. Folgende Episode, welche die Liebe Gusmann's
und Almeriens, einer Tochter des Montezuma, erzählt,
dünkt mir noch immer, mancher schwachen Züge ungeach-
tet, die beste des ganzen Fragments zu seyn.

Cortes, Ges. III.

Er schwieg und Gusmann nahm sogleich den Weg
Aus dem Pallast, und irrte durch die Stadt,
In der Getümmel, Lärm und Unruh wuchs,
So wie die Sonne höher stieg. Das Volk
Wich aller Orten, wo er ging, vor ihm
Mit Ehrfurcht aus; den Namen, Göttersohn,
Vernahm er oft von allen Seiten her
Laut hinter sich. So ging er lange Zeit
Um ihre Tempel und wo sonst die Fluth
Des Pöbels sich durch lange Straßen drang.
Auch sah er viel der Großen dieser Stadt
Und viel der Ersten von des Kaisers Heer,
Die demuthsvoll sich neigten, wie er ihnen
Vorüberging. Zufrieden nahm er schon
Den Weg zurück, als von des Kaisers Schloß
Ein langer Gang von Cocosbäumen, ihn,
Gedankenvoll, weit ab zur Seite führt,
Und eine Thür, halb offen, ihm verräth,

          Der

Der er sich naht. Er ging durch sie hindurch,
Und sah auf einmal seinen Schritt verwirrt
In labyrinthschen Krümmen, die die Kunst
Hier angelegt. Doch endlich späht sein Blick
Den Ausgang aus. Er ging mit leisem Schritt
Stets hinter Hecken fort, und sah zuletzt
Auf einem Sopha, der von Rasen sich
Erhob, die schönste weibliche Gestalt, die er
In dieser fremden Welt jemals erblickt,
Ob gleich ihr Antlitz von der Sonne Gluth
Gesenget war. Ihr wohlgebauter Leib,
(Als hätt' aus schwarzem Marmor, Venus, dich
Des Meißels Kunst gebildet,) war halbnackt,
Indem allein ein prächt'ger Federschurz
Ihr um die Lenden fiel; die volle Brust
War überdeckt von hundert Perlenreihn;
Mit goldnen Ringen war ihr Arm geziert
Und breite goldne Ringe schlossen auch
Sich um den schlanken Fuß. Ihr schwarzes Haar
War hier und da mit Muscheln ausgeschmückt,
Roth, wie Aurorens Strahl: und Perlenreihn
Und Demantblumen schimmerten darin.
So saß sie da; ihr ofnes Auge sprach
Die Hoheit ihres Geistes; ihre Stirn
War frei und heiter, und der holde Mund,
Sobald er lächelte, verrieth die Reihn
Der Perlenzähne: was nur Ebenmaß
Und allgemeine Schönheit Reizendes
Hervorbringt, hatte schwelgrisch die Natur
Ihr mitgetheilt; die weiße Farbe war
Das Einzige, das ihr zu mangeln schien.
Mit sanftem Hauch blies ihr die heitre Luft
Orangendüfte zu, und die Natur,
So sehr vollendet in der neuen Welt,
Schien mehr vollendet noch um sie herum.
Wie ward dir, Gusmann? plötzlich schmilzt dein Herz
Von süßer Gluth entflammt. Du hingst an ihr
Mit festem Blick. Das Sonderbare nahm
Dich zaubernd ein. Die nackte Schönheit stand,
Obgleich mit schwarzem Firniß überdeckt,

Beisp. Samml. 5. B.   Aa   Jn

Zachariä. In vortheilhafter Tracht vor deinem Blick;
Des seltenen Triumphs freut Liebe sich,
Und stößt den Pfeil in dein erobert Herz.
Kaum hat sie dich entflammt; so naht sich auch
Die Eifersucht mit wilder Fackel schon,
Und schießet Glut aus ihrem wilden Blick.
An ihrer Seite saß ein glücklicher
Und junger Krieger, liebenswerth, wie du,
Zu dem sie itzt, als wenn sie auf einmal
Aus langem stillen Tiefsinn aufgewacht,
Die Rede wendet. Lauter Harmonie
Erfüllte Gusmanns Ohr, indem sie sprach:

„So soll ichs glauben, daß sie Menschen sind
O Gatumozin; die Unsterblichen,
Vor deren Waffen ihr bisher geflohn?
Sie können sterben, sagst du? Unser Schwerdt
Hat sie besiegt? Nein! noch begreif' ich nicht
Was du mir sagst. Der junge Krieger fiel
Ihr so ins Wort. Zu sehr, Almeria,
(Der Name prägte sich in Gusmanns Herz.)
Beleidigt mich der Zweifel unsers Siegs.
Er ist gewiß. Nicht weit von Vera Crux
Erfocht ihn Qualpopoka, und hat uns
Das Haupt von einem Spanier gesandt,
Den er gefangen nahm; wir haben es
In dieser Nacht dem Waffengott geweiht
Und ihm fünfhundert Sclaven noch dazu
Geschlachtet. Und, vernimms, wir haben hier
In künft'ger Nacht ein zahlreich Heer bereit,
Die übrigen von der verfluchten Schaar
Der Christen zu verderben; keiner soll
Der Weißen wiedersehn sein Vaterland,
Und unserm Schwert entrinnen! — Ach! versetzt'
Die Schöne seufzend: ihr Barbarischen,
Unmenschlichen! was haben sie gethan
Die Weißen, daß ihr sie verderben wollt?
Wollt ihr sie darum tödten, daß sie euch
Zu Menschen machen; daß sie Tugend euch,
So hohe Tugend lehren, als vordem
Noch keiner unsrer Götter uns gelehrt?

Wollt

Wollt ihr sie tödten, daß die Opferwuth
Von ihrem Gott verabscheut wird? Ein Gott,
Der so viel besser, so viel güt'ger ist,
Als der Tyrann, dem unsre Blindheit dient;
Und der von Blut nie satt wird? Mir empört
Ein solcher Gottesdienst mein leidend Herz;
Mir schauderts, Gatumozin, wenn ich dich
Noch starren seh von Menschenblut, und du
Von Liebe mit mir reden willst. Geh hin
Und schlachte, morde! Tödte voller Grimm
Die Fremdlinge, die ihr in euren Schutz,
Voll Falschheit nahmt; brecht jedes heilge Recht,
Und seyd der Abscheu jener bessern Welt!
Doch wisse, daß ich dich nicht lieben kann,
Nicht so dich lieben kann, wenn Grausamkeit
Und Tigerwuth in deinem Herzen tobt,
Und sanfterer Empfindung Raum nicht läßt!

Sie sprachs. Und Gatumozin lächelte
Des edlen Zorns. Was nennst du Grausamkeit?
Erwiedert er. Die Grausamkeit ist Pflicht;
Sie heischt mein Vaterland, sie heischt der Schutz
Des Kaiserthrons, und unsre Sicherheit!
Du denkest so, wie man dein zart Geschlecht
Zu denken angeführt: doch so muß nicht
Der Edle denken, und nicht so der Mann,
Der Waffen trägt, und Ruhm erwerben will!

Dieß der hochmüth'ge Jüngling. Er erhob
Sich von dem Rasensitz, und flog in Eil
Von seiner Schöne nach der Kriegerschaar,
Die seinem Wink gehorchte. Lange stand
Erstarrt, erstaunt ob dem, was er gehört,
Der hohe Gusmann; doch geheftet stets
Mit seinen Augen auf das Angesicht,
Das ihn besiegt. Almeria indeß,
Versunken in Melancholei, hört nicht
Der treuen Sklavin Tritte, welche sich
Ihr jetzo nahte. Niaragua
Sah ihre tiefe stille Traurigkeit,
Und nahm das Wort: Prinzessin, was umwölkt

Mit

Zacharid. Mit Wehmuth so dein Auge, da dein Loos
So glücklich ist? Dich liebt der tapferste,
Der schönste von den Prinzen dieses Reichs;
Vor allen seinen Töchtern liebet dich
Der große Montezuma; die Natur
Hat jeden Reiz, hat jede Schönheit dir
Verschwendrisch mitgetheilt: — und finstre Nacht
Trübt deine Stirn? — Soll ich vielleicht ein Lied
Dir singen von der Liebe süßen Schmerz?
Soll ich die Pauke nehmen, und vor dir
Nach ihrem Schalle tanzen? — Singe nicht,
Versetzt Almeria, nein singe mir
Kein Lied von Liebe nicht! Mein Herz
Kennt Liebe nicht. Wen soll es lieben? Ihn,
Den immer durstenden nach Menschenblut,
Den wilden Jüngling, der nichts anders träumt,
Als Krieg und Schlachten? — Götter, welch ein Stern
Stand über mir, da ich geboren ward!
Und welch ein trauriges Geschick hat mich
An dieses Land gekettet! mir sagt oft
Ein innerlich Gefühl, daß Leben hier
Nicht Leben heißt; daß diese Götter hier
Nicht wahre Götter sind; daß Lieben hier
Nicht wahres Lieben ist. Mein Vater, wie?
Liebt er sie alle diese tausende
Der schönsten seines Reichs, die jedes Land
In seine Schlösser zinst? Und Er, der mich
Zu lieben scheint, wird Gatumozin nicht
Auch so viel tausend lieben? Rede mir
Nichts mehr vom wilden Gatumozin vor,
Nichts mehr von ihm! Sieh wie er mich verließ,
Zu schlachten und zu morden; denn, vernimms,
Die Göttersöhne von dem Anfang her,
Wovon uns das Gerücht so viel erzählt,
Sind Menschen, wie mir Gatumozin sagt;
Mein Vater will sie tödten! — Er, der sie
Als die Gesandten von Unsterblichen
Empfing, — er will sie tödten! Meine Brust
Empfindet Mitleid, das ich nie gefühlt,
Und mehr, als Mitleid. Niaragua,
O wüßten sie, daß über sie der Tod

Bei

Beschlossen ist! — Hier hielt nicht länger mehr   Zacharia.
Der Jüngling sich; er trat hervor, und sprach:
Sie wissen es, daß über sie der Tod
Beschlossen ist! Starr, mit weit offnem Aug,
Fuhr schnell Almeria zurück. Umsonst
Eröffnet sie zu lautem Angstgeschrei
Die Lippen; das Erstaunen macht sie stumm.
Er stand indeß vor ihr; ein Anblick, nie
Vorher von ihr gesehn. Die span'sche Tracht,
Die rothe Feder, die vom Hut ihm fliegt,
Erhob noch mehr die fliegende Gestalt
Des Jünglings. In Entzücken wirft er sich
Zu ihren Füßen, drücket ihre Hand
An feuervolle Lippen; und sein Blick
Ist Glut, und lauter Liebe sein Gesicht.
Wer bist du, nahm zuletzt Almeria
Das Wort, nachdem sie sich etwas erholt,
Wer bist du, Fremder, mit der weißen Haut?
Du bist ein Gott! zum wenigsten ein Sohn
Der unsichtbaren Götter; denn so blickt
Kein Sterblicher, so ist nicht das Gewand
Von Menschen! Ihr versetzt der junge Held:
Almeria, zu deinen Füßen kniet
Ein Sterblicher, ein Sohn des kühnen Volks
Vom Orient, das unter seinen Schutz
Dein Vater nahm, und nun verderben will.
Doch Dank sey es dem Gott, der mächtger ist,
Als eure Götter, die Unwürdigen
Des Altars, denen Menschenblut allein
Ein süßes Opfer ist — Dank seys dem Gott,
Der uns beschützt, daß diese Lasterthat
Verrathen ward! So lange noch das Schwert,
Das euch besiegt, in unsern Händen blinkt,
So lange noch in unsrer mächtgen Faust
Der Donner donnert, den des Himmels Herr
Uns anvertraut: so lange fürchten wir
Nicht eure List, nicht eure Heeresmacht.
Doch wer bist du, o Schöne? Dein Gesicht
Nennt zwar dich Mexikanerin; doch so
Denkt nicht, spricht nicht, die von der Kindheit an
Barbarsche Pracht und Götzendienst erzog.

                    Aa 3   Mein

Zachariä. Mein Herz ist dein! Vergieb, Almeria,
Der Liebe dies Geständniß, das so schnell,
So unbereitet, so unausgeführt,
Dich überrascht. Du weißt es, die Gefahr
Hängt über unsrem Haupt. Wir sind verkauft,
Wir sind verloren, wenn wir schleunig nicht
Den Sturm zerstreun, der uns verschlingen will.
Ich eile; doch darf ich, kaum wagts mein Mund!
Darf ich dir flehn, wenn dieses Wetter sich
Verzogen hat, darf ich noch einmal dich
Hier wieder sehn? Er schwieg. Almeria,
Voll Furcht und Zweifel, schlug beschämt den Blick
Zur Erden. O! ihr Götter, rief sie aus,
Was wünschest du, was foderst du von mir!
Entdeckte dich ein Auge von dem Volk,
Das euch mit solchen Tigerherzen haßt,
Du wärst verloren, wenn dein Donner nicht
Vielleicht vor ihrer Wuth dich schützen kann.
Jedoch ich fühls, ich muß dich wieder sehen,
Ich muß dir tausend Fragen thun; muß dich
Erzählen hören von dem Wunderland,
Das dich gebahr. Geh! dich beschütze der,
Der beßre Gott, der nicht mit Menschenblut
Versöhnt seyn will! Hat euer Schicksal sich
Entwickelt; lebst du morgen noch, wie sehr
Wünsch ichs, ihr Götter, daß du lebst! so nah
Dich so wie itzt der Pforte, welche dich
Zu mir geführt. Du, Niaragua,
Erwart ihn. Itzo fleuch, damit dich nicht
Der Tod ereile, den man euch gedroht!

So sprach sie. Gusmann flog, nachdem er ihr
Unzähligmal die weiche Hand geküßt,
(Und seinen Lippen schien sie sanfter noch
Als weisser Schönen Hand) mit schnellem Schritt
Den dunklen Palmengang zurück, den er
Gekommen war, und eilet alsobald
Nach dem Pallaste zu, wo ihn Cortes
Voll Ungeduld erwartete. Ihm sah
Die Schöne lange nach mit trübem Blick
Und liebekrankem Herzen, bis er sich

In

In fernem Schatten ihrem Blick entzog.
Voll Unruh stand sie auf, und wandelte
Tiefsinnig unter Schatten, wo am Quell
Der Cokus sich erhub. Ihr rauschte nicht
Der klare Quell: ihr wehte nicht vom Baum
Der frische West; für sie war die Natur
Einsam und traurig. Immer stand vor ihr
Des Europäers Bild, stets klang ihr noch
Der Liebe Ton in dem betrognen Ohr.
Wo bin ich? hub sie an. War es ein Traum,
Der mich getäuscht? O Miaraqua!
Wie klopft das Herz mir! Was hab ich geredt
Zu diesem Fremden! — Ach, zu viel, zu viel
Hab ich geredt! doch wenn er mich so sehr!
So liebte — Nein! ich bin nicht reizend gnug,
Ihm zu gefallen! Sieh mich dünkt, der Quell
(Sie sah nachdenkend in den Silberquell
An dem sie stand,) zeigt mich nicht mehr so schön,
Als gestern noch. Und wie? kann mein Gesicht,
So schwarz! kann es dem weissen Göttersohn
Gefallen. Und du hast, Almeria
Noch einmal dir vergönnet, ihn zu sehn?
Was mag ich? O wie ist es um mich her
So dunkel! Und wie dunkeler ist nicht
Für mich die Zukunft! Diese Nacht vielleicht
Wird er getödtet! Oder, wenn sein Gott
Ihn noch erhält, was wird aus ihm, aus mir?
Darf ich es nur denken, was die Phantasei
Itzt träumt, jemals die Seinige zu seyn?

So klagte sie, halb in Verzweifelung;
Die treue Sclavin lispelt Trost ihr zu,
Und ruft, um sie vom Kummer abzuziehn
Ein Chor von Tänzerinnen um sie her.
Schnell schlungen sich der schwarzen Mädchen Reihn
Um sie herum, und wechselnd mischten sie
Der Schöne Lob in ihrer Töne Schall:
Singt, o Gespielen, singt ein würdig Lied
Der Kaisertochter, die ihr itzt im Tanz
Umschlossen haltet! Motezumens Stolz,
Sein Ebenbild ist sie! singt ihr ein Lied.

Aa 4   Erheitre

Zachariä.

Erheitre dich rings um ſie her, Natur!
Ihr Winde, die ihr von den Andes haucht,
Weht ſanfter! ſenge nicht, mit heiſſem Strahl,
O Sonne, ſie! Orangen, duftet ihr!
Almeria luſtwandelt in dem Hain!

Almeria, wie dunkles Ebenholz
Iſt dein Geſicht; die Wolle von dem Baum
Iſt nicht ſo kraus, als wie dein ſchwarzes Haar.
Dein Federſchurz iſt bunter als die Luft,
Wenn ſie bemahlet wird vom Morgenroth;
Iſt ſchöner als des Regenbogens Glanz,
Der über Mexiko ſich ſchimmernd wölbt.

Leih deine Sternenaugen ihr zum Schmuck
O königlicher Pfau! ihr, Colibri,
Reicht ihr, die Federn von Azur und Gold.

Mit Purpurmuſcheln wollen wir dein Haar
Almeria, erhöhn, und Perlenreihn
Dazwiſchen flechten; und ein Blumenbuſch
Von Diamanten ſchmücke deine Stirn!

So ſoll der Jüngling, welcher aus dem Blut
Des großen Motezuma ſtammt, dich ſehn!
Er, ſchön, und tapfer, wie der Kriegesgott,
Trägt deine Feſſeln, o Almeria!

Dies ſangen ſie. Die rauſchende Muſik,
Der Pauken Schall, der Muſcheln laut Getös,
Und ſchmeichelnde Geſänge, konnten zwar
Ihr Ohr betäuben, doch verjagen nicht
Den tiefen Unmuth von der finſtern Stirn.
Ihr Fuß entzog ſich bald der lauten Schaar
Der Fröhlichen; ſie ging in den Pallaſt
Und ſeufzte da die langen Stunden hin.

2.

Heldengedichte,

komischer Gattung.

———————

Τxτ' εἰπὼν, ἀνέπεισε καθοπλίζεσθαι ἅπαντας.
Καὶ τοὺς μὲν ῥ' ἐκόρυσσεν Ἄρης πολέμοιο μεμηλώς.
Κνημῖδας μὲν πρῶτα περὶ κνήμῃσιν ἔθηκαι,
Ῥήξαντες κυάμους χλωροὺς, εὖ τ' ἀσκήσαντες,
Οὓς αὐτοὶ διὰ νυκτὸς ἐπισάντες κατέτρωξαν·
Θώρηκα δ' εἶχον καλαμοσεφέων ἀπὸ βυρσῶν,
Οὓς γαλέην δείραντες, ἐπισαμένως ἐποίησαν·
Ἀσπὶς δ' ἦν λύχνου τὸ μεσόμφαλον· ἡ δὲ τι λόγχη
Εὐμήκης βελόνη παγχάλκεον ἔργον Ἄρηος·
Ἡ δὲ κόρυς, τὸ λέπυρον ἐπὶ κροτάφοισι καρύου.
Οὕτω μὲν Μύες ἦσαν ἔνοπλοι· ὡς δ' ἐνόησαν
Βάτραχοι, ἐξανέδυσαν ἀφ' ὕδατος, εἰς δ' ἕνα χῶρον
Ἐλθόντες, βουλὴν ξύναγον πολέμοιο κακοῖο.
Σκεπτομένων δ' αὐτῶν, πόθεν ἡ στάσις, ἢ τίς ὁ θρύλλος,
Κῆρυξ ἐγγύθεν ἦλθε, φέρων σκῆπτρον μετὰ χερσὶ,
Τυρογλύφου υἱὸς μεγαλήτορος Ἐμβασίχυτρος,
Ἀγγέλλων πολέμοιο κακὴν φάτιν, εἶπέ τε μῦθον·

Ὦ βάτραχοι, μύες ὔμμιν ἀπειλήσαντες ἔπεμψαν,
Εἰπεῖν, ὁπλίζεσθαι ἐπὶ πτόλεμόν τε μάχην τε·
Εἶδον γὰρ καθ' ὕδωρ Ψιχάρπαγα, ὃν κατέπεφνεν
Ἡμέτερος βασιλεὺς Φυσίγναθος· ἀλλὰ μάχεσθε,
Οἵτινες ἐν βατράχοισιν ἀριστῆες γεγάατε.

Ὣς εἰπὼν ἀπέφηνε· λόγος δ' εἰς οὔατα μυῶν
Εἰσελθὼν ἐτάραξε φρένας βατράχων ἀγερώχων.
Μεμφομένων δ' αὐτῶν, Φυσίγναθος εἶπεν ἀνιστάς.

Ὦ

Homer.

Ὦ φίλοι, οὐκ ἔκτεινον ἐγὼ μῦν, οὐδὲ κατεῖδον
Ὀλλύμενον· πάντως ἐπνίγη παίζων παρὰ λίμνῃ,
Νήξειν τὰς βατράχων μιμούμενος. οἱ δὲ κάκιστοι
Νῦν ἐμὲ μέμφονται τὸν ἀναίτιον· ἀλλ' ἄγε βουλὴν
Ζητήσωμεν, ὅπως δολίους μύας ἐξολέσωμεν.
Τοιγὰρ ἐγὼν ἐρέω, ὥς μοι δοκεῖ εἶναι ἄριστα·
Σώματα κοσμήσαντες ἐν ὅπλοισι στῶμεν ἅπαντες
Ἄκροις πὰρ χείλεσσιν, ὅπου κατάκρημνος ὁ χῶρος·
Ἡνίκα δ' ὁρμηθέντες ἐφ' ἡμέας ἐξέλθωσι,
Δραξάμενοι κορύθων, ὅστις σχεδὸν ἀντίος ἔλθοι,
Ἐς λίμνην αὐτοὺς σὺν ἔντεσιν εὐθὺ βάλωμεν.
Οὕτω γὰρ πνίξαντες ἐν ὕδασι τοὺς ἀκολύμβους,
Στήσομεν εὐθύμως τὸ μυοκτόνον ὧδε τρόπαιον.

Ὣς ἄρα φωνήσας, ὅπλοις ἐνέδυσεν ἅπαντας.
Φύλλοισ μὲν μαλαχῶν κνήμας ἑὰς ἀμφεκάλυψαν,
Θώρηκας δ' εἶχον χλοερῶν πλατέων ἀπὸ τεύτλων,
Φύλλα δὲ τῶν κραμβῶν εἰς ἀσπίδας εὖ ἤσκησαν,
Ἔγχος δ', ὀξύσχοινον ἑκάστῳ μακρὸν ἀρήρει,
Καὶ κόρυθες κοχλιῶν λεπτῶν κρέατ' ἀμφεκάλυπτον.
Φραξάμενοι δ' ἔστησαν ἐπ' ὄχθαισ ὑψηλῇσι,
Σείοντες λόγχας, θυμοῦ δ' ἐπλῆτο ἕκαστος.

Ζεὺς, δὲ θεοὺς καλέσας εἰς οὐρανὸν ἀστερόεντα,
Καὶ πολέμου πληθὺν δείξας κρατερούς τε μαχητάς
Πολλοὺς καὶ μεγάλους, ἠδ' ἔγχεα μακρὰ φέροντας,
Οἷος Κενταύρων στρατὸς ἔρχεται, ἠδὲ Γιγάντων,
Ἡδὺ γελῶν ἐρέεινε· τίνες Βατράχοισιν ἀρωγοί,
Ἢ Μυσὶν, ἀθανάτων, καὶ Ἀθηναίην προσέειπεν·

Ὦ θύγατερ, Μυσὶν ἦ ῥ' ἐπαλεξήσουσα πορεύσῃ;
Καὶ γάρ σου κατὰ νηὸν ἀεὶ σκιρτῶσιν ἅπαντες,
Κνίσσῃ τερπόμενοι, καὶ ἐδέσμασιν ἐκ θυσιάων.

Ὧς

Ὡς ἄρ' ἔφη Κρονίδης· τὴν δὲ προσέειπεν Ἀθήνη·

Ὦ πάτερ, οὐκ ἂν πώποτ' ἐγὼ μυσὶ τειρομένοισιν

Ἐλθοίμην ἐπαρωγὸς, ἐπεὶ κακὰ πολλά μ' ἔοργαν,

Στέμματα βλάπτοντες, καὶ λύχνους, εἵνεκ' ἐλαίου·

Τοῦτο δέ μου λίην ἔδακε φρένας, οἶον ἔρεξαν·

Πέπλον μου κατέτρωξαν, ὃν ἐξύφηνα καμοῦσα

Ἐκ ῥοδάνης λεπτῆς, καὶ στήμονα λεπτὸν ἔνησα,

Τρώγλας τ' ἐμποίησαν· ὁ δ' ἠπητής μοι ἐπέστη,

Καὶ πράσσει με τόκους· τούτου χάριν ἐξηγίσμαι·

Χρησαμένη γὰρ ὕφηνα, καὶ οὐκ ἔχω ἀνταποδοῦναι.

Ἀλλ' οὐδ' ὡς βατράχοισιν ἀρηγέμεν οὐκ ἐθελήσω

Εἰσὶ γὰρ οὐδ' αὐτοὶ φρένας ἔμπεδοι, ἀλλά με πρῶτον

Ἐκ πολέμου ἀνιοῦσαν, ἐπεὶ λίην ἐκοπώθην,

Ὕπνου δευομένην, οὐκ εἴασαν θορυβοῦντες

Οὐδ' ὀλίγον καταμῦσαι. ἐγὼ δ' ἄϋπνος κατεκείμην,

Τὴν κεφαλὴν ἀλγοῦσα, ἕως ἐβόησεν ἀλέκτωρ·

Ἀλλ' ἄγε παυσώμεσθα, θεοὶ, τούτοισιν ἀρήγειν,

Μή κέ τις ἡμείων τρωθῇ βέλει ὀξυόεντι·

Εἰσὶ γὰρ ἀγχέμαχοι, καὶ εἰ θεὸς ἀντίος ἔλθοι·

Πάντες δ' οὐρανόθεν τερπώμεθα δῆριν ὁρῶντες.

    Ὡς ἄρ' ἔφη· τῇ δ' αὖτ' ἐπεπείθοντο θεοὶ ἄλλοι

Πάντες, ὁμοῦ δὲ πολλέες ἤλυθον εἰς ἕνα χῶρον.

Κάδδ' ἦλθον κήρυκε, τέρας πολέμοιο φέροντε·

Καὶ τότε κώνωπες, μεγάλας σάλπιγγας ἔχοντες,

Δεινὸν ἐσάλπιζον πολέμου κτύπον· οὐρανόθεν δὲ

Ζεὺς Κρονίδης βρόντησε, τέρας πολέμοιο κακοῖο.

Ταϛ

Taſſoni.

Aleſſandro Taſſoni, geb. zu Modena, 1561 ̖geſt. 1635. Man hält ihn gewöhnlich für den Erfinder des neuern komiſchen Heldengedichts; nur iſt es noch zweifel= haft, ob ein andres, *Lo Scherno degli Dei*, von Franceſco Bracclolini, nicht noch früher geſchrieben worden, wenn es gleich ſpäter, als das von Taſſoni, im Druck erſchien. Dieß letzte hat die Aufſchrift: *La Secchia Rapita*, der geraubte Waſſereimer, und gründet ſich auf der Volks= ſage, daß in einem Kriege der Modeneſer mit den Bolog= neſern, jene von dieſen einen hölzernen Eimer erbeutet hätten, der Gelegenheit zu neuen, hier ſehr komiſch er= zählten, Feindſeligkeiten geworden ſey. Ungeachtet eine Menge perſönlicher und lokaler Anſpielungen für den heuti= gen, vollends für den ausländiſchen, Leſer dieſes Gedichts faſt ganz verloren gehen, hat es doch immer noch ſehr viel Anziehendes; und der Kontraſt des Ernſthaften mit dem Komiſchen iſt von dem Dichter meiſterhaft benutzt worden. — Das hier mitgetheilte Stück gehört zu einer im zehnten Geſange angefangnen epiſodiſchen Erzählung von dem Gra= fen di Culagna, deſſen Gattin vom Titta zur Untreue verführt wird, worüber dieſer ins Gefängniß gekommen iſt. Der Graf fodert ihn in der Hoffnung heraus, daß er den Zweikampf nicht werde annehmen können; er iſt aber ſchon wieder frei; und nun geräth jener in die hier beſchriebene Furcht. Auch fällt hernach der Zweikampf unglücklich für ihn aus.

LA SECCHIA RAPITA, Canto XI,
St. 1 — 30.

I.

Poiche la fama fin con mille prove
Moſtrò l' infammie ſue ſcoperte al Conte,
Egli fece veder comme ſi trove
Con la Corona d' Atteone in fronte;

　　　　　　　Contra

Taffoni.

Contra la moglie irato in forme nuove
Si volfe à vendicar l'ingiurie, e l'onte,
E per farla morir con vituperio,
L'accufò di veleno, e d'adulterio.

2.

Per tutto il campo altro fi fù palefe
Quel, ch'era prima occulto, ò almeno inforfe.
La donna francamente fi difefe,
E le querele in lui tutte ritorfe,
E fè rider ogn' un quando s'intefe,
Com' ella feppe al fuò periglio opporfe;
E d' inganno pagar l' ingannatore,
C' hebbe pofcia à cacar l' anima, e'l core.

3.

Il Conte, che fi vede andar fallato
Contra la moglie il fuo primier difegno,
Penfa di vendicarfi in altro lato,
E volge contra Titta ogni fuo fdegno;
Sà che per ritrovarfi imprigionate,
Per forza hà da tener le mani à fegno;
Lo chiama traditor folennemente,
E aggiunge, che fe'l nega ei fe ne mente.

4.

E che gliel proverà con lancia, e fpada
In chiufo campo à publico duello;
E perche la disfida attorno vada
La fà ftampar diftinta in un Cartello,
E vantafi d' haver trovata ftrada
Da non poter in qual fi voglia appello
D' abbattimento, ò giufto, ò temerario
Sottopporfi al mentir de l'averfario.

5.

5.

Mà gli amici di Titta havendo inteſa
La disfida s'unir in ſuo favore,
E feron ſi, che la ſua cauſa preſa,
E terminata fù ſenza rigore:
Anzi perch'ei ſerviva in quella impreſa
Contra Bologna, e'l Papa ſuo Signore,
Fù ſcarcerato come Ghibellino
Senza fargli pagar pur un quattrino.

6.

Sciolto, ch' ei fù, rivolſe ogni penſiero
A la battaglia pronto, e riſoluto;
Preparò l' armi, e preparò il deſtriero,
Nè conſiglio aſpettò, nè chieſe aiuto
Poco avanti da Roma un Cavaliero
Nel campo Modaneſe era venuto,
Di caſa Toſcanella, Attilio detto,
E fù da lui per ſuo Padrino e letto.

7.

Queſto era un tal Piccin pronto, ed accorto,
Inventor di facetie, e aſtuto tanto,
Che non fù mai Giudeo sì ſcaltro, e ſcorto,
Che non perdeſſe in paragone il vanto;
Uccellava i Poeti, e per diporto
Speſſo n'havea qualche adunata à canto;
Mà con nodi sì leſti, e ſi faceti,
Che tutti ſi partian contenti, e lieti.

8.

In armi non havea fatto gran coſe
Però ch' in Roma allor ſi coſtumava
Fare à le pugna, e certe bellicoſe
Genti il Governator le caſtigava:
Mà egli hebbe un cor d' Orlando, e ſi diſpoſe

Taſſoni. D'ire à la guerre, perche dubitava
De' birri havendo in certo ſuo accidente
Scardaſſata la tigna à un inſolente.

9.

Il Conte allor, che vide al vento ſparſi
Tutti i diſegni, e'l ſuo penſier fallace,
Cominciò con gl'amici à conſigliarſi
Se v'era modo alcun di far la pace:
Vorrebbe haver tacciuto, e ritrovarſi
Fuor de la perigliofa impreſa audace,
Che ſente il cor, che teme, e ſi ritira,
E manca l'ardimento in mezzo à l'ira.

10.

Mà 'l Conte di Miceno, e il Potta ſteſſo,
E Gherardo, e Manfredi, e'l buon Roldano
Gli furo intorno, e'l vituperio eſpreſſo
Dov'ei cadea, gli fer deſtinto, e piano;
Indi promiſſer tutti eſſergli appreſſo,
E la pugna ſpartir di propria mano,
Ond'ei ripreſe core, e per Padrino
S'eleſſe il Conte di San Valentino.

11.

Queſti che ne la ſcherma havea grand' arte,
Subito gl' inſegnò colpi maeſtri
Da ferire il nemico in ogni parte,
E modi da parar ſecuri, e deſtri:
Indi rivide l'armi à parte, à parte
Del Cavaliero, e i guarnimenti e queſtri:
Mà un petto ſenza cor, che l' aria teme,
Non l' armerian cento arſenali inſieme.

12.

12.

La notte à la battaglia precedente,
Che frà i due Cavalier ſeguir dovea,
Volgendo il Conte l' affannata mente
Al periglio mortal, ch' egli correa,
Ricominciò à penſar tutto dolente
Di non voler tentar s'egli potea;
E innanzi l' alba i ſuoi chiamò fremendo,
Un gran dolor di ventre haver fingendo.

13.

Il Padrin, che dormia poco lontano,
Tutto confuſo ſi deſtò à quell' atto;
Con panni caldi, e una lucerna inmano
Berrochio ſuo ſcudier v'accorſe ratto;
E'l Barbier de la villa, e il Sagreſtano
Di Sant' Ambroſio v'arrivaro à un tratto,
E'l provido Barbier, ch' inteſe il male
Gli ſè ſubitamente un ſervitiale.

14.

Ed egli per non dar di ſe ſoſpetto,
Cheto ſel preſe, e ſi moſtrò contento;
Mà fingendo, che poi non feſſe effetto,
Nè prendeſſe il dolore alloggiamento.
Chiamò gl'amici, e i ſervidori al letto,
E diſſe, che volea far teſtamento:
Onde mandò per Mortalin Notaio,
Che venne con la carta, e'l calamaio.

15.

La prima coſa laſciò l' alma à Dio,
E laſciò il corpo à quell' eccelſa terra
Dov'era nato, e per legato pio
Danari in bianco, e quantità di terra;

Bb 2

Indi

Indi tratto da folle, e van deſio
A diſpenſar gli arredi ſuoi da guerra:
Laſciò la lancia al Rè di Tartaria,
E lo ſcudo al Soldan de la Soria.

16.

La ſpada à Federico Imperatore,
Ed al popol Romano il corſaletto;
A la Reina del mar d' Adria l'onore
Dal ſecol noſtro, un guato, e un bracialetto,
L'altro laſciollo à la Città del fiore,
E al Greco Imperator laſciò l' elmetto:
Mà il cimier, che portar ſolea in battaglia
Ricadeva al Signor di Cornovaglia.

17.

Laſciò l' honore à la Città del Potta,
Poi ſè del reſto il ſuo Padrino erede;
D' intorno al letto ſuo s'era ridotta
Gran turba in tanto, chi à ſeder, chi in piede,
Frà quali ſtando il buon Roldano allotta,
Che non preſtava à le ſue ciance fede,
Gli diceva à l'orecchia tratto, tratto,
Come tù ſei vituperato à fatto.

18.

Non vedi, che coſtor than conoſciuto,
Che per tema tu fai de l'ammalato?
Salta ſù preſto, e non far più rifiutto,
Che tù ſvergogni tutto il parentato:
Noi ſpartiremo, e ti daremo aiuto
Subito, che l'aſſalto è incominciato,
Il Conte ſi riſtringe, e ſi lamenta,
E ſi vorria levar, mà non s'attenta.

Tassonⁱ.

19.

Di tenda in tenda in tanto era voltata
La fama di quell' atto, e ogn' un ridea
Renoppia *), che non era ancor leuata,
Un paggio gli mandò, che gli dicea,
Che stava per servirlo apparecchiata,
E accompagnarlo in campo, e ben credea,
Ch' egli si porterebbe in tal maniera,
Ch' ella n' havrebbe poscia à gire altiera.

20.

Questa ambasciata gli trafisse il core,
E destò la vergogna addormentata,
E cominciaro in lui viltà, ed onore
A combatter la mente innamorata:
S'alza à sedere, e dice, che'l dolore
Mitigato hà il favor de la sua amata,
E s'addatta à vestir, mà la viltade
Finge, che'l dolor torni, e giù ricade.

21.

E la Pittrice già de l' Oriente
Pennell eggiando il Ciel de' suoi colori,
Abbelliva le strade al dì nascente,
E Flora le spargea di vaghi fiori.
Quindi usciva del Sole il carro ardente,
E di raggi di luce, e di splendori
Vestiva l'aria, il mar, la piaggia, è il monte,
E la notte cadea da l' Orizonte.

22.

Quando comparve il Conte di Miceno
Col Medico cavalca in compagnia,
Il Medico à l'orina in un baleno
Conobbe il mal che l'infelice havia,
E fattosi recare un fasco pieno

Bb 3

Di

*) Moglie del Conte.

Taffoni. Di vecchia, e delicata malvagia,
Gli ne fece affaggiar trè gran bicchieri,
Ed ei pronto gli bebbè, e volontieri.

23.

Cominciò il vino à lavorar pian piano,
E à rifcaldar il cor timido, e vile,
E mandar al cervel più di lontano
Stupido, e incerto il fuo vapor fottile:
Onde il Conte gridò, ch' era già fano,
Che'l dolor gli have tolto il vin gentile,
E balzando del letto i panni chiefe,
E tofto fi vefti l'ufato arnefe.

24.

Indi tratto fremendo il brando fuora,
Tagliò Zeffiro in pezzi e l'aurea eftiva,
E fe non era il fuo Padrino allora
A la battaglia fenz' altr' armi ei giva,
L'almo liquor, che i timidi rincora,
Puotè affai più, che la virtù nativa:
Ben profetò di lui l'antica gente,
Ch'era fovra ogni Rè forte, e poffente.

25.

Hor mentre s'arma, ecco Renoppia viene,
E'l coraggio gl' addoppia, e la baldanza,
Che con dolci parole, e luci piene
D'amor gli fà d' accompagnarlo inftanza:
Egli, che'l foco accefo hà nelle vene,
Commoffo da defio fuor di fperanza,
E da furor di vino, ambo i ginocchi
A terra china, e dice à que' begl' occhi,

26.

O del Cielo d' Amor ridenti ftelle
Onde de la mia vita il corfo pende,

D'amo-

Taſſoni.

D'amoroſa fortuna ardenti, e belle
Ruote, dove mia ſorte hor ſale, hor ſcende:
Imagini del Sol vive facelle
Di quel foco gentil, che l'alme incende,
Il cui raggio, il cui lampo, il cui ſplendore
Ogn' intelletto obbaglia, arde ogni core.

27.

Occhi de l'alma mia, pupille amate,
Lucidi ſpecchi, ove beltà vagheggia
Se ſteſſa, archi celeſti, ond' infuccate
Quadrella aventa Amor, ch' in voi guerreggia,
De le voſtre ſembianze, onde il fregiate,
Coſì ſplende il mio cor, coſì lampeggia,
Ch' ei non invida al Ciel le ſtelle ſue,
Benche ſian tante, e voi non più che due.

28.

Come i raggi del Sol arde d'amore
La terra, e ſpiega la purpurea veſte,
Coſì à i voſtri bei raggiarde il mio core,
E di vaghi penſier tutto ſi veſte:
Queſt' alma ſi ſolleva al ſuo fattore,
E ammira in voi di quella man celeſte
Le maraviglie del mortal ſi ſvelle,
O de gli occhi del Ciel luci piú belle.

29.

Rimiratevi voi con lieto ciglio
Del cieco viver mio lumi fidati,
Siate voi teſtimoni al mio periglio,
E ſcorgetemi voi co' guardi amati:
Che ſia vano ogni forza ogni conſiglio,
Cadrà l'empio, e fellon ne propri aguati,
E non che di pugnar con lui mi caglia,
Mà sfiderò l'infermo anco à battaglia.

30.

Così detto riſorge, e'l deſtrier chiede
Tutto foco ne gli atti, e ne ſembianti,
E fà ſtupir ogn' un, che l'ode, e vede,
Si diverſo da quel, ch' egli era innanti,
Mà Titta armato già del capo al piede
Con armi, e piume nere, e neri amanti
In campo era comparſo accompagnato
Dal ſolo ſuo Padrin, ſenza' altri à lato.

Boileau.

(S. B. II. S. 153. Einen ſehr unbedeutenden Streit, der zwiſchen dem Treſorier und dem Kantor einer Kirche in Paris über die Stelle, welche ein Singerult auf dem Chor haben ſollte, entſtanden war, veranlaſſte eins der witzigſten und angenehmſten Gedichte dieſer Gattung in ſechs Geſängen, worin Boileau Despreaur jenen Stof durch Nebenumſtände und Fiktion ungemein zu beleben, und ihm ein ſehr anziehendes Intereſſe zu ertheilen wuſſte. Die allegoriſchen Maſchinen, die er in die Handlung einwirken läſſt, ſind die Zwietracht, die Nacht und die Trägheit; und ſowohl ihre Charakteriſirung, als die ihnen in den Mund gelegten Reden veranlaſſen die feinſten und treffendſten ſatiriſchen Züge. Im dritten Geſange, wovon ich hier einen Theil herſetze, wird die Ausführung des Unternehmens, den Pult wegzuſchaffen, erzählt, wozu drei Perſonen durchs Loos gewählt ſind, unter denen ein Perückenmacher iſt, der in den beiden vorhergehenden Geſängen meiſterhaft charakteriſirt wird.

LE LUTRIN, CH. III. v. 1. ſſ.

———

Mais la Nuit auſſitôt de ſes aîles affreuſes
Couvre des Bourgignons les campagnes vineuſes,
Revôle vers Paris, et hâtant ſon retour,
Dejà de Montleri voit la fameuſe tour.
Ses murs, dont le ſommet ſe dérobe à la vûe,
Sur la cime d'un roc s'alongent dans la nûe,
Et préſentant de loin leur objet ennuieux.
Du paſſant qui le fuit, ſemblent ſuivre les yeux.
Mille oiſeaux effraians, mille corbeaux funebres,
De ces murs deſertés habitent les ténebres.
Là depuis trente hivers un Hibou retiré
Trouvoit contre le jour un réfuge aſſuré.
Des deſaſtres fameux ce meſſager fidéle,

Sait

Boileau. Sait toujours des malheurs la premiere nouvelle,
Et tout prêt d'en semer le présage odieux,
Il attendoit la Nuit dans ces savages lieux.
Aux cris qu'à son abord vers le ciel il envoie,
Il rend tous ses voisins attristés de sa joie.
La plaintive Procné de douleur en frémit;
Et dans les bois prochains Philomele en gemit.
Sui-moi, lui dit la Nuit. L'oiseau, plein d'alle-
                    gresse,
Reconnoit à ce ton la voix de sa Maitresse.
Il la suit; et tous deux d'un cours précipité
De Paris à l'instant abordent la Cité.
Là s'élançant d'un vol, que le vent favorise,
Ils montent au sommet de la fatale Eglise.
La Nuit baisse la vûe, et du haut du clocher
Observe les guerriers, les regarde marcher.
Elle voit le Barbier, qui d'une main legere
Tient un verre de vin qui rit dans la fougere,
Et chacun tour à tour s'inondant de ce jus,
Celebrer en bûvant Gilotin et Bacchus.
Ils triomphent, dit-elle, et leur ame abusée
Se promet dans mon ombre une victoire aisée.
Mais allons, il est tems qu'ils connoissent la Nuit.
A ces mots regardant le Hibou qui la suit,
Elle perce les murs de la voute sacrée,
Jusqu'en la sacristie elle s'ouvre une entrée,
Et dans le ventre creux du Pûpitre fatal
Va placer de ce pas le sinistre animal.

Mais les trois Champions, pleins de vin et
                    d'audace,
Du Palais cependant passent la grande place,
Et suivans de Bacchus les auspices sacrés,
De l'auguste Chapelle ils montent les degrés,
Ils atteignoient deja le superbe Portique,
Où Ribou le Libraire, au fond de sa boutique,
Sous vingt fidèles clefs, garde et tient en dépôt
L'Amas toujours entier des écrits de Hénaut.
Quand Boleude, qui voit que le peril approche,
Les arrête, et tirant un fusil de sa poche,

                              Des

Des veines d'un caillou, qu'il frappe au même Boileau.
              inftant,
Il fait jaillir un feu qui pétille en fortant:
Et bientôt au brafier d'une mèche enflammée,
Montre à l'aide du fouffre, une cire allumée.
Cet Aftre tremblotant, dont le jour les conduit,
Eft pour eux un foleil au milieu de la nuit.
Le Temple à fa faveur eft ouvert par Boirude.
Ils paffent de la Nef la vafte folitude,
Et dans la Sacriftie entrant, non fans terreur,
En percent jusqu'au fond la tenebreufe horreur.
C'eft là que du Lutrin git la machine énorme.
La troupe quelque tems en admire la forme.
Mais le Barbier qui tient les momens précieux,
Ce fpectacle n'eft pas pour amufer nos yeux,
Dit, il, le tems eft cher, portons-le dans le Temple.
C'eft là qu'il faut demain qu'un Prélat le con-
              temple.
Et d'un bras, à ces mots, qui peut tout ébranler,
Lui-même fe courbant s'apprête à le rouler.
Mais à peine il y touche, o prodige incroiable!
Que du Pûpitre fort une voix effroiable.
Brontin en eft ému, le Sacriftain pâlit,
Le Perruquier commence à regretter fon lit.
Dans fon hardi projet toutefois il s'obftine;
Lorsque des flancs poudreux de la vafte machine
L'Oifeau fort en courroux, et d'un cri menaçant
Achéve d'étonner le Barbier frémiffant:
De fes aîles dans l'air fecouant la pouffiere,
Dans la main de Boirude il éteint la lumiere.
Les Guerriers à ce coup demeurent confondus;
Ils regagnent la Nef de fraieur éperdus.
Sous leurs corps tremblotons leurs genoux s'affoi-
              bliffent,
D'une fubite horreur leurs cheveux fe heriffent,
Et bientôt au travers des ombres de la nuit
Le timide Efcadron fe diffipe et s'enfuit.

      Ainfi lorsqu'en un coin, qui leur tient lieu
              d'azile,
D'Ecoliers libertins une troupe indocile,
                              Loin

Loin des yeux d'un Préfet au travail affidu,
Va tenir quelquefois un Brelan défendu;
Si du veillant Argus la figure effraiante
Dans l'ardeur du plaifir à leurs yeux le préfente,
Le jeu ceffe à l'inftant, l'azile eft deferté,
Et tout fuit à grands pas le Tyran redouté.

La Difcorde, qui voit leur honteufe difgrace,
Dans les airs cependant tonne, éclate, menace,
Et malgré la fraicur dont leurs coeurs font glacés,
S'apprête à réünir fes Soldats difperfés.
Auffitôt de Sidrac elle emprunte l'image;
Elle ride fon front, alonge fon vifage,
Sur un bâton noueux laiffe courber fon corps,
Dont la Chicane femble animer les refforts,
Prend un cierge en fa main, et d'une voix caffée
Vient ainfi gourmander la Troupe terraffée.

Lâches, où fuïez-vous? Quelle peur vous
abbat?
Aux cris d'un vil oifeau vous cedez fans combat?
Où font ces beaux difcours jadis fi pleins d'audace?
Craignez-vous d'un Hibou l'impuiffante grimace?
Que feriez-vous, helas! fi quelque exploit nou-
veau
Chaque jour, comme moi, vous traînoit au Bar-
reau?
S'il faloit fans amis, briguant une audience,
D'un Magiftrat glacé foutenir la préfence,
Ou d'un nouveau procès hardi Solliciteur,
Aborder fans argent un Clerc de Rapporteur?
Croiez-moi, mes enfans: je vous parle à bon titre.
J'ai moi feul autrefois plaidé tout un Chapitre:
Et le Barreau n'a point de monftres fi hagards,
Dont mon oeil n'ait cent fois foûtenu les regards.
Tous les jours fans trembler j'affiegeois leurs paf-
fages,
L'Eglife étoit alors fertile en grands courages.
Le moindre d'entre nous fans argent, fans appui,
Eût plaidé le Prélat et le Chantre avec lui.
Le monde, de qui l'âge avance les ruines,

Né

Ne peut plus enfanter de ces ames divines:
Mais que vos coeurs du moins imitant leurs vertus,
De l' afpeʒt d'un Hibou ne foient pas abbatus!
Songez, quel deshonneur va fouiller votre gloire,
Quand le Chantre demain entendra fa viʒtoire.
Vous verrez tous les jours le Chanoine infolent,
Au feul mot de Hibou, vous foûrire en parlant.
Votre ame à ce penfer de colere murmure:
Allez donc dès ce pas en prevenir l'injure.
Meritez les lauriers qui vous font refervés
Et reffouvenez-vous quel Prélat vous fervez.
Mais déjà la fureur dans vos yeux étincellè.
Marchez, courez, volez où l'honneur vous appelle.
Que le Prélat furpris d'un changement fi prompt
Apprenne la vengeance auffitôt que l'affront.

But»

Butler.

Samuel Butler, geb. 1612, gest. 1680. — Sein Hudibras besteht aus drei Theilen, deren jeder drei Gesänge enthält. Das Gedicht ist durchgängig Satire wider die Independenten und Presbyterianer, die damals in England viele Unruhen erregten. Hudibras wird als ein irrender und schwärmerischer Ritter von ihrer Parthei dargestellt, und in mancherlei Abentheuer und mißliche Lagen versetzt, die der Dichter mit ungemein fruchtbarem und völlig originalem Witze erfand und durchführte. Sein Gedicht ist, wie Dr. Johnson sagt, eins von den schriftstellerischen Werken, worauf eine ganze Nation stolz zu seyn Ursache hat; denn die darin aufgestellten Bilder sind national, die Charaktere unerborgt und unerwartet, und die Schreibart ist durchgehends original und eigenthümlich. Die Hauptidee ist freilich wohl vom Don Quixote hergenommen. Hudibras ist ein presbyterischer Friedensrichter, der im Vertrauen auf das Ansehen der Gesetze, und in voller Wuth frommer Einfalt das Land durchzieht, um dem Aberglauben zu steuern und Mißbräuchen abzuhelfen; begleitet von einem Schreiber, der Independent, zänkisch und starrköpfig ist, mit dem er oft streitet, ohne ihn jemals zum Schweigen oder zur Ueberzeugung zu bringen. — Das Stück, welches ich hier zur Probe mittheile, macht eine Art von Episode, die aber in der Folge noch weiter ausgeführt und benutzt wird. Hudibras erhält in seinem Gefängnisse den Besuch einer Dame, in die er verliebt, und die seine Retterin wird.

HUDIBRAS, P. II, Canto I. v. 1 — 140.

But now, t'observe Romantique method
Let bloody steel a while be sheathed;
And all those harsh and rugged sounds
Of bastinados, cuts, and wounds,

Ex-

Exchang'd to love's more gentle style,
To let our reader breathe a while:
In which, that we may be as brief as
Is poſſible, by way of preface,
Is't not enough to make one ſtrange,
That ſome men's fancies ſhould ne'er change,
But make all people do and ſay
The ſame things ſtill the ſelf-ſame way?
Some writers make all ladies purloin'd,
And knights purſuing like a whirlwind:
Others make all their knights, in fits
Of jealouſy, to loſe their wits;
Till drawing blood o' th' dames, like witches,
They're forthwith cur'd of their capriches.
Some always thrive in their amours,
By pulling plaiſters of their ſores;
As cripples do to get an alms,
Juſt ſo do they, and win their dames.
Some force whole regions, in deſpite
O' geography, to change their ſite;
Make former times ſhake hands with latter,
And that which was before come after.
But thoſe that write in rhyme ſtill make
The one verſe for the other's ſake;
For one for ſenſe, and one for thyme,
I think's ſufficient at one time.

     But we forget in what ſad plight
We whilom left the captiv'd knight
And penſive Squire, both bruis'd in body,
And conjur'd into ſafe cuſtody.
Tir'd with diſpute, and ſpeaking Latin,
As well as baſting and Bear-baiting,
And deſperate of any courſe,
To free himſelf by wit or force,
His only ſolace was, that now
His dog-bolt fortune was ſo low,
That either it muſt quickly end,
Or turn about again, and mend,
In which he found th' event, no leſs
Than other times, beſide his gueſs.

Butler.

There

Butler.

There is a tall long-sided dame,
(But wondrous light) ycleped Fame,
That like a thin camelion boards
Herself on air, and eats her words;
Upon her shoulders wings she wears
Like hanging sleeves, lin'd thro' with ears,
And eyes, and tongues, as poets list,
Made good by deep mythologist:
With these she thro' the welkin flies,
And sometimes carries truth, oft lies;
With letters hung, like eastern pigeons,
And Mercuries of furthest regions;
Diurnals writ for regulation
Of lying, to inform the nation,
And by their public use to bring down
The rate of whetstones in the kingdom.
About her neck a pacquet-mail,
Fraught with advice, some fresh, some stale,
Of men that walk'd when they were dead,
And cows of monsters brought to bed;
Of hailstones big as pullets' eggs,
And puppies whelp'd with twice two legs;
A blazing-star seen in the west,
By six or seven went at least.
Two trumpets she does sound at once,
But both of clean contrary tones;
But whether both with the same wind,
Or one before, and one behind,
We know not, only this can tell,
The one sounds vilely, th' other well;
And therefore vulgar authors name
Th' one Good, th' other Evil Fame.

This tattling gossip knew to well
What mischief Hudibras befel.
And straight the spiteful tidings bears
Of all, to th' unkind Widow's ears.
Democritus ne'er laugh'd so loud,
To see bawds carted thro' the crowd,
Or funerals, with stately pomp,
March slowly on in solemn dump,

As she laugh'd out, until her back,
As well as sides, was like to crack.
She vow'd she wou'd go see the fight,
And visit the distressed Knight;
To do the office of a neighbour,
And be a gossip at his labour;
And from his wooden jail, the stocks,
To set at large his fetter-locks;
And by exchange, parole, or ransum,
To free him from th' inchanted mansion.
This b'ing resolv'd, she call'd for hood
And usher, implements abroad
Which ladies wear, beside a slender
Young waiting damsel to attend her.
All which appearing, on she went
To find the Knight, in limbo pent:
And 'twas not long before she found
Him and his stout Squire in the pound;
Both coupled in inchanted tether,
By further leg behind together:
For as he sat upon his rump,
His head, like one in doleful dump,
Between his knees, his hands apply'd
Unto his ears on either side,
And by him, in another hole,
Afflicted Ralpho, cheek by joul,
She came upon him in his wooden
Magician's circle, on the sudden,
As spirits do t' a conjurer,
When in their dreadful shapes th' appear.

　　No sooner did the Knight perceive her,
But straight he fell into a fever,
Inflam'd all over with disgrace,
To be seen by her in such a place;
Which made him hang his head, and scoul,
And wink, and goggle like an owl:
He felt his brains begin to swim,
When thus the Dame accosted him.

Butler.

This place (quoth she) they say 's inchanted,
And with delinquent spirits haunted,
That here are ty'd in chains, and scourg'd,
Until their guilty crimes be purg'd:
Look, there are two of them appear,
Like persons I have seen somewhere.
Some have mistaken blocks and posts
For spectres, apparitions, ghosts,
With saucer-eyes, and horns; and some
Have heard the devil beat a drum;
But if our eyes are not false glasses,
That give a wrong account of faces,
That beard and I should be acquainted,
Before 'twas conjur'd and inchanted;
For tho' it be disfigur'd somewhat,
As if't had lately been in combat,
It did belong to a worthy Knight,
Howe'er this goblin is come by't.

Pope.

Pope.

S. B. I. S. 148. — Sein Lockenraub, *The Rape of the Lock*, in vier Gesängen, hatte, wie Boileau's Lutrin, eine zufällige und an sich unwichtige Veranlassung, nämlich die etwas weit getriebene Galanterie eines jungen Lord Petre, der eine Haarlocke der Miß Arabella Fermor abgeschnitten und erbeutet hatte. Zur Schlichtung des dadurch entstandnen Zwistes wurde Pope von seinem Freunde Caryl aufgefordert, den Vorfall zum Inhalte eines komischen Gedichts zu machen; und sowohl dieser Zweck, als sein Gedicht selbst gelang ihm vollkommen. Mit Recht nennte es Addison *merum sal*; denn es übertrifft gewiß an Witz und Eleganz alle die ältern und neuern Versuche, die man je in dieser oder einer ähnlichen scherzhaften Gattung gemacht hat. Auch die Einführung der Sylphen, als Maschinen, war eine überaus glückliche Idee, wozu ihm, wie bekannt, der *Comte de Gabalis* des Abbé Villars Gelegenheit gab. Warton's geschmackvolle Zergliederung der großen Schönheiten dieses Gedichts (Essay on *Pope*, Vol. I. p. 226 ff. u. Uebers. S. 196 ff.) ist sehr lesenswürdig. Auch vergleiche man Dr. Johnson in Pope's Leben, (*Lives*, Vol. IV. p. 186 ff.) wo er sein Urtheil über den Lockenraub gleich mit folgenden Worten einleitet: To the praises which have been accumulated on *The Rape of the Lock* by readers of every class, from the critick to the waiting-maid, it is difficult to make any addition. Of that which is universally allowed to be the most attractive of all ludicrous compositions, let it rather be now enquired, from what sources the power of pleasing is dirived. Und hievon findet er den Grund vornehmlich darin, daß Pope in diesem Gedichte die beiden wirksamsten Kräfte eines Schriftstellers in sehr hohem Grade geäussert habe, das Neue auf eine gewöhnliche, und das Gewöhnliche auf eine neue Art zu behandeln.

THE RAPE OF THE LOCK,
Canto III.

Close by those meads, for ever crown'd with
flow'rs,
Where Thames with pride surveys his rising
tow'rs
There stands a structure of majestic frame,
Which from the neighb'ring Hampton takes its
name.
Here Britain's statesmen oft the fall foredoom
Of foreign tyrants, and of nymphs at home;
Here thou, great ANNA! whom three realms
obey,
Dost sometimes counsel take — and sometimes tea.

Hither the heroes and the nymphs resort,
To taste a while the pleasures of a court;
In various talk th' instructive hours they past,
Who gave the ball, or paid the visit last;
One speaks the glory of the British Queen,
And one describes a charming Indian screen;
A third interprets motions, looks, and eyes;
At ev'ry word a reputation dies.
Snuff, or the fan, supply each pause of chat,
With singing, laughing, ogling, and all that.

Meanwhile, declining from the noon of day
The sun obliquely shoots his burning ray;
The hungry judges soon the sentence sign,
And wretches hang, that jurymen may dine;
The merchant from th' exchange returns in peace,
And the long labours of the toilet cease.
Belinda now, whom thirst of fame invites,
Burns to encounter two advent'rous knights,
At Ombre singly to decide their doom;

And

And swells her breast with conquests yet to come. Pope.
Straight the three bands prepare in arms to join,
Each band the number of the sacred nine.
Soon as she spreads her hand, th' aëral guard
Descend, and sit on each important card:
First Ariel perch'd upon a Matadore,
Then each according to the rank they bore;
For sylphs, yet mindful of their ancient race,
Are, as when women, wondrous fond of place.

Behold, four kings in majesty rever'd,
With hoary whiskers and a forky beard;
And four fair queens, whose hands sustain a
flow'r,
Th' expressive emblem of their softer pow'r;
Four knaves in garbs succinct, a trusty band;
Caps on their heads, and halberts in their hand;
And party-colour'd troops, a shining train,
Draw forth to combat on the velvet plain.

The skilful nymph reviews her force with
care:
Let Spades be trumps! she said, and trumps they
were.

Now move to war her sable Matadores,
In show like leaders of the swarthy Moors.
Spadillio first, unconquerable Lord!
Led off two captive trumps, and swept the board.
As many more Manillio forc'd to yield,
And march'd a victor from the verdant field.
Him Basto follow'd; but, his fate more hard,
Gain'd but one trump and one plebeian card,
With his broad sabre next, a chief in years,
The hoary majesty of Spades appears,
Puts forth one manly leg, to sight reveal'd,
The rest his many-colourd robe conceal'd.
The rebel knave, who dares his prince engage,
Proves the just victim of his royal rage.
Ev'n mighty Pam, that kings and queens o'er-
threw,

And mow'd down armies in the fights of Lu,
Sad chance of war! now deftitute of aid,
Falls undiftinguifh'd by the victor Spade!

    Thus far both armies to Belinda yield;
Now to the Baron Fate inclines the field.
His warlike Amazon her hoft invades,
Th' imperial confort of the crown of Spades.
The Club's black tyrant firft her victim dy'd,
Spite of his haughty mien, and barb'rous pride:
What boots the regal circle on his head,
His giant limbs in ftate unwieldy fpread; •
That long behind he trails his pompous robe,
And, of all monarchs, only grafps the globe?

    The Baron now his Di'monds pours apace;
Th' embroider'd king, who fhews but half his
                    face,
And his refulgent queen, with pow'rs combin'd,
Of broken troops an eafy conqueft find.

    Clubs, Di'monds, Hearts, in wild diforder feen,
With throngs promifcuous ftrow the level green. •
Thus when dispers'd a routed army runs,
Of Afia's troops, and Afric's fable fons,
With like confufion diff'rent nations fly,
Of various habit, and of various dye,
The pierc'd battalions difunited fall,
In heaps on heaps; one fate o'erwhelms them all.

    The knave of Di'monds tries his wily arts,
And wins (o fhameful chance!) the queen of
                    Hearts,
At this, the blood the virgin's cheek forfook,
A livid palenefs fpreads o'er all her look;
She fees, and trembles at th' approaching ill,
Juft in the jaws of ruin, and Codille.
And now (as oft in fome diftemper'd ftate)
On one nice trick depends the gen'ral fate.
An ace of Hearts fteps forth: the king unfeeen
Lurk'd in her hand, and mourn'd his captive queen:
                       He

He ſprings to vengeance with an eager pace,
And falls like thunder on the proſtrate ace.
The nymph exulting fills with ſhouts the ſky;
The walls, the woods, and long canals reply.

O thoughtleſs mortals! ever blind to fate,
Too ſoon dejected and too ſoon elate.
Sudden, theſe honours ſhall be ſnatch'd away,
And curs'd for ever this victorious day.

For lo! the board with cups and ſpoons is
crown'd,
The berries crackle, and the mill turns round;
On ſhining altars of Japan they raiſe
The ſilver lamp; the fiery ſpirits blaze:
From ſilver ſpouts the grateful liquors glide,
While China's earth receives the ſmoaking tide:
At once they gratify their ſcent and taſte,
And frequent cups prolong the rich repaſt.
Straight hover round the Fair her airy band;
Some, as ſhe ſipp'd; the fuming liquor fann'd,
Some o'er her lap their careful plumes diſplay'd,
Trembling and conſcious of the rich brocade.
Coffee (which makes the politician wiſe,
And ſee through all things with his half-ſhut eyes)
Sent up in vapours to the Baron's brain
New ſtratagems, the radiant lock to gain.
Ah ceaſe, raſh youth! deſiſt ere 'tis too late,
Fear the juſt gods, and think of Scylla's fate!
Chang'd to a bird, and ſent to flit in air,
She dearly pays for Niſus' injur'd hair!
But when to miſchief mortals bend their will,
How ſoon they find fit inſtruments of ill?
Juſt then Clariſſa drew with tempting grace
A two-edg'd weapon from her ſhining caſe:
So ladies in romance aſſiſt their knight,
Preſent the ſpear, and arm him for the fight.
He takes the gift with rev'rence, and extends
The little engine on his fingers' ends;
This juſt behind Belinda's neck he ſpread,
As o'er the fragrant ſteams ſhe bends her head.

Cc 4   Swift

Pope.

Swift to the lock a thousand sp'rits repair,
A thousand wings, by turns, blow back the hair;
And thrice they twitch'd the di'mond in her ear;
Thrice she look'd back, and thrice the foe drew near.
Just in that instant, anxious Ariel sought
The close recesses of the virgin's tought;
As on the nosegay in her breast reclin'd,
He watch'd th' ideas rising in her mind,
Sudden he view'd, in spite of all her art,
And earthly lover lurking at her heart.
Amaz'd, confus'd, he found his pow'r expir'd,
Resign'd to fate, and with a sigh retir'd.

The Peer now spreads the glitt'ring forfex wide,
T' inclose the lock; now joins it, to divide.
Ev'n then, before the fatal engine clos'd,
A wretched Sylph too fondly interpos'd;
Fate urg'd the sheers, and cut the Sylph in twain,
(But airy substance soon unites again),
The meeting points the sacred hair dissever
From the fair head for ever and for ever!

Then flash'd the living light'ning from her eyes,
And screams of horror rend th' affrighted skies.
Not louder shrieks to pitying Heav'n are cast;
When husbands, or when lap-dogs breathe their last;
Or when rich China vessels fall'n from high,
In glitt'ring dust and painted fragments lie!

Let wreaths of triumph now my temples twine,
(The victor cry'd), the glorious prize is mine!
While fish in streams, or birds delight in air,
Or in a coach and six the British fair,
As long as Atalantis shall be read,
Or the small pillow grace a lady's bed,
While visits shall be paid on solemn days,
When num'rous wax-lights in bright order blaze,
While

While nymphs take treats, or affignations give,   Pope.
So long my honour, name, and praife fhall live,
What Time would fpare, from fteel receives its date,
And monuments, like men, fubmit to fate!
Steel could the labour of the gods deftroy,
And ftrike to duft th' imperial tow'rs of Troy;
Steel could the works of mortal pride confound,
And hew triumphal arches to the ground.
What wonder then, fair nymph! thy hairs fhould
                 feel
The conqu'ering force of unrefifted fteel?

Ee 5   Garth.

Garth.

Sir Samuel Garth, geb. ums J. 1670, gest. 1718,
ein geschickter englischer Arzt, und Pope's vertrauter
Freund, ist Verfasser der scherzhaften Epopöe, The Dispen-
sary, die Armenapotheke, in sechs Gesängen. Dr. Garth
hatte im J. 1696 solch eine Anstalt mit vielem Eifer zu
befördern gesucht, worin armen Kranken unentgeltlich
Rath ertheilt, und die Arznei um einen geringen Preis ge-
reicht wurde. Hierüber ward er, und mancher andere wür-
dige Arzt, von eigennützigern Zunftgenossen und Arothe-
kern gehasst und angefeindet; und diese suchte er in seinem
Gedichte mit lebhaftem Witze dem Gelächter Preis zu ge-
ben. Offenbar ist das Ganze eine Nachahmung des Boi-
leau; auch hier findet man allegorische Personen als Ma-
schinen, die Trägheit, den Neid, die Glücksgöttin, u. a.
m. Sehr glücklich parodirt er hie und da bekannte Stellen
klassischer Dichter; seine Satyre ist scharf und treffend;
auch seine Schreibart und Versifikation haben viel Verdienst
und Anmuth. Sein Gedicht musste desto mehr Beifall er-
halten, weil es die Sache der Menschlichkeit wider Unge-
rechtigkeit und Eigennutz, und gründlicher Einsichten wider
anmaßliche Pedanterei in Schutz nahm. Warton bemerkt
darin die freilich sehr auffallende Widersinnigkeit, daß die
Krankheit, diese Furie, im vierten Gesange, wie ein Kunst-
richter redet, Regeln über die Schreibart giebt, und den
besten damaligen Dichtern Lobsprüche ertheilt. Uebrigens
hält er den fünften Gesang, worin der Krieg beider Par-
theien von Aerzten und Arothekern sehr komisch und leb-
haft erzählt wird, für den schönsten Theil des Gedichts.
Hier ist eine Stelle daraus.

THE DISPENSARY, Canto V. v. 227 ff.

___

The adverse host for action straight prepare
All eager to unveil the face of war.
Their chiefs lace on their helms, and take the
field,

And.

And to their trufty fquire refign the fhield.   Garth.
To paint each knight, their ardour and alarms,
Would afk the Mufe that fung the Frogs in arms.

And now the fignal fummons to the fray,
Mock falchions flafh, and paltry enfigns play;
Their patron god his filver bowftrings twangs,
Though harnefs ruftles, and bold armour clangs;
The piercing cauftics ply their fpiteful pow'r;
Emetics range, and keen cathartics fcour:
The deadly drugs in double dofes fly,
And peftles peal a martial fymphony.

Now from their levell'd fyringes they powr
The liquid volley of a miffive fhow'r:
Not ftorms of fleet, which o'er the Baltic
                drive,
Pufh'd on by northern gufts, fuch horror give:
Like fpouts in fouthern feas the deluge broke,
And numbers funk beneath th' impetuous ftroke.

So when leviathans difpute the reign
And uncontroll'd dominion of the main,
From the rent rocks whole coral groves are torn,
And ifles of fea-weed on the waves are borne,
Such wat'ry ftores from their fpread noftrils fly,
'Tis doubtful, which is fea and which is fky.

And now the ftagg'ring braves, led by defpair,
Advance, and to return the charge prepare.
Each feizes for his fhield a fpacious fcale,
And the brafs weights fly thick as fhow'rs of hail.
Whole heaps of warriors welter on the ground,
With gallipots and broken phials crown'd,
Whilft empty jars the dire defeat refound.

Thus when fome ftorm its cryftall quarry
                rends,
And Jove in rattling fhow'rs of ice defcends,
                              Mount

Garth.

Mount Athos shakes the forests on his brow,
Whilst down his wounded sides fresh torrents
flow,
And leaves and limbs of trees o'erspread the vale
below.

But now, all order lost promiscuous blows
Confus'dly fall; perplex'd the battle grows.
From Stentor's *) arm a massy opiat flies,
And straight a deadly sleep clos'd Carus' eyes.
At Colon **) great Sertorius buckthorn flung
Who with fierce gripes, like those of death, was
stung;
But with a dauntless and disdainful mien
Hurl'd back steel pills, and hit him on the spleen.
Chiron ***) attack'd Thaltibius with such might,
One pass had paunch'd the huge hydropic knight,
Who straight retreated to evade the wound,
But in a flood of apozem was drown'd.
This Pfylas †) saw, and to the victor said,
„Thou shalt not long survive th'unwieldy dead;
„Thy fate shall follow:" to confirm it, swore
By th' image of Priapus, which he bore;
And rais'd an eagle-stone ††), invoking loud
An Cynthia, leaning o'er a silver cloud.

„Great queen of night and empress of the seas!
„If faithful to thy midnight mysteries,
„If still observant of my early vows,
„These hands have eas'd the mourning matron's
throes,
„Direct this rais'd avenging arm aright;
„So may loud cymbals aid thy lab'ring light."
He

*) Dr. Goodall against Dr. Tyson.
**) Dr. Birch.
***) Dr. Gill against Dr. Ridley.
†) Dr. Chamberlain.
††) See Pliny.

He faid, and let the pond'rous fragment fly
At Chiron, but learn'd Hermes put it by.

Garth.

Tho' the haranguing god furvey'd the war,
That day the Mufes' fons were not his care.
Two friends, adepts, the Trifmegifts by name,
Alike their features and alike their flame,
As fimpling near fair Tweed each fung by turn,
The lift'ning river would neglect his urn.
Thofe lives they fail'd to refcue by their fkill,
Their Mufe *) could make immortal with her
quill;
But learn'd inquiries after Nature's ftate,
Diffolv'd the league, and kindled a debate.
The one for lofty labours fruitful known,
Fill'd magazines with volumes of his own:
At his once favour'd friend a tome he threw
That from his birth had flept unfeen till now;
Stunn'd with the blow the batter'd bard retir'd,
Sunk down, and in a fimile expir'd.

And now the cohorts fhake, the legions ply,
The yielding flanks confefs the victory.
Stentor undaunted ftill, with noble rage
Sprung thro' the battle Querpo to engage.
Fierce was the onfet, great the difpute was great;
Both could not vanquifh, neither would retreat;
Each combatant his adverfary mauls,
With batter'd bed-pans and ftav'd urinals.
On Stentor's creft the ufeful cryftal breaks,
And tears of amber gutter'd down his cheeks;
But whilft the champion, as late rumours tell,
Defign'd a fure decifive ftroke, he fell;
And as the victor hov'ring o'er him ftood,
With arms extended thus the fuppliant fu'd:

„When honour's loft, 'tis a relief to die;
„Death's but a fure retreat from infamy:

„But

*) See Taffo.

Garth.

"But to the loft if pity might be fhown,
"Reflect on young Querpoïdes thy fon;
"Then pity mine, for fuch an infant grace
"Smiles in his eyes, and flatters in his face;
"If he was near, compaffion he'd create,
"Or elfe lament his wretched parent's fate.
"Thine is the glory, and the field is thine;
"To thee lov'd Difpens'ry *) I refign."

At this the victors own fuch ecftafies,
As Memphian priefts if their Ofiris fneeze,
Or champions with Olympic clangor fir'd,
Or fimp'ring prudes with fprightly Nantz infpir'd;
Or fultans rais'd from dungeons to a crown;
Or fafting zealots when the fermon's done.

A while the chief the deadly ftroke declin'd,
And found compaffion pleading in his mind,
But whilft he view'd with pity the diftreft,
He fpy'd Signetar **) writ upon his breaft;
Then t'wards the fkies he tofs'd his threat'ning
                                        head,
And, fir'd with more than mortal fury, faid:

"Sooner than I'll from vow'd revenge defift,
"His Holinefs fhall turn a Quietift,
"Janfenius and the Jefuits agree,
"The Inquifition wink at herefy,
"Warm convocations own the church fecure,
"And more confult her doctrine than her pow'r."

With that he drew a lancet in his rage,
To puncture the ftill fupplicating fage;
But while his thoughts that fatal ftroke decree,
Apollo interpos'd in form of fee:
                                        The

*) See the allufion, Virg. Aen.

**) Thofe members of the College that obferve a late
ftatute are called by the apothecaries *Signetar men*.

The chief great Paean's golden treſſes knew;
He own'd the god, and his rais'd arm withdrew.

Garth.

    Thus often at the Temple-ſtairs we 've ſeen
Two Tritons, of a rough athletic mien,
Sourly diſpute ſome quarrel of the flood,
With knuckles bruis'd and face beſmear'd in blood,
But at the firſt appearance of a fare
Both quit the fray, and to their oars repair.

    The hero ſo his enterpriſe recalls,
His fiſt unclinches, and the weapon falls.

⸻

Zacha-

Zachariä.

Weit glücklicher war er im komischen, als im ernsthaften Heldengedichte; und man hat ihm die Einführung dieser Gattung in unsre neuere Poesie zu verdanken. Pope war darin vornehmlich sein Muster, das er aber freilich nicht ganz erreichte. Doch fehlte es ihm gewiß nicht an feiner satyrischer Laune, an treffender Beobachtung und Charakterzeichnung, an Erfindung, und Leichtigkeit des poetischen Vortrages. Sein Renomist, in sechs Gesängen, würde mehr gefallen, wenn die Sphäre der Handlung minder fremd und auf Ort und Zeit beschränkt, das Wunderbare nicht zu gehäuft, und die Darstellung nicht oft zu niedrig wäre. Mehr Poesie herrscht in den Verwandlungen. Der Phaeton und das Schnupftuch sind wohl unstreitig die vorzüglichsten; so, wie die Lagosiade, Murner in der Hölle, und vollends Herzynia, die unbedeutendsten von den zu zahlreichen komischen Epopöen dieses Dichters. Man vergleiche über sie Dusch's Briefe zur Bildung des Geschmacks, B. VI. Br. XV. wo dem Schnupftuche der Vorzug gegeben, und der Inhalt desselben, mit einem Auszuge der schönsten Stellen, dargelegt wird. Die Rede ist von einem Schnupftuche, welches ein junger Graf einem Fräulein geraubt, und das Kammermädchen dieser letztern wieder zurückgefodert hat.

Das Schnupftuch; Ges. III.

Es hatte kaum Charmant *) das braune Haar erbaut,
Und das Toupee geprüft, die Locken überschaut;
Als noch einmal der Graf mit finstrer Stirne fragte:
War

*) Ein Sylphe, der sich, in Abwesenheit des Kammerdieners den jungen Grafen zu frisiren erbietet, da er zur Frau von Lins kommen soll.

War denn das Compliment, das dir der Diener _Zachariä._
          sagte,
Auch von dem Fräulein? Nein, (versetzt der Luft-
          lakai.)
So geh zum Teufel! Kerl, was sagst du es dabei!
So spricht er, und springt auf; so sehr der Sylphe
          bittet,
So wird doch sein Toppee mit frecher Faust zer-
          rüttet;
Die dicke Locke wird des Eigensinnes Raub,
Und bis zur Decke steigt der wilde Puderstaub.
Charmant ergrimmte sehr, und im gerechten Eifer
Verwünscht er Ludewig, Belinden und den Läufer.
Doch vom Toppee rief ihm gebieterisch Ariel,
Der Sylphen Oberster; sein Auge winkt Befehl.
Charmant verwechselte die Ehrfurcht mit dem Grim-
          me
Und Ariel erhub die königliche Stimme:
O Sylphe, traure nicht, daß Locken untergehn,
Wenn Käfer durch sie schnurr'n, und Winde durch sie
          wehn;
Wenn ihnen Zorn und Stolz den Untergang gebie-
          tet,
Und mit verruchter Hand in eigne Schönheit wüthet.
Das Schicksal will es oft, und wills zum größern
          Zweck.
Kein Staub verfliegt umsonst, umsonst kömmt auch
          kein Fleck
In Strümpf' und Tugenden.   Die Wuth ist kein
          Verbrechen,
Mit der Graf Hold verderbt, allein sie soll ihn
          rächen.
Ich hörte seinen Fluch, als einer Zose Hand
Das Schnupftuch ihm entriß, und er beschimpfet
          stand;
Die Sterne hörten ihn; es hörten ihn die Götter,
Und ihn bestätigte ein heilig Donnerwetter.
Belinde soll ihn nicht an ihrem Spieltisch sehn;
In größrer Assemblee soll er verdrießlich stehn;
Die Langeweile soll ihr ganzes Haus verderben;

Beisp. Samml. 5. B.   Dd   Man

Man schweige voll Vernunft, man gähne bis zum
Sterben;
Man wisse kein Gespräch, es sey heut alles dumm;
Der Narr sey still und klug, der grösste Plauderer
stumm;
So will ich hoch und stolz in Wolken sie verhöhnen,
Wenn tief das Fräulein seufzt, und die Matronen
stöhnen;
Wenn Spieltisch und Clavier in öder Stille weint,
Und alles Holden wünscht, und Hold doch nicht er-
scheint.
Charmant, eil' alsobald zur Göttin Langeweile,
Und merke den Befehl, wie ich ihn dir ertheile.
Sprich: Göttin, deren Macht auf alles sich er-
streckt,
Dein Sklav ist, der erzählt, und der, der Verse
heckt;
Du hast ein großes Reich in Kirchen und in Sälen,
Wenn dort der Redner schreit, und hier die Narren
quälen.
Du führest glücklich Krieg, und deine Streiter sind
Autoren ohne Witz, und Prahler voller Wind.
Du herrschest überall, im Schloß und in der Hütte,
Und unter deinem Thron erhenket sich der Britte.
Monarchin, dich ersucht um deinen mächtgen Schutz
Der Sylphen Oberster; weil einer Nymphe Trutz
Schon lange dich geschmäht, und Hohn spricht deinen
Heeren,
Als wenn sie ohne Muth, und leicht zu schlagen
wären.
Bis hieher hat Graf Hold viel Abbruch dir gethan;
Bis hieher durftest du dich nicht Belinden nahn;
Allein der tapfre Held trennt nicht mehr deine Glie-
der;
Er ist mit Recht erzürnt, und legt die Waffen nie-
der.
Er übergiebt dir nun zu einem Eigenthum
Belindens ganzes Haus; bestätge deinen Ruhm,
Und nimm es siegreich ein; und laß die Spötter
sehen,

Daß

Daß fie nicht ungeftraft auf deine Hoheit fchmä,
     hen.

  Er fagt es, und Charmant bückt fich beim letzten
      Wort,
Und fchieffet als ein Strahl zur Langenweile fort.

  Tief in Weftphalen liegt ein Wald von alten
      Eichen,
 Auf deffen Grund niemals des Tages Strahlen
      reichen;
In diefem dicken Wald erhebt fich ein Palaft,
Der ftolz ten Boden drückt mit feiner gothfchen Laft.
Hier herrfcht feit langer Zeit die finftre Langeweile.
Ihr Reich verbreitet fich bis in die fernften Theile
Der aufgeklärten Welt; fie fcheut Vernunft und
      Witz,
Und nimmt im Hörfaal gern und Wochenftuben
      Sitz.
Es fchwärmt um den Palaft ein großes Heer Au,
      toren,
Die Metaphyfiken und Logiken geboren,
Und an der beften Welt, mit viel Gefchrei und
      Wind,
Vergebens demonftrirt, weil fie noch drinnen find.
Auch viel gehn hier herum, die todt erzählen kön,
      nen;
In London und Paris die größten Straßen nennen,
Und wichtig uns vertraun, was kaum zu glauben
      ift,
Daß man in Engelland auch junge Hüner ißt.
Liebhaber gähnen hier bei ihren dummen Schönen,
Und Mädchens fchlafen ein bei dummer Schäfer Tö,
      nen;
Nur Guckuks fingen hier ihr widriges Gefchrei,
Und Bäche raufchen hier ihr ewigs Einerlei.
Der ganze Wald ift voll befonderer Gefchöpfe.
Die Stutzer haben hier die ungehirnten Köpfe,

    Db 2   Gleich

Zacharä. Gleich Hüten, unterm Arm, und treten hoch heran,
Und missen nicht den Kopf, der nicht so denken kann.
Der Unmuth haschet hier an weissen Wänden Flie-
gen:
Und bei dem Bretspiel sitzt das schwere Mißvergnü-
gen.
Viel Geister, die der Mensch geboren, und doch
hasst,
Und die man Grillen nennt, umflattern den Palast:
Ein unermeßlich Heer mit seltsamen Gestalten.
Der eine sitzt gehüllt in melancholische Falten,
Und fürchtet Hungersnoth, ob er auf Gold gleich
sitzt,
Daß ihm kein Gold mehr scheint, und ihm vergebens
blitzt.
Was Langeweile nur auf Erden ausgebrütet;
Was in Gedanken schmerzt, und in dem Herzen
wüthet;
Des Hofmanns Angst vor Fall, der Nymphen Liebes-
pein,
Hat eines Geistes Form in diesem weiten Hain.
An des Palastes Thor stehe des Hojanen *) Wa-
che;
Ein widerliches Weib, verdrießlich wie ein Drache.
Doch ist der Eingang leicht; wer eingeführt will
seyn,
Der gähnt sie dreimal an, und sie lässt ihn herein.
Der dunkele Palast theilt sich in tausend Zimmer,
Die stets erleuchtet sind von schwarzer Kerzen Schim-
mer.
Man glaubt, hier werde nie die Zeit Geschöpfen
lang
Bei so viel Zeitvertreib, bei Spiel und bei Gesang.
Doch man wird alsobald der Göttin Einfluß fühlen;
Sie herrscht hier unumschränkt in jeder Art von Spie-
len.
Der schöne Dummkopf pfeift, sein Pfeifen hilft ihm
nichts;

Man

*) Gähnen.

Man steht den Unmuth doch an Runzeln des Ge-
                              sichts.   ⟨ Zacharid. ⟩
Matronen sitzen hier, und lästern Nachbarinnen,
Allein sie können doch dem Unmuth nicht entrinnen,
Die Zeit wird ihnen lang.   Ein Kreis von Schönen
                              spricht
Von Moden, Putz und Band; der Einfall glücket
                              nicht,
Die Zeit wird ihnen lang.   Der Dichter liest Ge-
                              dichte,
Man höret ungern zu, und gähnt ihm ins Gesichte.
Charmant drang endlich durch, durch manche dicke
                              Schaar,
Und kam zum prächtigen Saal, in dem die Göttin
                              war.
Der Zwang, ein steifer Geist, der alle Freuden
                              störet,
Mit Büken alles spricht, mit Lächeln alles höret,
Und in der Assemblee den stolzen Zepter führt,
Bringt ihn bis an den Thron, so wie es sich gebührt.
Schnell ward in dem Palast ein Auflauf und Ge-
                              dränge,
Der Audienzsaal wird Neugierigen zu enge:
Die Göttin fürchtete, es käm ihr alter Feind,
Der edle Zeitvertreib, als ihr der Sylph erscheint.
Nachdem er sich gebückt, trat er etwas zurücke,
Und sprach also zu ihr mit ehrfurchtsvollem Blicke:
O Göttin, deren Macht auf alles sich erstreckt,
Dein Sclav ist, der erzählt, und der, der Verse
                              heckt;
Du hast ein großes Reich in Kirchen und in Sälen,
Wenn dort der Redner schreit, und hier die Narren
                              quälen;
Du führest glücklich Krieg, und deine Streiter sind
Autoren ohne Witz, und Prahler voller Wind;
Du herrschest überall, im Schloß und in der Hütte,
Und unter deinem Thron erhenket sich der Britte;
Monarchin, dich ersucht um deinen mächtgen Schutz
Der Sylphen Oberster, weil einer Nymphe Trutz

          Dd 3   Schon

Zacharid. Schon lange dich geschmäht, und Hohn spricht deinen
Heeren,
Als wenn sie ohne Muth, und leicht zu schlagen
wären.
Bis hieher hat Graf Hold viel Abbruch dir gethan;
Bis hieher durftest du dich nicht Belinden nahn;
Allein der tapfre Held trennt nicht mehr deine Glie-
der,
Er ist mit Recht erzürnt, und legt die Waffen nie-
der.
Er übergiebt dir nun zu eignem Eigenthum
Belindens ganzes Haus; bestät'ge deinen Ruhm,
Und nimm es siegreich ein; und laß die Spötter
sehen,
Daß sie nicht ungestraft auf deine Hoheit schmä-
hen.

Er sagts, und halb entschläft die Langeweile schon;
Doch sie ermuntert sich, und spricht mit süßem
Ton:
Gesandter Ariels, des Oberhaupts der Sylphen,
Ihr wart mir ehmals treu, und meines Reichs Ge-
hülfen,
Da ihr noch Mädchen wart; mißfällig hör ich an,
Wie sehr Belindens Haus den Widerstand gethan.
Ich weiß, wie sehr Graf Hold sonst wider mich ge-
stritten;
Viel Niederlagen hat mein Heer von ihm erlitten:
Doch da er nicht mehr ficht, und meine Macht be-
kriegt,
So hoff' ich sicherer, daß meine Rache siegt.
Ich will Belindens Haus mit allen Ruthen strafen;
Das Weib soll sprachlos seyn, der junge Herr soll
schlafen,
Man gähne vor Verdruß, man schweige voll Ver-
dacht,
Und alles opfere der Langenweile Macht.
Nimm hin dies schwarze Horn mit Zauberkunst be-
schlossen;
Hierinnen liegt verwahrt, was Muntere verdrossen,

Und

Und Plaudrer schweigend macht; gieß auf Belindens   Zachariä.
                                Haus,
Sobald dein Fürst es will, dies Horn des Unglücks
                                aus;
Auf einmal wird den Saal der Grillen Heer verwüh-
                                len,
Und alles wird die Macht der Langenweile fühlen.

    Sie sagts; und gab das Horn dem Sylphen in die
                                Hand,
Der in die Höh sich hob, und durch die Luft ver-
                                schwand.

———————

U z.

(S. B. I. S. 435.) — Zacharia's Beispiel ermun-
terte mehrere deutsche Dichter, sich auf eben der Laufbahn
zu versuchen. Glücklicher, als Löwen, Dusch, und ei-
nige andre, war Herr Uz, wo nicht in der Erfindung und
poetischen Behandlung seines Plans, doch wenigstens in
der angenehmen Einkleidung seines Gedichts, welches am
Ende mehr beschreibend als episch ist. Der Stof ist sehr
einfach. Amor zürnt über die Sprödigkeit der reizenden
Selinde, die alle Liebhaber und ihre Anträge verschmäht.
Er nimmt sich vor, ihr Herz zu besiegen; und dieß gelingt
ihm durch den Reiz einer prächtigen Equipage. — Ich
erinnere nur noch, daß man die Beurtheilung dieses Ge-
dichts von Dusch in seinen Briefen z. B. d. G. Band VI,
Br. XVI, nicht für unpartheiisch halten kann, da beide Dich-
ter vorher in einen Streit darüber gerathen waren, den
Dusch zu lebhaft und wirklich ungerecht führte.

Sieg des Liebesgottes; Ges. IV.

————

Dorante war geflohn, Beglücktern Platz zu ma-
chen,
Da Amor unterdeß, nicht ohne boshaft Lachen,
Den Garten schnell verließ, und ein geschwinder
Flug
Zur Wohnung Selimors ihn augenblicklich trug.
Daselbst verleugnet er sein göttliches Gefieder:
Das Dienstkleid Selimors glänzt um die nackten
Glieder:
Im glatten Kinne schlägt ein schwarzes Bärtchen
an;
Die Stirn ist unverschämt; kurz, Amor wird Jo-
hann,

Der

Der Diener Selimors, ein Stutzer in den Sitten,
Der witzig wie fein Herr, bei Mädchen wohl ge-
                                litten,
Nie ohne Karten geht, fich oft beim Wein ver-
                                gißt;
Und alle Wirthe kennt und allen schuldig ist.
Da Amor lärmt und flucht, entspringt vom Ruhe-
                                bette,
Ermuntert vom Geschrei, die junge Magd Lisette:
Ein Mädchen, schlank von Leib, in Schelmerei
                                geübt,
Die wechselsweis ihr Herr und sein Bedienter liebt.
Ein faltiger Muslin, der ihren Hals bedecket,
Läßt ihre weisse Brust nachlässig unverstecket.
Ein kurzer Unterrock zeigt ihr gedrechselt Bein,
Und auch ihr Sprödethun flößt Buhlern Kühnheit
                                ein.
Sie kömmt, fie fliegt herbei, heißt ihren Johann
                                schweigen,
Der nach Lakaienart sich artig zu bezeigen,
Ihr in den Busen greift, und auf den Kutscher
                                schmählt,
Weil seine Kutsche noch beim fernen Garten fehlt.
Der Kutscher kömmt; man schilt; er fragt noch eine
                                Weile,
Warum doch Selimor so ungewöhnlich eile.
Doch hat ein junger Herr nicht seinen Eigensinn?
Der Kutscher schleicht belehrt zu seinen Pferden hin.
Ein braungeapfelt Paar wird prächtig aufgezäumet,
Und beisst auf blanken Stahl und scharrt in Sand und
                                schäumet.
Der neue Wagen glänzt, auf dem, noch unbezahlt,
Manch goldner Liebesgott, geschnitzt aus Holze,
                                prahlt.
In Wolken braunen Staubs entfliehn die muntern
                                Pferde,
Und unter ihrem Huf erschüttert sich die Erde.
Die Fenster fliegen auf, wo, stolz auf schimmernd
                                Gold,
Die Kutsche Selimors mit raschem Rasseln rollt.

Dd 5   Doch

U 3

Doch Amors Ungeduld kann diese nicht erwar-
ten:
Er ist nicht mehr Johann; er eilet nach dem Gar-
ten,
Als Liebesgott voraus, fliegt ins Gemach und sieht,
Wie Selimor verliebt vor seiner Göttin kniet.
Nun mußte dieser Held um Sieg und Lorbeern krie-
gen:
Was hätt' er nicht gethan, Selinden zu besiegen!
Wie reizend unverschämt durch freien Scherz ge-
strahlt,
Mit fremden Flüchen ihr sein Feuer vorgemahlt,
Gedankenlos gelacht, bald sie, bald sich gepriesen,
Mit ungezwungner Art die Londner Uhr gewiesen,
Des Franzmanns Dreistigkeit mit Anmuth nach-
geahmt,
Kurz, allen seinen Werth Selinden ausgekramt!
Sie sah den Selimor: wie konnte sie ihn hassen?
Doch wollt ihr steinern Herz sich nicht entfelsen lassen.
Oft schien sie zwar erweicht: ihr Blick voll Mattig-
keit
Irrt ungewiß und scheu; ach! aber kurze Zeit.
Ihr unbesiegter Stolz erholte sich geschwinde:
Sie wurde, was sie war, die grausame Selinde;
Und eben da sie ihm gewiß gefangen schien,
Sah sich der Held getäuscht und seinen Raub ent-
fliehn:
Wie wann ein Junker einst, mit Hülfe kluger Hunde,
Den Rammler aufgespürt; nach mancher müden
Stunde
Spur, Haß und Fröhlichkeit auf einmal wieder
flieht,
Der edle Jäger flucht und leer nach Hause zieht.

Doch sollte Selimor den Sieg verlieren müssen?
Verzweifelnd warf er itzt Selinden sich zu Füßen.
Er flehte, senfzte, schwur: wie manch französisch Ach
Entfloh dem süßen Mund, und säuselt' im Gemach!
Urplötzlich sprang er auf mit freudigem Vertrauen:

Er

Er hatte Zeit gehabt, sich achtsam zu beschauen;
Und nahm, noch mehr gereizt durch kühnen Wider-
      stand,
Halb scherzhaft, halb verliebt, Selinden bey der
      Hand.
Wie ists nun? fing er an; o Blume junger Schö-
      nen!
Wird Ihre Zärtlichkeit bald meine Treue krönen?
Ich kann Sie nicht verstehn; nein, meine Königin!
Und wissen Sie, im Ernst, daß ich verdrießlich
      bin?
Mich dünkt, ich liebe Sie schon volle hundert Jahre:
Verschieben Sie mein Glück auf meine grauen
      Haare?
Sie lieben mich ja doch; das ist so offenbar, —
Wie? unterbrach sie ihn; Sie halten das für klar?
Für klar? o für gewiß! Sie werden mir erlauben,
Erwiedert Selimor, wie kann ichs anders glauben?
Man weiß sich liebenswerth, man liebr, man wird
      geliebt:
Was ist hier wunderbars, das Recht zu zweifeln
      giebt.
Ich ärgre mich halb todt bei Ihrem Widerstreben!
Wie lange zögern Sie, sich rühmlich zu ergeben?
Fort, machen Sie geschwind! beschwören Sie den
      Bund;
Und weil Ihr Herz mich liebt, so sage mirs Ihr
      Mund!

Vor einem Selimor muß Trotz und Härte bre-
      chen:
Ihm, der so dreiste hoft, kann jemand widerspre-
      chen?
Wie glücklich wart ihr einst, ihr Schönen alter Zeit!
Die Ehrfurcht eurer Welt war eure Sicherheit.
Nur jähriger Bestand hieß ächter Liebe Zeichen:
Man wollte seinen Sieg verdienen, nicht erschlei-
      chen.
Da hatte die Vernunft zur Ueberlegung Raum;
                  Nun

113.

Nun wird sie überrascht; die Schöne faßt sich kaum.
Man buhlt nicht um ihr Herz; man schmeichelt ihren
Sinnen:
Und nichts kann leichter seyn als diese zu gewinnen!
Wie glänzt ein junger Herr! er ist voll Ungeduld:
Und wenn die Spröde säumt, ertrotzt er ihre Huld.
Selinde wankte schon, wie unter starken Streichen,
Von scharfer Axt bestürmt, die prächtigste der Ei-
chen
Auf alle Seiten droht und hin und wieder winkt,
Bis ihr bemooster Stamm mit Prasseln splitternd
sinkt.
Doch fiel die Schöne nicht, für die ihr Schutzgeist
kämpfte,
Der stets durch kalten Stolz der Liebe Regung
dämpfte:
Als einer Kutsche Lärm, die durch die Straße flog
Und vor dem Garten hielt, sie schnell ans Fenster
zog.
Ihr Herze schlug sogleich vom weiblichen Verlangen;
Ihr funkelnd Auge blieb an diesem Anblick hangen:
Entzückt vertheilte sich der Blicke schneller Blitz
Auf Wagen, Roß und Mann, bis auf den Kutscher-
sitz.
Bewundernd rief sie aus: der allerliebste Wagen!
Und wem gehört er wohl? Sie können mirs nicht
sagen?
Mir selbst, sprach Sellmor mit ernster Majestät:
Die Unterkehle schien hochmüthig aufgebläht.
Wie aber? fuhr er fort, mein Kutscher, glaub ich,
träumet,
Der nun so zeitig kömmt, sonst immer sich versäu-
met.
Ich soll von Ihnen gehn? von Ihnen, göttlich
Kind?
Und ehe, toller Streich! wir vollends richtig sind?
Nein! das geschehe nicht! ich laß es nicht geschehen:
Ich schwöre bei der Uhr, die sie hier glänzen sehen,
(Er legt sie auf den Tisch), und ich vor kurzer Zeit
Aus London mit gebracht, nicht ohne vieler Neid.

Es

Es hatte sie ein Lord bei Sweerts bestellen lassen:
Ich kaufte sie ihm aus; der Junker mußte passen.
Bis dieser Zeiget hier auf zwo Minuten schleiche,
Ergebe sich Ihr Herz, das doch vergebens weicht!

    Er schweigt: Selinde steht noch immer unent=
        schlossen:
Noch hängt ihr starrer Blick an jenen edlen Rossen.
Sie machen ihren Herrn der Schönen doppelt lieb,
Der sein verdientes Glück nun muthiger betrieb.
Der Schutzgeist mußte selbst dem Vorwitz unter=
        liegen,
Und schlich dem Fenster zu, die Neugier zu vergnü=
        gen.
Der leicht gesinnte Geist! raubt einer Kutsche Putz,
Ein Pferd, ein schöner Tand, Selinden seinen
        Schutz?
Durch keine Zeichen ward sein taubes Herz beweget.
Der Schooßhund hatte sich aufs Canapee geleget.
Nun fuhr er bellend auf, verließ die sanfte Ruh,
Und sprang mit regem Schweif Selinden ängstlich
        zu.
Es prangte der Camin mit glänzenden Pagoden:
Sie bebten ungeregt und stürzten auf den Boden.
Umsonst! der Schutzgeist stund und sah und hörte
        nicht:
Bewundrung überzog sein lächelnd Angesicht.

    Indessen hatte sie bei diesem kurzen Schwei=
        gen,
Des frohen Siegers Reiz und artiges Bezeigen,
Sein Lachen, seinen Gang, des Kleides reiche
        Pracht,
Der Kutsche Göttlichkeit noch einmal überdacht.
Erröthend sagt sie ihm: Sie haben überwunden!
Und reicht ihm ihre Hand, vom alten Stolz ent=
        bunden:
So viel Verdiensten kann mein Herz nicht wider=
        stehn!
                          Ach!

Uz. Ach! möcht ich Ihre Glut in steter Flamme sehn!
Ihr dankte Selimor durch ungezählte Küsse,
Als Amor siegreich floh, und über Berg und Flüsse,
Hoch auf des Adlers Bahn, in grauer Dämme-
                    rung
Und unter frischem Thau, sein feucht Gefieder
                    schwung.
Nach Paphos trugen ihn die schnell bewegten Flü-
                    gel:
Die Wollust brachte selbst ihn zum entlegnen Hügel,
Wo bei crystallner Flut, die heischer murmelnd lief,
Im kühlen Myrthenbusch der müde Gott entschlief.

v. Thüm-

v. Thümmel.

Unstreitig das feinste, wißigste und unterhaltendste Gedicht dieser Art, das mit eben dem Rechte, wie Pope's Lockenraub *merum sal* genannt zu werden verdient, haben wir dem noch lebenden Sachsen-Koburgischen Geheimenrathe, Herrn Moriz August von Thümmel, (geb. 1738.) zu danken. Seine Wilhelmine, ein prosaisch-komisches Gedicht in sechs Gesängen, ist seit 1764 dreimal vermehrt wieder aufgelegt, mehrmals nachgedruckt, und ins Französische, Holländische und Italienische übersetzt worden. Ein gutherziger, aber pedantischer Landprediger verliebt sich in die Tochter eines Verwalters in seinem Dorfe, die schon eine Zeitlang als Kammermädchen am Hofe gelebt, und von dem Hofmarschall besonders begünstigt wird. Bei diesem bewirbt er sich um sie; sie wird ihm gewährt, und die Hochzeit in seiner Pfarre vollzogen. Dieß einfache Subject hat der Dichter durch unerschöpflichen Wiß, lachende Satire, anmuthvolle Dichtung, und lachende Bilder, vornehmlich auch durch meisterhafte und in ihrer Art unübertreffbare Vergleichungen, ungemein zu beleben gewußt. Was ich hier daraus mittheile, ist die Beschreibung der Hochzeitfeier, deren Veranstaltung der Hofmarschall übernommen hatte.

Wilhelmine; Ges. V.

Der glücklich angelangte Magister fand seine beroftete Pfarre zu einem Palaste verwandelt, als er hinein trat. Ein Dutzend Bediente seines gnädigen Gönners hatten in seiner Abwesenheit die herkulische Arbeit unternommen, Stuben und Kammern zu säubern; und in der Küche herrschte ein ansehnlicher Koch, dessen eigensinnige Befehle tausend Geräthe verlangten, deren Namen noch nie in diesem Dorfe waren gehört

v. Thümmel. hört worden. Seine donnernden Flüche flogen in der
Küche herum, daß der erschrockene Pfarrer mit ei-
nem Schauer vorbei ging, sich in sein ruhiges Mu-
seum setzte, und das Gesangbuch zur Hand nahm.
Als ein Frembling in seiner eigenen Behausung, ge-
traute er sich nicht, itzt von dem Koche etwas zu es-
sen zu fordern; lieber versäumte er das Mittagsmahl,
und tröstete sich politisch mit dem fröhlichen Souper.

Die dritte kritische Stunde des Nachmittags brach
an, und lud durch ihren Glanz den Neid des ungebe-
tenen Superintendenten und aller Amtsbrüder auf den
Hals des armen Verlobten. Strenge dich an, Muse!
und hilf mir das Gewühl der Vornehmen beschreiben,
die sich itzt in das Haus des Pfarrers sammelten.
Zuerst erschien der lakirte Schlitten des Hofmarschalls,
an der Spitze vieler andern. Vier deutsche Hengste,
chinesisch geschmückt, zogen ihn, und ein vergoldeter
Jupiter regierte den schnurbärtigen Kutscher — Ein
musikalisches Silbergeläute hüpfte auf den Rücken der
Pferde, indem unter ihren stampfenden Füßen die
fröhliche Erde davon flog. Schon von ferne erkannte
der zitternde Pfarrer seinen Gönner, und an seiner
Rechten die geputzte Braut. Mit unbedachtsamer
Höflichkeit ging er dem fliegenden Schlitten entgegen
— aber sein wilder Führer schwenkte die knallende
Peitsche, und wendete mit seinen vier Schimmeln in
vollem Trabe um, daß der Magister mit verzerrtem
Gesichte eilig wieder davon sprang. Mit majestäti-
schem Anstande stieg nun die einnehmende Wilhelmine
von dem sammtenen Sitze, und da verrieth sich zu-
gleich auf einige süße Augenblicke für den entzückten
Bräutigam, ihr kleiner vorgestreckter Fuß bis an die
Höhe des seidenen Strumpfbands, auf welchem mit
Pünktgen von Silber ein zärtlicher Vers des Voltaire
gestickt war. Ach wohin weiß doch nicht ein franzö-
sischer Dichter zu schleichen! Gesteht es nur, ihr Deut-
schen! bis dahin ist noch keiner von euren grössten
Geistern gedrungen. So bald sie ausgestiegen war,
umrauschte ein buntfarbiger Stoff diese verdeckten
Schönheiten. Eine schneeweisse türkische Feder blähete
sich

v. Thümmel

sich auf ihrem gekräuselten Haare und bog sich neu-
gierig über ihren wallenden Busen, der unter den
feinen Spitzen aus Brabant hervorblickte, wie der
volle Mond hinter den Sprößlingen eines jungen
Orangenwäldchens. Nach ihr sprang der ansehnliche
Hofmarschall unter die Menge der erstaunten Bauern,
die heute Arbeit und Tagelohn vergaßen, um das Fest
ihres Hirten zu begaffen. Ein gewässertes Band hing
schief über dem lazurblauen Sammte seines Kleides;
und der milde Einfluß seines Gestirns zeigte sich auf
allen Gesichtern, und nöthigte dem unhöflichsten Dre-
scher den Hut ab. Alle Blicke wandten sich itzt ein-
zig auf den gestempelten Herrn — nicht Einer fiel
mehr auf Wilhelminen. Diese werden wir noch oft,
dachten die Bauern, als Frau Magisterin bewundern,
aber einen Hofmarschall sieht man nicht alle Tage.
So vergißt man das alles bescheinende Licht des Olymps,
wenn eine seltene Nebensonne erscheint, die plötzlich
entsteht und verschwindet.

Ein anderer Schlitten, unter dem Zeichen des
Mars, der (eine seltsame Erfindung des witzigen Bild-
hauers!) auf einem Ladestock ritt, lieferte zween auf-
gedunsene Müssiggänger am Hofe, Kammerherren ge-
nannt. Einst hatten sie in ihrer Jugend als hitzige
Krieger einen einzelnen furchtsamen Räuber verjagt,
und sich und dem geängstigten Prinzen das Leben er-
rettet. Zur Belohnung hatten sie sich dieses unthätige
Leben erwählt, genossen einer feistmachenden Pension,
erzählten immer die große That ihres Soldatenstandes
— und gönnten gern ihre lärmende Gegenwart einem
jeglichen Schmause. So lebten einst die Erhalter des
Kapitols, jene berühmten Gänse, von den Wohltha-
ten der dankbaren Römer; ohne Furcht geschlachtet zu
werden, fraßen sie den ausgesuchten Walzen von La-
tiums Feldern, für einen wichtigen Dienst, den eine
jede andere schnatternde Gans mit eben der Treue
verrichtet hätte. Der flüchtige Merkur und vier
schnaubende Rappen brachten die pigmäische Figur ei-
nes affektirten Kammerjunkers gefahren   Stolz auf

Beisp. Samml. 5. B.   Ee   einen

9. Thümmel. einen eingebildeten guten Geschmack, ersetzten seine
reichen Kleider den Mangel seines Verstandes. Zu=
versichtlich besah er heut eine glänzende Weste, die,
wie die weiße Wamme eines drollichten Eichhörnchens,
unter seinem rothplüschnen Rocke hervorleuchtete; und
fröhlich dacht er an die Verdienste der weit kostbarern
zurück, die sich noch in seiner Garderobe befanden.
Ein paar blitzende Steinschnallen, und eine Dose von
Saint Martin erschaffen, waren ihm das, was ei=
nem rechtschaffenen Manne ein gutes Gewissen ist —
sie machten ihn zufrieden mit sich selbst, und dreist in
jeder Gesellschaft. Itzt lief er gebückt in die Pfarre
hinein; gebückt, als ob sein kleiner Körper befürchtete,
an die altvätrische Hausthüre zu stoßen, die gothisches
Schnitzwerk verbrämte. Nun aber kam unter der Anfüh=
rung einer gefälligen Minerva ein einzelner vernünf=
tiger Mann gefahren, der, wenig geachtet von den Wei=
sen des Hofs, den Befehlen seines Herzens mit stren=
gem Eigensinne folgte. Nie erniedrigte er sich zu der
Schmeichelei, und nie folgte er der Mode des Hofes,
die das Hauptlaster des Fürsten zu einer Tugend er=
hebt, und durch Nachahmung billigt. Vergebens
(konnt' es wohl anders seyn?) hofft' er in diesem Ge=
tümmel ein nahes Glück, hier wo man nur durch seine
Ränke gewinnt, und wo die Blicke der Großen mehr
gelten, als ein richtiger Verstand und Tugend und Wahr=
heit. Er war es, der Wilhelminen zuerst mit glimpf=
lichten Worten, vor der weiten Gefahr warnte,
in die ihr Leichtsinn, und die verjährte List eines wollü=
stigen Hofs ihre Jugend verwickelte; der ihr zuerst den
Gedanken erträglich und wünschenswerth machte, wie=
derum die heitere gesundere Luft ihres Geburtsorts zu
athmen. Mit innerer Befriedigung sah er, daß der
heutige Tag seine Bemühung krönte und dieses frohe
Gefühl beschäftigte ihn einzig in dem Taumel einer thö=
rigten Gesellschaft. Ungern sah ihn der Hofmarschall
in dem Kreis seiner Lust — Er aber ertrug unge=
kränkt diese ehrende Verachtung und gab sich gern ei=
nem unruhigen Tage Preis, um ein verirrtes Mäd=
chen in einer glücklich entschlossenen Tugend zu stär=
ken.

ken. Zischt ihn aus — ihr Lieblinge und Weisen des
Hofs! Was helfen ihm alle seine Verdienste? Daß sie
einst vielleicht, in Stein gehauen, auf seinem Grab-
maale sitzen und weinen? O wie thöricht! den Ge-
boten des Himmels zu gehorchen, wo ein Fürst be-
fiehlt, und auf dem einsamen Wege der Tugend zu
wandeln, wo noch kein Hofmann eine fette Pfründe
erreicht hat. Wenn eine falsche schwankende Uhr des
Stadthauses den Vorurtheilen der Bürger gebietet,
so betrügt uns oft unsere wahre Kenntniß der Zeit um
ihren Gebrauch: denn hier wo ein jedes dem allgemei-
nen Irrthume folget, den eine summende Glocke aus-
breitet, und die entfernte Sonne für nichts achtet,
was hilft es hier dem gewissen Sternseher, daß er
sich alleine nach ihren Befehlen richtet — und den
Wahn der Stadt verlachet — und seine Stunden
nach der Natur misst? Mit allen seinen Calendern
wird er bald sein Mittagsmahl — bald den
Besuch seiner Geliebten, und den Thorschluß ver-
säumen.

Zwei würdige Gesellschafter beschlossen den Ein-
zug in einem alten Schlitten, den ein unscheinbares
Bildniß beschwerte — Ob es einen nervigten Vulkan
oder einen aufgeblähten Midas vorstellte, war für
die Kunstrichter ein Räthsel. Ein halbgelehrter Pa-
tritius, ehemaliger Hofmeister des Marschalls, am
Stande, so wie an Wissenschaften, weder Pferd noch
Esel — nahm die eine Hälfte des breternen Sitzes ein,
und auf der andern saß ein graugewordener Hof-
narr, der mühsam den ganzen Weg hindurch auf
Einfälle dachte, in Versen und Prosa, die hohe Ge-
sellschaft zu erlustigen: aber sein leerer Kopf blieb
ohne Erfindung. Oft weinte der arme, daß sein
Alter ihm das Ruder aus den Händen wand, das er
so lange glücklich regieret, und um welches sich
itzt der fürstliche Läufer, der Oberschenk und eine dicke
Tyrolerin rissen.

Niemand ward mehr erwartet, als die junge
Comtesse. Der Hofmarschall stand unbeweglich an
dem offenen Fenster, und seine feurigen Blicke fuh-
ren, durch ein ungeduldiges Fernglas, auf den Weg
hin, wo die schöne Clarisse herkommen sollte. Wim-
mernd rang der angstvolle Magister die Hände, und
versicherte ohne Aufhören dem argwöhnischen Hof-
mann: „Die junge Dame werde gewiß kommen.
„Ach! sagte er, sie hat mir ja mit der aufrichtig-
„sten Miene versprochen, meine schwere Bedingung
„erfüllen zu helfen, und sie wird mich gewiß nicht
„in meinen Nöthen verlassen.“ Unterdessen war
auch schon der theure Mann angelanget, der dieß
Brautpaar fester verbinden sollte. Auf dem benach-
barten Dorfe, wo niemand die Reizungen einer Wil-
helmine kannte, hatt' er von den drei Seiten seiner
hölzernen Kanzel trotzig gefragt: Ob jemand wider
das Aufgebot seines Freundes etwas einzuwenden
hätte? Und dreymal hatt' er die Verläumdung mit
diesen mächtigen Worten gebannt: der schweige nach-
mals still! Sein frommfarbigter Mantel bedeckt' ein
wildes Herz; ohne Neigung war er ein Geistlicher,
und in diesem gezwungenen Stande ward er selbst in
einem Amte mager, das seit dreihundert Jahren die
Schwindsüchtigen fett gemacht hatte. Mosheim und
Cramern kannt' er nicht: er sprach aber gern von dem
General Ziethen und von dem lustigen Treffen bey
Roßbach. Seine Bauern, wild, wie er selbst, konnt'
er lange nicht durch die Bibel bezähmen — aber es
glückte ihm nach einer neuen Methode. Denn eh'
er seinen Rednerstuhl bestieg, besah er sein florentini-
sches Wetterglas, und rief prophetisch alle die Verän-
derungen von seiner Kanzel, die es ihm ankündigte.
Bald wahrsagt' er der ungezogenen Gemeinde Regen
und Wind in der Heuernde: bald aber beglückt' er sie,
zum Troste, mit einem warmen Sonnenschein in der
Weinlese. Die gerührten Bauern bewunderten den
neuen Propheten, besserten ihr Leben, und besetzten
seitdem alle Stühle der Kirche. Nach einer langen
gefeierten Pause — erschien endlich die erseufzte Göt-
tin,

tin, köstlich in ihrem Schmucke, und wunderschön
von Natur: und welch ein Glück für den Hofmar=
schall! ohne Gouvernantin erschien sie. Die Furcht
vor einem Hochzeitgeschenke hatte diese geizige Seele
zurück gehalten; und die sonst nie von der Seite ihrer
jungen Dame wich, überließ heute zum erstenmal den
langbewahrten Schatz einem listigen Geliebten, der
die Zeit zu gebrauchen weiß. Mit funkelnden Augen
empfing er die Schöne, auf deren Wangen sich eine
warme Röthe verbreitete, da sie ihm die glasirte Hand
reichte, die auch in dem Augenblicke zärtlich gedrückt
war. Und nun war die ganze Bedingung erfüllt, die
das Schicksal des armen Dorfpfarren bestimmte. Die
vornehme Versammlung begleitete ihn zur vollen
Kirche, wo er durch ein vielbedeutendes Ja! vor der
ganzen Gemeinde gesprochen, von seiner reizenden
Braut alle die mystischen Rechte der Ehe, und das
beschlossene Glück und Unglück seines gefesselten Le=
bens, mit Freuden empfing. Mit einer zurückhal=
tenden bescheidenen Miene empfing auch Sie von sei=
nen Lippen das Blanket der Liebe, worauf die eigen=
sinnige Zeit ihre Befehle schreiben wird, die kein Thrä=
nenguß auslöscht. Ein geheimer Neid saß in den
glatten Stirnen und in den Runzeln der weiblichen
Gemeinde: aber die Männer blickten ihren beweibten
Hirten mit lächelndem Mitleid an; denn die Erinne=
rung ihres ehemaligen glücklichen Traums, der heut'
auch über ihrem Pfarrern schwebte — und das wa=
che Bewusstseyn ihres itzigen Schicksals bracht' ein ernst=
haftes Nachdenken in ihre Gemüther. Und nun be=
saß der Beglückte seine Braut, die ihm kein Sterb=
licher wieder entreissen konnte. Nun hab' ich sie endlich
erhascht, die fröhlichen Minuten, dacht er, die mir vier
Jahre lang entwischt waren; und voll Empfindung
seines Glücks, drückt' er oft seiner angetrauten Wilhel=
mine die kleine Hand, und führte sie mit triumphiren=
der Nase nach Hause. Aber ein wunderlicher unver=
sehener Gedanke, der sich wider alles Vergnügen auf=
lehnte, stieg itzt aus dem klopfenden Herzen der ar=
men Verlobten empor — Ist dieß nicht, seufzte sie

Ee 3   bei

v. Thümmel bei sich selbst, das Leichengepränge deiner Schönheit? Klägliches Geschenk der Natur, das keinem weniger hilft, als dem, der es besitzt! was für unruhige Tage hast du mir nicht verursacht! und itzt begräbst du mich sogar in einer schmutzigen Pfarre? Aber ihr weiser Freund und Rathgeber entdeckte kaum diesen unzufriedenen Gedanken in ihrem bekümmerten Gesicht, als er durch einen ernsthaften Blick gen Himmel geschlagen, ihr denselben verwies, sie mit ihrem Schicksal versöhnte, und ihr eine kalte tugendhafte Thräne ablockte.

Leipzig,
gedruckt bei Christian Friedrich Solbrig.

www.ingramcontent.com/pod-product-compliance
Lightning Source LLC
Chambersburg PA
CBHW031056110726
47900CB00003B/950